여성이여, 느껴라 탐험하라

새로운 세상을 향한 자유와 도전의 메시지

「여성이여,
느껴라 탐험하라」

전여옥 · 임정애 지음

돋을샘 푸른숲

여성은 아름답다. 특히 몸이 아름답다. 이 세상에 이처럼 창조적이고 생산적인 개체는 없을 것이다. 여성은 자신의 몸 안에서 생명을 만든다. 서구에서는 연금술의 근본원리가 바로 여성의 출산에서 태어났다. 여성은 바로 지구를 뜻하며 세상을 의미한다.

그럼에도 불구하고 여성으로 이 세상에 태어난다는 것은 고통의 시작을 뜻한다. 생명의 원천인 딸로서 태어나지만 아무도 그 가치를 인정하지 않는다. 달과 우주의 흐름과 함께하는 월경을 시작하지만 세상은 환호하지 않는다. 여자가 되어 남자와 함께 섹스를 하지만 세상은 오로지 남자의 즐거움만을 강조한다. 위대한 생명창조의 드라마가 펼쳐지지만 '여자의 원죄, 고통'으로 감히 이 세상은 깎아내린다. 한 인간이 아니라 남성과 관계가 있을 때만 그 존재 이유가 있는 '여성'으로 살아가기를 이 세상은 강요한다.

그래서 여성은 이 세상에서 살아남기 위해 자신을 폄하한다.

남자의 아들을 낳아주기 위해 몸부림치고 그의 즐거움을 위해 섹스를 한다. 여성은 수많은 성적인 유린과 폭행을 몸에 남기고 마치 업처럼 그것을 받아들인다. 월경에 대한 모욕도 감내하고 임신과 출산에 대한 권리마저 남자에게 빼앗긴다. 한 걸음 더 나아가 여성은 '남자의 소유물'이 되어 살아간다. 여성은 자신이 지닌 훌륭한 성의 '피해자'가 되고 만 것이다.

여성은 아름다운 영혼을 지닌 존재이다. 그 정신과 몸은 하나이다. 그래서 몸이 남성에게 종속된 여성은 당연히 정신적으로도 종속되었다. 왜 여성의 지위는 열악한가? 왜 여성의 삶은 남성에게 지배되는가? 왜 여성은 자유롭고 당당한 삶을 살 수 없는가? 왜 여성은 성적으로 독자적인 삶을 꿈꾸지 않는가? 우리는 묻지 않을 수 없었다.

그 질문에 답할 책이 필요했다. 그러나 그런 책이 없다는 데 우리는 놀라고 함께 이 책을 쓰기로 했다. 이 책은 '여성=성의 피해자'를 거부하는 책이다. 여성이 성의 피해자가 되는 현실에 대한 비판이고 저항이자 여성의 제자리를 찾으려는 자리매김을 위한 것이다.

우리는 여성의 삶이, 성이 억압되고 유린되는 이유는 무엇보다 여성이 자신의 성에 대해 제대로 알지도 이해하지도 못하는 데 있다고 생각했다. 여성이 성에 대한 지식만 갖추고 있었더라면 얼마나 많은 고통과 괴로움이 가벼워졌을까를 생각했다. 그 옛날부터 가부장제가 철저하게 막아온 성의 정보, 피임에 대한 지식을 우리는 좀더 확실하게 여성에게 전해줘야 할 필요성을 느꼈다. 한국 여성과 올바른 성의 지식을 공유함으로써 우리는 여성들이 강하고 아름답고 창조적인 모습으로 함께 제자리에 서 있게 하고자 했다. 여성으로 태어난 것부터 성장, 월경, 섹스, 임신중절, 임신, 출산, 그리고 폐경에 이르기까지 여성의 삶을 비춰 과연 여성은 독립적인가? 여성은 자유로운가? 여성이 어떻게 성적인 문제를 해결할 때 한 인간으로서 존재할 수 있는가를 정면에서 묻고자 했다.

'여성이 탁월한 의학적 대상'이라고 믿는 여자와 '성이 권력의 수단이자 여성억압의 도구'였던 것을 내내 느껴온 여자가 만나 이 책을 썼다. 의사로서 글쓴이로서 살아온 삶과 일은 달랐지만 두 여자는 이 시대 여성의 권리와 자유가 그의 귀중한 몸에서 비롯된다는 하나의 믿음을 지니고 있었다. 이 책은 이 시대 모든 여성들에게 보내는 자유와 해방의 메시지이다.

남녀의 사랑에도 수명이 있고 밤하늘에 빛나는 별에도 수명이 있다. 이 책에도 분명 수명이 있을 것이다. 그러나 감히 바란다. '여성(女性)으로 태어난 고통'이 수명을 다하는 그날까지 이 책의 수명이 함께하기를…….

97년 10월 17일

차   례

2 섹스를 위한 요리강습 / 전여옥

3 성, 아는 만큼 자유롭다 / 임정애

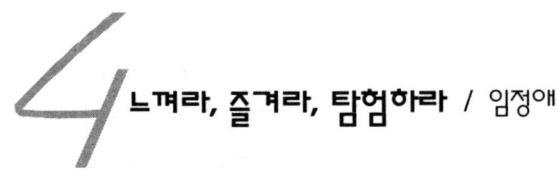

4 느껴라, 즐겨라, 탐험하라 / 임정애

1

무엇이 여자의 발목을 잡는가

〈사티로스 신과 싸우는 헤르마프로디테〉, BC 2세기 그리스 시대

처녀성의 이데올로기

"저는 항상 여자에게만 요구하는 순결이라는 것이 부당하다고 생각했어요. 적어도 의식으로는요. 하지만…… 어렸을 때부터 귀에 못이 박히도록 들어온 말들이 제 발목을 붙잡고 있죠. 여자는 순결해야 한다는 것, 처녀성을 지켜야 한다는 것 말이에요. 저희 엄마는 '남자하고 잘못하다간 네 인생 쪽박난다'고 말하지요. 하도 듣다 보니 정말 그럴 것도 같아요."

내가 잘 아는 25살 ㅇ씨의 말이다. '여성은 순결해야 한다. 처녀여야 한다'는 고민을 ㅇ씨는 하고 있었다. 대한민국 여성 가운데 어머니한테 그런 말을 듣지 않고 자란 여성이 있을까? 나의 어머니만 해도 '결혼하기 전에는 키스 이상은 안 된다'고 내내 못박았다(ㅇ씨 어머니보다는 진보적?). 어쨌든 여자는 몸을 잘 간수해야지, 순결을 지켜야지 한 번 잘못했다가는 신세 망친다는 위협과 협박, 경고 속에서 대한민국의 여자들은 자란다.

얼마 전에는 한 방송국의 프로그램에서도 그런 질문을 받았다. '딸에게도 그렇게 순결을 강조하겠냐'고. 나는 그때 이렇게 말했다. 나는 결코 순결하라고, 결혼할 때까지 처녀를 잘 보존하라는 말은 절대로 하지 않겠다고. 대신 이 세상의 모든 어려움을 극복할 수 있는 강인한 의지와 피임법을 가르쳐주겠다고 말했다. 지금도 내 생각에는 변함이 없다.

나는 이 '순결'이라는 말부터 마음에 들지 않는다. '순결'—깨끗하다? 그렇다면 한 번 남자와 자고 난 여자는 다 지저분하고 더럽다는 이야기가 된다. 설사 강간을 당했다 하더라도 왜 '단 한 번의 섹스'로 여자는 불결한 몸이 된다는 이야기인가? 오히려 사랑하는 남자와 아름답고 충만한 섹스를 했다면 더 깨끗하고 순결한 사랑을 얻은 셈인데…… 그 여자의 몸과 얼굴은 더 맑고 깨끗해질 수도 있지 않을까?

나는 또 '처녀'라는 말도, '처녀막'이라는 말도 마음에 들지 않는다. 처녀막이 있느냐 없느냐 하는데 처녀막은 있다. 이 처녀막이라는 것은 여성의 질 입구에 씌워진 일종의 덮개이다. 꼭 성관계가 아니더라도 심한 운동을 해서 파열될 수도 있고 수십 차례 성관계를 해도 튼튼하고 질겨 멀쩡한 경우도 있다.

여자가 1회용품인가?

'순결'이니 '처녀'니 하는 말들은 '남성'들이 만든 말이고 '남성'들을 위한 말이다. 여성이 오로지 남성의 성적인 상대로밖에는 가치가 없다고 여긴 남성들이 붙인 말이다. 바치기 위한 물건은 신제품이어야 한다. 마치 처녀막은 잡채의 고명과도 같다. 고명은 그 음식을 아직 아무도 들지 않았다는 표시로 위에 얹어놓는 것이다. 남자가 아직 드시지 않았다는 표시, 이부자리 위의 선홍색 선혈은 바로 음식 고명처럼 남자들에게 만족감을 주는 것이다. 여자의 몸이 남자에게 바치는 공물이 될 때, 뇌물이 될 때, 여자를 선물(?)로 줄 때 남성들은 '순결'과 '처녀'를 요구하는 것이다.

또 하나, 여자를 단지 1회용품으로밖에 여기지 않을 때, 남자들은 여자에게 '순결'과 '처녀성'을 요구한다. 그 여자의 옷을 벗겨 단지 한 번만 자려고 달려드는 남자들만이 여자에게 '순결'과 '처녀성'을 주문하는 것이다. 값싼 1회용품처럼 여자를 생각하는 남자가 처녀일 것을 욕구한다.

원래 귀한 물건에 대해, 예를 들면 골동품이나 비싼 오디오 세트에 대해 사람들은 "이거 새거예요?" 하고 묻지 않는다. 한 번만 쓰고 버리는 종이컵, 한 번만 쪼개고 버리는 나무젓가락에 대해 사람들은 '순결'과 '처녀성'을 요구한다.

만일 어떤 남자가 당신과 자고 난 뒤 처녀가 아니라고 '문제 제기'를 한다면 당신은 두 가지 사실을 그 자리에서 알 수 있다. 그 남자는 당신을 1회용품처럼 쓰고 다음에는 버릴 생각이었다는 것을, 당신에게 사랑 비슷한 감정조차 품지 않았다는 사실을 말이다. 그 남자가 '감히' 당신을 버리기 전에 뒤도 돌아보지 말고 당신이 갈 길을 가면 된다. 그 남자에게 고마워하면서.

그리고 또 하나, 왜 여자만 '순결'해야 하나? 왜 대한민국의 어머니들은 아들을 키우면서 '동정'을 지키라고, 몸가짐을 잘하라고, '너 여자하고 잘못되면 네 인생 쪽박난다'고 말하지 않는 것일까? 외려 그 반대로 대한민국의 젊은 남자는 마치 짐승처럼 수많은 여자를 섭렵하고 사창가를 전전한 것을 훈장처럼 이야기한다. 그리고 매매춘 여성과의 성관계는 일종의 '몸풀기 운동'이었기 때문에 '아무런 사회적 비난' 없이 이 사회에서 '처녀'를 요구하고 있다. 이런 성의 이중적 기준에 익숙한 대한민국 남자들은 그래서 모든 것에 이중적이다. 정치인들이 자기가 먹은 돈은 정치자금이고 남이 먹은 돈은 뇌물이라고 말하고, 기업인들이 자기가 하는 것은 '투자'이고 남이 하는 것은 '투기'라고 말할 수 있는 것은 바로 '이중성'이 철저하게 통하는 '성 윤리' 아래서 특혜를 받고 자랐기 때문이다.

바로 이런 부도덕한 이중성을 잘 알기에 우리의 어머니들은 딸들이 그 억울한 피해자가 되지 않도록 몸단속을 시켰던 것이다. 그 사회 성의 윤리나 도덕이 이중적이고 허울 좋을수록 지배집단은 피지배집단을 억압하고 무섭게 다그치는 것을 우리 어머니들은 눈으로 보면서 자랐기 때문이다. '순결하지 않은 여자' '간통한 여자'가 얼마나 무섭게 단죄되는가를 우리 어머니들은 보면서 자랐다. 동시에 그 여자를 더럽힌 '더러운 남자'와 '간통한 간통남'들은 아무런 죄값을 치르지 않거나 아주 교묘하게 휘파람을 불면서 그 이중 기준의 혜택을 받는 것을 잘 보아서이다. 여성이 지닌 피해의식이, 우리의 어머니들을 그렇게 거꾸로 '처녀를 지켜야 돼'라고 남성논리의 절대 복종자 혹은 절대 충성자로 만든 것이다.

그러나 시대가 변했다. 이제 더 이상 여성은 '바치는 물건'이 아니다. 나는 당신이 내 동생이라면, 내 딸이라면, 순결을 지키지 말라고 말하겠다. 정말로 사랑하는 남자가 있다면, 그를 원한다면 자도 좋다고 나는 말하겠다. '처녀'라는 상품을 지키기 위해, 온갖 일은 하면서도 오로지 처녀막만은 보존하는 그 비참한 처지나, 처녀막 수술을 받기 위해 수술대에 올라가는 비참한 인생은 되지 말라고 말하겠다.

순결보다 소중한 자기애

그러나 '순결' 대신 소중히 지켜야 할 것이 있다. 바로 '나 자신'이다. 자기 자신을 사랑하고 소중히 여기는 것─남성의 기준이 아니라 바로 당신의 기준으로 나를 소중히 여기는 것―처녀가 아니라고 가치를 잃어버리는 것이 절대로 아니고 '순결'하지 않다고 해서 더럽혀질 수 없는 당신, 바로 자신의 행동을 선택하고 책임질 능력을 갖추는 것이 바로 '자기애'이다.

남자와 자고 났다고 해서 천지개벽을 하는 것이 아니다. 인생은 혁명이 아니기 때문이다. 우리의 삶은 아주 천천히 완만한 변화가 거듭되는 것이다. 사람을 만나고 사랑을 하고 헤어지는 모든 과정은 그렇게 조심스럽게 천천히 이뤄진다. 남자와 여자의 사랑은 퍼붓는 샤워가 아니라 천천히 욕조에 몸을 담그듯 그렇게 시작되고 마무리된다. 그렇게 우리 삶은 단순히 한 차례의 섹스로 달라지는 것이 아니다. 누구와 섹스를 했다는 것은 그 관계의 끝이 아니라 시작이기 때문이다.

남성들의 순결 이데올로기에 맞춘다는 것은 그리 어렵지 않다. 그들이 비굴하게 사기치듯 교묘하게 사기를 치면 된다. 언제나 처음이라고 말해도 되고 '나 이런 것 몰라요' 하고 내숭을 떨어도 되고 돈과 자존심이 아깝지 않다면 처녀막 수술을 받을 수도 있다.

그렇지만 자신을 사랑한다는 것은 그리 쉬운 일이 아니다. 책임과 능력과 제대로 선택할 수 있는 성숙한 사고가 필요한 일이다. 자신의 몸과 생각을 사랑하는 것―이 세상의 그 어떤 사랑이 있다 하더라도, 어떤 남자를 사랑한다 하더라도, 그 사람 없이 살 수 없어 죽어버리겠다고 하더라도 그 모든 것은 '자기애'의 부분이자 작은 표현일 뿐이다.

나는 '처녀'도 아니고 '순결'하지도 않다. 그렇지만 정말로 아름답고 깨끗한 몸과 정신을 지녔다. 그것은 자기애로 지킨 진정한 '순결'이다. 나― 셀 수 없는 섹스를 했으나 순결하다.

글로리아 스타이넘과 프로이트

'알고 보면 프로이트는 참 불쌍한(?) 남자였다.' 프로이트의 가장 가까운 제자 중의 한 사람인 E. 존스는 프로이트가 평생 여자라고는 아내 마르타밖에는 몰랐을 것이라고 말한다. 정신과 의사로서 많은 환자들과 성관계를 맺고 자유분방한 성생활을 즐겼던 융이나 라이히와는 달리 프로이트의 개인적 성생활은 상당히 조용했던 것 같다. 말하자면 프로이트는 성 해방의 이론가도, 실천가도 아니었다.

다만 프로이트는 여성 환자를 객관적으로 관찰해서 그들이 지닌 작은 히스테리부터 꽤 중증의 정신적 장애까지 그 모든 원인이 성적인 억압에서 온 것을 알아내고 인간을 불행에서 구제하기 위해 성적 억압을 없애야 한다는 결론에 도달한, 아주 공부를 많이 한 의사였다.

그러나 프로이트는 여성을 잘 몰랐기 때문에 몇 가지 오류를 저질렀다. 남성의 성기에 대해 모든 여성은 일종의 성기 박탈, 혹은 왜 나는 페니스가 없을까 하고 고민하고 궁극적으로 남자의 성기를 부러워하는 '남근 선망'을 지니고 있다고 주장했다.

이러한 프로이트에 대해 반기를 든 여성이 있다. 이 여성은 의사도 아니고 학자도 아니다. 다만 자신의 삶을 통해 프로이트를 거부했고 그의 오류를 집어냈다. 이 여성은 책상머리 이론가가 아니라 실천가였다. 프로이트와 달리 여러 남성과 교제했고 '인간을 반쪽으로 만드는 결혼제도'가 싫어 결혼은 하지 않았다. 이 여성은 프로이트와 달리 남성과 여성 모두를 잘 알고 있었다. 이 여성은 성의 해방, 특히 억압되고 차별받는 절반의 성, 여성 해방의 실천가이자 이론가였다. 이 여성의 이름은 글로리아 스타이넘이다.

남자들이 세운 '남근 선망'의 논리

대학에서 정치학을 공부했던 글로리아 스타이넘은 프로이트를 읽으면서 자연스럽게 '이상하다'고 느낀다. 우리들 모든 여성들이 프로이트를 읽으면서 '나는 안 그런데'라고 느끼는 것과 마찬가지로. 그러나 프로이트라는 '너무나도 위대한 남성'의 권위에 짓눌려 쉽게 '그런가 보다' '그럴 수도 있겠지' 하고 항복해버린다. 그렇지만 글로리아 스타이넘은 그러지 않았다.

스타이넘은 외려 남성들이 여성의 임신과 출산과정을 지켜보면서 마음 속 깊이 '자궁 선망'을 지니고 있다고 주장했다. 남성의 성기와 여성의 자궁, 어느 것이 더 훌륭한가? 스타이넘은 남성의 성기는 자궁에 비해 상처받기 쉬운 열등한 존재라고 말한다. 남성의 성기는 밖으로 그대로 드러나 있고, 그래서 쉽게 상처받고 자기 보호도 불가능한 데 비해, 자궁은 여성의 몸 내부에서 정말로 완벽한 보호 아래 있는 강인한 존재라고 말했다

즉 글로리아 스타이넘은 프로이트를 앞장세운 일련의 남성학자 혹은 남성우월주의자들이 만들어낸 것들이 이른바 '남근 선

망'과 같은 '논리 세우기'를 한 결과라고 했다. 힘을 지닌 집단은 온갖 수단을 동원해 자신들이 우월함을 학문적으로 논리적으로 전개하고 발전시켰고 동시에 그들이 지배하고 열등하다고 생각한 집단에 대해 '열등한 것은 당연한 것이다'라는 논리를 정당화시켜 왔다고 지적했다.

특히 남성들은 여성들의 뛰어난 능력을 오히려 못나고 더럽고 어리석은 것이라고 왜곡시켰던 것이다. 인간으로서 자궁을 지니고 한 생명을 생산하는 것 이상의 뛰어난 능력이 어디 있겠는가? 여성이 자궁을 가졌다는 것은 단순한 섹스와 정자 보존 내지는 정자 뿌리기 정도의 능력을 지닌 남성의 페니스와는 비교조차 할 수 없는 우월한 것이다. 이 세상에 가장 큰 거짓말 속에 갇혀 있는 것, 바로 '남녀 이데올로기'라는 것은 우리 여성 자신이 확인하며 자라는 것이 아닐까?

스타이넘은 옳다. 정당하다. 진실에 접근했다. 바로 이 진실은 이 세상의 남자와 여자가 알아야 하는 중요한 것이다. 스타이넘은 바로 이 점에 대해 '유쾌하게' 반기를 든다. 하나의 가정을 통해 '치사한 허구'를 통쾌하게 반박하는 것이다.

만일 남자가 월경을 한다면

'만일 남성들이 월경을 하게 되면 어떻게 될까?' 우리나라에서 과연 어떤 일이 벌어질지 한번 상상해보자.

물론 세상이 뒤집혀질 것이다. 당연히 '남자들만이 하는 월경'은 누구나 부러워하고 자랑스러운, 남성다움을 말해주는 상징이 될 것이다. 이 세상 남자들은 서로 내가 오래 하니 네가 많이 하니 문제를 놓고 마치 성기의 크기를 자랑하듯 떠벌릴 것이다.

소년들은 월경을 하게 되면 아, 나는 이제 당당한 남성이 되었구나 하면서 감격에 들뜰 것이다. 소녀들이 당황과 수치심으로 초경을 맞는 것과는 달리 소년들에게는 초경을 축하하는 온갖 선물이 쏟아지고 종교적인 의식, 가족들과의 초경 축하 외식, 그리고 초경 축하를 위한 잔치를 집에서 열어줄 것이 분명하다.

또 남자들은 '남성 생리 기념일'을 제정할 것이다. 국회는 국고를 털어 기금을 만들어줄 것이다. 또 의사들은 이 월경이 인체에는 어떤 영향을 끼치는지를 심혈을 기울여 연구에 연구를 거듭할 것이다. 생리통 정도는 이미 한 번에 듣는 알약이 나올 것이고 월경증후군에 대한 정신적 연구 역시 모조리 끝나버릴 것이다. 여성들이 월경을 할 때 그 어떤 남성의학자들도 월경에 대해 연구한 것이라고는 거의 없다고 해도 지나치지 않은데 말이다.

생리대는 공짜다. 나라에서 기금을 모아 평생 월경을 하는 동안 지급하게 된다. 군대에 가 나라를 지키는 국방의 의무하고는 비교도 안 되는 신성한 일을 하고 있으니 당연하다. 남자가 월경을 매달 하는 것, 언제나 새로운 생명을 잉태할 수 있는 왕성한 활동의 표시가 아닌가? 그러므로 국가에서는 월경을 하는 동안 하루 생리휴가제는 조금 부족하니까 일주일 정도 휴가를 주는 것을 검토하고 있다.

물론 돈버는 남자들도 늘 수밖에 없다. 월경은 신성하고 아름다운 작업이기 때문에 '브래드 피트 탐폰' '파바로티 패드' '타이거 우즈 텍스' 같은 이름의 생리대들이 수퍼마켓의 선반을 장식할 것이다.

게다가 스포츠의학자들은 부지런히 통계조사 결과를 발표한다. '남자들이 생리를 하는 동안 스포츠를 더욱 잘해서 올림픽에서 메달을 가마니로 긁어왔습니다' 라고.

물론 종교인들 역시 가만히 있지 않는다. 월경은 오로지 남성만이 하는 신에 대한 봉사의 표시이며 하느님이 준 피를 피로써 되돌려보내는 참 은혜를 아는 존재가 바로 남성이라고 목청껏 외친다. 그러므로 남성만이 이 세계를 지배할 수 있다고 다시 목이 쉬게 외친다. 여성은 더러운 피를 매달 걸러내지 않기 때문에 영원히 깨끗해질 수 없는 불결한 존재라고 정의한다.

매스컴도 한몫한다. '남자들의 월경'은 아무리 하고 또 해도 싫증나지 않는 주제이다. 〈행복한 날에〉라고 해서 남자들이 월경하는 소감을 2시간 이야기 쇼로 만들고, 월경에 얽힌 드라마가 매일연속극으로 나온다.

물론 '사랑받는 아내' '남자 기살리기 아내모임'의 회장 같은 생각 없는 여자들도 TV나 싸구려 강연에 나와서 호들갑을 떤다.

"그러니까 남편들이 월경을 하는 것은 정말 대단한 거죠. 예수님의 피처럼 순결한 피를 매달 흘리는 거예요. 그러니까 주부 여러분, 남편에게 감사하세요. 그리고 남편들이 월경을 할 때는 섭생을 잘 할 수 있도록 곰국을 끓이고 빈혈이 되지 않게 식단을 짜야지요."

"정말이지 월경을 하는 것은 남성다움의 상징이죠. 한 달에 한 번씩 그 많은 피를 흘리다니 얼마나 용감하고 멋져요. 우리 새대가리 같은 여자들은 아무리 잘났고 커리어우먼이라고 해도 어디 남자를 따라갈 수 있나요. 더구나 월경 같은 위험한 일은 우리 여자는 죽어도 할 수 없어요. 그러니까 우리 남편을 하늘처럼, 왕처럼 받들어 모십시다."라고.

물론 남자들도 가만히 있지 않는다. 섹스를 하는 여자에게 속삭인다. 자신이 월경을 할 때 섹스를 하면 최고의 섹스를 맛보는 것이라고, 정말로 감사히 여겨야 한다고 강조한다.

경찰 역시 달라진다. 백화점에서 물건을 슬쩍 한 남자가 있었다. 그런데 알고 보니 월경중이었다. 당연히 훈방조치한다. 왜냐하면 자신의 신체 리듬에 따른 어쩔 수 없는 행위였으며 백화점에서 그렇게 유혹적인 물건을 진열한 것도 일말의 책임이 있으므로 '정당한 행동'이었다고 해석을 달아놓는다. 또 '책도둑은 도둑이 아니다'라는 말 대신에 '월경도둑은 도둑이 아니다'라며 인자한 웃음으로 경찰관은 어깨를 다독거려준다. "나도 그렇다우." 하면서.

위대한 생명 창조의 상징, 월경

월경을 하는 여성에 대한 금기와 모욕과 경멸을 참으면서 우리 여성들은 살고 있다. 여성이 월경을 하는 것은 결국 달의 주기와 여성의 육체가 함께하는 것이다. 말 그대로 월경(月經)이다. 즉 여성의 몸은 이 우주와 궤를 같이하면서 신비로운 생명 작업을 해나가고 있는 것이다. 월경은 끊임없는 에너지의 상징이다. 항상 준비되어 있다는 것, 새로운 생명을 품어안고 창조할 수 있는 위대한 능력의 상징이다.

그러나 바로 이런 능력을 남성들은 어떻게 폄하했는가? 어떤 특정한 집단에 대한 '왜곡' '때리기' '죽이기'는 사실 그 본질을 파고들어가 보면 그 집단이 지닌 우수성과 힘을 잘 아는 반대쪽 집단의 두려움의 표현이다. 남자들은 잘 알고 있다. 그들은 우주의 신비를 몸 안에 저장하고 우주와 함께 가며 자신들을 만들고 자신들이 어디에 있다가 어디로 나왔는가를 너무나도 잘 알고 있기 때문이다.

종교와 정치, 사회, 의료, 미디어…… 남성들의 손에 장악된 이 모든 기관은 여성의 월경을 지저분하고 더럽고 수치스러운 일이라고 말했다. 그리고 우월하지만 열등하게 살아야만 되는 여성들에게 끊임없이 세뇌시켰다. '더러운 피' '나쁜 피'라고, '재수없다'고 '가까이 오지 말라'고…….

　　오랫동안 여성들은 그 왜곡과 기만과 거짓의 희생자였다. '나는 월경을 하고 있어요'라고 나직하게 죄지은 듯 이야기하게 만들었다. 어쩌다 시트에 묻은 한 점의 선혈, 흰 드레스에 예기치 않은 한 방울의 피……. 왜 여성들은 부끄러워했고 당황했는가.

　　밝은 얼굴로 자랑스럽게 말하자. '나는 월경중입니다'라고……, '생명의 창조의무를 지금 해내고 있습니다'라고……, 자랑스러운 여성으로서.

포르노그라피는 왜 추악한가

내가 처음 포르노그라피를 본 것은 15년 전쯤 네덜란드에서였다. 세상의 모든 일에 지나칠 정도의 넘치는 호기심을 갖고 있는 내가 '최초로' 포르노를 볼 기회를 놓칠 리가 없었다. 당시에 선후배 사이였던 남편은 나를 에스코트(?)해 포르노 전용관에 데리고 갔다. 그는 심사숙고해서 가장 온건한 포르노 영화를 골라 나와 함께 보았다.

나는 그때 엄청나게 실망했다. 완전히 나의 기대를 배신한 것이었다. 나는 남자와 여자의 섹스를 아름답게 묘사한 것이라고 생각했다. 키스가 있고 대화가 있고 성적인 흥분을 일으키는 수준 높은 자극이 있으리라고 생각했다. 그러나 그 영화는 한마디로 참담했다.

여자들은 뇌가 없었다. 오로지 성형수술한 터질 듯한 가슴과 팽팽한 엉덩이만 있었다. 여자들은 아무것도 생각할 수 없는 바비인형처럼 바보스럽게 멍청하게 그려져 있었다. 남자는 배설 외에는 생각이 없는 지골로, 호스트로 그려져 있었다. 가장 나를 실망하게 한 것은 바로 섹스하는 장면이었다. 화면 가득히 남성의 성기가 여성의 성기에 들어갔다 나왔다 하는 장면을 수없이 반복해서 보여주는 것이었다. 구역질나는 것을 떠나 일단 나는 지겨워서 볼 수가 없었다.

내가 처음 본 포르노는 성욕 촉발이 아니라 성욕 감퇴용이었다. 선정적이고 아름다운 에로틱한 포르노를 생각했던 내 기대는 참담하게 깨졌다. 당시 남편은 그 영화를 함께 보고 난 뒤 몹시 후회하는 듯했다. 일단 교육용으로서 문제가 있다고 느낀 듯했다. 단순한 선후배 사이였던 당시에 남편은 '저것은 포르노일 뿐 실제로는 그렇지 않다'고 누누이 강조했다. 그는 내가 쇼크를 받거나 완전히 왜곡된 성적 선입관을 갖게 될까 봐 몹시 걱정했다.

나는 그때 웃으면서 걱정하지 말라고, 섹스가 저런 포르노와는 다를 거라고 생각한다고, 지나친 상업주의일 뿐이라고 끝없이 아는 체를 했다. 아닌게아니라 나는 그때까지 수많은 이론을 섭렵한 결과 내 나름대로 섹스는 이런 것이라는 결론에 도달해 있기도 했다.

그후 나 자신이 섹스를 경험하고 포르노비디오도 참 많이 보았다. 그러면서 내가 처음 본 것은 아주 가벼운 별볼일 없는 포르노였다는 것을 알았다.

그러면서 서서히 포르노그라피의 문제에 눈을 뜨게 되었다. 포르노는 왜 그렇게 추악한가 하는 점에 대해서, 왜 포르노는 여성을 그처럼 동물처럼 그리고 있는가에 대해서, 왜 포르노는 변태적인 섹스만을 그려 나 같은 사람의 성욕을 외려 감퇴시키는가에 대해서 생각하게 되었다.

포르노그라피의 원죄

여성학자 나오미 울프는 포르노그라피의 변화를 이렇게 진단한다. 남성들의 여성에 대한 증오가 미친 듯이 표현된 것이 바로 포르노라고 말이다. 한 예로 나오미 울프는 남성들의 심리 표현이 모든 미디어에서 변화했다고 지적한다. 1960년대까지만 해도 남성들은 아름다운 여성을 보면 '저 여자와 데이트하고 싶다' '저 여자와 결혼하고 싶다'고 느꼈다. 그러나 1980년대에 이르러 남성들은 아름다운 여자를 보면 '저 여자를 강간하고 싶다' '저 여자를 패서 내 발 밑에 싹싹 빌게 만들면 어떨까' 하는 생각을 하게 되었다. 바로 남성을 그렇게 만든 것이 포르노라고 나오미 울프는 말한다.

포르노 속에 나타난 남자와 여자. 여성이 받은 폭력은 남자를 흥분시키고 여성 강간은 남성에게는 쾌락이다. 포르노에는 여성을 강간하고 때리고 모욕하는 것이 어느 사이엔가 필수적 요소가 되어버린 것이다. 즉, 이전에는 여성에게 성행위였던 것이 지금은 강간이 되어버렸다.

가장 무서운 것은 포르노는 현실이라는 점이다. 포르노는 살아 있는 여자와 남자를 필요로 한다. 마구 사정을 하며 정액을 뿜어내는 남자와 남성의 즐거움만을 위해 뇌 없이 봉사하고 얻어터지고 강간당하는 여자는 그 '연기'를 위해서 '강요된 성행위'를 하는 현실 속에 있다. 대개 포르노 배우들은 주사를 맞거나 촬영 내내 약을 먹는다고 한다.

무엇보다도 이 시대의 포르노는 여성의 신체를 남성의 더러운 쾌락의 도구로 전락시켰다. 또한 남자와 여자의 성관계를 지배와 종속 관계로 만들었다. 여성을 폭력의 대상으로 변태적인 섹스를 표현함으로써 여성을 모욕했다.

강간, 성폭력은 섹스가 지닌 치명적인 단점이다. 즉 포르노는 성을 폭력의 수단으로 사용해 남성의 야만적인 폭력을 숨겨주는 것이다. 여성에게 그보다 참담한 폭력은 없다.

안드레아 드워킨은 남자에게 포르노는 '강간의 연습용 교재'라고 말했다. 캐서린 매키넌은 '여성 억압의 핵심'이라고 지적했다. 그러나 포르노의 가장 큰 해악은 바로 남성들의 지배, 즉 가부장제, 남성우월주의를 표현함으로써 남성의 지배를 영구화하려는 음모가 숨어 있다는 데 있다. 왜 포르노가 추악한가의 답이 바로 여기에 있다.

최고의 쾌락은 여자를 강간할 때?

포르노그라피가 전세계에서 가장 많이 제작되는 미국에서 포르노는 오히려 보호받고 있다. 여자를 발가벗기고 때리고 강간하는 비디오를 만들어 떼돈을 번 사람들은 포르노는 예술이고 표현의 자유를 보장받아야 한다고 주장한다. 포르노의 소비자는 거의 100퍼센트 남자이다. 바로 이 남자들은 점잖게 포르노의 억압은 표현의 자유를 침해하는 것이고 포르노는 인간이 자유로운 표현의 자유를 확보하기 위해서 받아들여야 할 부분이라고 철판 깔고 말한다.

자본주의 아래 여성의 성은 가장 손쉬운 상품이 되었다. '강간'은 포르노에서 가장 인기 있는, 빠지면 절대로 안 되는 상품이 되었다. 남자는 강간하고 여자는 강간당한다.

진정한 자유와 평등, 여성의 권리를 위해서라면 포르노의 저지는 필수적이다. 이제 우리 사회 역시 각종 포르노에 뒤덮여 있다. 우리 청소년들은 포르노를 보면서 강간을 실습하고 〈빨간마후라〉를 만들고 있다. 여자는 강간당하는 것을 마음속으로 원

하고 남자에게 있어 최고의 성적 쾌락은 여자를 강간할 때라고
여길지도 모른다. 포르노는 남성들이 지닌 폭력성의 무기가 되
어버렸다.

〈파리에서의 마지막 탱고〉를 만든 베르톨루치 감독은 예술과
포르노의 차이를 이렇게 말했다. "사회적인 메시지를 담고 있다
면 예술이고 메시지가 없다면 포르노이다."라고. 이제 우리는 한
문장을 더 보태야 한다. 여성을 억압하면 그 어느 경우에든 포
르노라고 말이다.

누가 그녀를 죽게 했나?

얼마 전에 끔찍한 사건이 일어났다. 여대생이 택시기사에게 성폭행을 당했다며 수치심과 모멸감을 이기지 못하고 아파트 3층에서 뛰어내려 목숨을 끊은 사건이다. 여대생은 유서를 남겼는데 자신을 성폭행한 택시기사의 핸드폰 번호와 연락처였다. 그 남자는 처음에는 성폭행이 아니라 '합의에 의한 성행위'였다고 발뺌을 하다 나중에야 성폭행 사실을 시인했다.

이 사건에 대해 우리나라 대표적인 한 방송은 저녁뉴스에서 이 여대생의 '정조관념'을 칭송했다. 여성들이 쾌락에 몸을 맡기는 지금과 같은 이 세상에 그래도 정조를 소중히 여기는 여성이 있었다면서 기자가 리포트에서 내내 감탄사를 연발하는 것이었다. 몸을 더럽혀서 자살했다는 사실을 미화하고 찬양하고 있는 것이었다. 나는 그 뉴스를 들으면서 정말이지 이런 나라에 살고 싶지 않다는 생각을 했다.

그런 무식한 기사가 걸러지지도 않고 방송전파를 타는 것은 작은 일로 치더라도 마치 성폭행당한 일이 죽어야만 될 일이라는 식의 남성적인 가치관이 이 땅에 아직도 망령처럼 도사리고 있다는 점에서 그랬다.

지금은 무지한 조선시대가 아니다. 난리가 났을 때 뱃사공의 손을 잡고 배를 탔다고 해서 다시 바닷물에 몸을 던지는 시대가 아닌 것이다. 우리나라에 있는 수많은 열녀문은 바로 이 유교 이데올로기가 얼마나 가혹하게 여성을 짓밟고 유린했는가를 보여주는 증거이다. 열부문은 없이 남자의 존재에 따라 삶과 죽음마저도 강요했던 남성들의 이중적인 성 이데올로기에 의한 범죄는 아직도 이 땅에 엄연히 존재하고 있다.

이 하늘 아래 사람의 목숨보다 더 소중하고 귀한 것이 어디 있을까? 그 여대생은 수치와 모멸감, 고통을 견디기 힘들었을 것이다. 그렇지만 죽음을 택한 것은 성폭행을 한 번 더 당한 것이나 다름없는 일이었다. 죽음은 결코 해결책이 아니기 때문이다. 오히려 도피였으며 성폭행에 이어 이 세상에서 가장 귀한 목숨을 폭행의 제물로 버렸으니 얼마나 어리석은 일인가?

왜곡된 성문화의 희생자

성폭행은 '사고'이다. 살다 보면 어쩔 수 없이 불가항력으로 당하게 되는 사고가 있다. 아무리 정신을 차려도 자신의 행동과는 관계 없이 사고를 당하게 된다. 교통사고, 상해사고 등등. 그 여대생이 당한 성추행도 엄연한 그런 '사고'의 일종이다. 사고는 사고답게 처리하면 된다.

사고의 원인을 규명하고 그 사고의 책임자를 벌하면 된다. 그리고 사고의 피해자는 그것이 어쩔 수 없는 사고였다고 인정하고 하루빨리 스스로 극복하고 치유하면 된다. 그 여대생은 반드시 살아야 했다. 그래서 자신의 손으로 범인을 찾기 위해 경찰서를 찾고 병원에 가서 진단서를 떼어야 했다. 그리고 잡혀온

용의자를 보고 '바로 이 사람'이라고 허튼수작 못하게 두 눈을 똑바로 보고 말해줘야 했다. 정조 이전에 중요한 것이 사람의 목숨이라는 것을 주변에다가 보여줘야 했다. 그리고 그 상처를 잊고 더더욱 씩씩하게 이 사회에서 살아가야 했다.

과연 정조란 것이 무엇인가? 결국 남성에게 얽매여 있기 위한 조건에 불과했던 것이다. 자신의 몸을 소중히 하는 것은 정말로 중요한 일이다. 정신과 몸을 귀하게 여기는 것은 발전적인 자기애의 출발이다. 그렇지만 오로지 '정조관념'에 의한 것이라면 얼마나 어리석은가? 삶의 원칙을 세우는 것 — 자기 스스로 납득할 수 있는 논리와 설득이 있어야만 한다.

무엇보다 여대생 이양을 죽음으로 몰아넣은 것은 우리 사회의 이기적이고 왜곡된 남성 위주의 성 이데올로기이다. 그들은 그토록 짐승같이 몸을 굴리고 성폭행을 일삼으면서 여성에게 '정조'를 요구하다니…… 이양은 우리 사회, 바로 그런 비열하고 부당한 이중적인 성문화의 희생자이다.

낙태, 아이를 낳지 않을 권리

'오늘날 평화에 대한 가장 큰 파괴자는 낙태라고 생각합니다. 낙태는 분명히 전쟁이고 학살 그 자체이며 어머니가 하는 살인입니다.'

'어머니가 낙태를 해서 아이를 죽이는 것은 제가 여러분을 죽이는 것과 마찬가지입니다. 사람들은 전쟁에서 죄없는 아이들이 학살당하는 것을 큰 문제로 여기고 그것을 막으려고 합니다. 그런데 어머니가 자기 자식을 죽이겠다는데 어떻게 막을 도리가 있겠습니까?'

마더 테레사의 말이다. 성녀 마더 테레사도 낙태를 하는 여성을 비난한다. 이 세상 모든 남자, 모든 종교기관과 마찬가지로. 마더 테레사의 삶을 우러러보면서도 나는 그녀가 반쪽밖에 알지 못하고 숨을 거둔 것을 안타깝게 생각한다. 마더 테레사는 말 그대로 '성녀'로 살았기 때문에 보통 여자가 겪는 아픔과 절망과 분노를 모르고 떠나갔다. 나는 그것이 안타깝다.

자의든 타의든 온갖 사연에 의해서 차가운 임신중절 수술대에 올랐던 여성이라면 어떻게 희희낙락하며, 아무렇지도 않을 수 있었겠는가? 이 세상에서 가장 괴로웠고 두려웠고 무서움에 떨었다. 마침내 벼랑 끝에서 여성들은 결정한다. 언젠가 〈타임〉지는 '원치 않은 임신을 안 순간'의 여성의 얼굴을 표지로 내면서 '이 세상에서 가장 처절한 얼굴'이라고 제목을 달았다. 이 세상은 임신중절을 하는 여성을 '살인자' 취급하고 '자기 몸 하나 간수하지 못한 여자' '피임 하나 못한 멍청한 여자'로 보고 기껏 동정해야 '운 나쁜 여자'로 본다. 세상의 불쌍한 모든 이를 보살피고 측은하게 여기는 마더 테레사도 낙태를 하는 여성은 '살인자'라고 말했다. 마더 테레사도 '낙태한 여자'를 비난했다.

이 세상은 임신중절을 한 여성을 이렇게 혹독하게 비난한다. 종교기관은 '나쁘다'를 넘어서서 '죄를 지었다'고 몰아세운다. 소중한 생명을 무참하게 살해한 살인자로 규정한다. 쾌락으로 치닫다가 마침내 살인까지 저질렀다고 세상은 말한다.

누가 약자인가?

왜 낙태를 해서는 안 되는가? 한 종교는 사회정의의 실천을 위해서라고 말한다. 만일 강한 자인 어머니가 아무런 힘도, 저항할 수도 없는 태아를 살해한다면 이 세상에서 이제 강한 자는 약한 자를 얼마든지 죽여도 좋다는 논리가 성립되는 것이라고 말한다.

누가 약한 자인가? 태아와 어머니, 누가 약한 자인가? 어떻게 여성이 강자라고 말할 수 있는가? 원치 않는 임신, 낳을 수 없는 아이를 가진 게 된 고통과 절망과 공포에 떠는 여성이 강한 자란 말인가? 이런 논리를 정당화시키고 외친 이들은 그 여자의 절망에 들어가본 일이 있었을까? 여자 혼자서 임신한 것도 아닌데 세상은 여자만을 비난한다. 자신의 몸 안에 들어온 생명을 여성이 포기할 수밖에 없는 것은 과연 그 여자만의 '의지'이고 '결정'이었을까? 원인을 만든 남성과 당연히 나눌 몫이지만 왜 여성만이 이처럼 비난받아야 하나……. 단지 자궁을 지닌 여자 라는 이유만으로 모든 책임은 여성의 몫인가? 성관계의 흔적과 증거가 남는 몸을 지녔다는 단지 그 이유만으로 그 모두가 여성 이 짊어져야 하는 짐인가?

그렇다면 이 세상에서 한 발 물러서 구경하고 있는 남자들은 간섭해서는 안 된다. 종교는 잘못된 논리를 정당화하는 잘못을 그만두어야 한다. 비난할 자격도 능력도 위치에도 있지 않으니 말이다.

마녀사냥은 지금도 계속된다

고대사회에서 임신중절은 여성이 알아서 하는 '권리'였다. 그 어느 남자도, 종교도 이 여성의 권리를 침범할 수 없었다. 말하 자면 고대사회 여성들은 선택의 자유가 있었던 셈이다. 어느 남 자도 이 권위를 침범할 수 없었고 여성이 '생명을 원할 때만 생 명은 이 세상에 태어날 수 있었다.'

그러나 그리스 시대에 이르러 종교는 '가부장제'의 틀을 쓰고 여성의 원초적인 권리를 빼앗기 시작했다. 아버지의 정액이 태 아에 영혼을 불어넣는다고 가부장제는 말했다. 그들은 '태아' 역 시 남성성의 일부라고 보았다. 나의 소중한 정액이라고. 남성들 은 태아가 손상된다면 남성들의 머리카락과 손톱과 피가 손상을 입는 것처럼 그들, 즉 남성 자체가 부분적으로 파괴되는 것이라 고 생각했다.

이런 생각은 토마스 아퀴나스에게도 전해졌다. 그는 남성의 정액을 '영혼의 수레'라고 보았다. 바로 이런 강력한 가부장제가 뿌리내림으로써 여성은 자궁의 주인이 아니라 정액을 위해 자궁을 빌려주는 하잘것없는 존재로 추락하기 시작했다. 여성의 낙태는 불법이며 부정의한 것이라는 생각이 사회와 남성들에게 받아들여졌고 여성들을 세뇌시켰다. 낙태는 여성의 몸에 해로워서가 아니라 남성성을 훼손하기 때문에 '금지의 대상'이 되어버렸다.

그러나 동양은 달랐다. 태동을 느끼기 전 즉, 5개월 이전의 낙태는 합법적이었다. 브라만 경전에는 5개월 이전의 태아는 영혼이 없는, 여성의 신체 일부라고 밝히고 있다.

재미있는 것은 19세기 전까지만 해도 서구의 기독교는 태아에 대해 똑같은 입장을 갖고 있었다는 것이다. 영혼은 임신 5개월의 태동으로 불어넣어진다고 말이다. 그렇지만 교회는 19세기에 들어와 영혼은 여성의 태동이 아니라 신이 불어넣은 것이라면서 은근슬쩍 입장을 바꿨다.

그러나 낙태를 '범죄'로 만든 것은 신이 아니라 '남자'였다. 미국은 1930년에 낙태를 범죄로 규정했다. 이 법을 만들면서 모조리 남자였던 법관들은 웃음을 터뜨렸다. 세상에 이렇게 형편없는 말도 안 되는 법이 있나 생각했을 것이기 때문이다. 자신의 신체 일부를 손상하거나 제거했다고 해서 당사자를 벌하는 법은 이 세상 어느 곳에도 없으며, 여성의 입장에서 보면 역사상 전례 없는 위법을 합법화한 것이었기 때문이다. 여성을 임신시킨 바로 그 남성들이 '낙태'는 불법이고 살인행위라고 여성을 붙잡아넣기 시작한 것이었다.

서구의 교회는 유구한 역사를 통해 마르고 닳도록 생명의 존엄성을 위해 낙태를 줄곧 반대해 온 것처럼 꾸미고 있다. 그러나 중세 교회는 낙태 자체를 비난한 적이 없다. 또한 태어나지 않은 아이의 생명에 대해서, 그 귀한 가치에 대해서는 코방귀도

꾸지 않았다. 교회는 '마녀사냥'이라는 이름 아래 임신한 여자를 수도 없이 죽이고 고문하고 불태웠기 때문이다.

이 마녀사냥은 지금도 계속된다. 수천 명의 여성들이 절망의 끝에서 남성들이 만든 법 때문에 불법적인 낙태수술을 받다가 범죄자가 되어 숨겨간다. 이제 여성들은 남자들이 법을 만들면서 왜 낄낄거렸는가를, 그 웃음의 의미를 깨달아야 한다. 남성들, 서구의 교회는 아직도 여성의 출산과 생명창조의 권리를 간섭하고 통제하고자 한다. 아직도 카톨릭계 병원은 강간에 의한 임신이었다 하더라도 수술하기를 거부한다. 이 얼마나 비인간적인 처사인가?

결국 낙태를 비난하고 여성을 살인자 취급하는 이유는 무엇인가? 낙태가 바로 가부장, 즉 남성의 권위를 손상시킨다는 뿌리 깊은 생각이 있기 때문이다. 동시에 여성은 오로지 남성 정액을 받는 시험관에 불과하다는, 여성의 가치를 조금도 인정하지 않는 남성우월주의에서 비롯된 것이다. 여성을 끊임없이 살인자라고 비난했던 종교 역시 남성들의 이익에 편승했던 것은 당연한 일이었을 것이다. 대개 종교는 권력의 정당성을 만들어주는 일을 도맡아왔기 때문이다.

낙태는 여자의 선택이다

여성해방론자들은, 낙태를 불법이라고 금지하는 것은 여성의 몸을 지배하고 마음대로 조정하려는 남성들이 여성의 몸을 식민지로 만드는 것이라고 지적했다. 즉 가부장제의 위계질서를 지지하고 있다고 지적한다. 글로리아 스타이넘은 만일 이 세상 남자들이 임신을 할 수 있어 낙태를 하게 된다면 거꾸로 낙태는 '성스러운 의식'이 될 것이라고 꼬집었다. 물론 교회 역시 성스러운 기도를 올려줄 것이다.

　만일 당신이 원하지 않는 임신을 했다면, 아이를 낳을 수 없
는 상황이라면, 당신은 며칠 밤의 고민 끝에 '낙태'를 결정할 것
이다. 당신은 신중했고 진지했다. 그리고 무수히 남아 있는 앞날
을 생각했다. 과연 아이를 낳을 때 그 아이가 '행복할 수 있을
까?'도 생각했다. 물론 당신이 행복할 수 있는가도 물었다. 나의
몸이며 나의 일부에 대해 당신은 선택했고 결정을 내렸다.

　당신은 이기적인 것도 아니었다. 당신은 강자로서 약한 자를
잔인하게 살해한 파괴자도 아니었다. 물론 계획적인 살인자도
아니었다. 그리고 무엇보다 중요한 것은 결코 남성들이 만든 가
치관과 법과 제도에 대한 '약자의 선택' 역시 아니었다. 낙태를
결정하는 것, 당신의 선택이고 '여성의 선택'이다.

결혼을 거부한 미혼모 마돈나

마돈나가 엄마가 되었다. 나도 엄마가 되었다. 마돈나의 철저한 프로정신, 직업정신을 존경하는 나는 이제 그녀의 음악세계가 더욱 깊어지고 다양해질 것이라고 생각했다. 물론 나 역시 그럴 것이다. 자신이 낳은 최대의 창작품, 완전한 자체 생산품을 바라볼 때 그녀가 느낄 뿌듯함, 경이로움을 내가 잘 알기 때문이다. 나의 아이가 내게 최고의 '책'이듯 그녀의 딸은 마돈나에게 '최고의 노래'일 것이다.

아이를 낳고 마돈나는 친구들과 아는 사람들에게 전화 걸기 바빴다고 한다. 전화 내용은 아기선물을 사갖고 축하를 하러 온 이들에게는 넘치는 답례의 말을, 오지 않은 사람에게는 '왜 우리 아기를 보러 오지 않느냐?'고 따지는 말이었다고 한다. 물론 장부정리도 철저히 해놓아 누가 언제 왔고 무슨 선물을 사왔는지를 확실하게(!) 적어놓았다고 한다. 또 사후 괘씸죄(?)로 다스릴 '나타나지 않은 자'의 명단도 정리했을 것 같다. 나는 이해한다.

마돈나는 아이를 낳을 때 제왕절개로 낳았다. 처음에는 '직업인'으로서 배에 상처가 남는 것을 상당히 꺼려해서 의사에게 '흔적이 적도록 최선을 다해달라'고 부탁을 했다 한다. 그렇지만 아마 지금의 마돈나는 그 상처 부위를 자랑스럽게 여기고 있지 않을까?

마돈나는 우리 식으로 말하자면 '미혼모'이다. 우리 사회에서 미혼모라면 고통의 대명사이다. 또 낙태를 하지 않고 아이를 낳는다면 그 여자는 자신의 일생을 담보로 빚잔치를 하겠다는 각오이자 또 가족주의 사회에서 '패가망신'의 당사자 취급을 받는 것을 뜻한다. 그리고 이어지는 동정과 비난의 눈길들…… 그렇지만 마돈나에 대해 누가 그렇게 생각했을까?

결혼을 거부한 마돈나

어느 누구도 마돈나를 '불쌍한 미혼모'라고 부르지 않는다. 우리와 가치관이 다른 서구는 물론이고 우리나라 역시 아무도 마돈나가 아이를 낳았을 때 '마돈나, 큰일났네' 하지는 않았다. 그 이유는 간단하다. 마돈나는 많은 것을 가지고 있었기 때문이다.

마돈나는 권력과 명예와 돈을 가지고 있었다. 그 모든 것은 마돈나의 행동에 대해 어떤 정당성을 부여하기도 했다. 동시에 다른 사람이 마돈나의 행동을 받아들이도록 하는 카리스마로 연결된다. 한 여성이 자신의 업적을 통해 자신의 사생활에 대한 인정과 지지를 받았다는 것은 실제로 드문 일이었다. 바로 마돈나가 그 일을 해냈다.

마돈나는 결혼을 거부했다. 한 차례의 결혼생활에서 결혼이 얼마나 형편없는가를 확인했다고 말했다. 마돈나는 아이 아버지인 레옹과 결혼할 의사가 없다고 밝혔다. 아이를 자신의 아이로서 키우겠다고 했다. 즉 어머니로서 충분한 가정이, '부모의 이미지'가 이뤄지고 있다고 마돈나는 생각하는 것이다.

또 한 걸음 나아가 마돈나는 가능하다면 자신은 앞으로 아이를 3～4명은 더 낳고 싶다고 했다. 그러면서 덧붙이기를 바라건대 아이의 아버지가 각각 달랐으면 한다고 했다. 왜? 자신의 아이들의 아버지가 '같은 남자'여서 한 남자에게 지나친 권력을 주고 싶지 않아서라고 말했다.

사실 마돈나의 생각은 그렇게 특별하지 않다. 이미 모계사회 때 인류는 그렇게 살아왔다. 그것은 아주 자연스러운 일이었다. '왜 아버지가 꼭같을 필요가 있는가?' 아마 그 시대의 여성들은 지금의 우리에게 물을 것이다. 더구나 여성들에게— 이 시대의 여성들은 '가부장제'에 완전히 세뇌되어버려 이런 말에 남자보다 더 흥분하는구나 하며 딱하게 생각할 것이다.

출산이라는 것, 생명을 만드는 것은 진정으로 여성들의 작업이다. 아주 냉정하게 누구 쪽에 더 공이 있는가를 따져보아도 그렇다. 남성은 몇 분에서 몇십 분의 노력을 들였고(이보다 훨씬 적을 수도 있다) 여성은 열 달을 들인다. 여성의 피와 살로 만드는 작업이 바로 임신이고 엄청난 고통과 에너지로 이 세상에 내보내는 작업이 출산이다. 그럼에도 불구하고 '아버지'라는 성을 따르게 하고 모조리 아버지의 '정자'의 공으로 돌리는 것은 얼마나 비합리적인가 말이다.

마돈나는 솔직하며 당당하게 '어머니의 정당한 권리선언'을 했다. 이 시대의 여성이며 어머니이다.

러셀의 예언, 아버지는 사라진다
버트런드 러셀은 1929년에 이제 이 세상에서 '아버지'라는 존재와 이름은 사라질 것이라고 했다. 러셀은 모계사회의 부활을 예고하며, '아버지'라는 존재는 아주 부유하거나 힘을 지닌 이를 제외하고는 곧 소멸한다고 했다. 앞으로의 여성은 개인적인 아버지가 아니라 나라와 더불어 그들의 자녀를 키우게 될 것이라고 했다. 러셀의 예언은 서구에서 이미 시작되었다. 서유럽과 북유럽에서 태어나는 아이들은 결혼한 부모보다 미혼모의 아이들이 더 많다. 즉 결혼을 거부하는 '미혼모'들의 아이인 것이다.

러셀은 더구나 여성이 일을 하고 경제적으로 독립하고 또 국가의 복지혜택을 받게 된다면 '여자를 가축으로 만드는 결혼' 대신 마음껏 아이를 낳아 아버지를 상관하지 않으며 살게 된다고 했다. 러셀은 문명의 역사는 곧 가부장제가 쇠퇴하는 과정이라고 했다.

그렇다면 마돈나야말로 그 상징이 아닐까? 바로 그런 다음에 이어질 세계에 대해 노래하고 말하고, 그리고 삶의 한 부분으로서 보여주고 있기 때문이다. 어머니가 된다는 일, 마돈나에게는 모계사회의 한 질서를 회복하는 일이기도 했다. 그 새 시대의 문 앞에 '우리의 어머니 마돈나'는 서 있다.

마거릿 생어의 투쟁

오늘 우리 여성의 삶은 역시 많은 여성에게 빚을 지고 있다. 그런 여성 가운데 한 사람이 마거릿 생어이다. 마거릿 생어는 '여성은 자신의 몸에 대해 결정을 내릴 수 있는 권리를 가져야 한다'고 주장했던 인물이다. 이 마거릿 생어의 구호는 오늘날 미국의 낙태 찬성주의자들의 표어인 '나의 몸은 나의 것이다'와 같다.

오래 전부터 가부장제 아래 여성의 몸은 여성의 것이 아니었다. 여성의 몸은 남자의 정자를 받아 자궁을 빌려주는 영원한 '대리모'였다. 남자들은 오랫동안 여성의 몸을 지배하기 위해 치밀하게 노력했다. 때로는 '남녀간의 지고지순한 사랑'을 운운했고 때로는 모성은 본능이며 그보다 더 아름다운 희생은 없다고 부추기며 여자를 애 낳는 기계로 전락시켰다.

특히 농경사회와 산업사회로 이어진 가부장제는 끊임없이 애 낳기를 여성에게 강요했다. 두세 명이 아니라 13명, 15명을 낳기를 강요했고 너무나 많은 여성들이 아이를 낳다가 숨졌다. 아직도 여성들이 숨지는 가장 큰 원인은 출산이다. 서구사회에서 미혼모에 대해 각종 연금과 복지 혜택을 주는 것도 사실은 이제 아이 낳기를 거부하는 수많은 여성들의 위협에 타협한 '어떤 아이도 환영한다'는 가부장제의 사고 때문이다.

남자들은 쉴새없이 여자를 임신시켰다. 아이를 낳고 겨우 몸을 추스르면 다시 여자에게 덮쳐 또다시 임신을 시켰다. 여자에게 임신이 최대의 고통이었던 것은 의심할 필요도 없다. 물론 오랫동안 피임의 방법은 있어 왔다. 하지만 이 피임법 자체가 특권층의 전유물이었다. 귀족과 왕족의 여자들은 은밀하게 이 '정보'를 받았지만 이것은 어디까지나 특권층만이 독점할 수 있었다.

피임법은 남자와 여자의 불평등뿐 아니라 계급의 불평등, 지배구조를 나타냈다. 천한 것, 아래것들은 노동력을 증대하기 위해 끊임없이 벌레가 알을 까듯 낳고 또 낳고 낳아야만 했다. 지배계급은 동시에 성에 대한 교육, 성적인 정보가 민간에 흘러다니지 않도록 단속을 했다. 피임은 천박한 창녀나 필요한 것이었고 아름답고 성스러운 하느님의 역사에 어긋나는 것이라고 으름장을 놓았다. 여성의 몸은 남성에 의해, 지배계급에 의해, 그리고 종교에 의해 이중, 삼중으로 유린되었다.

피임의 자유, 몸의 자유

바로 이때 마거릿 생어는 일어섰다. 평범한 간호사였던 마거릿 생어는 아이도 셋을 둔 아주 보통의 여자였다. 그러다 낙태를 하려고 자궁에 날카로운 금속을 집어넣은 한 여성이 숨지는 데 큰 충격을 받고 그녀는 산아제한과 피임의 자유를 주장하는 운동에 뛰어든다. 그때가 1914년이었다.

그 당시 미국에서는 피임을 입에 올리기만 해도 사회를 혼란

케 하는 '음란 범죄' 취급을 해 징역 5년이나 벌금 5천 달러를
물게 했다. 피임하는 방법은 물론이고 낙태 역시 금지되어 있었
다. 여성들은 끝없이 절망하며 아이를 낳아야 했고 모체는 허물
어졌다. 그러는 동안 아이는 반타작하는 것이 상식이었고 아이
를 낳다 죽는 여성도 상식이었다. 낙태를 하기 위해 여성들은
질 속에 날카로운 칼이나 꼬챙이를 집어넣기도 했고 옷걸이 끝
을 구부려 넣기도 했다. 그리고 죽었다.

마거릿 생어를 일어서게 한 여성도 그렇게 하다가 죽었다. 그
여성은 생어에게 어떻게 하면 피임을 할 수 있느냐고, 제발 가
르쳐달라고 애원했다. 그렇지만 생어는 거절할 수밖에 없었다.
바로 이 여성의 죽음을 통해 생어는 남성의 지배이데올로기에
충성하는 보조 직업이 '당시 간호사'라고 생각하고 간호사를 그
만둔다. 그리고 산아제한 상담소를 차리고 수많은 글을 쓰고 피
임방법을 알려주는 책과 팸플릿을 펴낸다. 생어는 남성들이 여
성을 지배하기 위해 여성의 몸을 조절하고 통제한다고 통렬하게
비난했다. 여성이 진정으로 아기를 낳을 몸의 준비가 되어 있고
아기를 원할 때라야만 건강한 아이가 태어난다고 강조했다. 원
치 않는 임신, 준비되지 않는 임신과 출산은 여성에게 비극이자
고통이라고 말했다.

남성의 권위에 정면으로 저항했던 생어는 자신의 신념을 위해
혹독한 대가를 치러야만 했다. 남편과는 이혼해야 했고 자녀들
과도 이별해야 했다. 또 당시 미국 정부는 마거릿 생어에게 무
려 9가지 죄를 씌워 45년형을 선고했다. 생어는 감옥살이를 했
고 외국으로 망명했고 다시 투옥되었고 그래도 무릎 꿇지 않고
거리에 나와 캠페인을 벌이다가 다시 붙잡혀 들어가는 삶을 반
복했다

도대체 무엇이 이처럼 마거릿 생어를 강하게 했을까? 그것은 분노의 에너지였을 것이다. 절대적인 권력의 음모 아래 억울하게 죽어가는 불쌍한 여성들을 지켜본 같은 여성으로서의 분노였을 것이다. 분노가 생어를 불타게 했고 그런 생어가 여성들에게 생명을 주었다. 마침내 1939년, 미국 의회는 원하는 여성들은 누구나 피임에 대한 정보와 의사에게서 피임시술을 받을 수 있도록 하는 법을 통과시켰다.

피임이 여성에게 준 것

피임의 권리는 바로 우리 여성들이 피흘려 투쟁해 얻은 귀한 권리였다. 오로지 임신과 출산에서만 여성의 위치를 확인했던 가부장제의 엄청난 권력에 대한 '처절한 저항'의 결과였다. 계란으로 바위를 깬 자랑스러운 역사이다. 우리 인간에 아주 깊숙이 숨어 있는 성, 그 진실이 모습을 드러낸 것이 바로 피임 문제였다. 성은 인간의 진실, 진리가 드러나는 재판소라고 했다. 또한 미셸 푸코는 성은 권력이 행사되는 수단이라고 했다. 바로 그 모든 성의 실체가 '여성이 여성의 몸을 지키고 보호할 권리,' 즉 피임의 역사를 통해 드러났다.

마거릿 생어에게 깊은 감사를……

웬 집나간 여자들이 이리 많아?

'현재 이 지구상에 태어난 아이 가운데 10퍼센트가 그 아버지의 아이가 아니다'라는 주장을 편 책이 있다. 이 책을 소개한 한 시사주간지는 우리나라에서는 도저히 있을 수 없는 엄청난 수치라고 흥분을 했다.

과연 그럴까? 나는 궁금해졌다. 그래서 가장 일선에서 잘 알 수 있는 임선생에게 물었다. 우리나라에는 '10퍼센트'는 있을 수 없는 수치인가 하고. 임선생은 웃으면서 답했다.

"우리나라에서도 그렇게 난리를 칠 일은 아니지요. 물론 10퍼센트나 된다고 정확히 말할 수는 없지만 '그 아버지의 아이'가 아닌 경우가 꽤 많아요. 그래서 우리는 아이가 태어나면 먼저 어머니에게 아이의 혈액형을 가르쳐주죠."

얼마 전 방송에서 부분시신으로 발견된 여성의 신원을 찾는 내용을 가지고 사회부 기자와 대담을 했다. 경찰서에서는 그 여성이 누군가를 가려내기 위해 신고를 받고 있었다. 방송 전에 내용을 이야기하는데 이 사회부 기자가 말했다.

"아니, 웬 집나간 여자들이 그렇게 많아요. 그러니까 강남지

역에서만 신고를 받았는데도 우리 마누라 집나갔다는 신고가 그렇게 많은 겁니다. 집나간 남자는 별로 없는데 집나간 여자들이 이렇게 많은 것을 보면 확실히 결혼생활이 여자들에게 더 힘들고 고달픈가 봐요."

왜 결혼한 여자들이 집을 나가고, 왜 결혼한 여자들이 '아버지가 다른 아이'를 낳을까? 우리가 외도와 불륜이 그리 놀랍고 드문 일이 아닌 시대에 살고 있는 것은 분명하다. 물론 남자들의 경우는 더 말할 필요가 없다.

결혼의 위기신호

결혼생활 내내 사람들이 외도를 하고 '혼외정사'에 몰두하는 것은 아니다. 물론 운명적인 사랑에 빠졌을 때는 예외겠지만. 미국의 심리학자 주디스 슬레이터는 남자와 여자가 문제를 일으키는 시기가 결혼 후 1년, 4년, 15년, 30년 단위로 존재한다고 밝히고 있다. 배우자가 외도를 하는 시기는 당연히 결혼생활 자체가 가장 위험하고 상처받기 쉬운 시기와 일치한다.

첫째, 결혼한 지 1년 이내이다. 갓 결혼해서 신혼여행에서 돌아왔을 때부터 결혼의 위기는 시작된다. 사랑은 좋은데 결혼은 굴레이고 의무라는 생각이 불쑥 드는 시기이다. 또 생각보다 훨씬 많은 상대방의 요구에 질려버려 탈출구를 찾는다고 한다.

두 번째는 부모가 될 때이다. 여성은 보통 아이를 낳게 되면 육체적으로 정신적으로 완전히 지쳐버린다. 당연히 성적인 흥미 역시 크게 줄어들게 된다. 또 엄마가 된 여성이 아이에게 홀딱 반해버려서 남편이 두 번째가 되어버릴 때 대개의 남자들은 이를 현명하게 아버지로서 받아들이지 못하는 경우가 꽤 많다고 한다. 이럴 때 자신을 '첫번째'로 대접해주는 누군가를, 다른 여성을 찾을 수 있다.

세 번째는 30대에 들어설 때이다. 30대는 인간의 삶 가운데에서 가장 바쁜 시기이다. 반면에 성과는 손에 쥐어지지 않는 때이다. 가족을 부양하고 열심히 생활비를 벌기 위해 맞벌이를 하거나 아니면 아이들을 키우느라고 정신이 없는 가운데 도대체 사는 것이 무엇인가 하고 갈증을 느끼게 된다고 한다. 바로 그 갈증이 외도로 연결될 수 있다.

네 번째 시기는 중년기에 들어섰을 때이다. 어느 정도 이룰 것을 이룬 중년, 그렇지만 과연 내 삶은 이렇게 끝나고 마는가 하는 회의를 하게 되면서 살아온 삶을 재평가하게 된다고 한다. 이럴 때, 다른 이성과의 만남을 통해서 인생의 새로운 의미를 찾으려 한다는 것이다.

마지막으로는 인생의 큰 슬픔을 맞이했을 때라고 한다. 예를 들면 부모나 아이의 죽음, 혹은 아이가 심각하게 아플 때, 사람들은 이를 잊기 위해서 외도를 하게 된다고 한다.

남편에게 기대할 수 없는 것을 찾아서

여기에 여성들이 외도를 하게 되는 이유는 몇 가지 특별한 것이 덧붙여진다. 즉 자신의 남편에게서는 기대할 수 없는 것이 충족될 때, 즉 특별한 관심과 육체적인 애정, 그리고 대화이다. 대개 여성들은 남성에 비해 외도에 대한 죄의식이 강하다. 모든 여성들이 외도를 하면서 강조하는 것은 절대로 성적인 이끌림이 아니라 대화이며 자기에 대한 새 남자의 관심과 애정을 강조한다. 그렇지만 그 이면에 있는 성적인 이끌림을 결코 제쳐놓을 수는 없다.

여성심리학자 셜리 글래스는 이 문제에 대해 한 잡지에서 꽤 날카롭게 지적한 적이 있다. 자신에게 심리상담을 하는 많은 여성들이 일종의 죄의식을 느껴 자신이 외도한 이유는 절대 성적인 문제가 아니라고 강조한다는 것이다. 그렇지만 일단 새로운 남자와의 섹스가 아주 만족스러울 경우에는 순식간에 죄의식에서 벗어난다. 그러면서 그 여성들의 다음 단계는 자신의 행동을, 외도를 정당화(?)하기 위해서 나는 순수한 사랑에 빠졌다고 털어놓는 일이라는 것이다.

결혼생활은 위기의 연속이다. 그렇지만 외도를 하는 것은 그렇게 단순히 호기심이나 성적인 흥미에 의해서만은 아닌 게 분명하다. 특히 여성의 경우 그렇다. 외도가 결혼생활의 위기를 부르기보다는 결혼의 위기가 외도를 부르는 경우가 더 많다고 상담자들은 강조한다.

그 결혼이 위기상황이라는 것은 주의만 하면 쉽게 알 수 있다. 결혼은 둘이 하는 것인 만큼 공통적으로 느끼게 된다. 더 이상 상대에 대해 불평, 불만을 하지 않게 되었을 때, 왠지 상대방과 같이 있으면 불편해질 때, 상대에게 거짓말을 하는 자신을 발견했을 때, 너무나 쉽게 우리는 그 위기신호를 감지할 수 있다.

결혼을 유지하는 것이 얼마나 많은 에너지가 드는 어려운 일인가를 실감하는 시대에 우리는 살고 있다. '외도를 하는 것' 보다도 더 어려운 일이 결혼생활을 지탱하는 것인 시대이다.

백마와 메르세데스 벤츠

나는 곧 우리 나이로 40이 된다. 마흔이라는 나이는 내게 서른과 마찬가지로 기대와 여유로 다가온다. 늙었다는 생각을 할 틈도 없이 바쁘게 사는 까닭도 있지만 20대보다 30대가 훨씬 좋았기 때문에 40대는 더 좋을 것이라는 막연한, 그러나 어떤 확신과도 같은 기대가 내게는 있다.

그런데 얼마 전 직장동기 모임에 가서 '40대 진입'에 대해 다시 한 번 생각하게 되었다.

한 친구가 선언하듯 이야기했다.

"나는 이제부터 절대로 늙지 않을 거야. 수단과 방법을 가리지 않고 마사지도 하고 운동도 하고 어쨌든 나는 늙지 않을 거야. 우아하게 늙었다는 말도 듣기 싫어."

나는 한 번도 그런 생각을 해본 일이 없어서 약간 놀랐다.

그러자 또 한 친구가 말하는 것이었다.

"왜 여자는 늙는다는 게 단순히 초라한 걸로 보이는 거지? 남자는 나이 들면 더 멋있어진다고 하잖아. 남자의 주름살은 원숙함의 상징이고 희끗희끗한 머리는 지혜로움의 상징처럼 여기는

데 왜 여자는 나이 들면 아름다움도 성적 매력도 모조리 사그라진다고 여기는 걸까?"

나 역시 그 점이 항상 의문이었다. 우리 여성들조차도 갖고 있는 바로 이중적인 생각, '남자는 나이가 들면 멋있고 여자는 초라하다'. 그것은 사실일까? 그런데 우연히 미국의 여성 심리학자가 쓴 짧은 글을 보고 내 의문이 어느 정도 풀렸다. 각계 각층의 여성들을 면담 조사한 결과, 캐롤 기슨 박사는 확실히 여성들에게 그런 이중적 사고가 있다는 사실을 밝혀냈다. 그런데 재미있는 것은 중년의 기혼여성들이 자신이 가장 아름다운 시기를 20대 초에서 30대로 꼽았다는 것이다. 그런데 독신여성이나 30대 여성들은 30대에서 50대로 보았고, 많은 독신여성들은 나이가 들수록 자신은 더욱 아름답고 성적 매력이 넘칠 것이라고 생각한다는 점이다. 기슨 박사는 바로 '능력'을 지니고 중년기에 접어든 여성과 그렇지 않은 여성의 차이라고 말했다. 많은 여성들이 좌절과 고통 속에서 '늙는 사실'을 두려워하는 것은 '가진 것'과 '할 수 있는 것'이 없기 때문이라는 것이다.

능력 있는 여자는 나이가 두렵지 않다

남자가 나이와 더불어 더 근사해지는 이유는 간단하다. 능력이 있기 때문이다. 돈이 있고 명예가 있고 '가진 것'이 있기 때문이다. 여자도 마찬가지이다. 여자의 중년도 근사해질 수 있다. 나이가 들면 들수록 더 당당하고 멋지고 성적 매력이 넘칠 수 있다. 나름대로 '능력'을 가졌다면.

여성들은 내가 지금 무엇을 하고 있느냐보다는 내가 어떻게 보이느냐를 더 중요하게 여기는 잘못을 저지른다. 또 그 외모조차도, 내가 늙었느냐, 아직도 매력 있느냐, 섹시하냐는 것 역시 자신이 판단하고 있다. 남들은 괜찮다고 보는데 늙었다고 난리를 치는 경우가 대부분이다.

미국에서는 지난 1990년 초 이른바 '제인 폰다 신드롬'이 전미국 여성을 강타했다. 여자들이 젊어 보이기 위해서 46살인데도 36살처럼 보이는 제인 폰다처럼 되려고 수단과 방법을 가리지 않은 것이다. 하루 세 시간씩 에어로빅을 하고 거금을 들여지방흡입수술을 받고 처진 젖가슴을 올리고(제인 폰다도 이 수술을 받았다) 젊게 예쁘게 보이려고 발악을 하면서 중년을 맞는 현상이다. 그런데 유감스럽게도 결국 이 발악은 '제 나이처럼 보이는 현실'로 당연히 나타났다. 거대한 미용산업의 지갑만 채워준 것이었다.

많은 여성들이 눈가에 주름이 잡히고 흰머리가 생기고 체중이 느는 '중년의 상징'을 곧 자신의 상품가치 하락으로 받아들인다. 과연 그럴까?

사실은 그 반대이다. 미국의 심리학자인 엘리자베스 오친클로스는 여성이 40대를 빵빵하고 주름살 없는 얼굴로 맞이하는 것이 위험하다고까지 말한다. 용모나 몸매가 인생에서 해결해줄 수 있는 것은 거의 없기 때문이다. 그보다는 많은 자격증과 기술, 능력을 가지고 맞이할 수 있다면 '성공적인 중년'을 약속받은 것이나 마찬가지라고 했다. 경쟁력과 독립심을 줄 것이니 말이다.

이제 여성들은 거울에 자신을 비춰보는 것이다. '나는 지금까지 뭘 해왔지?' '앞으로 나는 무엇을 해야 하나'라는 물음을 통해 '제2의 탄생'을 향해 나아간다.

이런 질문 끝에 40을 넘긴 여자는 일을 저지른다. 어떤 여자는 새하얀 신형 메르세데스 벤츠를 탁 뽑는다. 왜냐고? 더 이상

백마 탄 왕자는 이 현실에 없다는 것을 인식하고 스스로 백마를 마련하는 것이다. 또 어떤 여자는 핵무기 확산저지 운동에 뛰어든다. 왜? 그 동안 남자들이 하는 것이 못마땅했는데 이제는 내 입으로 외쳐야 한다고 느꼈기 때문에……. 또 어떤 여자는 대학에 간다. 나머지 인생의 진짜 탄탄한 땅다지기를 위해서……. 또 어떤 여자는 통장을 톡톡 털어 그 돈으로 6개월 유럽여행을 떠난다. 왜? 인생의 우선 순위를 알았으니까.

50이 되어도 알몸으로 사랑할 수 있다

중년기에 접어들었다는 것은 젊음이 끝난 것이 아니라 활기찬 성장의 시기가 시작되었다는 뜻이다. 자기발견과 개인적 성숙의 멋진 시기가 다가왔다는 것을 뜻한다. 풍요로운 인간관계가 시작되었다는 신호이기도 하다. 준비를 많이 하면 할수록 성공적인 중년을 맞이할 수 있다. 물론 사랑도 더 깊게 진하게 멋지게 할 수 있다.

일본의 여성작가 세토우치 하루미는 50이 넘어도 얼마든지 알몸이 되어 새 애인과 사랑을 할 수 있다고 했다. 팽팽한 젊음 몸매는 아니지만 흰 머리카락 속에 더 섬세하고 예민해진 성숙한 여성의 육체가 있기 때문에. 그래도 꺼려지는 여성이 있다면 그 남자에게 이렇게 말하라고 그녀는 충고한다. '당신의 모습을 편안히 보고 싶으니 스탠드의 불빛을 조금 낮춰달라고' 여자의 중년……, 바로 그런 지혜로운 말을 준비하는 것이 아닐까?

다이애너의 결혼은 비즈니스

다이애너가 죽기 얼마 전에 아주 재미있는 기사를 읽었다. 다이애너의 삶이 '실수 반복의 인생'이라는 것이었다. 특히 남자문제에 있어서. 다이애너는 지금까지 찰스 왕세자와 제임스 휴이트, 파키스탄의 의사, 그리고 새 애인 도디 등 10여 명의 남자와 깊은 연애를 했는데 거의 '똑같은 유형의 남자'와 만남과 헤어짐을 되풀이했다는 것이다. 영국 〈인디펜던스〉지의 기자는 이들을 '롤러코스터형 남자'라고 불렀다.

이른바 다이애너의 애인들은 한결같이 잘생기고(찰스만 못생겼다) 돈이 많거나 권력, 명예 어쨌든 한 가지씩은 갖고 있는 괜찮은 남자였다. 그런데 이 남자들의 성향은 한결같이 롤러코스터, 어린아이들이 타고 씽하고 나는 파도타기판 같아 다이애너를 태우고 한 순간의 짜릿한 즐거움을 주지만 다음 순간 어김없이 내려놓고 곤두박질을 치게 하는 '득될 것이 하나도 없는 남자'라는 점이다.

가장 대표적인 롤러코스터는 물론 남편이었던 찰스 왕세자이다. 그는 다이애너를 신데렐라로 만들었다가 15년의 고통과 함께 '이혼'을 선물했다. 승마교사였던 제임스 휴이트는 다이애너와 사귄 시시콜콜한 이야기를 모조리 써대서 떼돈을 벌었다. 결국 다이애너는 이용당하고 버림받는 똑같은 코스를, 언제나 '똑같은 남자'를 계속 사귀어 되풀이하고 있다는 것이었다.

과연 상처와 실수뿐인 인생인가?

나는 다이애너를 좋아하지 않았다. 멍청해 보였기 때문이다. 찰스와의 결혼 역시 가난한 귀족 딸이었기 때문에 가능했고, 무엇보다 '결혼'을 통해 크게 달라지고 높아지는 여자를 경멸했기 때문이다. 게다가 다이애너는 공부도 못했다. 한국에서 공부 못하는 것은 얼마든지 이유가 있지만 교육환경이 좋은 영국에서 공부를 못하는 것은 머리가 나쁘거나 게으르다는 이야기밖에 안 된다.

어느 정도냐 하면 다이애너는 고등학교 학력을 인정하는 졸업시험에도 떨어졌다. 웬만하면 다 붙는 이 시험에 떨어져서 다이애너는 스위스의 신부학교를 다닐 수밖에 없었다. 이 신부학교는 머리 나쁘고 공부 못하는 다이애너 같은 아이를 위해 6개월 코스로 '사랑받는 신부교실'을 연 뒤 졸업장을 주는 사이비학교이다. 다이애너가 아르바이트로 형편없는 주급을 받고 정식보모도 아닌 보모보조로 유치원에 다닌 것도 그렇다. 그 나이의 여성이라면 적어도 자기 직업 하나는 확실하게 잡고 있어야 하는 것 아닌가 생각했다.

그래도 다이애너가 찰스와 결혼발표를 했을 때 '신데렐라'라고 세계언론은 흥분했고 남성들은 다이애너의 직업이 유치원 보모라는 사실에 역시 흥분했다(미인대회에 나온 미인들의 장래희망이 유치원 보모라는 말은 남성심사원용이다).

나는 찰스도 동정했다. 물론 사랑하지도 않는 여자와 결혼했다는 잘못은 크나(그렇지만 이 세상에 그런 무책임한 남자는 너무나 많다) 다이애너가 너무 자기 개발을 게을리했다는 생각을 지울수가 없다. 찰스는 책읽기를 좋아했는데 다이애너는 읽는 것에 취미 없었고, 찰스는 클래식을 좋아했는데 다이애너는 앨튼 존과 마이클 잭슨만 좋아했다. 찰스는 폴로 경기나 골프 등 야외 스포츠를 좋아했는데 다이애너는 실내체육관에서 기구운동하는 것을 좋아했다. 안 맞아도 너무 안 맞았다. 물론 다이애너의 취미를 경멸할 생각은 없지만 너무나 대중문화만 즐긴다는 문제가 있다. 대중문화의 가치는 분명히 있으나 좀더 고급한 문화를 접하지 않으면 결국에는 수준 높은 문화를 향유할 능력을 잃어버리고 아예 키울 수도 없게 되기 때문이다.

왜 찰스는 카밀라에게 평생 결박당해 있었을까? 내가 읽은 《카밀라 파커볼즈의 매력》이라는 책에 의하면(여전히 쓸데없는 책을 읽는다는 친구의 비난을 모면하기 어렵지만) 카밀라는 찰스의 좋은 대화상대였다는 것이다. 다양한 독서와 대화 능력, 풍부한 유머, 상대를 즐겁고 놀랍게 하는 '싫증날 수 없는' 빠른 두뇌회전의 소유자, 한마디로 아주 지적인 여성이라는 것이다. 다이애너는 그런 점에서 사실 카밀라의 상대도 되지 않았다.

그런데 그 다이애너가 결혼생활 15년 만에 너무나 달라졌다. 다이애너의 발전은 BBC 기자회견에서 단연코 빛이 난다. 다이애너는 완벽하게 자신을 '피해자'로서 연출한다. 평소의 화려한 옷 대신 검은색 수트에 옅은 화장, 몇 끼 굶은 얼굴로 나타나 지난 15년 동안 얼마나 영국 왕실에게 당했는가를 호소한다. 게다가 다이애너를 배신한 외도상대인 존 휴이트에 대해서는 이렇게 말한다.

"저는 그를 진정으로 사랑했어요. 존경도 했고, 그런데……."

여전히 '신사도'라는 것이 가끔 이유 없이 얼굴을 드러내는 영국 남자들에게 '휴이트의 비신사적 처신'을 강조함으로써 '자신의 형편없는 남자 보는 눈'의 치명적 결점을 교묘하게 감춰버린 것이었다. 어쨌든 다이애너는 이겼다. 이혼소송에서 원하는 대로 다 얻었다. 그 어려운 언론 플레이를 자신에게 유리하게 만들었던 것이 빛나는 승리의 원인이었다.

어쨌든 그녀는 이겼다

일단 결혼이라는 비즈니스에서 다이애너는 성공했다. 변호사인 내 친구는 일단 다이애너의 '결혼'은 결코 밑지는 장사가 아니라고 힘주어 말했다. 결혼하기 전에는 아무것도 아닌 그냥 '다이애너'였다. 돈도 없었고 촌스러웠고 아무도 다이애너를 '옆집 순이' 이상으로 여기지 않았다. 그러나 15년 동안의 결혼으로 다이애너는 엄청난 돈을 벌었고(이혼 위자료), 여러 자선기금 단체장 등 직업을 얻었고(유치원 아르바이트에서 장족의 발전), 왕족의 신분을 얻었고(몰락한 귀족에서), 그리고 무엇보다도 '다이애너'라는 이름 하나로 이 세상에서 부족함 없이 살 수 있는 '개인적 상품가치'를 얻었기 때문이다. 냉정하게 말하면 15년 동안 심리적 고통은 엄청나게 겪었겠으나 그런대로 그 보상은 톡톡히 챙겼다고 할 수 있다. 그 이유는 다이애너가 무엇보다도 '이혼'을 적당한 때 현명하게 잘했기 때문이다.

왕실에서 눈칫밥을 얻어먹으면서 사랑도 못 받고 사는 인생에 대해 '방법이 없다'고 감수하며 살았다면 빛나는 제2의 인생은 없었다는 것이다. 즉 다이애너는 결코 흥분하지 않고 치밀하고 냉정하게 계산해서 '이혼'을 했고 받아낼 수 있는 것은 모조리 받아낸 것이다.

다이애너가 이렇게 성장한 것은 바로 15년이 '고통의 연속'이었기 때문이었다. 대개 인간은, 특히 여성은 고통을 통해 성숙하고 발전한다. 다이애너는 영국 왕실에 들어가 나약한 여성에서 강인한 어머니가 되었다. 모욕을 강인하게 견뎌내면서 어떻게 해서든지 벗어나겠다고 생각했다. 머리 좋은 사람들과 많이 만나면서 머리를 많이 쓴 덕분에 머리도 좋아졌다. 게다가 다이애너 본인도 인정했던 것처럼 영국 왕실의 왕세자비는 엄연한 직업이었고 대단한 훈련과 성장을 했다. 어려움과 고민과 고통과 절망의 15년을 보낸 뒤 다이애너는 똑똑해지고 강해지고 냉정해졌다. 한 여성으로서 눈부신 성장이었다.

신데렐라를 거부한다

이 다이애너의 죽음은 우리에게 많은 것을 가르쳐준다. 일단 한국 남성들은 다이애너가 다른 남자와 함께 있다 죽어 아이들의 가슴에 못을 박았다는 둥, 왕실 망신을 시켰다는 둥, 바람 피운 대가라는 둥 참으로 미개한 반응을 보였다. 그러나 나는 다이애너가 애인과 함께 죽은 점이 마음에 든다. 다이애너는 사랑과 함께했기 때문이다. 또 찰스와의 쓰라린 관계를 벗어나 새로운 시도를 여전히 하면서 인생을 마무리했다. 다이애너는 왕실의 권위에 도전하고 저항했다. 그것은 정말로 훌륭한 점이다. 영국 왕실은 세계에서 가장 강한 왕실이다. 다이애너는 그 왕실과 싸워 이겼고 이혼 후에도 자유분방한 데이트를 즐기며 영국 왕실에게 '자, 잘 보시지'라고 외쳤다.

막강한 권력이 있으면 동시에 저항이 있다. 권력은 저항을 낳는다. 다이애너는 저항이었다. 영국 왕실의 권위와 권력에 대한

'약한 자'의 저항이었다. 이 점이 다이애너 인생의 가장 큰 성과이다. 영국의 진보적 여성들은 다이애너를 '용감한 여성 해방운동가'라고 추켜세운다. 이제까지 그 어느 누구도 말하지 않았던 진실, '왕실의 피해자'라는 사실을 다이애너는 입으로 증언한 최초의 왕실 여성이었기 때문이다. 왕의 손짓 하나로 단두대의 이슬로 사라졌던 영국 왕실의 역사에서 다이애너는 최초로 '피해받고 억압받은 왕실 여성'이라는 점을 스스로 고발하고 증언했기 때문이다.

그러나 다이애너의 죽음의 가장 큰 의미는 '신데렐라는 죽었다'이다. 자신의 노력이 아니라 운에 의해 무엇인가를 얻는다면 그것은 결코 행운이 아니라 결과적으로 불운이었다는 것을 우리에게 가르쳐준다. '왕자님과 결혼해서 행복하게 오래오래 살았답니다'라는 동화의 마무리가 현실에서는 있을 수 없다는 것을 절실하게 가르쳐준다. '왕자님과 결혼해서 불행하게 살다 젊은 나이에 죽었답니다'라는 현실을 말해준다.

신데렐라는 없다. 나, 그리고 우리 여성— 신데렐라가 될 수 없는 것이 아니라 신데렐라를 거부한다. 왜? 내 손으로 행복을 만들어 오래오래(!) 살고 싶기 때문이다.

결혼, 동화는 끝났다

　결혼이란 무엇일까? 일단 여자들에게는 그들의 꿈이 끝장난다는 것을 뜻한다. 백마 타고 온 기사와 달콤한 로맨스를 꿈꾸었던 여성(요새도 이런 여성이 있는지는 의문이지만)은 그 '동화'가 끝났다는 것이고, 외로움을 덜고자 결혼하면 나을까 했던 사람은 결혼해도 여전히 외롭고, 아니 더 외롭다는 사실을 인정해야 하는 것이다.

　이미 우리나라도 더 이상 이혼이 드문 나라가 아니다. 결혼한 6쌍 가운데 1쌍이 이혼하는 나라가 됐다. 게다가 이혼 자체의 증가율을 보면 거의 세계적이다. 하기는 두 쌍 가운데 한 쌍이 이혼하는 미국에는 아직 못미치지만 어쨌든 결혼이라는 제도 자체가 위협을 당하고 있는 것은 사실이다.

　내가 생각해도 결혼은 사실 불완전한 제도이다. 결혼이 지니고 있는 특성은 성적으로 상대를 독점하는 것, 남자는 밖에 나가 돈을 벌어오고 여성은 집안일을 담당하는 철저한 성적인 분업, 아이를 낳는 재생산작업이 결혼의 특성이다. 그밖에도 여러 가지 결혼의 역할이 있다. 가령 여자나 남자에게 별 하자가 없는 상품으로서 컨베이어벨트에 올랐다는 안도감(사회구성원으로의 진입이라고 정의할 수 있겠다), 여성에게는 한때 영원한 직장을 구해주는 사회적인 정체성을 보장해주기도 했다.

그런데 이런 모든 기능을 오늘의 결혼이 하고 있느냐 하는 점이 문제이다. 일단 성적으로 상대를 독점한다는 것은 이 시대에 더구나 한국 사회에서는 불가능한 일이다. 성적으로 독점하는 것은 오로지 남성만이 여성의 성을 독점하는 형태로 되어 있다. 남자들은 복수의 상대와 성을 즐기면서도 여성에게는 '정절'과 '정조'까지 요구하고 있는 것이다. 여성학자들은 여성들이 결국 '사이비 일부일처' 제도 속에서 여성의 성을 사기당하고 있다고 지적한다.

두 번째는 성적 분업의 문제이다. 크리스틴 델피는 결혼은 무임금으로 여성의 노동력이 '사랑'이라는 이름 아래 착취되고 있는 제도라고 했다. 즉 델피는 결혼은 계약인데 여성의 착취를 기본으로 하는 노동계약이라고 정의했다. 즉 남편이 여성을 먹여살려준다는 것만으로 여성은 남자에게 모든 것을 다 해주는 것이 결혼제도이다. 식사, 빨래, 청소, 섹스, 아이 돌보기, 나아가서 남자의 식구까지 돌보게 하는 제도이다. 문제는 턱없이 싼 값으로 여성을 부려먹고 있다는 점이다.

이제 우리 사회에서는 맞벌이 가정도 크게 늘었다. 그렇다면 성적분업이라는 결혼의 양식은 깨져버려야 한다. 그렇지만 결혼은 여전히 여성에게 집안일과 바깥에서 돈 벌어오는 일 모두를 요구하고 있다. 지금 한국 사회에서 일하는 여성들은 그 이중의 무거운 짐을 지고 죽기 아니면 살기로 걸어가고 있는 것이다.

그렇다고 집에 있는 여성들이 '결혼의 행복'을 누리는 것은 결코 아니다. 결혼은 남성이 여성에게 집안일과 성적 독점을 두

가지 다 요구할 수 있는 '가부장제도'의 핵심이다. 가부장제라는 것은 다름아닌 가족의 구성원에게 철저한 복종을 요구하는 대신 가부장인 남자가 모든 것을 해결해주는 것이다. 의식주, 그리고 사회적 질적 만족까지. 산업사회 초기만 해도 그럴 수가 있었다. 하지만 지금 어떻게 가부장이 책임을 져줄 수가 있는가? 인간의 욕망은 자본주의의 충돌질에 의해서 엄청난 물질적 풍요를 가지고 왔다. '먹고사는 것'만이 문제가 아닌 시대인 것이다. 결국 가부장 노릇도 하지 못하는 남편에게, 그러나 '가부장적인 예우'를 해줘야만 하는 억울함, 불평, 권태, 자기혐오 속에 있는 것이다.

세 번째는 아이를 낳아주는 재생산지로서 결혼의 기능이다. 아직도 여전히 우리나라에서는 이 기능이 살아 있다. 혼외의 자식은 문제가 있다는 확실한 표시이다. 아이가 생겨서 결혼하고 아이 때문에 이혼하지 못하기도 한다. 그렇지만 이런 결혼의 기능도 이미 끝이 났다.

결혼의 수명은 얼마 남지 않았다

얼마 전에 우리나라에 왔던 앨빈 토플러는 한국 사회가 고통을 지니고 감수해야 할 것이 바로 가족의 해체라고 말했다. 즉 결혼제도의 붕괴이다. 이혼의 급증, 독신가구라도 완벽한 가정이라는 인식, 외면으로는 핵가족이지만 속으로 들어가보면 여전히 대가족제를 유지하고 있는 한국의 가족제도가 이제 붕괴할 것이라는 경고였다.

이미 서유럽에서는 결혼이라는 과정 없이 태어나는 아이들이 더 많다. 경제적으로 자립한 여성들은 이제 굳이 결혼할 이유가 없다. 그나마 먹여살려주었던 최소한의 결혼의 기능도 사라진

지금, 단지 남성에게 '자원봉사'를 자처할 이유가 없는 것이다. 끝없이 반복되는 가사일과 성적인 예속 대신 동거를 선택하고 있다. 동거는 결혼보다는 훨씬 더 평등한 관계이다. 언제든지 헤어질 수 있다는 것은 서로에게 긴장과 조심을 하게 한다. 아이를 낳아도 미혼모로서 당당히 남을 수 있는 사회 복지제도와 여성의 경제적 자립이 되어 있기 때문이다.

서구에서는 결혼이라는 제도가 사라져가고 있다. 결혼은 사실 너무나 문제가 많은 제도이기 때문이다. 또 가족의 붕괴가 이뤄지는 시점에서 결혼은 이제 그 설 자리가 없다. 결혼이 왜 사라져가는가? 그 이유는 결혼이 철저하게 남성들을 위한 제도였기 때문이다.

이제 남자와 여자를 위한 또 하나 평등한 제도가 나올 것이다. 그 전까지 그 탐험과 시행착오는 바로 이 시대를 사는 여성들의 몫이다. 혼란과 과도기는 반드시 나쁜 것은 아니다. 그것은 변화이기 때문이다. 변화는 발전이다.

여성들이여, 아직도 결혼의 꿈을 달콤하게 꾸는가? 아직도 동화 속의 공주를 꿈꾸는가? 결혼은 바로 당신이 꿈꾼 동화의 종결이다. 이제 변화의 한가운데 잠을 깬 당신은 서 있다. 잠깐은 눈이 부시지만 곧 더 많은 것을 잘 볼 수가 있다. 당신은 새 시대의 여성이다.

2

섹스를 위한 요리강습

〈모든 것을 집어삼키는 여인〉, 오귀스트 로댕

나는 왜 섹스를 하는가?

나는 섹스를 좋아한다. 그러나 내가 섹스를 하는 이유는 단지 섹스가 좋아서가 아니다. 또한 단순히 인간은 '본능적으로' 섹스를 하게 되어 있기 때문은 더더욱 아니다. 물론 습관처럼, 하루 일과나 일주일의 주행사로서 하는 것은 절대로 아니다.

나는 왜 섹스를 하는가?

나는 내가 살아 있다는 것을 확인하기 위해 섹스를 한다. 싱싱하게 살아 있는, 펄펄 살아 숨쉬는 물고기처럼 한 생물체로서 생명력을 갖고 있다는 것을 확인하기 위해서 나는 섹스를 한다. 섹스란 성이 다른 남자와 여자의 몸이 만나 각자 지닌 에너지를 뿜어내는 작업이다. 살아 숨쉬는 존재로서 가쁜 숨을 몰아쉬면서 에너지를 내보내고 동시에 받아들이는 작업이다.

사랑하는 상대의 손을 처음 잡았을 때의 떨림과 감동을 나는 매번 섹스에서 느낀다. 겨울날의 추위로 차가운 몸이 또 하나의 몸의 온기로 녹여질 때, 나는 내가 체온을 지닌 살아 있는 존재라고 느낀다. 그리고 그 체온이 옮겨져 같은 온도로 서서히 달

구어질 때 섬세하게 반응하는 나를 통해 삶의 신비를 맛본다. 비등점을 관계치 않고 끓어올라 마침내 폭발할 때의 그 엄청난 에너지를 나는 좋아하기 때문이다. 섹스는 내가 하는 행위 가운데 가장 힘이 넘치는 집중력을 요하는 작업이다.

나는 왜 섹스를 하는가?
상대를 진정으로 알고 싶기 때문이다. 그가 식사하는 모습을 통해서, 그가 운전하는 스타일을 보고서, 그가 노래하는 모습을 보고서 아니, 그와 나눈 이야기를 통해서 '그'를 알 수가 없다. 한 인간에 대한 가장 깊이 있는 이해는 '함께한 섹스'를 통해서이다. 그가 어떻게 섹스를 하는가, 그가 성을 어떻게 이해하고 표현하는가, 나를 어떻게 받아들이는가를 아는 것으로부터 진정한 남녀 관계는 시작된다.
섹스가 배제된 남녀 관계는 결코 성숙한 남녀의 사랑으로 발전할 수 없다. 섹스하지 않고 사랑을 가꿀 수는 없다. 섹스는 가장 자연스럽게 인간에게 다가가는 행위이다. 섹스 없는 남녀 관계는 '우정'이지 '애정'의 관계는 아니다. 나는 이른바 플라토닉 러브는 위선이라고 생각한다. 동시에 불완전한 사랑이자 남녀 관계이다.
남자와 여자는 섹스를 함으로써 새로운 세계로 들어간다. 마치 새 디렉토리로 만들듯이 완전히 다른, 이전과는 별개의 관계가 두 남녀 앞에 펼쳐진다. 몸과 정신이 하나가 되는 그 완벽한 일치감, 그보다 더 깊고 진지한 만남은 없을 것이다.

나는 왜 섹스를 하는가?
나는 쾌락을 맛보기 위해 섹스를 한다. 섹스는 그 어느 놀이,

그 어떤 스포츠보다도 재미있고 즐겁고 짜릿하다. 섹스에는 순간순간의 도전과 대응이 있고 절정에 이를 때의 긴박한 스릴이 있다. 섹스는 일단 아주 재미있다. 섹스는 아주 다양하고 풍요로운 세계를 갖고 있다. 그 재미와 기쁨, 쾌락은 거의 무한대라고 해도 좋다.

섹스를 하고 난 뒤의 시원한 느낌, 또 사랑이 확인된 가운데서의 잔잔한 평화, 몸 전체가 깨끗하게 씻겨 내려간 독특한 느낌이 있다. 그러나 그 모든 느낌을 나는 '쾌락'의 커다란 테두리 안에서 맛본다. 아도르노는 '20세기는 쾌락의 시대'라고 했다. 내게 섹스는 20세기와 21세기를 잇는 '쾌락의 고리'이다.

나는 왜 섹스를 하는가?

섹스는 내게 하나의 도전이기 때문이다. 처음으로 섹스를 하고 난 뒤 나는 내가 개척해야 할 드넓은 황무지를 본 느낌이었고 내가 항해해야 할 끝없는 바다를 느꼈다. 마치 그 옛날, 우리 조상들이 해외에 나가는 것을 가리켜 연행(燕行)이라고 했듯 한 마리 새가 되어 끝없는 하늘을 날기 시작한 듯한 느낌이었다. 새로운 세계에 대한 도전이자 탐험이 내게는 바로 섹스였다.

섹스는 노력을 많이 할수록, 공을 많이 들일수록 그 쾌감도 기쁨도 크다. 최선을 다한 섹스는 인간 관계를 깊이 있게 한다. 진지함으로 접근하는 섹스, 서로를 배려하는 섹스는 탄탄한 신뢰를 쌓게 한다. 아주 스치는 듯한 작은 접촉이라도 '섹스'의 틀 안에서 이뤄지면 넓은 마음으로 인간을 감싸안게 한다. 단 한 번도 똑같은 섹스가 없듯 내게 섹스는 변화무쌍한 '도전에 가득한' 인생 그 자체이다.

나는 왜 섹스를 하는가?

섹스는 내 지적활동의 하나이기 때문이다. 나는 많이 생각하고 섹스를 한다. 충동적인 섹스보다는 하나하나 매듭을 풀듯이 시작되는 섹스를 좋아한다. 나의 머리가 생각한 것들이, 이야기가 몸으로 표현되는 것이 내게는 섹스이다.

섹스는 내게 완벽한 정신노동이다. 에너지가 많이 소비되는 정신노동이다. 나는 사랑이 없이는 섹스할 수 없고 내 욕구 없이는 섹스하지 않는다. 내 두뇌로 시작되고 납득할 때 비로소 시작되는 섹스는 바로 내 자신이 누구인가를 묻고 확인하는 작업이다.

나는 왜 섹스를 하는가?

나는 상대가 달라지는 모습을 보기 위해서 섹스를 한다. 남자와 여자가 처음으로 하나가 된 뒤, 그 둘의 개인사는 시작된다. 여자가 섹스를 통해 변화하는 것 못지않게 남자들도 변화한다. 사랑을 품고 있는 섹스는 눈빛에서부터 그 모든 것을 변화시킨다. 사랑하는 상대의 미묘한 변화를 확인하는 것 자체가 어쩌면 섹스의 가장 큰 즐거움이자 기쁨일 수 있다. 그것이 바로 나 자신을 받아들여주고 자신의 세계의 문을 활짝 열었다는 아름다운 증거이기 때문이다. 섹스는 악수보다 따뜻하고 입맞춤보다 더 뜨겁다. 물론 나 역시 변화한 모습을 상대에게 보여주기 위해 진지하게 섹스에 몰두하기도 한다.

나는 왜 섹스를 하는가?

아주 드물게 나는 생명을 잉태하기 위해 섹스를 했다. 한 생명체를 나의 피와 살로 만들기 위해 나는 섹스를 했다. 어머니가 되기 위해 한 생명을 창조하는 '멋진 경험'을 하기 위해 섹스를 했다. 가장 행복할 때 가장 기쁠 때 가장 멋진 체험을 한 순간에 나는 한 생명을 만들기 위해 섹스를 했다. 여자와 남자가 할 수 있는 가장 생산적인 일, 또 하나의 생명을 이 세상에 내놓기 위해 나는 섹스를 했다.

내가 섹스를 하는 이유는 궁극적으로 나를 기쁘고 행복하고 즐겁게 하기 위해서이다. 나는 나를 위해 섹스를 한다. 여성인 나를 위해서 섹스를 한다. 섹스는 이 세상의 남자와 여자 관계의 진리가 읽혀지는 행위이다. 동시에 사람으로서 바로 나의 가치가 판가름나는 행위이다. 궁극적으로 섹스는 아름답고 깨끗하고 순수한 남자와 여자의 만남이다. 섹스는 내게 가장 본질적인 관계이다. 이 섹스는 인간으로서 나를 가려내는 재판 과정이다. 그래서 나는 섹스를 한다.

남자와 여자의 섹스 차이

'만약 당신이 음식을 먹듯이 천천히 사랑을 나눈다면, 나는 당신을 더 깊이 알고 싶을 겁니다.'

— 어느 만찬회에서

이렇게 해석이 붙은 이 글은 아주 딱딱한 책에 잠깐 별 관계 없이 인용된 것이다. 그렇지만 아주 재미있다. 나는 이 글을 수첩에 메모했다. 그러면서 내게 물어보았다. 이 말은 어떤 사람이 했을까? 우선 여자가 했다는 것은 확실하다.

나는 즐거운 상상을 했다. 약간 호사스런 만찬 자리, 옆자리 남자가 음식을 드는 모습을 그 여자는 유심히, 그러나 다른 사람이 눈치채지 못하도록 살짝살짝 훔쳐본다. 남자는 아주 천천히 음식을 음미하면서 들고 있었다. 여자는 생각한다. 먹는 모습은 바로 그 남자의 성격을 말해준다고, 운전하는 모습도 그렇다고, 여자는 이 남자가 사랑의 상대로서 아주 성숙하고 진지하고 알 것을 제대로 아는 남자라고 생각했을 것이다. 그래서 여자는 아주 품위 있게(?) 남자를 유혹하기로 마음먹었다……

남자와 여자의 섹스는 무엇이 다를까?

대개 사랑을 할 때 남자는 지나치게 서두르고 여자는 천천히 나누기를 좋아한다. 아마 냉정히 말하자면 남자들에게 섹스는 생물적인 행위이고 여성에게는 감성적인 행위이기 때문일 것이다. 남성은 정액을 분출하는 사정을 통해서 쾌감을 느끼지만 여성은 애무와 아주 복잡한 과정을 거쳐 천천히 달아오르면서 극치에 이른다.

내가 처음 성경험을 했을 때 가장 놀란 것이 바로 이 점이었다. 섹스라는 것이 너무나도 감정적인, 일종의 정신적인 활동의 연장이었기 때문이다. 나는 도대체 이른바 매매춘 여성들이 어떻게 성관계를 할 수 있을까 이해가 되지 않았다. 정신과 육체가 너무나도 단단한 하나된 고리에 연결되어 있다는 것을 발견했기 때문이다.

기본적으로 성은 여성을 위한 것이다. 그리스 신화에서 남성과 여성—이 양성의 인간과 사랑을 나눴던 신이 고백처럼 말하는 대목이 있다. 여성이 남성보다 아홉 배나 섹스의 즐거움과 기쁨을 만끽하고 있다고 말이다. 섹스에 있어 남자와 여자의 가장 큰 차이는 남자의 궁극적인 쾌락, 즉 오르가슴이 1회성인 데 비해 여성은 여러 차례 오르내리면서 오르가슴을 느낄 수 있는 점이다. 남성에게 있어 오르가슴이 섹스의 끝이자 마무리인 데 비해 여성은 수없이 반복되는 오르가슴 자체가 섹스의 내용일 수도 있다.

성숙한 남자라면 천천히 섹스를 할 것이다. 여성에게 충분한 입맞춤과 애무를 통해 정신과 몸이 하나가 될 수 있도록 감정적인 전달을 할 것이다. 여성을 잘 모르는 남성만이 여성이 오로지 남성기가 여자의 몸 안에 들어왔을 때만 오르가슴을 느낀다는 신화를 가지고 있다. 여성 안에 들어가는 것만을 서두르는 남자는 진정한 남자가 아니다. 여자를 기다리고 여자와 함께 올라갈 수 있는 여유와 경험을 지닐 때 진정한 남자가 되었다고 할 수 있다.

남자들은 공격본능이 자극될 때 섹스를 하고 싶은 욕구가 생긴다고 말한다. 확실히 남자들에게는 공격본능이 있다. 동물과 달리 인간만이 예외적으로 암컷보다 수컷이 더 능동적이고 공격적인 측면이 있다. 그래서 남자들은 섹스란 바로 이런 남성으로서의 정복욕을 채우는 것이라고 말하기도 한다. 한 걸음 더 나아가 남성들은 사랑 없이 섹스할 수 있다고도 이야기한다. 궁극적으로 섹스의 목적은 번식이기 때문에 암컷이 원한다면 당연히 섹스를 해야만 하는 종마(種馬)처럼, 남성은 사랑하지 않는 여성하고도 섹스를 할 수 있다고 말한다.

남성의 신체가 지닌 구조적인 특성은 바로 사랑이 아니라 욕구만 있어도 섹스가 가능하다는 것, 이 말은 틀리지 않다. 가깝게는 우리나라는 물론이고 전세계에서 여전히 번창하고 있는 매매춘사업이 이를 증명한다. 또 멀게는 다이애너를 전혀 사랑하지 않았으면서도 섹스를 하고 두 아들을 낳을 수 있었던 찰스 왕세자의 경우가 증명한다.

그러나 찰스 왕세자의 잘못은 카밀라라는 유부녀를 사랑한 것이 아니라 '사랑하지 않는 다이애너'와 결혼한 무책임에 있듯 '욕구'만으로 섹스를 하는 모든 남자들은 큰 잘못을 저지르고 있다. 즉 '욕구'와 '번식'만으로 섹스하는 것이 동물들이니까— 인간으로서 자신의 종(種)에 대해 '결례'를 하고 있는 셈이다.

그렇다면 매매춘을 하는 여성들은? 이 여성들은 자의적으로 섹스를 하는 것이 아니라 남성들의 욕구에 따라 섹스를 한다. 그녀들은 섹스를 오로지 쾌락과 배설만으로 여기는 남성들의 희생자에 불과하다.

여자의 섹스는 지적인 활동

얼마 전 잘 아는 선배로부터 퍽 흥미있는 이야기를 들었다. 그 선배의 어머니는 딸 둘을 낳고 일찍이 남편을 여의었다. 혼자 된 어머니의 나머지 삶이 오로지 자식과 함께라는 점을 그 선배는 당연히 여겼다. 그런데 그 선배가 고등학교를 졸업할 무렵, 우연히 몇 년 만에 중학교 때 여자선생님을 만났다. 그 여선생님은 어머니의 안부를 물었다. 아직 혼자라는 이야기를 듣고 그 여선생님은 이렇게 말했다.

"너의 어머님같이 지적인 분이 아직도 혼자라니 믿어지지 않는구나."라고.

여중생으로서는 이해할 수 없는 이야기였다. 그러나 그 선배는 요즘 와서 그 여선생님의 이야기가 비로소 이해가 된다며 웃었다. 여성에게 '섹스는 사랑을 나누는 행위이며 동시에 지적활동'이라는 것을 세월과 더불어 알게 되었기 때문이라며……

흔히 성욕은 육체노동자보다 정신노동자가 훨씬 더 강하다고 한다. 마찬가지로 성을 육체노동으로 여기는 남성보다 정신노동(?)으로 여기는 여성이 더 성욕이 강렬한 것은 자연스러운 일이다.

이웃나라 일본에는 여성의 성욕이 언제까지 지속되는가를 잘 보여주는 이야기가 있다. 성인이 된 아들이 어머니에게 물었다. 어머니는 화로의 재를 젓고 있었다.

"어머니, 여성의 성욕은 언제까지입니까?"

어머니는 웃으면서 화로의 재를 젓고 있을 뿐이었다. 아들이 재촉했다. 그러자 어머니가 말했다.

"이렇게 재처럼 될 때까지란다."라고.

여성의 성, 참으로 무한한 것이다. 남성의 성적 욕구나 성적 능력이 10대 후반을 절정으로 40대에 급강하하는 데 비해 여성은 평생을 두고 계속된다. 더 미묘하게 더 절묘하게, 때로는 강렬하게 때로는 가늘게 떨면서 여성의 성적 욕망과 에너지는 영원히 재가 될 때까지 여성의 내부에 자리하고 있다. 여성에게 섹스는 '지적인 활동'이기 때문이다.

물론 남자들이 '몰지성적인 것'은 아니다. 남자들도 느낀다. 사랑하지 않는 여자와 섹스는 할 수 있지만, 섹스가 아주 뜻깊은 대화가 아니라 그저 긴장을 늦추기 위한 운동이라고 생각을 하면서도 그들 역시 격렬한 감정적 체험을 한다. 바로 섹스가 끝난 뒤에.

남자는 섹스 후에 사랑을 깨닫는다

이 세상의 흔한 섹스는 대부분 불행이고, 남성들의 즐거움과 값싼 쾌락에 중심을 빼앗겨버렸다. 남자들의 욕구를 충족시키지 않으면 '성공한 섹스'가 아니라고 여자도 남자도 생각한다. 남자들이 섹스를 그렇게 만들어버렸기 때문이다. 남성 중심의 이 사회는 섹스가 지닌 여성성──감성과 감정적인 요소를 앗아가버렸다. 그래서 남성들은 '사랑' 없는 섹스를 당연하게 생각한다. 하기는 킨제이 보고서의 색인란에 '사랑'이라는 항목이 없다.

그럼에도 불구하고 아직도 남성들에게 '사랑'이라는 야성(?)은 남아 있다. 의외로 많은 남자들이 사랑 없는 섹스를 하고 난 뒤 심각한 자기혐오를 겪는다. 갑자기 자신이 보기 싫어지고 후회스럽고 미칠 듯한 감정을 토로한다. 만약 남자들이 좋아하는 여자와 사랑하는 여자와 섹스를 했다면 섹스를 마쳤을 때 완전히 하나가 되었다는 일치감, 그 사람을 더 많이 가깝게 알게 되었다는 만족감을 느꼈을 것이다.

남자들이 그 여자와 자고 난 뒤 정말로 내가 이 여자를 사랑하는가, 아닌가를 깨닫는다. 그에 비해 여성은 그 남자와 잘 것인가를 고민하고 결정하면서 그 남자를 사랑하는가, 아닌가를 알게 된다. 여성은 '사랑'의 감정을 머리로 재고 점검하고 남성은 몸으로 점검하고 겨우 깨닫는다고나 할까? 그 남자와의 섹스를 받아들이면서 여성은 사랑을 시작하고 남성은 섹스를 하고 난 뒤 비로소 사랑을 시작한다.

남자와 여자가 함께 하는 섹스─남자는 빨리 하고 여자는 천천히 하기를 원한다. 남자는 몸으로 하고 여성은 정신으로 하기를 원한다. 남자는 1회성의 쾌락밖에 모르고 여성은 수차례의 기쁨에 몸을 떤다. 여자는 사랑으로 시작하고 남자는 뒤늦게 사랑을 발견한다. 왜 이렇게 남자와 여자가 함께하는 섹스가 모든 것이 맞지 않을까? 영원한 수수께끼이다. 그렇지만 한편으로는 섹스야말로 남자와 여자가 에너지와 인내와 지적인 탐험을 가지고 이룩해야 할 가장 고도의 인간관계라는 결론이기도 하다.

《메디슨 카운티의 다리》에서 점심을!

　서점에서 독자와 대화를 하는 시간이 있다. 나는 나의 책을 읽은 독자들과 이야기한다는 사실이 아주 재미있다. 가끔 엉뚱한 질문이 나오기도 하는데 나는 '전투적으로(?)' 모든 질문에 대답하는 편이다. 한편으로 내 자신이 이야기하는 것을 즐기는 편이다.

　한 번은 이런 일이 있었다. 한 20대 여성이 일어나 물었다.

　"전여옥 씨가 《메디슨 카운티의 다리》 주인공 프란체스카라면 어떻게 하겠습니까?"

　청중들은 일제히 웃음을 터뜨렸고 나도 웃었다. 내 답은 간단명료했다.

　"저라면 킨케이드와 함께 가겠어요. 평생을 두고 사랑할 수 있는 사람을 만난다는 것은 정말 어려운 일입니다. 만일 그런 확신이 서로 들었다면 함께하는 것이 훨씬 도덕적이죠."

　사람들은 다시 웃었다.

　《메디슨 카운티의 다리》 주인공 프란체스카는 사고방식이 아주 동양적이다. 가정을 위해 '운명적인 만남'을 뒤로 한다는 이야기이다. 한국적인 정서에 아주 바람직한 소설이고, 대개 모든 한국 여성들은 아이를 위해 가정을 위해 사랑을 포기할 것이라고 사람들은 생각한다. 그렇지만 나는 참으로 어리석은 선택이었다고 본다. 결국 할머니가 되어 늙어 죽으면서 자식들에게 킨케이드가 보낸 편지를 유언 겸 남기는 유아적 발상은 도저히 내 취향이 아니기 때문이다. 물론 남자와 여자가 상황에 의해 어쩔 수 없이 사랑의 흔적을 가슴에 묻어야 할 때가 있다. 그렇다면 그 추억을 그냥 무덤으로 가져가면 되는 것이다. 물론 나라면 킨케이드와 함께 트럭을 타고 떠났겠지만.

황신혜를 지지한 이유

얼마 전 '애인 신드롬'이 우리 사회를 휩쓸고 지나갔다. 나 역시 그 드라마를 아주 흥미있게 지켜보았다. 이제 막 30대 중반으로 넘어가는 조용히 무너져내리는 듯한 황신혜의 미모가 묘한 아름다움을 주었기 때문이다. 우리 어머니 역시 〈애인〉을 '재방송'까지 챙겨가면서 보았다. 거의 감정표현이 없는 차가운 나의 어머니는 〈애인〉을 어떻게 보았을까. 나는 궁금했다.

"참 곤란한 상황이지."

어머니는 언제나처럼 담담하게 말했다.

그러니까 최선을 다해 남편과 가정을 지켜왔는데 어느 날 황신혜 같은 여자가 나타나면 정말 배신감과 당혹감이 클 것이라는 이야기라고 나는 어머니의 '곤란한 상황'을 해석했다.

그런데 어머니가 내게 다시 말했다.

"내 말은 그게 아니야. 만일 유동근같이 멋있고 돈 많고(!) 매너 좋은 남자가 연애하자고 한다면 도저히 거절할 수가 없어서 곤란하다는 이야기였어."

나는 웃음을 터뜨렸다. 어머니는 지금 65살— 나이가 문제가 아니라 언제나 찬바람이 쌩 부는 어머니로서는 참 의외였다. 나는 그 뒤 주위의 내 친구 등 내가 아는 결혼한 여자들에게 〈애인〉을 본 느낌을 물어보았다. 나는 조금 놀랐다. 모두들 유동근과 사랑에 빠지지 않을 수 없다며 고민하는 것이었다. 즉 '나는 이응경이 아니라 황신혜다' 라고 생각하고 있었다.

나는 한국의 여성들이, 특히 결혼한 여성들이 사랑을 하고 싶은 대단한 욕구를 지니고 있구나 하고 느꼈다. 하기는 그것은 아주 자연스러운 현상이다. 결국 남편을 가진 여성들이 '외도'와 '불륜'을 꿈꾸고 있다기보다는 '인간적인 접촉' '자연스러운 교류'를 꿈꾸고 있다고 나는 생각한다.

남편과 아이들로 한정된 생활을 하는 전업주부인 내 친구는 이렇게 표현했다.

"일단 언어능력이 떨어지는 것을 느껴. 아이들과 씨름하다보면 쓰는 단어가 다 단문이자 명령문이지. 안 돼—. 비켜—. 먹어—. 너 혼날 줄 알아—. 남편하고도 그렇게 차이는 없어. 게다가 남편 외에 만날 수 있는 남자가 거의 없어. 기껏해야 수퍼 아저씨, 세탁소의 배달하는 사람, 중국집 짜장면 배달하는 남자 정도야. 꼭 무슨 뜻이 있어서가 아니라 정상적인 대화를 자연스럽게 할 수 있는 그런 남자를 만나고 싶어."

결국 〈애인〉을 보고 많은 여자들이 전업주부인데도 '황신혜'를 열렬히 지지하고 황신혜가 된 자신을 꿈꾼 것이다. 그 이유는 호화스러운 정장에 고급백을 들고 나왔으나 사실은 이응경의 세계가 썰렁하다는 것을 알고 있어서이다. 결국 '그렇고 그런 남자' 밖에 만날 수 없는 하품 나는 일상사 속에 묻힌 내 안의 '이응경'이 정말 참을 수 없는 가벼움으로 다가왔기 때문이 아니었을까?

내가 아주 좋아하는 영화 가운데 〈사랑에 빠져서(Falling in Love)〉란 영화가 있다. 이 영화는 각각 가정이 있는 로버트 드 니로와 메릴 스트립이 사랑에 빠지는 이야기이다. 성탄절 전야 리졸리라는 책방에서 책이 뒤바뀌어 알게 된 두 남녀——로버트 드 니로는 메릴 스트립에게 열렬하게 데이트를 신청한다.

"우리 점심 먹읍시다." "우리 커피 한잔 합시다."라고.

메릴 스트립은 완곡하게 거절하며 말한다.

"나…… 결혼했어요."

이 영화의 묘미는 바로 이에 대한 로버트 드 니로의 반격(?)이다.

"'결혼한 사람'도 점심은 먹어야 하잖아요."

이 유머에 넘치는 답변—— 결국 그 두 남녀는 점심을 먹고 사랑에 빠진다.

결혼을 하면 수녀원에 들어가나?

결혼은 모든 것의 끝이 아니다. 그렇지만 우리 사회에서 결혼은 '정리'를 권유하고 '단절'을 요구하고 '이별'을 강요한다. 그것도 여자에게만. 결혼은 새로운 인간관계의 시작이자 새로운 삶의 방식이다. 결코 유배나 귀양가는 것이 아닌데 우리나라의 결혼은 결혼한 여자에게 모든 인간관계의 끝을 뜻한다. 그리고 놀아도 여자들끼리만 놀라고 강요한다. 하다못해 집들이 초대를 받아 가도 여자들은 여자들끼리 밥상을 차려주고 남자들은 남자들끼리 차려준다. 그렇게 우리 사회는 자신이 없는 것일까? 우리 사회의 결혼은 어느 날 밥 한 번 먹으면 뒤집어질 정도로 결함과 모순과 치명적 상처를 지니고 아슬아슬하게 유지되는 것은 혹시 아닐까? 서양의 댄스파티나 빈번한 부부동반 파티처럼 비교적 건전하게 '영원한 이성에 대한 호기심'을 충족시켜주는 그런 여유는 불가능한 사회에 우리가 살고 있는 것은 아닐까?

결혼을 했다고 해서 그날부터 이 세상 모든 여자가 카멜 수녀원 같은 봉쇄수녀원에 들어가는 것은 아니다. 수녀처럼 평생 가정만을 위해 기도를 하고 사는 것은 더더욱 아니다.

일부일처제라는 제도— 참 지켜지기 어려운 제도이다. 또한 한국 사회는 엄밀한 의미에서 일부일처제가 아니다. 남자들에게는 아주 많은 기회가 널려 있고 여자에게는 닫혀 있다. 그 문을 열어젖히고 나온 여자에게는 또한 엄격한 제재가 있는 나라이다. 남자들은 아주 편해서, 여성들은 어쩔 수가 없어서 나름대로 편의에 의해 이 제도 속에 들어가 있다.

문제의 본질은 결혼이 불합리한 제도라는 데 있다. 결혼이란 제도는 약점이 너무나 많다. 결혼은 어디까지나 여성이 철저하게 가부장제 틀 속에서 남성에게서 의식주를 해결할 때 적당한 제도였다. 1960년대 가족사회학자들은 결혼이라는 제도가 여성도 일하고 경제권을 쥔 시대에는 없어질 것이라고 진단했다. 이미 북유럽에서는 태어나는 아이 셋 중에 둘이 '결혼하지 않은 혼외의 아이'이다. 결혼은 앞으로 그 수명이 얼마 남지 않았다는 것이 확실하다.

이 시대는 사실 결혼이 지켜지기가 너무나 힘든 시대이다. 교통이 불편하고 대개는 자기가 태어난 곳에서 임종을 하게 마련인 그 옛날에는 한 사람을 만나 그 사람과 끝까지 사는 것이 별 무리가 없었다. 그렇지만 지금은 열몇 시간이면 유럽을 갈 수 있는 시대이고 여성도 사회적인 활동을 하면서 많은 사람을 만날 수 있는 기회가 자연스럽게 생기지 않았는가?

결혼은 사랑으로만 지켜진다

한 10년 전쯤으로 기억된다. **KBS** 기자로 일할 당시 나는《메디슨 카운티의 다리》의 주인공 킨케이드가 사진을 기고한〈내셔널 지오그래픽〉지를 취재한 적이 있었다. 그때 재미있게 느낀 것은 대개 기자들이 결혼을 최소한 두서너 번 한 점이었다. 나는 그 이유를 물었다. 그때 기자들 답이 당당하고 흥미로웠다. 워낙 세계를 돌아다니다 보니 '좋은 사람'을 만날 기회가 보통 사람들보다 서너 배는 많기 때문에 결혼 역시 많이 할 수밖에 없었다고. 나는 아주 쉽게 이해했다.

게다가 사람도 변한다. 20대에는 사랑도 서투르고 사람도 잘 모른다. 나이가 들면 사람을 보는 눈도 달라진다. 물론 남자 역시 그렇다. 남자를 이해하고 알면서 남자를 보게 된다. 20대에는 젊음이 눈부셔 미처 볼 수 없었던 성숙한 남자들의 장점이 보인다. 여자에게는 어떤 남자가 좋은 남자인지 가려내는 지혜가 나이와 더불어 생긴다. 여자도 달라진다. 더 포용력 있고 더 아름답게 인생이 깊어지듯 사람이 깊어진다. 오히려 사랑을 할 여건은 더욱 성숙해지는 셈이다.

'결혼했다는 것' 자체가 이제 누군가를 사랑하는 데 장애가 되는 시대는 지났다. 결혼했다는 것이 중요한 것이 아니라 서로 진정으로 사랑하고 있느냐가 '새로운 사랑'을 시작할 때 기준이 되어야 한다. 결혼이라는 제도가 이 세상의 모든 불륜을 막아내리라는 기대는 참으로 바보스러운 것이다. 길 가는 나그네의 옷을 누가 벗길 수 있었을까? 차갑고 매서운 바람이 아니라 태양의 따뜻한 빛이었다. 아름다운 결혼은 '제도'로써 지켜지는 것이 아니라 '아름다운 사랑'으로써만 지켜질 수 있는 것이다.

지난 1976년 일단의 카톨릭 신학자들이 '혼외정사'에 대하여

그들의 의견을 발표하였다. '자신을 해방하고 상대를 풍요롭게
해주며 솔직하고 충실하며 사회적인 책임감을 수반하고 삶을 즐
겁게 하는 데 기여하는 것이라면 어떤 형태도 도덕적인 것이라
고 간주할 수 있다'고 밝힌 것이다.

　인간의 행동은 대개 인간의 사고를 앞서간다. 바티칸에 대해
정면으로 대응하는 '혼외정사 옹호' 성명이 나왔다는 것은 바로
인간의 행동이 어떠하다는 지표가 된다. 혼외정사나 외도를 무
조건 옹호하는 것 이전에 바로 이렇게 변했고 변화하고 있다는
것을 우리는 알 필요가 있다.

　'메디슨 카운티의 다리'에서 '애인'과 '점심'을 먹는 것이 무
조건 비난받을 일만은 아닌 '변화'의 시대에 우리가 살고 있다.
결혼이 아니라 사랑만이 '또 하나의 사랑'을 막을 수 있다. 최선
의 방어가 공격이듯 말이다.

많이 먹는 여자가 일도, 사랑도 잘한다

평소에 내가 강조하는 말이 있다. 이제 26살인 내 쌍둥이 동생들에게 특히 말이다. '절대로 착한 여자가 되지 말라'는 말이다. 물론 내 쌍둥이 동생들은 언니인 나를 닮아 천성이 맑고 어질고 착하기 이를 데 없다(우리 어머님의 말씀이다). 우리 집은 딸만 넷인데 나와 쌍둥이 동생은 12살이라는 나이 차에도 불구하고 아무런 갈등도 문제도 없다. 평소 나는 '착한 자매'의 전형이라고 생각한다.

그러나 나는 그애들이 이 사회에 발을 들여놓았을 때 여러 차례 걸쳐 '절대로 착한 여자는 되지 말라'고 누누이 강조했다.

내 이야기의 요점은 이렇다.

"얘들아. 너희들도 알다시피 이 사회는 남자들이 판짜기를 해놓은 세상이란다. 모든 게임의 법칙은 남자를 위한 것이고 그들에게 편리하게 되어 있지. 언니가 직장생활을 하면서 보면 '착한 여자'라고 소문이 자자한 여자들이 있단다. 그 여자들은 아주 얌전하고 고분고분하지 — 즉 남자들의 세계, 그들의 기득권을 넘보지도 않고 여자가 할 일이라는 것은 그저 남자의 하녀요, 그림자라고 생각하는 것이지. 그래서 그 여자들은 남자들에게 칭찬받는 착한 여자로서 잠시 명성을 누리지. 그런데 그 제품기한은 한 2년이야. 가전제품하고 똑같아. '착한 여자'란 전문직도 아니고 누구나 될 수 있는 것이기 때문에 새 착한 여자라는 신제품에 밀리는 것이지. 그러니까 절대로 너희는 착한 여자가 되지 말고 차라리 남성의 기득권과 권위 체제에 저항하는 강한 여자, 독한 여자—나쁜 여자가 되도록 해."

물론 내 동생들은 '일'에 대한 남다른 책임감을 지녀 다행히 한심한 착한 여자군에서 일찌감치 탈퇴했다.

착한 여자는 적게 먹는다

직장생활을 하면서 이른바 적지 않은 '착한 여자'를 관찰해온 나는 그들만이 지닌 공통점을 발견했다. 그것은 그들이 적게 먹는다는 것이다. 식욕은 죄악이라고 생각하며 '소식은 교양이고, 미식은 탐식이며, 건강한 식사는 과식이다'라는 이상한 논리를 지니고 있는 점이다.

나와 내 동생들로 말하자면 일단 앞에 먹을 것이 있으면 그것이 없어질 때까지 먹는 것이 상식이고, 식욕은 곧 일에 대한 의욕의 바로미터라고 생각한다. 그뿐만 아니라 모든 이벤트와 의식은 '음식'을 중심으로 진행된다. 일도, 데이트도, 만남도 그 중요도는 어떤 종류의 음식을 먹느냐에 의해 정한다. 또 '음치'보다 더 심각한 것은 이른바 '미치(味痴)'—즉 맛에 대한 치매라고 생각한다.

우리 자매는 아무거나 먹는 사람을 무식하다고 본다. 맛있는 것을 알아보고 감상할 줄 아는 사람을 존경한다. 또 거의 세 끼를 어떻게 먹어야 '잘 먹었다는 소리를 들을까?' 하고 고뇌하고 진지하게 생각하는 사람이다.

그뿐인가. 가장 좋아하는 사람의 첫 기준은 '건강한 식욕을 지닌 사람'이다. 즉 복스럽고 탐스럽게 먹는 사람이다. 함께 식사를 하면 덩달아 식욕이 나는 여자, 먹는 것을 즐기면서 '에너지'를 위해 먹는 여자이다. 내가 아주 좋아하고 존경하는 언론계 ㅁ선배는 그런 점에서 '찬란한 식욕'을 지닌 이다.

그 선배는 일단 아침을 반드시 먹어둔다. 아침을 거르면 '노인성 치매'에 걸릴 가능성이 높아진다는 과학적 이유를 들며 일부러 갓 구운 맛있는 아침 빵을 사다 계란, 베이컨, 샐러드, 그리고 과일까지 온갖 영양소를 넘나들면서 든든하게 아침을 먹어둔다. 그래야 직장에 나가서 아침부터 괜스레 휘지지 않고 일에 달려들 수 있기 때문이다.

또 점심식사 역시 일을 겸해 이왕이면 맛있고 실속 있는 곳을 찾는다. 수첩에는 '맛있는 집'의 전화번호가 빽빽하게 실려 있다. 그것도, 한·중·일 정도 분류가 아니라 '곰탕, 칼국수, 고깃집, 스파게티, 짜장면, 초밥집' 등으로 세밀한 나눔에 의해서 말이다. '점심은 아무리 먹어도 살찌지 않는다'는 체험에 의해 마음껏 양도 질도 즐긴다.

회사에 1시 반쯤 들어와 맹렬하게 일을 하다 보면 오후 4시면 좀 출출해진다. 그래서 회사 구내식당에 간다. 샌드위치와 우유, 그리고 피곤할 때는 달콤한 것을 들어야 하기 때문에 설탕을 듬뿍 묻힌 도넛도 추가한다. 라면이 간식인 날은 물론 밥 한 공기도 추가한다.

저녁 역시 하루의 피로를 마감하고 '싱싱한 내일'을 위해서 만족스럽고 맛있는 식단을 준비하거나 맛있는 곳을 찾아 외식을 하거나 한다. 나 역시 이 ㅁ선배와 별로 다르지 않다. '많이 먹고 많이 일한다'는 원칙 아래 즐겁게 먹고 포만감을 즐기면서 신나게 일한다. 일할 에너지를 얻기 위해서 우리는 건강한 식욕을 과시하고 열심히 먹는다.

보호 본능을 자극하는 '불쌍한' 몸매

확실히 착한 여자는 적게 먹는다. 일할 에너지가 굳이 필요하지 않기 때문이다. 남성들에게 위협적인 존재, 같이 일하는 존재로 비추기를 그녀들은 영원히 거부한다. 그보다는 그저 귀염받고 사랑받고 싶을 뿐이다. 남성들의 보호를 받으면서 편안하게 살고 싶을 뿐이다. 어디까지나 그림자로서 조용히— 그러나 불로소득을 착실히 챙기면서 남자들을 '머슴'처럼 부릴 수 있을 것이라고 계산한다. 그러기 위해서는 동정받아야 하고 남자들에게서 '보호 본능'을 부추기고 끌어내야 한다. 그 옛날, 중국 군주의 손바닥 위에서도 춤을 출 수 있었다는 서시 정도는 안 되어도 하늘하늘 가는 몸매, 불쌍한 몸매가 필요하다. 그래서 그녀들은 '적게' 먹으면서 '남성우월주의'가 만든 기존의 가치에 순응하는 것이다. 즉 보조자로서 그림자로서 '남성에게 기생하는 삶' 말이다.

그러나 우리 일하는 여성은 그렇지 않다. 우리는 남성중심사회에 지지 않는 에너지로 그들과 함께 일하고, 아니 그들을 앞서가기 위해 '일하는 여성'은 건강한 식욕과 영양가 있는 식사가 필요하다. 지금 남자들은 초조하다. 그들이 만든 기존의 체제, 남성우월주의를 지탱하기에 이 세상은 너무나 황급히 변화하고 있다. 일하는 여성들이 이제 더 이상 '여자라는 이유'만으로 뒤처지고, '남자라는 이유' 하나로 앞세우기를 거부한다.

기득권을 지닌 남자들은 당연히 기득권을 영원히 쥐고 싶어한다. 그들—남성들은 '적게 먹고 적게 일하는 여자'를 원한다. 그들은 인류 역사 2천 년 동안 남자가 먹어온 몫을 도저히 여자에게 먹일 수가 없는 것이다.

그래서 그들은 아름다운 여자의 전형을 수시로 바꿨다. 여성을 통해 '인류'라는 최대의 경제적 생산도구인 인간을 출산하고 싶을 때 푸짐한 엉덩이와 실한 살집을 지닌 '출산형' 여성이 최고의 미인이었다. 스파르타인은 전쟁에 나가서도 남자 못지않게 싸울 여성 투사가 필요하자 근육과 힘이 넘치는 '전사형' 여성을 최고의 미인으로 쳤다.

오늘날 산업사회 말기—이 시대의 미인을 남성들은 어떻게 조작했는가? 사회철학자 아도르노는 우리가 사는 20세기는 '쾌락과 소비의 이데올로기가 지배하는 시대'라고 했다. 남성들은 이 20세기에 여성을 쾌락과 소비의 상대로서 두기를 원한다. 오로지 '성적인 대상'으로서 오로지 '남성을 즐겁게 하는 노리개'로서 여성이 존재하기를 바란다. 그러면서 불평조차 하지 않는 '멍청한 착한 여자'를 원한다.

식욕 선언은 평등 선언이다

'적게 먹는 착한 여자'는 어리석은 여자이다. 이미 저물고 있는 20세기형의 여자이다. 21세기에 그녀들은 더 이상 아름다운 여성으로도 남아 있지 않을 것이다. 21세기 미인은 건강한 식욕을 자랑하고 뛰어난 두뇌로 종횡무진 일을 하는 '에너지가 넘치는 여성'이다. 먹는 것을 좋아하는 여자는 일하는 것도 좋아한다. 남자들과 함께 식사를 하면서 당당한 식욕을 겨룰 수 있는 여자는 실력도 능력도 그들만큼 있는 여자이다. 다른 사람보다 적게 먹는다고, 기운이 없다고 약하다는 이유를 들어 살아남고

자 하는 사람들은 실력도 인격도 없는 경우가 대부분이기 때문이다.

많이 먹는 여자는 섹시한 여자이다. 눈부신 식욕은 넘치는 성욕을 뜻한다. 여배우 앤디 맥도웰은 섹시한 여자는 카메라 앞에서 바비인형처럼 삐쩍 마른 몸매를 드러내는 모델이 아니라고 했다. 내게 힘이 있고 능력이 있고 식욕이 있고 성욕이 있는 것을 당당하게 드러내는 여자가 진정 섹시한 여자라고 말했다.

나와 내 쌍둥이 동생들은, 우리 일하는 여자들은 어떤 자리 어떤 상황에서도 '많이 먹는다'고 당당히 말할 수 있는 여자들이다. 많이 먹는 여자들은 일도 사랑도 섹스도 잘한다. 이 '건강한 식욕 선언'은 '남성우위 사회'에 대한 우리의 당연한 '평등선언'이기도 하다.

마돈나 찬가

　나는 마돈나를 좋아한다. 마돈나처럼 살고 싶으나 형편이 여의치 않아, 출신을 벗어나는 것이 힘겨워, 문화적 배경을 극복하지 못해서 등등 몇 가지 이유 때문에 할 수 없이 이렇고 살고 있다. 그러나 여전히 마돈나를 부러워하고 감탄하고 존경한다. 마돈나—전 세계인이 다 아는 최고의 엔터테이너이자 사업가이자, 또 하나 '훌륭한 여성운동가'라고 나는 생각한다.

　내가 마돈나에게 처음 흥미를 느낀 것은 그녀가 갓 데뷔를 했을 때였다. 한 잡지에서 마돈나의 신상 명세서를 읽었는데 지능지수가 150을 넘고 고등학교 때 성적이 모조리 A였다는 것이다. 나는 머리가 뛰어난 여성을 좋아한다. 거기에 노력만 보태진다면 엄청난 힘으로 자신의 인생을 일구는 것을 보아왔기 때문이다. 마돈나는 내 예상 그대로였다.

　두 번째는 〈베드 위드 마돈나〉라는 영화를 본 뒤였다. 일본에서 대개 일요일 아침에 당번이 걸리지 않으면 나는 영화를 보러 갔다. 한산한 일요일 아침에 영화관의 푹신한 좌석에 앉아 있는 것은 내게 평화로운 휴식 그 자체였다. 영화광이었음에도 그 당시 살기가 고단해서 나는 영화를 보면서도 딴 생각을 할 때가 꽤 많았다. 나는 〈베드 위드 마돈나〉 역시 워낙 요란한 남성행각(아마도 이성관계가 별 볼 일 없는 사람들이 부러움을 이런 식으로 표현하는 것 같다)을 떠올리고 꽤 야한 영화겠거니 했다.

그런데 내 예상은 완전히 빗나갔다. 그것은 마돈나가 가수로서 어떻게 공연을 준비하고 춤과 노래를 어떻게 연습하느냐를 다룬 다큐멘터리였다. 마돈나는 완전히 노동자와 같았다. 한 곡을 연습하기 위해 마돈나가 바치는 연습과 시간, 노력 등은 대단했다. 내가 가장 많이 들은 말은 마돈나가 되풀이해서 한 이 말이었다.

"한 번 더 해요."

나는 그 모습을 감동적으로 지켜보았다. 그러면서 '똑똑한 여자'가 자신에게 무엇이 더 필요한지, 무엇이 부족한지를 아는구나 생각했다. 즉 머리 좋은 여자가 '노력한다'. 노력을 하고 애를 쓰고 열심히 살면 얼마나 많은 것이 얻어지는가를 알고 있기 때문이다.

나는 그 영화를 보기 전까지만 해도 마돈나가 문제가 아주 많은 여자라고 생각했다. 술과 마약과 섹스에 절어 있을 것이라고 생각했다. 그런데 연습을 하거나 스태프들과 회의를 하는 마돈나는 '생수' 이외는 마시지 않았다.

나는 "아, 그렇구나. 저 여자는 철저하게 자신을 절제하는구나." 하고 중얼거렸다.

그 영화의 압권은 공연을 앞두고 마돈나가 스태프들과 하는 회의장면이다. 마돈나는 문제점을 낱낱이 지적하면서 으르렁댔다. 마돈나에 대해 쓴 글을 보면 마돈나가 고용인들에게 돈은 많이 주되 그 대신 혹독하게 부려먹는다고 했는데 나는 눈으로 그 현장을 확인한 셈이었다. 마돈나는 아주 겸손하게 '형편없다' '더 집어넣어야 한다' '이래서는 곤란하다'고 심각하게 말했다. 완벽을 위해 최선을 다하는 모습이 내게는 정말 아름답게 보였다.

자신의 힘으로 얻은 성공

미국의 여성해방운동가들은 마돈나의 성공을 아주 높이 평가한다. 마돈나의 성공은 '여성의 성공'의 아주 좋은 본보기이기 때문이다. 우선 마돈나의 성공은 전적으로 마돈나 개인의 재능과 노력으로 얻은 것이다. 개인의 능력이 아닌 배경, 집안내력, 혹은 아버지, 남편, 애인 등 남자의 힘이 아니라 철저히 그녀의 힘으로 이루어진 성공이었다.

두 번째, 마돈나의 성공은 그 어떤 사람도 희생시키거나 해치거나 상처를 주어서 얻어진 것이 아니라는 점이다. 그 동안 성공이라는 단어는 여성에게 아주 낯선 단어였다. 남자들의 경우도 마찬가지지만 성공한 여성들은 일단 '예외적인 존재'란 면에서 그들의 성공에는 더 크고 짙은 그림자가 있었다. 누군가를 할퀴고 밟고 때로는 눈물짓게 한 성공이었다. 그렇지만 마돈나는 '햇빛 찬란한 따뜻한 성공'이었다.

최선을 다해서 살아가는 삶, 정정당당한 성공—— 마돈나의 삶의 태도는 이 시대 여성의 아름다움을 규정한다. 남성의 시선에 의해 아름다움이 결정되는 것이 결코 아니라 자신의 존재, 살아가는 방식 그 자체로 아름다운 여자가 바로 마돈나이다.

섹스를 위한 요리강습

나는 음식 만들기를 좋아한다. 그런데 좋은 요리, 맛있는 음식을 만들기 위해서는 먼저 재료가 좋아야 한다. 사실 재료가 신선하다면, 그 음식의 50퍼센트는 성공한 것이나 다름없다. 요리는 잘하는 사람은 장보기를 잘한다. 시장에서 가장 좋은 재료, 가장 싱싱한 재료를 찾는 사람이다. 마음에 드는 재료를 찾는 노력은 아무리 많이 해도 아깝지 않은 노력이다.

섹스 역시 마찬가지이다. 섹스할 대상이 사랑과 신뢰가 있는 사람이라면, 재료만 보아도 먹고 싶은 생각이 날 정도로 성적 욕구를 부추기는 상대를 만났다면 '좋은 섹스'는 약속된 것이나 마찬가지이다.

그런데 왜 상대를 만난 것이 겨우 50퍼센트의 성공에 불과한 것일까? 100퍼센트 성공 그 자체는 왜 아닐까? 섹스와 요리는 정말 비슷하다. 세계 각국의 음식 가운데 가장 수준낮게 치는 요리가 일본요리이다. 즉 원재료를 거의 가공하거나 손을 대지 않고 썰어놓거나 굽거나 하는 정도니까.

인류학자 마빈 해리스는, 발효음식이 발달한 나라가 가장 수

준 높은 요리문화를 갖고 있다고 했다. 말하자면 김치를 비롯해 온갖 발효음식, '갖은 양념' 이 음식 만들기에 필수인 우리나라는 가장 차원 높은 요리문화를 지니고 있는 셈이다.

많은 사람들이 섹스를 식욕에 비교한다. 식사를 맛있게 하는 사람은 섹스도 맛있게 할 수 있다고 흔히 이야기한다. 버트런드 러셀도 일찍이 '성을 즐길 수 없다는 것은 생리적, 심리적인 결함에 불과하며 이것은 마치 음식을 제대로 못 먹는 것이나 같다'고 했다. 옳은 말이다. 하지만 섹스는 그 내용이 중요하다. 음식도 어떻게 먹느냐가 중요하듯이 말이다.

아무것이나 잘 먹는(?) 남자는 싫다

내가 가장 싫어하는 남자는 아무것이나 잘 먹는 남자다. 음식 맛이 무엇인지도 상관하지 않고 그저 위만 채우면 된다는 생각을 하고 먹는 사람이다. 사실 이런 사람에게는 요리의 과정이라는 것이 생략된 채 원재료만 갖다주어도 상관없을 것이다. 그저 채워넣으면 되는 것이니까.

그 다음으로 내가 싫어하는 사람은 아무것이든 무조건 맛있게 먹는 남자이다. 어떤 기준 없이 먹는 음식은 다 맛있고 감사히 먹자는 식이다.

사실 앞에서 말한 두 경우는 흔히 미덕으로 여겨지기도 한다. 그러나 나는 그렇게 생각하지 않는다. 신은 인간에게 음미하고 즐길 수 있는 다섯 가지 감각을 주었는데 당연히 그 감각을 즐기고 발전시켜야 되지 않을까? 그저 볼이 미어터지게 먹어버리는 것, 아니면 무엇이든지 맛있다는 몰취미적인 음식 먹기가 아니라 이왕이면 왜 맛있는가? 어떻게 하면 이 맛을 낼 수 있을까? 어떻게 하면 신선한 재료를 써서 최고의 음식을 만들어낼까 하는 의지가 필요하다.

가끔 사람들은 섹스는 가르쳐주지 않아도, 배우지 않아도 '본능'에 따르는 것이라고 생각한다. 텔레비전에서 '동물의 왕국' 같은 프로그램을 보고서 '학습하지 않아도 저렇게 잘하는데……' 하며 내내 감탄하면서 말이다. 물론 동물들은 상당히 현란한 섹스를 즐기고 그들의 성욕은 왕성하기 그지없다. 나는 인간이 언제나 동물보다 낫다고는 생각하지 않는다. 그렇지만 섹스에 관해서만은 인간이 동물보다는 한 수 위가 아닐까 생각한다.

왜냐하면 인간의 섹스는 본능을 넘어선 것, 어떤 점에서는 본능이 사라진 것이 인간의 섹스이기 때문이다. 동물과 달리 인간은 발정기에 관계없이 언제나 섹스를 할 수 있고, 인간의 섹스는 정말로 노력과 의지, 그리고 학습성과에 따라 얼마든지 달라질 수 있기 때문이다.

우선 인간에게 섹스는 더 이상 생식과 번식만을 위한 수단이 아니다. 동물은 생식을 위해 섹스한다. 하지만 이제 이 시대를 사는 인간들에게 섹스는 '생식' 그 이상의 의미이다. 굳이 '피임법이 발달했으니까'라는 단서를 달지 않더라도 오늘 인간의 섹스는 이 시대 삶의 뿌리가 되어 있다. 섹스는 스포츠이자 문화이자 인간의 사교 수단이다. 그뿐인가. 섹스는 때로는 무시무시한 폭력이 되고 음모의 수단이 되고 거래가 되고 뇌물이 되기도 한다. 더 이상 본능에 의한 섹스는 불가능한 시대이다. 섹스는 모든 것의 본질이 되어 있고 번식의 기능에서 자유로워짐으로써 오히려 그 영역이 넓어졌다고 생각한다.

섹스는 본능이 아니다

섹스는 배워야 한다. 아주 잘 알아야 하는 시대에 우리는 살고 있다. 그리스의 현인 파라셀수스는 '아무것도 모르는 사람은 아무것도 사랑할 수 없다'라고 했다. 마치 모든 과실이 딸기처럼 한꺼번에 동시에 익는 것이라고 생각하는 사람은 포도에 대해 아무것도 알지 못하는 것처럼.

섹스를 본능에만 의존하는 사람은, 배우기를 거부하는 사람이다. 예를 들자면 딸기맛만 알고 포도의 달콤함도 모르고 나아가서 포도주의 황홀함은 아예 맛볼 수조차 없는 가련한 사람이다. 동시에 이 사회의 복잡하고 잔인하고 광폭하고, 그러나 우리를 살게 하는 천국보다도 나은 지옥 같은 삶에 등을 돌리고 사는 단순한 사람일 수도 있다. 본능적인 섹스에만 머무르는 사람은 '섹스의 자폐증 환자'이다.

마치 요리법을 배우듯 섹스에 대해 생각하고 연구하고 탐색한다면 같은 재료로도 수만 가지 맛있는 요리를 만들어낼 수가 있다. 마치 두부요리가 수백 가지인 것처럼. 또한 재료가 영 시원찮아도 좋은 재료를 쓴 것처럼 멋진 섹스를 할 수도 있다. 즉 단순한 테크닉이나 기술을 떠나 섹스를 소중히 여기고 섹스에 대해 많이 생각하고 새로운 의미를 주는 기본 자세가 있다면 말이다.

물론 구체적인 지식도 필요하다. 우선, 남자라면 여자에 대해, 여자라면 남자에 대해 상대의 성이 지닌 성적 특성을 알 필요가 있다. 음식을 만들 때 그 음식을 들 사람의 식성을 생각하듯 나의 섹스 상대가 '어떤 특성'을 지녔는가에 대해 기본적인 공부를 해야 한다. 남성이 흥분하고 사정하는 그 단순한 높이 뛰기와 같은 섹스의 리듬을 지녔다면 여성은 천천히 성감을 발전시켜 즐기고 마치 여러 개의 봉우리를 넘고 또 넘듯 쾌감이 복잡하고 다양하다는 것, 결코 남성이 여성을 정복하는 식의 무식한 육체노동자 노릇을 하는 것이 섹스가 아니라는 정도의 기본 상식은 가지고 출발해야 한다.

두 번째는 기본적인 기술을 익혀야 한다. 마치 요리를 만드는 데 있어서 지지고 볶고 주무르는 것에서부터 썰고 깎고 하는 아주 기본적인 기술이 필요하듯 섹스 역시 어느 정도는 알고 있어야 한다. 우리나라는 성교육이 부재한 나라이다. 가정시간에 남녀 할 것 없이 요리실습은 하면서도 그보다도 더 중요한 섹스를 어떻게 하는가—기본적인 애무방법이나 체위에 대해서는 전혀 가르쳐주지 않는 것은 정말 커다란 문제가 아닐 수 없다.

일본의 통계에 따르면 성 정보가 개방된 학교, 즉 성교육을 철저히 시킨 학교일수록 학생들의 성범죄가 적은 것으로 나타났다. 마찬가지로 성에 대하여 기본적인 기술을 익히고 있다면 성 자체를 소중하게 여기고 신중하게 여길 수밖에 없다. 원래 어떤 특정한 기능이 요구되는 일이면 인간은 일단 함부로 하지 않는다. 어렵고 조심하고 배려한다. 운전면허를 따기 위해 그처럼 애를 쓰고 겁을 내면서도 우리 시대의 남자들은 여성과 섹스를 하는 데 있어 아무런 지식도, 기본적인 기능도 갖추지 않고 무식하게 덤비는 예가 참으로 많다. 대개 여성들이 첫 경험을 공포나 지겨움, 고통으로 기억하는 것이 그 증거이다.

세 번째는 섹스에 대한 도전정신이다. 섹스가 우리 삶에서 차지하는 부분에 대해 인정하고 좀더 만족스런 섹스를 위해 노력하고 이루려는 의지가 필요하다. 여러 명의 상대를 섭렵하는 것이 절대로 섹스의 도전 목표는 아니다. 오히려 그 반대이다. 에리히 프롬은 남녀간의 성적인 사랑, 섹스는 기본적으로 '독점적'인 점이 특징이라고 했다. 그는 성욕이란 기본적으로 남자와 여자가 사랑에 자극되어 하나로 '녹아드는 것'이 최종 목표라고 했다. 섹스야말로 정신적인 현상이다.

만일 섹스를 여성의 성기에 남성의 페니스를 집어넣고 왕복운동하는 것이라고 생각한다면 나는 섹스처럼 재미없고 시시하고 지겨운 일은 없다고 본다. 섹스는 아주 종합적인 것이다. 섹스를 하려면 정신적으로 육체적으로 자신을 몰입시켜야 한다. 에너지를 다해 최고의 즐거움을 위해 적극적으로 노력하는 것이다. 바로 그것은 육체적인 몸짓이 아니라 정신적인 욕구——도전욕구가 있을 때 가능하다고 나는 생각한다.

네 번째는 바로 섹스에 대해 편견을 버리는 것이다. 여성이 섹스에 대해 적극적이면 과거행적(?)을 의심받는다라던가, 섹스에 대해 적극적으로 의사표현을 하지 않는 것은 참으로 어리석은 일이다. 음식을 먹고 나서 싱겁다든지 짜다든지 덜 익었다든지 너무 익혔다든지 확실히 소감을 이야기해야 계속 개선된 음식을 먹을 수 있는 것처럼 섹스 역시 '말해야 한다'. 평생 구내식당의 식사를 할 생각이 없다면 확실하게 자신의 입맛과 기호를 이야기하는 것이 필요하다.

상대방의 호흡을 받아들이고 서로 일치된 기쁨, 절정을 느낄 수 있도록 인내와 여유를 갖고 열심히 의견을 교환해야 하는 것이다. 섹스를 하는 데 있어서 가장 나쁜 것은 거짓말을 하는 것, 꾸미는 것이다. 남성과 여성의 성적 특성은 불행히도 '절정감의 일치'에는 상당히 불리한 조건을 지니고 있다. 각기 다른 기쁨과 절정을 표시하는 것은 자연스러운 일이다. 그러나 '거짓말'보다도 더 나쁜 것은 섹스에 대해 아무 이야기도 하지 않는 것이다. 좋은 섹스, 일체감 있는 섹스, 정신적으로 충족된, 하나가 된 섹스를 원한다면 모든 섹스가 끝날 때마다 말해야 한다. '이번은 이래서 좋았다고, 그러나 다음에는 이렇게 한번 시도해보자' 고 말이다.

최고의 섹스는 살아 있음을 느끼는 것

이 세상에는 유명한 미식가 클럽이 몇 있다. 그 모임마다 특
성이 있지만 공통된 클럽의 원칙 같은 것이 있다. 즉 최고로 맛
있는 음식에 대한 예의로서 이른바 식탁에서 '밥맛 떨어지는'
정치, 종교, 사업 이야기는 금기로 하는 것이다. 그 대신에 밥맛
을 좋게 해줄 수 있는 풍부하고 감성적인 다양한 화제를 이야기
할 수 있도록 갈고 닦고 책을 많이 읽어야 하는 것이다.

섹스 역시 그렇다. 섹스는 몸으로 하는 대화이자 말로써 하는
대화이기도 하다. 섹스가 끝난 뒤에 그 기쁨과 느낌을 나눌 수
있기 위해 '말'이 필요하다. 좋은 섹스를 위해서 많이 생각하고
많이 읽고 많이 느껴야 한다. 그리고 상대에 대해서, '섹스' 그
자체에 대해 소중히 여겨야 한다. 마치 미식가들이 '음식'에 대
해 지상 최대의 경의를 표하는 것처럼……

인간이 최고의 섹스, 좋은 섹스를 하는 것은 쾌락과 배설, 스
포츠 이전에 살아 있다는 것, 즉 인간의 본질을 묻는 것이다. 내
가 잘 아는 요리 연구가는 이런 말을 했다. 자신의 손으로 자기
가 먹는 것을 만들 수 있는 것, 요리하는 것이야말로 인간이 독
립했다는 진정한 뜻이라고. 섹스도 그렇다. 신은 번식을 위한 것
에 섹스를 한정했다. 그러나 오늘날 인간은 섹스의 의미를 확대
했다. 바로 그 섹스를 아름답고 훌륭하게 발전시켜나가는 것, 신
이 한정했던 번식의 섹스에서 그 세계를 넓힌 인간의 당당하고
멋진 독립 선언이다.

오르가슴과 라벨의 〈볼레로〉

"나는 오르가슴을 한 번도 느낀 적이 없어. 글쎄. 내가 쓴 논문이 참 좋다고 남들이 그럴 때나 오르가슴을 느낀다고나 할까?"

눈을 찡긋하며 내 친구가 말한다.

"글쎄, 결혼한 지 10년 됐지만 영화에서 본 여자들처럼 그렇게 숨을 헐떡이거나 소리를 지른 적이 없어. 그냥 그래. 나는 솔직히 땀에 범벅이 될 때까지 에어로빅을 할 때가 제일 기분이 좋아."

또 한 친구는 이렇게 말했다.

하기는 내 친구뿐 아니라 많은 여성들이 오르가슴을 느끼지 못하는 것으로 통계가 나와 있다. 실제로 미국 여성 가운데 약 50퍼센트가 오르가슴을 느껴본 적이 없는 것으로 나타났다. 물론 '통계에서 자유롭게!'가 섹스의 출발점이지만 오르가슴만은 상당히 많은 여성들이 통계와 자신의 경우를 일치시키는 듯하다.

느끼지 못하거나 확실히 그 정도는 아니지만 〈해리가 샐리를 만났을 때〉처럼 오르가슴을 느끼는 척 꾸미는 경우도 있다. 그럼에도 불구하고 많은 영화나 드라마에서는 여성의 오르가슴이 모든 성교의 마지막 메인디시로 반드시 선을 보인다. 그리고 섹스를 하는 모든 이들은 마지막 목적지로서 오르가슴에 도달하기를 바란다.

오르가슴이란 무엇일까?

흔히 오르가슴은 성적인 기쁨이나 흥분이 최고조에 달하는 순간을 가리킨다. 성교를 하는 동안 자극과 자극이 쌓이고 마침내 정점에 올라간 순간 마치 폭발하는 듯한 쾌감을 맛보는 것이 오르가슴이다. 마스터즈와 존슨은 오르가슴은 긴장을 받아 계속 탄탄해졌던 긴장한 근육이 그 상태를 유지하다가 도저히 참을 수가 없어 '에취!' 하고 기침을 하는 것이라고 정의했다. 즉 남성들은 오르가슴이 한마디로 '사정하는 순간'의 아주 단순한 배설의 기쁨, 즉 참았던 재채기가 나오는 시원한 순간이기 때문이다.

그렇지만 여자는 다르다. 여성에게 오르가슴은 아주 복잡하고 세밀한 단계를 거친다. 한 번의 섹스를 통해 수없이 반복해서 오르가슴을 느끼는 여성도 있고 한 번의 섹스가 끝난 뒤 다시 흥분상태로 직진하는 여성도 있다. 물론 모두 '뜨거운 양철지붕 위의 고양이'처럼 정점을 향해 버티다 버티다 마침내 못 참겠다며 뛰어내리는 것이다. '머리가 곤두서는 듯한 느낌' '하늘을 향해 붕 뜬 듯한 느낌' '온몸이 꽃잎처럼 하나 하나 흩어지는 듯한 느낌' 등등 오르가슴의 '느낌'은 이렇게 천차만별이다.

또 많은 여성들이 아이를 낳을 때 그 진통이 생명의 출산으로 바뀌던 순간에 최고의 오르가슴을 맛보았다고 하는 경우도 꽤 있다. 마침내 해방되었구나 하는 극치의 기쁨이 찾아온다고 했다. 미국이나 일본의 산부인과 분만실을 보면 곳곳에 이동식 거울대가 있는 것을 볼 수 있다. 나는 신기해서 "저런 거울은 언제 씁니까?"라고 묻지 않을 수가 없었다. 그러자 의사는 웃으면서 대답했다. 요즘은 임신부들이 자신이 출산하는 순간을 보기 원한다는 것이다. 말하자면 이 거울은 아기가 나오는 바로 그 순간을 보여주는 것이었다.

흔히 오르가슴은 섹스를 통해 이르는 쾌락, 최고의 자극의 순간이라고 생각한다. 물론 틀리지는 않다. 그렇지만 남자와 여자의 차이는 특히 이 오르가슴에서 상당히 크다고 본다. 즉 출산의 순간에 여성이 오르가슴을 맛보듯 여성에게 있어 오르가슴은 남성들의 경우처럼 '단순한 분출'이 아니라 그 이상의 것이라는 점이다.

작곡가 라벨이 미국 여행 중에 만든 곡이 〈볼레로〉이다. 이 〈볼레로〉는 말하자면 여성의 오르가슴을 묘사한 것이라고 해서 은근히 화제가 되었던 곡이다. 많은 이들이 라벨이 미국 여행을 하면서 아주 '멋진 경험'을 한 모양이라고 부러워했다고 한다. 이 〈볼레로〉처럼 여성의 오르가슴은 내려갈 듯 내려갈 듯 하다 다시 아주 작고도 미묘한 자극에 의해 계속 그 상태를 유지하는 수도 있고 아주 다급하게 연속적으로 오르가슴이 격렬하게 반복되는 경우도 있다.

사실은 섹스가 여성을 위한 것이듯 오르가슴 역시 여성을 위한 것이다. 오르가슴은 우리가 신선한 공기를 들이마실 때, 멋진 음악에 취했을 때, 수영을 하고 난 뒤 물 속에서 그 나른함을 만끽하듯 오르가슴 후의 기쁨도 선물한다. 많은 여성들이 오르가슴의 순간도 순간이지만 그후의 평화를 더 즐기기도 한다. 격한

숨가쁨이 지나간 뒤, 이 세상이 달라진 듯한 느낌, 마치 억수 같은 비가 한 차례 퍼붓고 난 뒤와 같다. 개울에 물이 졸졸졸 소리를 내며 흘러간다. 나뭇잎은 빗방울을 방울방울 매달고 더욱 푸르러져 있다. 거리는 더할 나위 없이 깨끗해져 있고 하늘은 마치 갓 세수를 마친 아기와 같은 느낌을 주는 것이 바로 오르가슴 이후이다.

의무적인 섹스와 가장된 오르가슴

나는 오르가슴은 정말 여성적인 것이라고 생각한다. 오르가슴은 여성을 위해 닮았고 여성을 존재한다. 그럼에도 불구하고 이 오르가슴 역시 남성과 여성의 오랜 왜곡과 지배, 그리고 불평등의 구조를 고스란히 닮아 있다고 느낀다.

많은 남성들이 우선, 여성을 위해 그 여성이 오르가슴을 느끼도록 배려하지 않는다. 아직도 무지한(?) 적지 않은 한국의 남성들이 여성에게 성적인 기쁨을 안겨주는 것을 두려워한다. 특히 자신과 평생을 함께 살고 섹스하는 배우자에게 그렇다. 나는 가끔 한국 남성들이 대등한 성적 대상이 아니라 '가정을 지키는 역할'만을 가진 여자와 살고 있다는 느낌을 받는다.

내가 아는 한 40대 후반의 남성이 농담 반 진담 반으로 남자들끼리 모여 부인과의 섹스가 거의 이루어지지 않는다는 이야기를 한다고 했다. 나는 놀라 그 이유를 물었다. 대답이 기막혔다. '어떻게 한 식구하고 섹스하냐는 것이죠.' 물론 그의 말은 권태기를 고도로 희화한 말일 수도 있다. 그러나 섹스를 오로지 남성 본위로 고정시키고 여성을 배려하지 않는 기본적인 인식이 자리잡고 있다는 것은 부인할 수 없다.

그 반대로 여성을 오르가슴에 이르게 하는 것으로 자신의 남성성을 보여준다고 생각하는 남성도 있다. 그런데 유감스럽게도 여성이 어떻게 오르가슴에 이르는가는 연구하지 않고 오르가슴을 자신의 훈장(?)처럼 얻고자 하는 남성들이 대부분이다. 그래서 여성들은 전혀 느끼지도, 전혀 좋지도 않으면서 소리를 악악 질러대거나 흐느끼거나 아니면 쌕쌕거리기라도 한다. 나는 이런 이야기를 들을 때마다 여성에 대해 절망과 분노를 느낀다. 마치 원하지 않는 섹스를 밥하고 빨래하는 것처럼 의무적으로 받아들이듯 오르가슴 역시 꾸며서 한 상 차려주는 밥상으로 받아들인다면 매매춘을 하는 여성들과 도대체 무엇이 다르다는 말인가? 꾸며진 오르가슴은 어찌 보면 '강간'이 아니라 아주 찜찜한 '화간'으로 처리되는 성추행 사건을 대할 때와 같기 때문이다.

또한 많은 여성들이 오르가슴은 반드시 남성의 성기 삽입, 혹은 남성과의 섹스를 통해서만 가능하다고 생각하는 잘못을 저지르고 있다. 오르가슴은 많은 여성학자, 혹은 여성 의사들이 밝혀냈듯이 남성의 페니스가 아니라 클리토리스의 자극에 의해 일어난다. 여성의 출산 과정의 정신적인 오르가슴, 단순한 애무에 의해서도 폭발적인 오르가슴을 느낄 수 있는 것이 바로 신비로운 여성의 몸이자 정신이다. 남성 없이도 오르가슴은 얻을 수 있다.

섹스도 오르가슴도 남자 없이 가능하다

얼마 전 한 미국 여성지가 미국 여성들의 이른바 '역할 모델'을 조사했다. 누가 1위였을까? 힐러리도 다이애너도 휘트니 휴스턴도 아니었다. 여배우 캐서린 햅번이었다. 왜 캐서린 햅번이었나? 미국 여성들은 평생을 배우로서 독신으로 보낸 햅번이 '남편 없이도 행복할 수 있다'는 사실을 보여줬기 때문이라고 꼽았다. 대개 여성들은 남편이라는 존재를 자신의 행복을 위한

'조건'으로 생각한다. 5백 리터짜리 냉장고처럼 최신형 식기세척기처럼, 동시에 냉장고와 세탁기가 없으면 못 사는 것처럼 '남편'에게 종속되어 있고 길들여져 있다.

남편 없이 행복했던 캐서린 햅번처럼 섹스도 오르가슴도 남성 없이도 가능하다. 반드시 자위를 통해서 성적 만족을 얻으라고 외치는 과격한 페미니스트의 이야기를 빌지 않더라도 여성에게 있어 섹스는 진정으로 '독립된 무엇'이다.

나는 단 한 번도 오르가슴을 느낀 적이 없지만 자신이 쓴 논문이 칭찬받을 때 오르가슴을 느낀다는 친구에게 옳다고 말했다. 바로 그것이 오르가슴의 정체라고, 또 에어로빅을 할 때 오르가슴을 느낀다는 친구에게도 역시 바로 그것이 진정한 오르가슴이라고 이야기했다.

오르가슴, 오르가슴이란 무엇인가? 우리가 살아가는 삶의 수많은 기쁨을 만들어내는 독자적인 노력의 열매이다.

섹스, 통계로부터의 자유

결혼은 시간을 함께 보내겠다는 계약이다. 그 결혼이 과연 잘 돼가는(?) 결혼인가는 부부가 함께 시간을 제대로 잘 보내고 있는가를 보면 된다. 첫째 같이 즐겁게 놀 수 있는 시간, 둘째 대화의 시간, 그리고 셋째는 섹스하는 시간을 잘 보내면 그 결혼은 성공이다. 어떤 시간에 우선 순위를 두는가는 각각 다르겠지만 사실 대화, 놀이, 섹스는 다른 것이 아니라 한 가지이다. 섹스가 즐거운 놀이가 되기도 하고 깊은 대화가 되듯, 대화의 구체적인 표현이 바로 섹스가 되고 그런 식이다.

섹스의 횟수보다 만족도가 중요하다

무엇보다도 섹스는 아주 은밀한, 특별한 두 사람만의 것이다. 그럼에도 불구하고 사람들은 '남들은 어떻게 섹스를 하는가?' 하고 끊임없이 비교하고 고민하고 걱정하고 있다. 섹스가 아주 개인적인 것임에도 불구하고 '남들은 이렇게'에 급급하는 실수를 내내 저지른다. 누가 몇 번 하고 누구는 셀 수도 없이 섹스 욕구를 분출하고, 누구는 할 때마다 오르가슴을 느낀다. 그리고 그렇게 '우리도 섹스를 해야 한다' 는 강박관념을 지니고 있다. 최근 미국의 한 심리학자가 조사한 바에 따르면 결혼한 지 한 5~10년 된 부부의 절반이 한 주에 약 2.8회의 섹스를 한다는 통계가 나왔다. 많은 사람들이 고민했다. 자기는 전혀 그렇지 않았기 때문이다. 그런데 실은 그럴 필요가 없었다. 나머지 절반은 그보다 훨씬 적은 성관계를 갖고 있었으니까.

이런 사실에 대해 로니 바닥 박사는 아주 적절한 충고를 한다. 섹스의 횟수에 관한 문제는 옷 입는 것과 같다는 것이다. 미니 스커트를 입든 슬랙스 정장을 입든 개인의 문제라는 것이다. 누가 미니스커트를 입고 누가 슬랙스를 입었는지 정확한 통계가 나와 있냐는 것이다. 섹스에 대한 통계 자체가 그렇게 황당하다는 것이다.

바닥 박사는 일년에 두 번 섹스를 하든 하루에 두 번 섹스를 하든 아무 상관없다는 것이다. 그 섹스를 통해 내가 얼마나 만족했고 편안했는가 하는 점이 중요하다고 강조한다. 하기는 내가 읽은 일본잡지 가운데에도 한 여성이 일년 중 결혼기념일에만 남편하고 섹스를 하는데 연중 행사로 하는 것도 아주 뜻깊고 나중에 기억하기가 좋아 여러 모로 좋다고 했던 기억이 있다.

섹스의 욕구 역시 그렇다. 내 주변에는 일하는 여성들이 많다. 대개 전문직에 종사하며 경력을 쌓기 위해 악전고투하고 있다. 이들은 '어떻게 섹스를 하지 않을 수 없을까?' 하고 푸념하곤 한다. 아침 일찍 출근해서 파김치가 되어 퇴근을 하고 아이들을 돌보고 집안일을 하고 침대에 들어갔을 때 오로지 원하는 것은 '잠자는 일' 뿐이라고 한다. 이런 자신에게 섹스를 하라는 것은 쉬기 전에 해치워야 하는 설거지, 빨래, 청소와 하나도 다를 것이 없다고 한다. 물론 이것은 비단 일하는 여성들만이 아니다. 남성들 역시 섹스에 대한 욕구 자체가 없는 경우가 꽤 있다. 내가 아는 남자는 직장 일이 워낙 과도해서 집에 들어가면 아무 생각 없이 그저 잠들고 싶을 뿐이라고 한다. 완전히 지쳐 집에 들어왔을 때, 그러나 '하루종일 그를 기다린' 부인이 눈을 반짝반짝거리며 샤워를 할 때 '날 제발 놔둬······' 하고 소리라도 지르고 싶다고 하도 진지하게 털어놔 웃지도 못하고 들어준 일이 있다.

한쪽은 원하는데 다른 한쪽은 원치 않을 때

실제로 바로 이런 성욕감퇴, 억제 성욕은 많은 사람들이 남녀를 불문하고 느끼는 증상이다. 물론 그 원인은 심한 피로와 스트레스이다. 그러나 오랫동안 결혼생활을 통해서 쌓이고 쌓인 상대에 대한 증오와 분노가 성욕감퇴를 가져오는 수도 있다. 사랑받지 못했다는 느낌, 무시당했다는 혹은 정신적으로 아주 학대받았다는 그런 모든 느낌 등이 뭉뚱그려져서 섹스에 대한 거부로 이어진다.

또는 부부 사이에 서로 섹스에 대한 욕구 자체가 아주 차이가 날 때도 심각한 성욕감퇴가 올 수도 있다. 한쪽은 더 원하고 한쪽은 전혀 생각이 없는 경우이다. 물론 권태 역시 성욕감퇴의 큰 원인이다. 언제나 같은 장소에서 같은 방법으로 같은 상대와 똑같은 일을 했다는 사실 때문에.

이런 경우 가장 위험하고 좋지 않은 것은 '당신은 나를 사랑하지 않지?' '내 생각은 조금도 안 하는구나' '당신, 뭐가 잘못된 거 아니야?' 하고 상대를 몰아세우고 야단치는 것이다. 어쨌든 성욕감퇴 증상은 부부가 함께 오지 않고 한 사람만 오는 데 특징이 있다. 일단 중요한 것은 '더 배고픈 쪽'에 대해 '덜 허기가 진' 사람이 한 걸음 물러서서 배려를 하는 것이다. 자신이 피곤하고 힘들고 그런 여유가 없다는 것을 설명하고 상대에게 기다려주고 지켜보아 달라고 차분하게 설명하는 것이 필요하다.

이 성욕감퇴를 해결하는 근본적인 방법은 없을까? 물론 있다. 미국의 한 성치료사는 이런 성욕감퇴를 호소하는 부부들에게 '옛날'로 돌아가라고 처방해준다고 밝혔다. 처음 만나 데이트할 때처럼 섹스를 하라고. 그 옛날, 성교 자체가 제대로 되지 않던 시절처럼 '껴앉고, 입맞추고, 애무하고……' 그 모든 행위가 얼마나 기쁨을 주었는가를 생각하라고 충고한다. 섹스라는 것은 반드시 남성과 여성의 성기의 결합을 뜻하는 것은 아니다. 정신적인 이해와 합치가 바로 섹스이다.

나만의 섹스를 찾아서

섹스는 대화이고 놀이다. 사랑하는 남자와 여자가 하는 모든 것이 섹스가 될 수 있다. 낭만적인 음악이 흐르는 근사한 레스토랑에서 함께 음식을 드는 것도 섹스이다. 멋진 영화를 함께 손잡고 보는 것도 섹스이다. 황혼의 바닷가를 둘이서 호젓하게 걷는 것도 사실 섹스이다. 우리는 섹스를 너무나 가둬두는 것은 아닌지, 한정시키는 것은 아닌지, 제대로 이해하지 못하는 것은 아닌지 물어볼 일이다. 황당한 통계에 가둬두고 일주일에 세 번! 하고 외칠 일도, 일정한 성욕의 양을 잴 일도 아니다. 또한 섹스를 남자와 여자의 성기의 결합으로 한정시킬 일은 더더욱 아니다.

모든 상황과 장소와 형태를 초월할 수 있는 것이 섹스이다. 섹스에는 대화와 즐거움과 놀이와 유머가 넘친다. 역시 최고의 섹스는 이 세상의 많은 것을 아는 남녀가 편견의 틀에서 벗어나

있을 때 가능하다. 물론 통계로부터 자유로울 때, 나만의 섹스가
되었을 때 '최고의 섹스'는 시작된다.

올리아나 팔라치의 타협

올리아나 팔라치는 《사과를 따지 않은 이브》라는 책을 썼다. 이 책은 팔라치로서는 아주 특이한 책이다. 인터뷰의 대가인 그녀의 대담집도 아니고 평론집도 아니다. 이 책은 '원치 않는 아기'를 임신한 팔라치가 자신의 경험을 통해서 '낙태'의 문제를 조명해본 책이다. 굳이 형식으로 본다면 사소설이라고 할까. 그런 것은 아무래도 좋다.

주인공은 '원치 않는 임신'을 한 팔라치의 아기이다. 아기는 말한다. 엄마. 나 엄마의 자궁 속에 있어요, 라고. 엄마는 이 아기를 낳을 것인가, 말 것인가를 끝임없이 고민한다. 분노하고 울고 미칠 듯이 절규한다. '왜 하필이면 나한테 이런 일이 생겼냐'고. 그 어느 누구에게도 도움을 청할 수 없고 도와줄 사람도 없다. 아이를 낙태시키기 위해 하루는 병원 근처에 가고 하루는 다른 방법을 강구한다.

이런 과정을 통해 팔라치는 아기를 가진 여성들이 지옥에 간 것보다도 더 많은 괴로움과 정신적인 고통을 겪는 것을 소름끼치는 필치로 그린다. 그 필치에는 눈물과 한숨이 묻어 있다. 레

오나르도 다 빈치가 '체험한 것이 바로 지혜'라고 했듯이 팔라치의 글은 바로 그녀의 절실함을 전해준다.

이 소설에서 마침내 엄마는 아기를 낳기로 결정한다. 그런데 이번에는 자궁 안에 있던 아기가 말한다.

"엄마, 나는 엄마의 고통을 지켜보았어요. 그리고 세상을 지켜보았어요. 여성은 너무나 괴로움에 가득 차 있고 세상은 너무나 잔혹해요. 저는 세상에 태어나는 것이 싫어요. 저는 세상에 나가는 것을 거부하겠어요."

아기는 이렇게 말하며 스스로 그녀의 자궁에서 사라진다.

자연유산으로 처리된 끝을 보면서 나는 그 대단한 올리아나 팔라치도 '타협'을 했구나 생각했다. 카톨릭 교회의 본거지인 이탈리아에서는 아마 낙태 문제를 그 정도밖에는 제기할 수 없었으리라고 이해도 된다. 중요한 것은 팔라치가 쓰지 않고는 배길 수가 없었을 것이라는 점이다. 고통과 절망에 대해 쓰는 것이 저널리스트의 의무라면 그녀의 낙태 경험은 어느 전쟁터의 체험보다도 더 선명했을 테니 말이다. 아기를 스스로 자살하게 만들었다는 것 역시 교회에 대한 저항이라고 볼 수 있다. 그렇지만 올리아나 팔라치는 '생명에 대한 어떤 도덕적 감정'에서 헤어날 수가 없었던 듯하다. 팔라치에게 낙태의 경험은 '신과의 싸움'이었다.

또 하나의 낙태 이야기가 있다. 한 다큐멘터리 여성작가가 쓴 자서전을 우연히 읽었다. 그 여성은 자신은 여덟 번의 낙태 경험이 있다고 했다. 그런데 불운하게도 또 임신이 되어 중절수술을 받기로 결정했다. 그녀는 자신이 어떻게 느끼는가에 대해서는 아무것도 쓰지 않았다. 다만 산부인과 의사와 세 차례나 수술 약속을 어겼다고 했다. 한 번은 술을 너무 마셨기 때문에 못

갔다. 그리고 또 한 번은 늦잠을 자서 못 갔다. 그리고 또 한 번은 의사에게 너무 미안해서…… 나는 그 글을 읽으면서 그녀가 왜 세 차례나 수술 약속을 어겼는지를 알 수 있었다.

여성이라면 그것은 달리 설명할 필요가 없는 것이다. 굳이 말한다면 그녀는 살아간다는 일이 너무나 가슴아프고 고통스러웠을 것이다. 바로 그 고통이 하나의 '행위'로 나타나는 것이 낙태수술일 것이다. 차가운 수술대, 자신의 가장 은밀한 부분을 그대로 드러내고 나의 몸의 일부분을 떼어내는 작업, 눈을 부시게 하는 환한 수술등, 금속의 무시무시한 기구들, 그리고 마취의 바다에 빠지는 것……. 그것은 정말 죽음과도 같은 것이다.

죽음의 고통 끝에서

출산이 여성에게 목숨을 걸고 하는 일이라면 낙태는 죽음을 경험하는 일이다. 그것처럼 고통스러운 일은 없다. 정말로 여성은 그렇게 많이 죄를 지은 몸인가 묻게 된다. 떠돌이 남성들이 쓴 종교서의 궤변 그대로 '여성은 원죄가 있다' '여성은 인류를 낙원에서 쫓겨나게 했다'라는 구절을 떠올리며 절망의 나락으로 떨어진다. 여성이 중절수술을 받는 것은 죽음이라는 검은 부채가 갈라진 상처 사이로 매서운 부채질을 하는 것과 같다.

낙태의 경험은 의식 아래 은밀하고도 숨겨진 기억이다. 잊으려고 하지만, 부드러운 천을 덮고 있지만 여전히 피흘린 상처가 그대로 아물지 않은 살아 있는 기억이다. 낙태는 죽음을 경험한 것임에도 말이다. 어떤 여성도 자신의 낙태 경험을 아무렇지도 않게 이야기할 수는 없다. 인권운동을 위해 자신의 삶을 바친 글로리아 스타이넘도 아주 어렵게 어렵게 낙태 경험을 털어놓았다. '나도 한 번 낙태를 한 적이 있다'라고 스타이넘이 말한 것은 낙태를 한 여성들이 모인 한 세미나 자리였다.

"참으로 어렵고 힘들었지만 그 여성들과 함께함으로써 내 아픈 기억에서 마침내 벗어날 수 있었다."고 훗날 털어놓았다.

그러면서 스타이넘은 덧붙였다.

"나는 지금도 작가가 개인적인 체험을 은밀하게 숨길 때 오히려 독자들에게 신뢰를 받는다고 생각해요. 그러나 여성이 낙태를 했다는 것은 이미 개인적인 체험은 아니지요."

나 역시 낙태를 한 적이 있다. 어쩔 수 없는 상황이었고 나는 정말로 고민 끝에 결정을 했다. 지금 생각해도 그 기억은 너무도 고통스럽고 치유될 수 없는 정신적 상처였다. 나는 여성인 나에 대해 팔라치처럼 분노했고 그 여성작가처럼 두려워했으며 스타이넘처럼 아파했다. 그리고 가슴속에 너무나 큰 슬픔이 밀려왔다.

그렇지만 울지 않았다. 가득 고인 눈물이 흘러내리지 않도록 하늘을 천천히 바라보았다. 이것이 나 개인만의 고통은 아니라는 것을 어렴풋이 느꼈기 때문이다. 여성이 낙태를 했다는 것, 내 개인의 사적 체험이 아니었다고 나는 지금 비로소 깨닫는다. 그래서 이 책을 쓸 수 있었다. 또 이 책을 써야겠다고 생각했다.

NO라고 말할 수 있는 것, 낙태와 피임

　얼마 전 한 조사기관에서 우리나라 여성들이 낙태를 한 뒤 '죄의식을 느끼지 않았다'는 답이 75퍼센트였다고 밝혔다. 이 수치를 놓고 주변의 남자들이 '참 뻔뻔스럽기도 하지'라고 말하는 것을 보고 나는 남자들의 '뻔뻔스러움'에 다시 한 번 놀랐다.

　임정애 선생과 나는 이 문제를 이야기했다.

　임선생은 말했다.

　"더 될 수도 있지요. 모든 여성들은 설사 그 여성이 매매춘을 하는 여성들이라고 할지라도 가슴 아프게 결정하고 엄청난 괴로움을 겪지요. 충분히 대가를 치렀다고 생각하기 때문 아닐까요?"

　한국의 낙태 건수는 15, 16년 전부터 연간 150만 건에서 2백만 건이다. 이것 역시 산부인과학회에 보고된 건수이니 실제로는 얼마나 많은 낙태가 이뤄지고 있는지 짐작할 만하다. 미국이나 다른 나라처럼 낙태는 불법이지만 거의 '죽은 법'이나 마찬가지인 한국에서 이처럼 낙태건수가 많다는 것은 깊이 생각해 보아야 할 문제이다.

피임약 판매가 사실상 금지되어 있는 일본 여성들의 연간 낙태 건수가 130만 건에서 150만 건 정도인 것과 비교하면 우리 여성들은 지나치게 '낙태'를 많이 하고 있는 것이다. 게다가 놀라운 것은 결혼을 한 기혼여성들의 낙태율이다. 가족계획협회가 94년에 조사한 자료에 따르면 20살부터 44살까지 결혼한 여성들이 일년에 한 낙태건수가 약 33만 8천 건이었다. 실제로는 더 많은 기혼여성들이 임신중절을 했을 것이다. 그 원인은 당연히 '피임'에 실패했기 때문이다.

높은 낙태율은 국가와 남편의 책임

우리나라 여성들이, 심지어 기혼여성들조차도 임신중절을 많이 하는 것에는 '국가'와 '남편'에게 책임이 있다. 우리나라의 인구정책—무조건 사람 줄이기에 치중했던 한국의 산아제한정책은 세계적으로 볼 때 유례없이 성공적이었다. 한국은 인구조절정책에 있어서도 '30년 만의 기적'을 이뤘다. 물론 기적적인 고도성장은 피임법을 중점적으로 착실하게 가르치는 질적인 가족계획이 아니라 수단과 방법을 가리지 않는 양적인 사업에 힘을 쏟은 덕분이었다. 결국 여성들의 몸을 훼손하고 유린함으로써 우리나라 가족계획의 '30년 신화'는 이룩된 것이었다.

또한 '작은 국가'로서 기능했던 가정 역시 마찬가지였다. 작은 나라의 왕인 우리나라 남편들은 피임은 여성의 몫이라고, 여자가 알아서 하는 일이라고 생각하는 듯하다.

내 주변 여성 가운데는 언제나 허리가 아프고 자주 앓아눕고 골골한 여성이 있다. '도대체 왜 그렇게 아프냐?'고 물으니 중절수술을 자그만치 7번을 받았다고 하는 것이었다. 나는 귀를 의심했다. 결혼을 하지 않거나 어떤 큰 문제가 있는 것이 아니라 단지 '피임 실패'의 결과로 중절수술을 거듭했다는 것이 도저히 이해가 되지 않았기 때문이다. 하기는 한 조사기관이 조사한 데 따르면 우리나라 기혼여성들이 대개 2～3회, 많게는 10번이 넘는 중절 경험을 갖고 있는 것으로 나타났으니 앞의 여성만의 문제는 아닐 것이다.

마치 '고도성장의 가족계획'과 마찬가지로 가정에서 임신중절은 피임법처럼 사용되고 있는 것이다. 이 경우 국가권력과 마찬가지로 '가정 안에서의 권력'이 얼마나 대단한 것인가를 말해주는 것이다. 사실 제때 아이를 낳을 수 없는 맞벌이 여성도 아닌데 전업주부들이 이처럼 여러 차례의 낙태 경험을 가지고 있다는 것은 '남편'이 하나의 권력으로서 비춰지고 있어서는 아닐까? 가장이라는 경제력을 지닌 존재가 지닌 힘 앞에서 여성은 성적으로도 굴복되고 종속되어 있기 때문 아닐까?

그에게 피임하라고 요구할 수 없다. 그에게 안 된다고 말할 수 없다. 남편은 돈을 벌어오고 아내는 그의 모든 것을 해줘야 한다. 빨래하듯, 저녁밥상을 차려주듯 그에게 섹스를 제공해야 한다고 여성들이 생각하고 있는 것은 아닌가……. 그가 섹스를 원할 때 섹스를 해야 하는 것, 가장의 경제력에 의존하는 여자, 아내의 당연한 역할이라고 생각한 것은 아닌지……. 더 나아가서 피임할 것을 남자에게 요구하는 것은 그를 귀찮게, 피곤하게 하고, 아니 나아가서 남편의 권위에 저항하는 것으로 우리 여성들이 생각한 것은 아닌지.

임신중절이 합법이냐 불법이냐를 떠나 한 가지 결론에 이르게 된다. 바로 권력의 문제라는 것이다. 남성이 권력의 힘으로 여성을 억누르고 여성의 몸을 훼손하는 것이 바로 임신중절의 문제이다. 한때는 국가가, 그리고 여전히 작은 국가적 권력이 행사되는 가정에서 이 권력은 여성의 성을 지배하고 있다.

　일년에 150만 건에서 2백만 건의 임신중절. 이제 한국 여성은 물어야 한다. '내 몸은 누구의 것인가?'라고. 나의 몸은 나의 것이다. 나의 정신이 지배하고 나의 생각이 지배하고 나의 뜻이 이끌어야 한다. 이제 '안 된다'고 'NO'라고 당당히 이야기하자. 크게는 우리 여성의 몸을 실험대로 발판 삼는 모든 힘에 대해서.

사랑의 고통으로 여자는 다시 태어난다

〈아비정전〉은 왕가위 감독의 영화 가운데 내가 가장 좋아하는 영화이다. 나는 이 영화를 일본에 있을 때 너무나도 무더운 여름날에 보았다. 일본의 더위는 '열대야'라는 말이 딱 어울린다. 오죽하면 누웠다 하면 정확히 9초 안에 잠드는 내가(남편의 증언?) 더워서 자다가 깼을까? 바로 그 무더운 날에 내가 본 영화가 〈아비정전〉이었다.

영화의 배경 역시 무더운 1950년대의 홍콩이다. 무더위와 권태에 찌든 운동장 매표소의 표 파는 여자에게 어떤 남자가 다가온다. 그는 운명을 거들먹거리며 사랑을 구한다. 거부하는 그녀를 집요하게 함락시키는 단어는 시간과 사랑이었다. 그들은 함께 살고, 그녀는 그를 몹시 사랑하게 된다. 당연히 결혼을 요구하는 그녀에게 그는 헤어지자고 한다. 마침 새로운 여자도 나타났다.

그러나 도저히 그 남자를 잊을 수 없는 그 여자는 그의 주위를 맴돈다. 그가 사는 동네에 매일 밤 찾아온다. 그 덕분에 매일 그 동네를 순찰하는 경찰관과 친해질 정도가 된다. 답답하고 청

승맞게 보이는 그 여자, 쏟아지는 빗속에도 어김없이 찾아온 그녀를 보고 경찰관은 말한다. '그의 주위를 이렇게 맴돌지 말고 당장 그의 집 문을 두드리라고, 그를 만나 이야기하라'고. 그러자 그녀가 얼음같이 차가운 웃음을 지으며 말한다. '그를 잊기 위해서 왔노라고, 완전히 그를 잊기 위해서 왔다'고.

사람도 사랑도 언젠가는 잊을 수 있다

그 영화를 밤새 보면서 나는 일본의 신경질나는 무더위를 잊었다. 그 대사를 듣는 순간, 차라리 서늘한 느낌이 들 정도였다. 아, 저렇게도 사람을 보내는구나, 저렇게 해서 유행가를 '클래식'으로 만드는구나 생각했다.

많은 젊은 남녀를 본다. 내가 20대의 젊음을 아름답다고 생각하는 이유 가운데 하나는 모든 것이 길이라는 사실이다. 이쪽이냐, 저쪽이냐가 사실 상관이 없다. 어느 쪽이든 가기만 하면 길이고 도로가 되는 시기이기 때문이다. 사람도 마찬가지이다. 어떤 사람을 사랑하기보다는 내 앞에 온 사람, 우연히 내 앞에 있는 사람을 사랑하게 된다. '사랑'에 눈이 멀어 '사람을 사랑하는' 때가 바로 그 시기이다.

하지만 30대를 넘기면 사정은 달라진다. 나는 지금 아주 안타까운 것이 있다. 아주 멋진 남자가 나타났을 때, 근사한 이성을 만났을 때 한 가지 생각이 떠오르는 것이다. '그래, 그냥 스쳐가자, 먼데서 구경하고 그냥 보내자' 하는 아주 서글프고 쓸쓸한 생각을 하는 것이다. 아마도 그것은 사람을 잊는다는 것, 사랑하는 사람과 헤어진다는 것을 도저히 받아들이지 못했던 내 혹독한 20대 탓일 것이다. 겪을 것을 충분히 겪었기 때문에 나는 30대가 되어 '사람도 사랑도 언젠가는 잊을 수 있다'는 사실을 겨우 받아들이게 되었다.

그래서 사랑을 잃은 20대를 바라보는 일은 마치 10년 전의 나를 보는 것처럼 괴롭다. 〈아비정전〉의 그 주인공을 보고도 나는 가슴이 미어질 듯하지 않았던가 말이다. 좋아하는 이가 이별을 고할 때 하늘이 무너진다는 수사를 처음으로 이해하게 되는 때가 바로 그때이기도 하다.

내 친구에게 채였던 어떤 남자는 얼마나 괴로웠던지, 얼마나 견디기 힘들었던지 내게 전화를 했다. 국수전골을 내게 사주면서 그 남자는 내 친구가 단 한마디 예고도 없이 자신을 할퀴고 지나갔다고 조용히 그 쓰라린 상처를 고백했다. 가슴 아팠으나 열심히 국수전골을 후루룩 먹던 나. 그 실연한 남자가 두 번째로 찾은 여자는 '차고 간 여자'의 두 번째로 친한 친구였다. 곱고 착한 그녀는 국수전골에는 젓가락 하나 대지 않고 그 남자의 가슴 아픈 사연에 조용히 눈물을 흘릴 뿐이었다. 처참한 실연을 해본 공통분모가 결국 두 남녀를 결합시킨 셈이었다.

나는 이 사건(?)을 통해서 20대의 사랑과 실연의 정체를 알게 되었다. 그것은 바로 누군가를 사랑하고 누군가를 잃어버리고 하는 것들이 철저하게 자기 자신 안에서 이루어진다는 점이다. 그 사람을 두고두고 못 잊기보다는 사랑을 잃어버린 자신에 대한 지극한 애정과 보살핌이 바로 그 과정이 되어버리는 것이다. 울면서 매달리고 미친 듯이 술에 취해보고 아무 죄 없는 친구에게 밤새 전화해서 수십 차례에 걸쳐 그 지겨운 연애사를 무용담처럼 읊어대는 이 모든 것이 철저한 자기애에서 나오는 것이다.

나는 이 세상에 진정한 사랑은 오로지 자기애밖에 없다고 생각한다. 가족에 대한 사랑조차도 그것은 철저한 자기애에서 출발한다. 사랑하는 대상이, 존재가 필요하기 때문이다. 어떤 남자를 사랑하고 그 남자를 아쉬워하고 도저히 잊지 못하는 이 모든 것은 자기에 대한 욕구에 반응하는 것에 지나지 않는다.

그래서 나는 20대의 사랑, 그 가운데에서 실연이라는 과정만큼 철저하게 '자기 찾기'는 없다고 생각한다. 사랑의 설레임만을 경험한다면 나의 반쪽만을 발견하는 것이다. 사랑의 쓰라림을 겪고 처절한 몸부림을 치면서 비로소 나의 나머지 반쪽을 경험하게 되는 것이다.

사랑과 실연을 통해 새로운 나를 발견한다

'나'를 찾는 일은 먼저 '인간'과의 관계, 이성과의 관계에서 시작된다. 그 관계만큼 나를 객관화시키는 일은 없다. 연애의 시작이 철저한 두 남녀의 주관적인 관계라면 실연은 이제 철저하게 그 관계를 객관화시키는 것이다. 먼저 자신을 되돌아보고 이 실패한 사랑에 대한 검증작업을 통해서 자기 자신을 되돌아보는 일이다.

그 남자와 만났던 찻집에 가 그 남자가 좋아했던 커피를 마셔보고, 함께 갔던 카페에 가 독특한 방법으로 나눠 마셨던 한잔의 술도 혼자서 마셔볼 일이다. 〈아비정전〉의 그 여자처럼 닥친 상황에 눈을 똑바로 뜨고 정면충돌할 일이다. 그래서 추억과 싸우고 마침내 이겨낼 일이다. 그러면서 20대의 사랑이 예기치 않은 교통사고와 같이 아무런 예고 없이 온다는 사실을 자연스럽게 받아들이는 것이다.

그래서 그 여주인공처럼 그 남자의 새 여자가 '나 때문에 그가 당신을 버렸다'고 뽐낼 때 '나는 당신보다 더 먼저 그를 잊었다'고 차분히 말해줄 일이다. 사랑을 하는 일은 우연이고 찾아오면 받아들이면 되는 일이다. 그렇지만 사랑의 상처를 극복하는 것, 사랑을 잊는 것은 능력이다. 마치 인생에서 우리를 두고두고 괴롭힐 사랑이라는 독감에 대해 예방주사를 맞는 일과 같다. 사랑에 몸을 던지고 그 사랑에서 일어설 수 있는 힘을 지니는 것, 이 과정이야말로 20대에 자기 정체성, 나를 알아보고 나를 분석하는 고통스러운 작업이다.

그 처절한 정체성과의 싸움 끝에 나는 30대에 사랑도 사람도 판단을 해서 선택을 내려야 한다고 내 자신을 교육시킨다. 그러면서도 한구석에서는 아직 똬리를 틀고 있는 나의 20대는 이렇게 속삭인다.

"그냥 지나치다니, 너무 아깝지 않아? 알고 싶지 않아? 어떤 사람인지, 그 실체가 무엇인지. 자, 말을 걸고 이야기를 해보는 거야. 도대체 어떤지 저 길 끝까지 가보는 거야. 아깝잖아, 너무나 아깝잖아."라고 말이다.

지금은 엄청나게 쌓인 일더미에서 그 유혹에 고개를 젓지만 도대체 누가 알랴, 어느 날 갑자기 탁 뒤돌아서서 20대의 사랑에 눈을 똑바로 보며 말을 걸지…….

마지막 섹스의 추억

영화 〈무기여, 잘있거라〉를 보면 이런 장면이 있다. 전쟁터로 떠나는 두 남녀 주인공이 이별을 하기 앞서 싸구려 호텔을 찾는 장면이다. 군인과 그 남자의 여자는 '숙박이 아니라 잠시'라고 말한다. 그리고 여관 할머니의 냉소와 경멸, 그리고 비아냥거리는 몸짓을 마치 당연히 받아야 할 모욕이나 되는 것처럼 감수하면서 방으로 올라간다.

나는 그 장면을 보면서 참 저렇게 인간은 못됐단 말이야 했다. 그 할머니는 그런 젊은이들을 통해 먹고살고 있고 분명히 성경험이 있을 텐데, 아마 그녀에게는 '사랑받았던 경험'만이 없었을 거라는 생각을 했다. 나는 두고두고 그 노파를 괘씸해 했다.

일본에 있을 때 삿포로 개척촌에 구경을 간 적이 있다. 외신 기자 클럽의 친구들과 갔는데 우리는 아주 재미있는 이야기를 들었다. 개척촌은 홋카이도가 개발되었을 그 당시를 그대로 재현해놓은, 우리나라 식으로 말하자면 민속촌이었다. 1930년대 당시 홋카이도의 우체국, 병원, 술집, 양복점, 식당 등이 그대로 재현되어 있었다. 마지막으로 우리가 본 곳은 역 근처의 국수집이었다. 안내를 하는 아가씨가 아주 재미있는 표정을 지으면서 설명을 하기 시작했다.

"여기가 소바집인데요. 그 당시에 아주 여러모로 쓰였지요. 그 당시에는 징집되는 젊은이들이 많았죠. 연인들이 바로 이 국수집에서 마지막 이별을 했답니다."

아무리 국수를 좋아하는 일본 사람이지만 연인들의 마지막 이별까지 국수집에서 한다는 것이 얼핏 이해가 가지 않았다. 나의 궁금증은 곧 풀렸다.

"그러니까, 한 번 떠나면 다시는 보지 못할 수도 있겠지요. 전쟁터로 떠나니까요. 그때 당시 국수집은 러브호텔이었지요. 아래층에서 국수를 먹고 2층으로 올라가면 연인들을 위한 방이 있었어요. 그곳에서 진짜 이별을 했지요. 국수값이 비쌌냐구요? 잘 모르겠지만…… 보통 여관비보다는 훨씬 저렴했겠지요. 가난한 젊은 연인들을 위한 곳이니까요."

따뜻한 체온, 그리고 위로

모든 것이 초라했다. 거무튀튀한 목조건물의 국수집……. 나는 새삼스럽게 그 국수집을 돌아보았다. 온기라고는 없어 보이는 아주 초라한 국수집, 이제 다시는 만날 수 없을지도 모르는 남자를 떠나보내면서 그때 그 여자는 마음속으로 결심했겠지. 그리고 수치심에 눈을 감고 저 난간을 붙잡고 입을 꼭 다물고 무표정한 얼굴로 올라갔겠지.

불행한 시대를 살았던 젊은 그때 연인에게 이 국수집은 유일한 이별의 장소는 아니었을까. 그들에게 절실하게 필요한 것은 둘만이 따뜻한 체온을 나눌 수 있는 작은 공간이었을 것이다.

나는 국수를 한 그릇씩 먹고 나서 삐걱거리는 나무계단을 올라가는 젊은 연인들을 떠올렸다. 그들은 섹스의 쾌감과 젊음이 주었던 열정을 위해서가 아니라 상대에 대한 절실한 사랑과 배려를 위해서 그 나무계단을 올라갔을 것이다. 지금까지 젊기에 불가능했던 성숙한 접촉과 애정에 비로소 눈을 뜬 것은 아니었을까? 마지막 만남을 위해 자신의 따뜻한 체온을 주고자 했던, 그것만이 그 순간 유일한 이별의 수단이었던 젊은 연인들의 절실함이 시대와 언어와 민족을 초월해 내게 스며들었다.

첫 섹스보다 아름다운 것

섹스의 용도란 궁극적으로 위로이다. 절망을 향해 가는 사람들이, 너무나 외로운 사람들이, 너무나 힘든 사람들이 서로 몸을 통해서 위로할 수 있는 것——남자와 여자가 가장 가깝게 상대에게 다가가고 확인할 수 있는 것이 바로 섹스이다. 남자와 여자가 섹스를 하는 이유는 정말로 많다. 때로는 쾌락을 얻기 위해 스포츠처럼 도전하듯 사랑의 확인을 얻기 위해서, 그리고 그냥 같이 있고 싶어서…….

그러나 정말이지 성숙한 섹스는 헤어질 때 하는 마지막 섹스가 아닐까? 이제 다시는 만날 수 없는 사람을 보내며, 그 사람이 겪어야 될 아픔을 예상하면서, 그러나 아무것도 해줄 수 없을 때가, 이 세상 남자와 여자에게는 있다. 이럴 때 함께할 수 있는 것이 서로의 체온을 나누는 따뜻한 섹스이다.

첫 섹스보다 더 깨끗하고 아름다운 것은 마지막 섹스이다. 진실로 사랑하는 남녀라면 둘 다 눈물로 그들의 마지막 만남을 세례하기 때문이다. 아무리 누추하고 시끄러운 여관이라고 할지라도…….

3

성, 아는 만큼 자유롭다

〈비너스의 탄생〉(부분), 보티첼리

독신을 위한 섹스

　우리나라에서도 독신 가구, 즉 독신자들이 크게 늘고 있다. 보고된 독신세대가 우리나라 전 세대 가운데 13퍼센트라고 하니 실제로는 더욱 많을 것이다. 집안식구들과 함께 사는, 분가하지 않고 혼자의 삶을 선택한 경우도 많기 때문이다.

　혼자 사는 사람은 결코 신부나 수녀의 삶을 선택한 것이 아니다. 오히려 어떤 특정한 배우자에게 얽매이지 않고 다양한 선택을 할 권리도 있다. 사실 우리 한국 사회는 '결혼 사회'이다. 결혼을 강요하는 사회에서 일종의 일탈자로서 살아야 하는 것이 한국의 독신자들이라고 해도 지나친 말은 아니다. 한국에서 독신으로 사는 것은 여성의 경우 말 그대로 '독신'으로 살아야 하는 것을 뜻한다.

　그렇지만 모든 인간에게 성의 기쁨을 누릴 권리가 당연히 있고 성생활을 지속할 권리가 있듯이 독신자들의 성 역시 보호되고 관용되어야 한다. 한국의 독신은 남자와 여자의 차이가 많은 것이 특징이다. 독신남에게는 성적 쾌락을 누릴 모든 문과 방법이 열려 있다. 그렇지만 여성에게는 성적인 욕구를 해소할 길이 완전히 폐쇄되어 있다고 할 수 있다.

앞으로 한국 사회는 가족관계의 변화를 통해서 독신세대가 거의 폭발적으로 늘 것이라고 나는 생각한다. 특히 아직도 결혼과 일 사이에서 선택을 해야 하는 여성의 입장에서 볼 때 결혼 대신 일을 선택하는 독신여성은 더더욱 늘어날 것이다.

무엇보다 독신 여성 스스로가 어떻게 자신의 성을 즐길 것인가를 연구해야 한다. 물론 이상적인 것은 정기적으로 성관계를 즐길 수 있는 고정적인 상대를 갖는 일이다. 독신남성과 독신여성들이 건전하게 교류할 수 있는 기회나 장소가 일단 개방되어야 한다. 정신적인 혹은 성적인 파트너를 만날 수 있는 밝은 장소를 우리 사회도 만들어줄 수 있도록 노력해야 한다.

그런 관계가 불가능할 때는 스스로의 해결책, 자위에 의존해야 한다. 자위는 결코 나쁜 것이 아니다. 자위는 어떻게 보면 아름다운 성의 한 부분이기도 하다. 다만 그 통로, 방법이 다를 뿐이다.

이제는 한국에도 성적인 기구를 파는 가게, 섹스 숍도 필요하다고 본다. 인공적인 페니스를 구입해 나름대로 욕구를 건전하고 간편하게 해결하는 것도 좋다고 본다. 우리나라 남성들은 독신여성들을 너무 쉬운 상대로 본다. 게다가 같은 여성인 가정주부들도 그들의 삶을 고달프게 만드는 데 일조를 한다. 이러한 사회적 편견은 반드시 없어져야 한다. 우리 사회는 독신여성에게 좀더 자유롭고 관대해져야 할 것이다.

첫 경험을 위한 준비

사랑을 한다면 그와 함께 있고 싶은 것이 당연하다. 정신과 더불어 육체적인 접촉을 통해 사랑을 확인하고 싶은 것은 한마디로 자연스러운 일이기 때문이다. 나는 '순결 지상주의자'는 아니다. 결혼 전에 순결을 지킨다는 것이 과연 어떤 의미가 있을까. 그것이 그렇게 대단한 일이라고는 생각하지 않기 때문이다. 중요한 것은 애정을 지닌 사람과 사랑을 경험하라는 것이다. 서양속담에 여성이 처녀성을 버리는(?) 것은 사랑이 아니라 호기심 때문이라는 이야기가 있지만 이것은 지극히 동물적인 남성 편의주의적인 생각에서 나온 것이다.

정상적인 첫 경험을 갖는 것이 무엇보다도 중요하다. 성숙한 여성이라면 '우연히' '하룻밤'을 '호기심'에서 '잘 모르는 남자'와 보내서는 결코 안 된다. '사랑하는 사람'과 '사랑'으로 '앞으로도 많은 날을 보낼 첫날'을 위해 함께 첫 경험을 갖는 것이 필요하다. 물론 사랑하면 같이 자고 싶은 것이, 섹스를 하고 싶은 것이 본능적인 욕구이다. 그러나 당신이 생각이 깊은 여성이라면, 자신을 소중히 여기는 여성이라면 '정상적인 첫 경험'을 위해 생각하고 또 생각해보아야만 한다. 성숙한 당신은 생각했고 그와 함께 지내기로 했다. 이때 점검할 사항이 있다.

여섯 가지 점검사항

첫째, 지금 이 시기는 내가 임신이 가능한 시기인가? 자신의 지식을 총동원해서 배란기인가를 알아보아야 한다. 임신이 가능한 시기는 다음번 월경 예정일에서 거꾸로 세어서 12일에서 17일 사이이다. 만일 잘 모르겠으면 어떤 산부인과든 전화를 걸어 상담할 수가 있다. 임신 가능성을 알아보는 것은 물론 임신 예방법, 즉 피임법도 생각해보아야 하는 문제이다.

둘째, 만일 피임을 해야 하는 시기라면 상대편과 의논하는 것이 필요하다. 쑥스러워할 일이 아니다. 당신에게 얼마나 중요한 문제인가. 만일 상대가 당신의 고민에 대해 어떤 태도를 보이는가에 따라 '당신의 결정' 역시 다시 한 번 원점으로 돌리는 것이 필요하다.

셋째, '사랑'은 하되, 충동적으로 사랑을 나눴을 경우이다. 만일 성교 후에 임신이 걱정된다면 24시간 안에 산부인과를 찾아야 한다. 사후피임제를 주사 맞거나 혹은 약을 복용해야 한다. 24시간이 지나서 내내 고민하고 어쩔 줄 몰라하면서 불안에 떠는 것은 어리석다. 무엇보다 당신 자신을 지켜주고 보호해야 할 사람은 당신뿐이다. 임신에 대해 책임질 수가 없다면 24시간 안에 순발력 있게 대처하는 것이 바람직하다.

넷째, 성병에 대해 방어해야만 한다. 어쩔 수 없는 성경험이었을 때, 이 세상에 남자와 여자 사이에는 정말 이해할 수 없는 비상식적인 일들이 많이 일어나기 때문에 '성병' 역시 지나칠 수 없는 문제이다. 이론적으로 콘돔을 사용하는 것이 옳다. 그렇지만 첫 경험에서 남성에게 콘돔을 사용하라고 요구하는 여성은 그리 많은 것 같지 않다. 그러나 상대방에게 확신이 서지 않는다면 나는 콘돔 착용을 요구하라고 권한다. 요즘은 수퍼마켓에서도 콘돔을 팔고 있고 아마 당신들이 사랑을 나눌 장소에서도 콘돔을 얼마든지 구할 수 있을 것이다.

다섯째, 다음 월경 예정일을 체크해본다. 제대로 순조롭게 제 날짜에 나오는 것인가? 내 몸의 어떤 변화는 없는 것인가 세심하게 확인해본다. 임신을 해도 출산까지 이어질 관계라면 그후 약물 복용이나 X-레이 촬영을 피해야 한다.

여섯째는 만일 그와 지속적으로 성관계를 하기로 결정했다면, 그리고 일정 기간의 피임이 필요한 경우라면 지속적인 피임 방법을 선택해야만 한다. 어떤 피임법도 임신중절수술보다는 안전하고 좋은 것이기 때문이다. 그렇지만 어떤 피임약, 피임기구도 완전할 수는 없다. 너무 오래 사용하면 합병증도 생길 수 있다. 같은 피임법을 일년간 지속해야 할 필요가 있을 때는 반드시 산부인과에 가서 상담을 받는 것이 좋다.

경구 피임약을 피임 방법으로 선택했다면 임신을 원한다 하더라도 피임약을 끊은 뒤 2, 3개월의 간격을 둔 다음 아기를 가져야 한다. 잘못하면 기형아가 생길 수도 있기 때문이다. 행여 경구 피임약을 먹는 도중, 하루라도 빠뜨린다든지 해서 아기를 갖게 되면 여자아기인 경우 나중에 질암을 갖게 되는 경우가 의학

적으로 증명되었다. 남자아기인 경우에는 외부생식기관의 기형
을 초래할 수 있다.

Q & A
성기의 접촉만으로도 임신이 가능한가?

드물지만 가능하다. 남자의 성기가 발기된 후, 정액이 나오기
전 흥분 상태에서 나오는 분비물(정자가 섞여 있는 경우)이
흘러들어가면 삽입을 하지 않아도 임신이 되는 수가 있다. 질
외 사정을 해도 때로는 임신이 된다.

월경의 메커니즘

정상적인 월경의 양은 20~60CC이다. 월경을 하는 기간은 대개 3일에서 5일이며, 월경 주기는 보통 21일에서 35일 사이다. 월경이란 자궁 즉, 아기집의 내막이 두꺼워져 있다가 그 내용물이 떨어져 나오는 현상이다. 월경 주기를 조절하는 것은 여성의 성기관인 난소에서 나오는 여성 호르몬 에스트로겐과 황체호르몬이다.

월경을 하기 전에는 우리 몸에서 황체호르몬이 감소하면서, 두꺼워졌던 자궁내막이 떨어진다. 그런데 이 황체호르몬의 감소로 인해 여성의 신체와 심리에 변화가 일어난다. 체중이 1킬로그램 정도 늘거나 몸이 붓거나 괜히 짜증스럽고 우울증에 빠지는 증상이 나타난다. 이런 증상이 심한 이도 있고 슬그머니 없는 듯이 지나가는 사람도 있다. 그러나 극단적인 경우에는 이때 습관적으로 물건을 훔치는 도벽을 나타내는 여성들도 가끔 있다. 이런 증상들을 '월경전 긴장증후군'이라고 말한다. 요즘은 의학에서 질병의 한 종류로 받아들이고 있다.

월경이 여성에게 주는 의미

첫째, 월경은 무엇보다도 여성이 임신을 할 수 있는 '능력 보유'를 뜻한다. 즉 생산자로서 기기묘묘한 몸의 기능, 구조가 완성되었다는 것을 뜻하는 것이다.

둘째는 이제 자신의 몸에 대해 스스로 책임을 져야 한다는 것을 의미한다. 초경을 시작한 뒤 2~3년 뒤면 얼마든지 임신이 가능하다. 그러므로 언제나 임신할 수 있다는 가능성 아래 임신 능력이 역으로 자신의 몸을 훼손시키는 일이 없도록 피임이나 성에 대한 지식을 지녀야 하는 시점이기도 하다.

셋째, 월경은 축하할 일이라는 점이다. 첫 월경은 보통 12세에서 14세 사이에 일어나고 월경을 시작한다는 것은 여성으로서 모든 역할을 하게 되었다는 뜻이다. 당연히 책임이 뒤따른다. 나는 외국처럼 여자아이가 초경을 시작했다면 성대하게 그날을 기념하는 잔치를 하는 것도 필요하다고 본다. 즉 초경의 의미를 일러주고 그에 대한 중요성, 따르는 책임을 일깨워줄 계기를 마련해주어야 하기 때문이다. 즉 월경을 부정한 것으로 보는 인식은 절대로 피해야 한다. 하나의 배설물로 본다든지 '나쁜 피'로 보는 것은 그릇된 사고이다. 여성에게 월경이 있다는 것은 생산의 준비작업이 활발하게 이뤄지고 있다는 표시이다. 생산공장이 쉴새없이 활발하게 가동되고 있다는 이야기이다. 생산 능력 OK! 또한 여성이 건강하다는 표시이다.

그렇다면 이 월경기간을 어떻게 보내면 좋을까? 아주 훌륭한 답이 있다. 특별히 의식하지 않고 보내는 것이다. 즉 월경을 한다는 것을 자신의 생활의 일부로 아주 자연스럽게 받아들이는 '월상사(月常事)'로 보내는 것이다.

만일 극심한 통증이 있다면 굳이 참지 말고 진통제나 진정제를 먹고 편안하고 자연스럽게 보내는 것이 좋다. 초경을 시작하고 2, 3년까지는 특별한 질병이 없어도 심한 생리통으로 고생하는 경우도 많다. 간단한 진통제로 가라앉혀도 무방하다. 그러나 2, 3년이 지나도 여전히 심하다면 그리 흔한 예는 아니지만 자궁내막증의 초기증상일 수도 있다. 간단한 혈액검사로 진단이 가능하지만 발견이 늦으면 병이 서서히 진행되어 불임이 될 수도 있다.

월경 기간에는 몸을 청결하게 하는 것이 필요하다. 여성이 월경을 할 때 자궁경부가 열려 있고 월경 자체가 여러 가지 균의 좋은 서식처가 될 수 있으므로 그런 세균감염을 막기 위해 욕조에 들어가거나 하는 것은 피해야 한다. 세균이 들어가서 자궁이나 나팔관까지 염증을 일으키는 골반복막염을 일으킬 수도 있기 때문에 월경을 하는 동안 성관계 역시 피하는 것이 좋다. 그렇지만 가볍게 샤워를 하는 것이 상관없다. 오히려 나는 샤워를 하는 것을 권하는 입장이다.

Q & A

생리 중에는 임신이 안 되나?

생리 주기가 20일이고, 생리를 보통 일주일 하는 여성은 생리가 끝날 무렵에 배란(성숙된 난소에서 아기씨, 즉 난자가 배출되는 현상임)이 시작될 수 있다. 따라서 생리가 끝날 무렵 성교를 하면 임신이 가능하다. 그렇지만 일단 월경이 시작되고 3일 이내에는 어떤 경우에도 임신이 안 된다.

내게 맞는 피임법은 무엇인가?

사실 피임은 남자의 몫이다. 남자는 임신이나 출산의 고통도 없으므로 적어도 피임 하나만은 확실하게 책임지는 것이 상식적인 남자의 역할이라고 생각한다. 그렇지만 피임 문제에 있어 남자를 전적으로 믿을 수 없는 것이 현실이다. 남자들은 피임에 대해 책임감을 느끼기보다는 성욕 감퇴에 더욱 관심이 많기 때문이다.

만일 남자들이 임신중절을 단 한 번이라도 경험한다면 분명히 상황이 크게 달라질 것이다. 중요한 것은 여성이 할 수 있는 자기 방어가 바로 피임이라는 것이다. 임신조절 능력을 스스로 가진다는 이야기이기 때문이다.

피임법은 어느 한 가지 방법만 쓰는 것보다는 약 1~2년을 주기로 방법을 바꾸어주는 것이 좋다. 한 가지 방법만 오래 쓸 경우 생기는 부작용(자궁내 피임장치의 경우 염증이 생길 수 있고, 피임약은 여성의 난소 기능을 약화시킨다)을 막을 수 있기 때문이다.

자연 피임법

임신이 가능한 시기에 금욕을 하는 것이다. 카톨릭 등의 종교 기관에서 권유하는 피임법인데, 현실적으로는 너무나도(!) 어려운 피임법이다. 젊은 여성, 한창 성욕이 왕성한 커플에게는 지속적으로 사용하기를 기대할 수 없는 피임법이라고 할 수 있다.

자연 피임법의 하나인 주기법은 배란기를 피해서 성교를 하는 방법이다. 이 주기법은 월경주기가 정확한 여성이 사용할 수 있는 방법이다. 그렇지만 아무리 정확하다 하더라도 일년에 한두 번은 변화할 수 있기 때문에 실패율이 높다. 월경 주기가 28일인 여성의 배란기는 월경을 시작한 날로부터 12일째 되는 날에서 14일째까지이다. 난자가 살아 있는 기간 1일, 정자가 여성의 체내에서 살아 있는 기간 3일을 합해서 계산하면 월경을 시작한 날로부터 9일째 되는 날로부터 15일째 되는 날까지는 임신이 가능한 시기로 볼 수 있다.

문제는 여성들의 배란기라는 것이 불확실하다는 것이다. 여성들 중에 자신의 배란기를 잘못 알고 있는 경우도 꽤 있다. 월경 주기가 불규칙한 여성은 이 피임법을 쓰면 안 된다. 산부인과 의사로서 나는 당연히 이 피임법을 권하고 싶지 않다. 의외의 임신도 많을 뿐 아니라 잘못된 지식을 가지고 쓸데없는 일을 하는 경우 역시 수없이 목격하게 되기 때문이다. 이 주기법의 실패율을 감소시키고 자연피임법을 더 많이 사용하도록 하기 위해 기초 체온 측정법, 자궁입구의 점액 상태를 관찰하는 방법, 증상 체온법 등이 알려져 있으나 이들 방법은 최소 6개월 간의 훈련을 요하는 방법들이다.

콘돔

콘돔은 상당히 많이 쓰이고 있는 피임법이다. 정확하게 실시하기만 하면, 또 제품만 튼튼하다면 간편하고 믿을 만한 피임법이기 때문이다. 그렇지만 아주 믿을 수 있는 피임법은 절대로 아니라는 점을 주의해야만 한다. 콘돔의 실패율은 15퍼센트이다. 사람에 따라서는 성감도 떨어질 수 있다. 좀더 확실한 피임법을 원한다면 질정사정제를 함께 쓰는 것이 좋다.

콘돔은 어느 정도 성경험이 있는 남성에게 적합한 피임법이다. 사정하기 바로 직전에 끼우게 되면 얼마든지 임신될 수 있기 때문에 발기가 되어 삽입하기 전부터 착용해야만 한다. 따라서 콘돔은 서로 익숙해져서 어느 정도 조절이 가능한 경우, 서로 적극적인 협조가 가능한 경우에 한해서 아주 간편하고 효율적으로 사용할 수 있다. 남자의 피임법이고 성병을 예방할 수 있다는 것이 장점이다.

자궁내 피임장치

흔히 구리가 감긴 작은 기구로 일명 루프라고도 한다. T자형과 7자형이 있는데, 이 기구를 자궁 안에 넣어서 수정란이 자리잡는 것을 막는 것이다. 루프는 주로 아기를 낳은 경험이 있는 사람들이 사용하지만 요즘은 임신 경험이 없는 여성들도 사용할 수 있도록 아주 작게 만들어진 것들도 있다. 출산 유무와 관계없이 사용할 수 있으며 산부인과에서만 장치해야 하고 그 시기는 월경이 끝난 직후가 가장 좋다. 또 루프가 제 자리에 놓여 있는지 6개월에 한 번은 체크해야만 한다.

일반적으로 루프는 냉이 많아지고 월경기간이 길어지거나 월경량이 많아지는 것이 특징이다. 그렇지만 이것은 병적인 정도의 후유증은 아니다. 자궁내 피임장치를 하고 있는 여성들에게서 골반염증이 많기는 하지만 사용을 하지 못할 정도로 심각한 후유증은 거의 없다. 1~2퍼센트 정도는 임신이 되기도 하고, 드물지만 자궁외 임신이 되는 경우도 있다.

루프는 아이를 낳은 여성의 경우 비교적 안전하게 임신의 공포로부터 벗어날 수 있는 방법이다. 루프는 길게는 8년까지도 장착할 수 있다. 또한 루프는 아기를 낳은 후, 터울을 조절하는 여성에게 비교적 적합하다.

페미돔

여성용 콘돔이라고 할 수 있다. 최근에 개발된 이 피임기구는 외국에서는 아주 폭발적인 인기를 끌고 있다. 우리나라 역시 제조회사가 한때 물량을 대지 못할 정도로 큰 인기를 끌었다. 이 페미돔은 여성이 적극적으로 피임을 할 수 있으며 일시적인 관계인 경우 쓰기 편한 피임법이다. 또한 에이즈 예방용으로 외국 여성들에게 쓰이는 방법이다.

그렇지만 문제는 실패율이 상당히 있다는 점이다. 또한 질 자체에 고무막을 씌우는 만큼 감각의 차이가 상당히 있을 수 있다. 또한 여성의 경우 어느 정도 성경험이 있어 자신의 질내에 정확하게 이 피임기구를 집어넣을 수 있어야 한다. 장치가 잘못되면 실패를 각오해야 한다.

일반적으로 볼 때 우리나라 여성들은 질안에 질정을 넣는 것조차 꺼려하는 형편이다. 페미돔은 우리나라 여성과 서양 여성의 질 크기나 각도가 다르다는 점에서 한국 여성에게 과연 맞는가는 의사로서 의문스럽다.

페서리

자궁 입구에 부착시켜 정자가 자궁 입구로 들어오는 것을 막는 피임법이다. 페서리는 탄력이 있는 둥근 고리에 원모양의 고무막을 붙인 것이다. 콘돔과 반대로 여성이 자궁 입구에 씌워 정액의 진입을 막는 것이다. 피임률은 85~90퍼센트로 상당히 높은 편이다.

이 피임법은 일단 여성이 익숙해지기만 하면 쉽고 언제나 쓸 수 있는 장점이 있다. 페서리는 성교가 끝난 뒤에도 곧 제거하지 않는다. 남성의 사정이 끝나고 여덟 시간이 지난 뒤 다시 두 번째 손가락에 걸어서 꺼낸다. 꺼낸 페서리는 미지근한 물에 깨끗이 닦아 말린다. 그후 다시 상자 안에 넣어서 보관하면 된다.

그러나 우리나라 여성들은 질 안에 손을 넣는 것을 꺼려하며 외국 여성들처럼 자신의 질의 상태, 자궁에 대한 해부학적인 관심, 체내 구조물에 대한 관심이 없어 일반적으로 사용이 잘 되지 않는 편이다.

살정제제

젤리 상태의 살정제제를 질 속에 넣어서 임신을 막는 방법이다. 젤리를 넣을 때는 일단 심호흡을 하고 편안한 상태에서 질 속에 집어넣으면 된다. 살정제제는 넣은 뒤 그 효과가 15분 후부터 한 시간까지로 알려져 있다. 충분히 녹은 뒤에 성교를 해야 한다. 만일 시간이 경과하면 다시 1정을 질 속에 집어넣어야 한다. 이 피임법은 여성이 일단 방어를 할 수 있고 간편하고 손쉬운 측면은 있다. 그러나 피임 실패율이 상당히 높다는 데 문제가 있다. 이 방법만으로 임신을 100퍼센트 막는 것은 어렵다. 콘돔과 병행하거나 다른 피임법을 함께 쓰는 것이 바람직하다.

또한 잘못해서 임신을 한 경우 손상된 정자로 인해 아기에게 심각한 결함이 있을 수 있으므로 어쩔 수 없이 임신중절수술을 할 수밖에 없는 단점이 있다.

피임약

피임약은 난소의 기능을 억제하여 배란을 불가능하게 만드는 것이다. 피임약은 성관계를 하든 하지 않든 매일 복용해야 하는 번거로움이 있다. 월경 시작 후, 5일째부터 매일 한 알씩 3주일 동안 계속해서 먹는 것이다. 그리고 1주일을 쉬었다가 다시 3주 동안 매일 빼놓지 않고 복용한다. 나는 개인적으로 앞으로 좀더 많은 의학적 투자가 이 피임약에 지원돼서 섹스를 할 때마다 1 알씩 먹으면 되는 피임약이 있었으면 하는 생각을 언제나 해본다.

이 피임약은 효과는 100퍼센트이다. 매일 먹는 것을 잊어버리지만 않는다면 말이다. 그렇지만 그 후유증 또한 만만치가 않다. 괜찮은 사람도 있지만 기미, 구역질, 체중 증가, 월경 이외의 출혈 등 부작용이 따른다. 결론적으로 말하면 피임약은 몸에 해롭다. 또 써서는 안 되는 사람도 있다. 혈관계통이나 심장계통의 질병이 있는 사람, 혈압, 내분비기관, 그리고 월경의 주기가 지극히 불안정한 사람은 피임약을 사용하지 않는 것이 좋다. 또한 아직 난소기능이 미성숙한 10대 여성, 줄담배를 피우는 35살 이상의 여성, 또 담배를 피우지 않더라도 40살이 넘는 여성 역시 삼가는 것이 좋다.

정관수술

정관은 남성의 생식기관인 고환에서 만들어진 정자를 운반해주는 통로이다. 이 정관을 잘라서 생산된 정자가 정낭에서 만들어낸 정액 안에 들어가지 못하도록 통로를 차단하는 피임법이 바로 정관수술이다. 남성의 영구피임 방법으로서 여성의 영구피임방법인 복강경피임수술에 비해서 간편하고 후유증도 적다.

그렇지만 의외로 정관수술을 받은 후에 성기능의 감퇴나 성욕 감소를 호소하는 경우가 있다. 의학적으로 전혀 근거가 없고 심리적으로 위축을 받아서 느끼는 현상으로 보여진다. 정관이라는 것은 그 말 그대로 통로일 뿐이다. 정관수술 후에는 10회에서 12회 정도 성관계를 할 때 다른 방법의 피임법을 병행해야 한다. 이미 만들어진 정자를 배설하는 데 10회에서 12회의 성관계가 필요하기 때문이다.

정관수술을 하고 수년이 지난 후에 갑작스런 임신 때문에 병원을 찾아오는 여성들이 있다. 이런 경우 정관이 다시 이어져서 임신이 가능해진 경우이며 이때에는 반드시 남편과 함께 비뇨기과에 가서 정액 안에 정자가 나타나는지를 검사한 뒤 출산 여부를 결정하는 것이 좋다. 기형아 여부 문제가 아니라 여성이 의심을 받는 경우를 많이 보아왔기 때문이다.

임신을 다시 원하는 경우 복원수술을 받으면 되고 성공률도 80퍼센트 정도로 아주 좋은 편이다.

복강경피임수술 및 난관결찰술

여성의 영구피임 방법이다. 남성과 마찬가지로 난자와 정자가 만나는 관인 나팔관을 묶는 방법이다. 나팔관을 묶는 방법은 복강경을 이용해서 링을 끼우거나 전기로 지지는 방법이 있다. 또 제왕절개수술 후나 미니 랩(3센티미터 정도만 배를 절개하고 나팔관만을 묶는 방법)을 통해서 나팔관을 묶고 자르는 방법이 있다.

우리나라에서 처음 가족계획을 실시할 때 사용한 복강경 피임에서는 거의 전기로 지지는 방법을 사용했다. 그 당시에는 정부의 전폭적인 지원 아래 이 같은 영구피임 방법을 사용한 이들에게는 수술휴가, 아파트 당첨 우선권, 휴가비를 지급한 적이 있었다. 여자들이 단체로 몇십 명씩 보건소 가족계획 요원들에 의해서 집단적으로 수술을 받았다. 그 결과 조기폐경이나 나팔관 결찰후증후군이라는 하복부 통증, 월경불순 등의 후유증으로 고생을 하는 여성들이 적지 않았다.

당시 집단으로 수술을 받다 보니 자궁외 임신으로 개복수술을 받는 경우도 적지 않았다. 그 결과 복강경피임수술에 대한 일반 여성들의 신뢰도는 크게 떨어졌다. 영구피임 방법인 피임시술은 효과적이고 간편한 점은 있다. 그러나 월경불순이 심하거나 배란 촉진제를 사용해야만 정상적인 월경주기를 갖는 여성은 수술 후에 난소기능이 더욱 나빠질 수 있으므로 다른 방법으로 피임을 하는 것이 좋다. 또한 40살 이후에는 일반적으로 모든 여성의 난소기능이 감소되는 시기이므로 영구피임 방법을 결정한다면 40살 전에 결정하는 것이 좋다.

요즈음은 오히려 복강경수술 후에 복원수술을 받기 위해 산부인과를 찾는 여성들이 점점 늘고 있다. 그 이유로는 교통사고로 아기를 잃는 가정이 많고 이혼이 늘어나 재혼 후에 아기의 필요성을 새삼스럽게 느끼는 경우이다. 복원수술을 단지 나팔관의 링만을 빼는 정도로 알고 수술을 받는 여성이 많은 것을 볼 수 있다. 링을 낀다 하더라도 끼운 나팔관의 혈액량이 감소되어 나팔관이 잘리는 효과가 있어 복원수술을 할 때는 양쪽 끝을 자른 후에 다시 이어줘야 한다. 그러므로 개복수술이 불가피하다. 게다가 성공률 역시 70~80퍼센트 사이이다. 또 전기로 지진 경우에는 실패율이 많기 때문에 성공률을 단정적으로 말하기는 어렵다.

영구피임수술을 결심할 때는 반드시 앞으로의 장래를 심각하게 고려해야 한다. 제왕절개 수술 직후의 피임수술은 간편하기는 하지만 아기의 상태를 출생 직후에 100퍼센트 장담하기는 어렵기 때문에 신중하게 결정할 필요가 있다. 영구피임 방법은 본인의 의사만으로 결정해서는 안 된다. 반드시 배우자의 승낙과 사전의 의견교환이 필요하다. 그렇지 않은 경우는 불화나 이혼의 사유가 된다는 점을 명심해야 한다.

예기치 않게 임신이 되었을 때 나는 웬만하면 아기를 낳으라고 환자에게 권한다. 절대적으로 불가능한 상황이라면 몰라도 어떤 가능한 방법을 찾아보든가 일시적인 희생을 할 수 있다면 무엇보다도 임신을 우선하라고 환자에게 이야기한다.

나는 항상 임신을 하늘의 뜻으로 생각한다. 물론 그에 못지않게 본인의 뜻 역시 중요하지만 한 생명의 장래를 결정짓는 문제는 평생 고통의 원인이 될 수 있음을 잊어서는 안 된다. 인간이 원하는 시기에 얼마든지 할 수 있지만 인간의 뜻대로, 의지대로 할 수 없는 것이 또한 임신이다.

Q & A

임신진단 시약은 성관계를 가진 후 며칠부터 확인할 수 있나?
배란 후 2주가 지난 다음, 즉 다음 달의 월경 예정일에서 2~3일 지나면 거의 100퍼센트 확인이 가능하다.

결혼을 앞두고 준비해야 할 것

많은 혼수와 예단의 홍수, 화려하고 떠들썩한 우리나라 결혼의 모습이다. 그렇지만 속사정을 들여다보면 상대에 대해 모르는 도박성 결혼이 많다. 오로지 물질과 과시욕에 들떠 과연 결혼이 무엇인가에 대한 인식이 없기 때문이다.

결혼은 두 남녀가 함께 생활하면서 독점적인 성관계를 갖는 것이다. 이것은 결혼생활에서 성생활이 그만큼 중요한 의미를 지닌다는 것을 말한다.

결혼을 앞둔 남녀에게 반드시 권하고 싶은 몇 가지가 있다.

바로 건강진단서를 교환하는 일이다. 두 남녀가 정신적으로, 육체적으로 건강한가를 알아보기 위해서이다. 결혼에서 이것만큼 중요한 일은 없다. 행복한 결혼을 위한 첫 걸음이다. 성병에 감염된 채 결혼하는 경우도 정말로 심심치 않게 보아왔다. 자신의 건강에 대해 밝히는 것은 상대에 대한 배려이며 예의이다. 동시에 자기 자신을 한번 돌아보고 다시 점검하는 것이다.

평생을 살아가면서 결혼생활에 문제를 지닐 병, 가족력에 대해서는 알아보아야만 한다. 만성정신질환, 당뇨병, 간염 보균자,

본태성 고혈압(이유 없이 혈압이 높은 경우, 가족력에 원인이 있는 것으로 밝혀졌다), 유전적인 질환 등은 건강한 결혼생활을 유지하는 데 장애가 될 수 있다. 그러므로 반드시 알아보고 결혼하는 것은 당연하다.

둘째는 순결이데올로기에서 벗어나라는 것이다. 우리나라의 가치관은 완전히 이중적이다. 여성에게 순결을 요구하지만 남성에게는 동정을 요구하기는커녕 지나치게 무관심하다. 동정이 무엇인지도 모를 정도로. 여성의 순결은 객관적으로 몇 가지 표시에 의해서 나타난다고 치지만 남성의 동정은 '서투르다'는 것 외에는 아무런 증거가 없다. 남녀가 평등한 조건에서 시작해야 하는데 시작부터 불공평한 것이다.

순결이란 무엇인가? 육체적인 것보다 정신적인 것이다. 처녀막 수술을 받았다고 해서 그 여자를 순결하다고 볼 수 있을까? 그보다는 어쩔 수 없는 상황, 사고 등으로 순결을 잃었다고 해도 그녀는 순결하다. 남자들이 아직도 결혼한 여자가 혈흔이 없고 질이 넓다고 불평하는 경우를 본다. 나는 그런 남자들이야말로 가장 불결한 남자라고 생각한다. 한 여자를 그렇게 말하는 것은 수많은 비교대상의 여자를 거쳤다는 증거이기 때문이다. 불공평한 것을 떠나서 비도덕적이며 그 남자가 살아온 삶 자체에 문제가 많았다는 이야기이다.

셋째는 궁합을 보기보다는 정신과에 가서 심리테스트를 해보는 것을 권하고 싶다. 서로의 성격이 맞는지, 성격상의 문제는 없는지 정신과 테스트를 해보는 것이 훨씬 더 합리적이라고 생각한다. '성적' 궁합 못지않게 '성격' 궁합 역시 중요하기 때문이다. 극단적인 성격의 차이, 도저히 화합할 수 없는 환경의 차이도 가려낼 수 있기 때문이다. 아들에 대한 지나친 집착이나 편견은 결혼생활을 내내 우울하게 만들 수 있으므로 자녀관을 자세히 알아보는 것도 중요하다.

넷째는 성과 피임에 대해 서로 공부하고 결혼을 하라는 것이다. 무지한 상태에서 성관계를 시작하는 신랑신부를 참으로 많이 보아왔다. 성이라는 것도 공부하고 관심을 갖고 생각해보아야 될 문제이다. 그냥 되는 것으로, 본능적으로 접근해서는 절대로 좋은 성관계를 이룰 수 없기 때문이다. 피임 역시 두 사람이 진지하게 토론하고 협의해야 될 문제이다. 특히 여성 쪽에서 적극적으로 피임의 문제를 제기해서 여성의 몸이 훼손되거나 건강을 해치는 일이 없도록 해야 한다.

다섯째는 결혼하기 전에 여성들이 산부인과를 찾을 것을 권하고 싶다. 아기를 갖기 전에 필요한 검사를 한번 해보는 것이다. 우선 자궁과 난소상태에 대한 검사, 매우 드물지만 처녀막이 뚫리지 않는 경우도 있으므로 내·외부 생식기에 대한 검사, 그리고 성병, 풍진, 애완동물을 기르는 데서 올 수 있는 기생충의 감염상태를 알아보기 위한 혈액검사이다.

결혼은 많은 것을 준비하고 해야 하는 것이다. 그만큼 권리보다는 책임감이 필요한 삶이기 때문이다.

Q & A

무공처녀막이란 무엇인가?

정상적인 생식기를 가지고 있어도 처녀막이 선천적으로 막혀 있어 삽입이 안 되고 월경이 없는 여성이 있다. 이를 무공처녀막이라 한다. 무공처녀막인 경우는 매달 월경이 없어도 정기적으로 하복부에 통증이 있다. 그러나 하복부 통증이 없고

월경이 없는 경우는 무공처녀막이 아니라 질이 없거나 여성
생식기에 이상이 있는 것이다. 따라서 반드시 산부인과 진찰
을 받아야 한다.

섹스와 함께 오는 아픔

성교통, 섹스를 할 때마다 아픔을 느끼는 병이다. 말하자면 질의 수축이 일어나지 않았는데도 섹스를 하기 전이나 한 뒤, 혹은 섹스를 하는 도중에 여성이 성기에 아픔을 느끼는 것이다. 이 성교통증은 성기능장애 중의 가장 흔한 증상이다. 일생을 살아가는 동안 여성의 2/3가 경험한다고 한다. 그러나 대개 병적인 상태라기보다는 심리적인 측면을 지닌 생리적인 기능장애라고 할 수 있다.

그런데 왜 아플까? 서로 맞지 않는 성적흥분 상태에서 성관계를 시작하게 되었을 때 성교를 원만하게 진행시켜주는 질내 윤활유, 즉 분비물이 나오지 않아서이다. 남성의 성기와 질의 마찰력이 커져서, 말하자면 빡빡해서 오는 통증이다. 여성의 질분비물이 나오지 않는 것은 여성이 섹스를 하고 싶다는 뜻이 적기 때문이다.

성교통은 'B.A.S.I.C.' —— 이 다섯 갈래에서 생각할 수 있다.

첫째 남자의 행위(Behavior), 즉 남자가 섹스 테크닉이 부족하거나 잘못되어 있을 때이다.

둘째는 정서(Affect)이다. 여성이 죄의식이나 분노, 공포, 수치심을 느낄 때이다.

셋째는 센스(Sense)이다. 즉 어디가 아픈가? 고통이 어느 곳에 있는가를 알아보는 것이다.

넷째는 이미지(Image)이다. 성에 대한 강박관념이 없는가, 혹은 성적인 즐거움을 방해하는 나쁜 인상이 있는 것은 아닌가? 생각해보아야 한다.

다섯째는 인식(Cognition)의 문제이다. 두 사람이 성관계에 있어서 잘못된 믿음이나 잘못된 정보를 갖고 있는 것은 아닌가?

가장 중요한 것은 섹스를 하는 상대와의 의사소통이다. 서로를 얼마나 잘 알고 상대의 성적 취향을 제대로 파악하고 있는가의 문제이다. 특히 남성이 여성의 몸을 잘 모르고 있을 때 그렇다.

여성의 성감대는 아주 여러 곳이 있다. 몸 전체가 성감대라고 할 수 있지만 개개인에 따라서는 유난히 예민한 곳이 있다. 무엇보다 여성의 성감대를 충분히 제대로 자극해서 윤활유가 분비될 수 있도록 전희를 충실하게 하는 것이 성교통의 첫 치료이다.

성교통은 앞서 지적했듯이 정신적이고 심리적인 요인이 상당히 크다. 여성들은 성교통을 느낄 때 우선 자기 자신을 심리적인 거울에 비춰보아야 한다. 즉 죄의식을 느낄, 혹은 수치심을 느끼게 하는 상대와 성관계를 가진 적이 있는가? 유년기에 성적인 학대를 당한 적이 있는가 등등의 이유를 따져봐야 한다.

그렇지만 여성이 섹스를 할 때 성교통을 느낀다면 바로 지금 섹스를 하는 상대와 문제가 있다. 성관계를 가지면서도 그에 대한 마음 속 깊은 곳에 결코 용서할 수 없는 분노가 있다든지, 혹은 사랑이 결여된 의무만의 섹스를 하고 있는 것은 아닌지를 먼저 물어보아야 한다. 섹스는 사실 알고보면 철저하게 심리의 그림자이며 복사판이기 때문이다.

성병에 대하여

성병이란 섹스를 통해서 옮는 병이다. 성행위에 의해 오는 모든 성병, 즉 의학적 용어로는 성행위 감염증(STD : Sexual Transmitted Disease)이라고 부른다.

성병의 일반적인 초기 증세는 냉이 심해지거나 배가 아픈 것이다. 또한 아무런 증상이 없을 수도 있고 외음부가 헐거나 작은 상처가 날 수가 있다. 2개월 이후 또는 수년 간의 잠복기를 거쳐 나타나는 매독이나 에이즈 같은 것도 있다. 만일 자신이 원치 않는 사람과 성관계를 했다면, 위험하다고 생각되면 성병 감염검사를 받아야 한다.

트리코모나스 질염
증상
갑자기 팬티가 흥건하게 젖을 정도로 누런 냉이 나오면서 고약한 냄새가 나는 경우이다. 이 트리코모나스 질염은 여성의 자각증상이 심한 반면, 남성에게는 증상이 없는 것이 특징.

감염경로

이 병은 트리코모나스라는 원충에 의해 감염되어 나타난다. 주로 남성의 요도나 전립선에 잠복해 있어 섹스를 통해서 옮는다. 그러나 드물게 섹스 외에도 풀장이나 목욕탕, 변기로 감염되는 수도 있다. 질 안의 자정력(세균 감염을 방어하는 힘)이 떨어졌을 경우 발병하는 것이 보통이다. 그러나 질내의 산도가 알칼리화되었을 때나 지나치게 항생제나 아래 세척제를 많이 사용하면 오히려 더 잘 걸릴 수 있다.

치료

약물치료를 일주일 정도 하면 완치된다. 둘이서 함께 치료를 받아야 완치될 수 있다. 특히 남성의 증상이 없기 때문에 배우자의 협조를 구하기가 쉽지 않다. 그러므로 재발성 트리코모나스 질염으로 고통을 받는 여성들이 많이 있다. 이런 경우 증상이 없고 남편의 요도에서 트리코모나스균이 발견되지 않더라도 반드시 치료를 함께 받아야 한다. 이런 병에 자주 걸리면 자궁암의 원인인 유주종 바이러스에 걸릴 가능성이 있다.

캔디다성 질염

감염 경로

곰팡이균의 일종인 캔디다가 일으키는 질염이다. 이 균은 질이나 입 안 등에 있다. 대개 매우 피곤하거나 영양 부족 혹은 체내의 저항력이 급속히 떨어졌을 때 나타난다. 주로 섹스를 통해서 감염되지만 간혹 손이나 수건을 통해 옮기도 한다.

또 여성의 장 안에 상주하는 균이기 때문에 소변을 본 뒤에 휴지로 항문 쪽으로 닦아내거나 꽉 끼는 청바지나 팬티스타킹, 코르셋을 즐겨 입는 여성에게서 흔히 나타날 수 있다. 10대 여학생이나 미혼여성들에게 가장 많은 질염이다. 성경험 없이 감염되기도 하므로 반드시 성병과 관련시킬 필요는 없다. 꽉 끼는 옷을 피한다거나 지나치게 외음부를 닦아내지 않는다면 예방할 수도 있다.

증상

처음 나타나는 증상은 냉의 변화로, 하얀색 끈끈한 치즈모양을 띠고 있다. 많이 나오면 외음부로 염증이 확대되어 심한 가려움증으로 인해 정상적인 생활이 어려울 정도로 고통을 받기도 하고 외음부가 빨갛게 부어오르는 수도 있다. 움직이는 것은 물론 잠을 자기도 힘들게 된다.

사춘기의 10대 여자아이들에게 많다. 사춘기 때 여성호르몬이 몸 안에서 증가하여 월경할 때 대하의 양이 늘어난 것을 몸이 찬 것으로 오해하고 필요하지 않은 항생제 치료나 약물치료를 하게 될 경우 질 안에서 자정역할을 하는 박테리아를 죽이게 되어 캔디다에 걸리는 경우도 많이 있다. 성경험이 없고 가려움증이나 외음부의 어떤 통증 같은 특별한 자각증상이 없는 경우 냉이 조금 흐른다고 해서 심각한 염려를 할 필요는 없다. 또 치료도 필요하지 않다. 오히려 치료를 하여 캔디다증과 같은 질염을 악화시킬 수도 있다.

치료

캔디다성 질염은 거의 재발된다고 해도 과언이 아니다. 자꾸 재발되는 경우에는 월경 전후에 간단한 외부치료를 2~3개월 지속해야 재발을 막을 수 있다.

이 질염의 치료에는 항진균제나 질정을 사용하며 외음부에 크림을 바른다. 약을 사용한 뒤 3~4일이면 증상이 가벼워지고 2주면 거의 완치된다. 일주일에 한 번 정도 외음부에 비누칠을 하고 질 세척제나 화장수로 세척하는 것은 캔디다성 질염에 좋지 않으므로 피해야 한다. 또 피임약을 상용하거나 당뇨병이 있는 여성은 캔디다성 질염에 걸릴 가능성이 높다. 치료는 간단하나 재발이 문제인 질병이다.

콘딜로마(곤지름)

증상과 감염경로

바이러스에 의해 감염되는 외음부에 닭벼슬 모양의 돌기가 솟는 병이다. 거의 섹스에 의해 감염된다. 이 병의 특징은 감염되어도 곧 발병하지 않고 대개 2~3개월의 잠복기를 거쳐 나타나는 점이다. 질 입구나 소음순, 항문 주위에 끝이 뾰죽한 돌기가 생긴다. 이것을 그냥 두면 전 외음부가 돌기로 덮이고 질 내부나 자궁경부까지도 돌기로 덮일 수 있다. 콘딜로마는 임신부에 특히 많이 나타난다. 임신중의 콘딜로마는 재발이 잘되어 완치되기가 힘들다.

돌기의 형태가 매독 2기에 나타나는 콘딜로마라타 때 나오는 돌기와 생김새가 비슷하기 때문에 반드시 혈액검사를 해서 매독과 감별해야 한다. 이 콘딜로마는 아주 가렵고 통증을 동반하게 된다. 남성들의 경우 성기에 돌기가 발생하기는 하지만 가려움이나 통증은 없다.

치료

이 병은 전기메스나 레이저로 돌기를 일단 절단하고 포도필린이라는 약물을 바르기도 한다. 돌기를 제거하고 외음부염과 질염 치료도 병행한다. 완치하는 데까지는 한 2개월이 걸린다. 재발이 비교적 많은 병이므로 상대방과 반드시 치료를 같이 받아야만 하고 최소 6개월 정도는 정기검진이 필요하다.

헤르페스

증상과 감염경로

물집이 생긴 다음 물집이 터지면서 아주 격렬한 통증이 따르는 질병이다. 단순 헤르페스 바이러스에 감염되어 일어난다. 이 헤르페스는 1형과 2형이 있다. 1형은 입 주위에 물집이 잡히는 것이고 2형은 성기에 감염되는 것이다. 2형은 섹스에 의해 감염되고 1형은 오럴섹스에 의해 감염되기도 한다.

이 헤르페스 증상은 마치 감기와도 같다. 처음 2~7일 동안은 몸에서 열이 나고 몸이 처지는 듯한 증상이 생긴다. 이 시기가 지나가면 성기 주위에 물집이 생기고 시간이 지나면 물집이 터져서 궤양으로 발전한다. 소변을 볼 때나 속옷에 닿을 때 아주 심한 통증을 느끼고 걷기조차 힘들어지기도 한다. 더욱 악화되면 소음순이 부어오르기도 한다.

치료

치료는 항 헤르페스 바이러스제를 먹고 진통제를 먹거나 연고를 바른다. 치료기간은 2~3주 정도 걸린다. 그러나 치료를 하지 않더라도 자연적으로 치유가 되기도 한다. 그렇지만 몸의 상태가 좋지 않으면 다시 그 자리에 물집이 생기면서 발병하는 경우가 있다. 그러므로 최초의 치료에서 근원을 없애야 하며 항 헤르페스(조비락스 등)제를 6개월 동안 먹어야 완치가 된다.

클라미디아증

증상

악화되면 불임증이 될 수 있는 성병이다. 클라미디아, 트라코마티스라고 하는 미생물로 세균과 바이러스의 중간형태이다. 거의 100퍼센트 섹스를 통해 옮겨진다. 젊은 여성들이 많이 걸리는 병인 만큼 주의를 요하는 성병이다.

이 클라미디아는 처음에는 별다른 자각증상이 없다. 누런색의 대하가 나오거나 소변을 볼 때 가벼운 통증이 뒤따른다. 잠복기가 1~3주로 상당히 길기 때문에 성병 가운데 발견이 상당히 어려운 편이다. 그러나 이것이 자궁경관염으로 시작해 난관염이나 골반복막염으로 진행되는 수도 있다. 만일 임신했을 때 감염되면 신생아에게도 옮아 결막염이나 폐렴에 걸리는 수가 있다.

치료

이 병은 냉검사나 혈액검사를 통해서 발견할 수 있다. 항생물질을 2주 동안 복용하며 당연히 상대방과 함께 치료를 받아야한다. 남성에게는 비임균성 요도염의 원인이 될 수 있으며 여성보다는 남성한테서 자각증상을 많이 일으킨다. 그러므로 여성보다는 남성이 먼저 발견해서 여성에게 검사할 것을 요구하는 경우가 많다.

임질

감염 경로

임균에 감염되어 나타난다. 95퍼센트가 섹스를 통해서 감염된다. 균의 감염력이 아주 강하기 때문에 키스나 페팅만으로도 감염될 수 있다. 체력이 떨어져 있을 때는 감염된 사람이 사용한 목욕탕이나 변기, 수건 등으로 감염되는 경우도 있다.

이 병은 감염된 뒤 2~7일의 잠복기를 거친 후 황색의 진한 분비물이 나오기 시작한다. 이것은 자궁경관에 염증이 생겼다는 표시이다. 음부가 가렵고 아랫배에 통증도 있다.

치료

치료는 페니실린과 같은 항생물질을 투여한다. 대개 낮는 데까지 2개월 정도 걸린다. 완치하기까지 다른 사람들에게 감염되는 것을 방지하기 위해 욕조에 들어가 앉는 것을 피하고 수건도 따로 사용하도록 한다. 임질균은 남성이나 여성 모두에게 자각 증상을 심하게 일으킨다. 물론 상대방과 함께 치료를 받아야 한다. 여성의 급성 골반염의 주원인으로 작용하게 되는데 만일 월경 중의 성교에 의해 감염이 되면 심한 골반염으로 인해 고열과 하복부 통증이 오게 되어 병원에 입원해야만 한다. 이 골반복막염은 여성에게는 심각한 후유증을 남기게 되는데 나팔관의 손상을 일으켜서 불임의 가장 큰 원인이 된다.

어린 여자아이에게서 가끔 임질균이 발견되는 경우가 있다. 이것은 변기를 통해 어머니의 질염이 감염된 것인데 이런 경우는 후유증 없이 간단한 항생제 치료만으로 완치될 수 있다.

매독

매우 무서운 성병이다. 그 옛날 매독은 유명인들의 사망 1위였다. 그만큼 치유가 어려운 병이었다. 지금은 페니실린의 보급으로 많은 환자들이 치료되지만 아직도 무서운 성병 중의 성병이다.

감염경로와 증상

매독은 매독균을 지닌 사람과 섹스, 키스, 페팅을 해도 감염된다. 태아가 모체의 체내에서 감염될 경우 유산이나 사산을 하는 경우가 많고 기형아가 되기 싶다. 매독은 약 3주간의 잠복기를 거쳐 4단계로 진행된다. 1기는 여성은 외음부에, 남성은 귀두 부분에 임파선의 부종이 없이 통증이 없는 궤양을 형성한다. 2기는 균이 혈액 속에 들어간다. 3기는 전신에 하얀 반점이 나타나기도 하고 대동맥에 염증이 생긴다거나 신경에 침투해서 뇌에 이상을 일으키기도 한다. 또 눈에 홍체염증을 일으켜서 실명이 되기도 한다. 마지막으로 4기는 감염된 지 10년 이상으로, 매독이 뇌와 척추에 침입해서 치매, 지각마비 증상을 보이게 된다.

잠복기 매독이란 매독에 감염된 후 일년이 넘은 뒤에 특별한 다른 증상 없이 혈액검사에서만 양성반응이 나오는 경우를 말한다. 임신부가 정기검진을 할 때 의외로 이런 잠복기 매독이 종종 발견된다. 남성은 음성이 나오고 여성만이 양성으로 나오는 경우를 적지 않게 볼 수 있다. 이것은 남성이 자신은 치료를 하고 여성은 모르고 감염이 된 상태에서 잠복기 매독으로 옮겨지는 경우가 대부분이다. 잠복기 상태에서는 섹스를 해도 옮기지 않고 외부에 아무런 증상도 나타나지 않는다.

치료

매독은 증상이 진행될수록 치료는 곤란하다. 2기까지는 강력한 항생물질을 대량 투여해서 치료할 수 있다. 증상이 조금 나아졌다 하더라도 다시 재발하는 등 아주 어려운 치료인 만큼 주의를 갖고 끝까지 완치시켜야 하는 병이다.

에이즈

후천성 면역결핍증인 에이즈는 현대의 흑사병, 불치병으로 불린다. 섹스를 통해 옮겨지는 질병인 만큼 '누가 걸려도 신기하지 않은 병'이기도 하다. 이 에이즈 바이러스는 환자의 체액에 함유되어 있는데, 체액 가운데에서도 혈액과 정액에 비교적 많이 함유되어 있다.

감염 경로와 증상

불특정 다수와 예방조처를 하지 않은 상태에서 섹스를 했을 때 감염될 가능성이 높다. 또한 에이즈는 항문섹스를 한 경우나 오럴섹스를 한 경우, 그리고 월경중에 섹스를 했을 때 걸릴 가능성이 높다.

에이즈는 잠복기간이 길다. 증상이 나타나는 경우는 빠르면 6개월에서 10년까지 가는 경우도 있다. 증상은 열이 나고 전신임파절이 붓거나 체중 감소, 권태감 등이다.

치료

에이즈는 걸리면 100퍼센트 사망하는 죽음에 이르는 병이다. 특효약도 없다. 에이즈는 예방만이 최선의 방법이다. 그리고 결코 우리나라 역시 에이즈의 안전지대가 아니라는 것을 잘 알 필요가 있다.

에이즈 문제에 있어 심각한 것은 수혈이다. 헌혈된 혈액에서 어떤 검사를 하더라도 에이즈를 발견하기가 어려운 시기가 있다. 이런 경우 에이즈 감염 여부를 알아낼 수가 없다. 우선 수혈을 할 가능성이 많은 임신부가 건강관리를 잘해 빈혈에 걸리지 않도록 해야 한다. 또 만일의 경우에 대비해서 완전히 믿을 수 있는 친족을 대기시키는 것이 필요하다.

Q & A

오럴섹스로도 성병이 옮나?

성기나 입 안의 손상된 점막을 통해 성병에 감염된 사람의 혈액이나 체액이 전해지면 매독이나 에이즈과 같은 성병에 감염될 수 있다.

성폭행을 당했을 때 대처법

한국은 강간 발생빈도로 보면 세계에서 제3위의 나라이다. 이것은 보고된 건수만을 가지고 이야기했을 때이고 만약 보고되지 않은 실제 상황까지 어림잡으면 세계에서 두 번째로 강간이 많이 발생하는 나라이다.

우리나라에서 강간의 개념은 위협에 의해 강제적인 성관계를 갖게 된 경우를 말한다. 그렇지만 외국의 강간의 정의는 폭넓어 남성의 성기나 손가락이나 기타 물건으로 질뿐만 아니라 입이나 항문을 관통하는 행위까지 포함된다. 이 상황에서 물리적인 힘, 육체적인 해를 입히겠다는 협박 그 자체가 강간으로 간주됨은 물론이다.

강간을 당한 피해자의 경우, 두 가지 측면에서 반드시 보호를 받아야 한다. 임신의 예방과 성병에 대한 간단한 대처이다.

임신 예방
먼저 사건이 일어난 직후 결합성 타입(합성 여성호르몬제와 합성 황체호르몬제를 포함하고 있는 피임약제)의 경구 피임약을 먼저 두 알 복용해야 한다. 12시간 후에 다시 두 알을 더 복용해야한다. 이와 같은 방법은 사후피임법으로 약간의 실패율이 있을수 있다. 또한 기형아를 출산할 가능성이 높다는 것을 인식해야한다. 약을 먹은 직후, 개인에 따라서는 메스꺼움이나 구토가 오는 수도 있다.

성병 예방

성병을 예방하기 위한 치료법으로는 테트라사이클린제제의항생제를 하루에 2백 밀리그램씩 7일간 복용해야 한다.

간염 예방

만일 질이나 항문의 출혈이 있다면 간염에 걸릴 가능성에 대비해서 항체가 없는 여성이라면 즉각 간염면역 글로불린 주사를맞아야 한다. 한 달 후에 다시 한 차례 면역 글로불린 주사를 맞아서 장기적인 예방을 해야 한다. 면역 글로불린은 몸 안에 들어온 균에 대해서 보호하는 역할을 하는 것이므로 다시 한 차례확실하게 면역을 해주는 것이다. 성관계를 통해서 간염이 옮는경우도 많이 있기 때문이다. 특히 우리나라는 간염보균자가 상당히 많기에 더욱 주의를 해야 한다.

산부인과에서 해야 할 일

1. 오염된 부위, 즉 여성 생식기의 외부검사를 받도록 한다.즉 발적이나 열상이 있으면 적절한 처치를 받는다.

2. 질 분비물을 검사해야 한다. 질 분비물을 채취해서 활발히움직이고 있는 정자를 증거물로 확보해야만 한다. 성폭행을 당했다는 객관적인 증거를 제시해야 하기 때문이다. 특히 24시간

안에 병원에 반드시 가서 시기를 놓치는 일이 없도록 해야 한다.

문제는 첫 번째 성관계인 경우 외부의 뚜렷한 성관계의 흔적만으로도 진단서를 끊어주지만 성경험이 있어서 외부에 상처가 남지 않는 경우라면 질 안에서 정자가 발견되어야 진단서를 끊어줄 수 있다. 따라서 심증만으로는 객관적인 증거를 확보할 수 없으며 불이익을 당하게 된다. 이러한 현행 성폭행 관련법은 좀 더 손질이 필요하며, 피해자의 입장에서 보완이 절실하다.

우리나라의 성폭행 관련 법규는 성폭행범에게 지나치게 관대한 측면이 있다. 질에 삽입해서 외부생식기에 접촉해 열상이 생기는 경우에 한한다든지 하는 것은 살인범이나 마찬가지인 성폭행범을 위한 법이라는 생각이 들 정도이다. 성폭행은 무슨 한이 있더라도 엄한 처벌을 받아야 한다. 더구나 요즘은 어린아이를 강간해 심한 열상을 입히는 잔인한 성폭행까지 그 정도가 날로 심각해지고 있기 때문이다.

강간을 당했을 때는 반드시 고발해야만 한다. 창피하거나 모멸감으로 인해 그냥 넘어가서는 절대로 안 된다. 피해자로서 의무와 책임이 꼭 필요한 것이 성폭행을 당했을 경우이다. 어렵지만 반드시 용기를 내야만 한다.

3. 바이러스 및 기타 검사

자궁 입구와 항문 주위, 구강에서 클라미디아, 헤르페스 바이러스, 사이토메갈로 바이러스(거대세포 바이러스로 기형아를 낳게 할 수 있는 바이러스)에 대한 분비물 배양검사를 받아보아야 한다.

트리코모나스균 검사는 강간을 당한 날 바로 감염 여부를 확인할 수가 있는 반면, 매독과 같은 성병은 잠복기가 2~3개월

되므로 성폭행 이후 2~3개월 후에 다시 한 번 검사를 해야 안심할 수 있다. 에이즈 검사는 사후 6개월과 12개월 후에 반복 검사를 해야 한다.

임신 여부에 대한 검사 역시 사후 사정제를 복용했다 하더라도 다음 월경 예정일까지 기다린 뒤 예정일에서 1, 2주 후에도 월경이 나오지 않으면 반복검사를 해볼 필요가 있다.

정신 치료

정신적인 고통이 지속되거나 본인이 공포심과 두려움을 떨치기 어렵다면 정신과 의사와 상담을 해야 앞으로의 성생활에서 올지 모르는 성교 곤란이나 불감증을 예방할 수 있다. 즉 충격에 대한 치료를 해야 한다. 자기 스스로 공포와 수치감을 떨쳐버릴 수 있도록 주변에서 이것이 '불가항력이었으며 본인의 책임'이 아니었다는 것을 알려준다. 동시에 흉기나 협박, 폭력에 의해 성폭행을 당했을 때 '살아남았다'는 점을 강조하고 그것은 아주 현명한 행동이었다는 점을 일러줄 필요가 있다.

특히 자녀가 성폭행을 당했을 때는 부모가 특히 어머니가 어떻게 해주느냐가 절대적으로 중요하다. 딸이 쓸데없는 죄의식과 공포에서 벗어날 수 있도록 배려해줘야 한다. '정조'를 잃었다는 것이 결코 '인생'을 잃은 것이 아니라는 점을 꾸준히 설득해야만 한다. 성폭행을 당한 것은 인생이 폭행당한 것이 아니라는 것——피해자가 인생 그 자체와 일치시키는 것을 막아야 한다. 만일 필요하다면 자녀에게 심리적인 안정을 위해 처녀막 재생수술을 해주는 것도 좋다고 본다. 물론 처녀막이 중요한 것은 절대로 아니다. 다만 심리적 치료차원에서 그렇다는 말이다.

성폭행은 그 사건에 대한 치유와 매듭짓기가 정말로 중요하다. 성폭행을 당했을 때는 심리적 갈등은 되도록 빨리 그 당시에 처리하도록 해야 한다. 본인에게 일단 그 사건을 잊도록 해줘야 한다. 전문적인 정신과 의사들에게 적절한 치료를 받아서 앞으로 결혼이나 남녀교제에 있어서 그 상처가 남지 않도록 배려해주어야 한다. 무엇보다도 친족이나 아주 잘 아는 사람에게 성폭행을 당했을 때는 그 후유증이 더 크다는 점을 주변사람들이 잘 인지하는 것도 중요하다. 그러나 무엇보다 본인이 치유하고 극복하고자 하는 의지를 갖도록 주변에서 애써주는 것이 절대적으로 필요하다.

Q & A

처녀막이 파괴될 때 얼마나 출혈이 되나?

소량의 출혈이 있을 수도 있고 없을 수도 있다. 심하게 긴장된 상태에서 성관계를 갖게 되면 질 내부가 찢어져 쇼크를 일으킬 정도로 심한 출혈이 있을 수 있다. 출혈이 지속적이면 산부인과에서 치료를 받아야 한다.

근친상간

이야기 1

아주 예쁜 아이였다. 22살의 아가씨였다. 임신 7개월로 병원을 찾아왔다. 그녀는 어쩔 줄 몰라하는 상태였다. 울면서 하는 이야기를 들어보니 기가 막혔다. 그녀가 임신한 아이의 아버지는 의붓아버지였다. 중3때 어머니가 재혼했다. 그녀가 19살 때 '그 일'이 일어났다. 한두 차례가 아니라 3년에 걸쳐 지속적으로 성관계를 가져온 것이었다. 나는 어머니가 알고 있느냐고 물었다. 그 아가씨는 울먹이며 고개를 저으면서 말했다. 도저히 그럴 수 없다고, 어머니에게 절대로 상처주고 싶지 않다고…….

이야기 2

15살짜리 중학생이 병원에서 출산했다. 아버지 없이 어머니가 두 남매를 키우고 있었다. 어머니는 식당에 다니다 보니 새벽에 나가 밤늦게 돌아왔다. 어느 날 딸을 목욕시키다가 어머니는 유난히 딸의 배가 부른 것을 알았다. 이상하게 여겨 무슨 병이 있나 싶어 내과를 찾았다. 내과에서 엑스레이를 찍은 결과 기막힌

결과가 나왔다. 임신이었다. 그것도 이미 10달에 가까워지고 있었다. 딸은 굳게 입을 다물었다. 상대는 곁에 있었던 유일한 남자인 오빠였다. 단칸방에서 세 식구가 먹고 잤고 어머니는 새벽부터 밤까지 일하러 다니느라 집을 비웠다. 그런 사이에 일어난 일이었다. 결국 그 여중생은 출산을 했고 그 아이는 입양기관에 맡겨졌다.

이야기 3

자매가 병원을 찾아왔다. 언니가 임신 7개월인 동생을 데리고 중절수술을 해달라고 찾아왔다. 수술을 위해 동생은 입원을 했다. 그런데 좀 이상했다. 입원실에 형부라는 남자가 거의 살다시피 하는 것이었다. 이야기는 간단했다. 결혼 후 언니네집에 함께 살고 있었던 동생과 형부 사이에 일이 벌어진 것이었다. 그 남자는 처제를 설득하고 있었다. 아이를 낳고 자기하고 같이 살자고 말하는 것이었다. 웬만하면 놀라지 않는 우리 의료진들에게도 서로 키득거리며 농담까지 주고받는 그들 자체가 충격일 정도였다. 그 언니의 고통은 이루 말할 수가 없었다. 자기 동생을 그렇게 만든 남자는 자신의 남편이자 두 아이의 아버지였으니 말이다. 결국 여러 가지 우여곡절 끝에 동생은 수술을 받았고 언니는 남편과 이혼했다. 악연으로 얽혔던 그들은 뿔뿔이 제 갈길을 갔다.

근친상간…… 아주 특수하고 일어날 수 없는 일이 아니다. 산부인과에서 아주 자주 아주 많이 접하게 되는 일이다. 의붓아버지와 오빠와 그리고 형부와 그 상대도 상황도 다양하게 근친상간은 전개되고 있다. 다만 숨겨져 있을 뿐이다.

근친상간에는 반드시 공통점이 있다. 우선은 근친상간을 당한 이들이 말 그대로 아무도 의논한 대상이 없다는 점이다. 의붓아버지와 의붓딸, 그리고 상대는 어머니라는 점이 그렇다. 결국 의붓아버지의 비행을 친어머니에게 죽어도 말할 수 없는 상황인 것이다. 두 번째는 아주 가까운 공간 안에 남자와 여자가 있다는 점이다. 가족이라는, 한 식구라는 테두리 속에 도망갈 수도 꼼짝도 할 수 없는 상황에서 성폭행이 이뤄지고 성관계가 지속적으로 맺어지게 된다. 대개 이런 경우는 피해를 당한 여자가 임신을 해서 일이 드러나는데 대개는 이미 만삭이 가까워 아무런 손을 쓸 수 없는 경우가 대부분이다.

세 번째는 피해를 준 자가 피해자를 억누르고 협박하는 형태로 이 근친상간이 지속되는 점이다. 힘으로 성관계를 맺은 의붓아버지는 의붓딸에게 말을 듣지 않으면 어머니에게 이르겠다고 오히려 협박하고 형부는 처제에게 그렇게 말을 듣지 않으면 언니에게 다 이야기하겠다고 말한다.

결국 가족관계를 청산하지 않는 한 그 관계가 지속될 수밖에 없고 너무나 엄청난 위선과 비극을 불러온다는 것이 이 근친 상간의 특징이다.

안전지대는 없다

한국 사회는 근친상간의 안전지대로 쉽게 생각하는데 이것은 정말로 잘못된 것이다. 친부의 근친상간이 많은 미국이나 친어머니와의 관계가 많은 일본보다 과연 더 적다고 할 수 있을까? 한국 사회는 철저히 가족이라는 테두리 속에 꼭꼭 숨겨져 있을 뿐이다. 한국의 근친상간은 외국의 경우처럼 기묘한 남매애 혹은 친부와 친딸의 비정상적으로 기묘하게 연결된 이른바 '감정적인 사랑(?)'이 아니다. 그저 가깝게 성적 대상으로 있었던 데 그 원인이 있다. 한방에서 함께 뒹굴면서 자라난 오빠와 누이동생, 엄마가 집을 비운 사이에 의붓아버지와 단 둘이 있었던 딸, 그리고 형부와 처제……. 한 집에 가족이라는 이름 아래 가장 가깝게 있었던 성욕의 대상이라는 점이다.

근친상간의 공통된 특징은 단 한 차례의 사고가 아니라 수년 혹은 수십 년씩 지속되는 관계이다. 또한 정신적인 극심한 상처는 물론 분열증까지 이르는 심각한 상처를 몸과 마음에 남기게 된다.

해결 방법이 없는 것이 문제이다. 엄청난 비극으로 모든 이에게 상처의 양은 다르지만 지울 수 없는 멍에를 던지고 마무리된다. 모든 것을 잃고 모두가 파멸하게 된다. 그러므로 세심하게 예방하고 주의해서 근친상간이 일어날 가능성을 막는 것, 되도록 그런 상황을 만들지 않도록 주의를 기울여야 한다.

특히 한국 사회에서 재혼이 점점 늘고 있는 만큼 이제 근친상간의 가능성을 현실로 받아들이고 현실적으로 대처하는 수밖에 없다. 근친상간이 드러났을 때, 특히 의붓아버지와 딸인 경우 어머니가 친딸에게 증오심을 나타내는 수도 있다. 인간의 야만과 이기심이 추한 얼굴을 드러내는 근친상간은 정말로 어떻게 해결할 방법이 없기 때문에 의사로서 더욱 난감하다.

또한 아무리 어리다고 하더라도 남매를 한 방에 재우는 것은 절대로 피해야 한다. 인간에게 성적 욕구는 본능이다. 성에 대한 지식이나 채 인식이 안 된 어린이들에게 성은 단순한 놀이에 불과할 수도 있다. 같이 놀다가 점점 더 성의 세계에 빠져들어 익사하는 수가 얼마든지 있기 때문이다.

그리고 특히 남자들이 자신의 행동에 대해 도덕적 규제, 도덕적 원칙을 만들어야 한다. 처제와 일을 벌이면서도 아무렇지도 않게 생각하는 뻔뻔스럽고 파렴치한 남자는 물론 의붓딸을 폭행하고 인간임을 포기한 남성들도 너무나 많다. 근친상간이 드러날 경우 법으로 엄격하게 다스리는 식으로 해서 강제적인 도덕률을 심어줘야만 한다.

근친상간은 어제 오늘의 일이 아니다. 남의 일만도 아니다. 그리고 근친상간은 사라져가는 것이 아니라 점점 증가하고 있다. 일그러진 이 시대의 성을 어떻게 해결할 것인가, '야만적인 인간'으로서 자기 고민과 반성이 절실한 우리 현실이다.

임신중절, 그 불가피한 선택

임신중절은 치료의 개념이 아니다. 불가피한 선택이다. 임신 중절을 하고 싶어하는 산부인과 의사는 없다. 쉽게 생각하고 쉽게 해버리는 것이 요즘의 현실이지만 어쨌든 엄연한 생명체를 제거하는 것이기 때문이다. 법적으로 따지면 우리나라의 거의 모든 임신중절수술은 불법이다. 법에서는 임신부의 생명을 위협할 정도로 임신으로 인해 건강의 위협을 줄 때, 강간 등 성폭행에 의한 임신이거나, 유전적 장애가 있을 때에 한해 임신중절을 허가하고 있기 때문이다.

만일 임신중절을 막았을 때 우리 사회가 얼마나 복잡해지고 커다란 문제가 생길 것인가를 생각하면 정말이지 '불가피한 선택'이라고 할 수 있다. '낳지 말아야 할 아기' '낳을 수 없는 아기'…… . 결국 우리 인간이 어쩔 수 없이 판단해야 하는 '한계적 선택'이다.

임신의 확인
최종월경 예정일에서 하루 이틀만 늦어져도 약국에서 파는 간단한 임신진단 시약으로 임신 여부를 알아볼 수 있다. 그러나 임신이 아니면서 임신반응이 나온다든가, 그 반대의 경우가 생기기 때문에 100퍼센트 믿을 수는 없다. 또한 그 시기의 임신이 비정상적인 임신인지, 자연유산될 임신인지, 정상적인 임신인지 확인할 수가 없다.

그러므로 임신 반응이 나오면 일단 산부인과에 가서 초음파검사를 통해서 정상임신인지 아닌지 확인해야 한다. 때로는 상상임신인 경우에 임신반응이 나와서 임신인 줄 알고 수개월간 기뻐하다가 병원에 산전진찰을 받으면서 임신이 아니라는 것이 판명되는 경우가 있다.

특히 불임으로 오랫동안 고민한 환자인 경우에 임신이 아니면서 임신반응이 양성을 나타내는 경우가 있다. 호르몬의 교차반응이 이뤄졌기 때문이다.

수술은 언제가 좋은가?

최종 월경일에서 일주일이 지나야만 비로소 초음파검사를 할 때 임신낭(정상 임신일 경우 자궁 안에서 보이는 동그란 태낭)이 확인된다. 그러므로 임신중절 여부를 결정하는 시기는 임신 5주 이후가 수술하기 좋다. 가능하다면 8주 이내에 수술을 받는 것이 바람직하다.

너무 빠른 시기에 임신중절수술을 받게 되면 난관임신 같은 자궁외 임신이 확인되지 않는다. 또 수술을 받았는데도 태아가 자궁 안에 살아남아서 5~6개월이 지난 후에 발견되는 경우도 있다.

한때 MR-KIT(Menstrual Regulation : 월경조절장치)라는 방법이 유행한 적이 있다. MR-KIT는 월경 예정일이 지난 후 일주일 이내에 주사기를 통해 월경혈을 빨아내 마취 없이 간단하게 하는 수술이다. 그러나 월경혈을 빨아들이는 과정에서 태아를 그대로 남기는 수도 있고 자궁외 임신인 경우, 아무런 조처를 하지 못해 임신 상태를 그대로 유지시키기 때문에 요즘에는 거의 사용되지 않는다.

임신중절의 부작용

임신중절수술은 아주 섬세하고 까다로운 수술이다. 우선 눈으로 보면서 할 수 있는 수술이 아니다. 손끝의 감각으로 하는 수술이기 때문에 수술 후유증을 가져오기 쉽다. 물론 생명에 영향을 줄 정도로 심각한 후유증이 따르는 경우는 드물지만 자주 반복하는 경우는 임신이나 출산에 문제를 일으키는 원인이 될 수 있다. 더 나아가서는 여성의 건강에 심각한 영향을 주는 합병증을 불러일으키는 수도 있다.

이 임신중절의 후유증 중 가장 큰 것이 환자인 여성의 심리적인 부담감이다. 불가피한 선택을 하기까지의 고뇌와 더불어 생명을 죽인다는 죄의식, 그리고 어쨌든 '아기를 낳을 수 없는 상황'이 가져올 그 이후의 어려운 문제 때문이다.

두 번째로는 골반염과 자궁내막염, 자궁내막유착증이다. 어떤 수술이든지 염증을 일으킬 수 있다. 염증을 일으키는 세균 중에서 나팔관염을 일으켜 나팔관이 막히도록 심한 손상을 입히는 균이 있다. 예를 들면 임질균이나 클라미디아 등에 의해 나팔관이 심하게 손상되어 불임의 원인도 될 수 있다.

자궁내막증이란 월경통을 동반하는 질병으로 그 원인은 정확하지 않다. 그러나 대부분 임신중절수술 후에 많이 발병한다. 만성적인 골반통증과 월경통을 일으키고 70퍼센트는 불임을 동반

한다.

유산수술을 3회 이상 하게 될 경우 흔히 볼 수 있는 후유증으로 자궁내막유착증을 볼 수 있다. 중절수술 후 월경이 수개월 동안 없거나 그 다음 달 월경을 할 시기쯤에 월경이 시작되지 않고 심하게 아랫배가 아파서 병원을 찾게 되면 유착증을 의심할 수 있다. 일반적으로는 월경량이 갑자기 많이 줄었다는 느낌이 들 정도로 양의 감소가 있다. 이런 경우는 임신이 된다 해도 자연유산이 되기 쉬워 아기를 원해서 임신을 시도할 때 산부인과 전문의와 상담이 필요하고 임신 초기에 매주 초음파검사를 통해 아기의 상태를 면밀하게 체크해보아야 한다. 심한 유착증인 경우에는 월경이 아주 없어지는 경우도 있다. 이 경우 산부인과에서 확인이 되면 자궁내 피임장치를 6개월 동안 넣어두기도 한다.

세 번째는 불임이다. 일단 임신 3개월 이후의 수술은 자궁에 심각한 손상을 줄 수가 있다. 그러므로 깊이 생각해서 결정해야만 한다. 임신 16주 이후에는 엄격한 의미에서 수술이 아니고 아기를 돌려 낳는 유도분만(진통을 유도해서 출산시키는 것)이라고 할 수 있다. 진통을 유도하는 데 있어서는 라미나리아(자궁 입구에 삽입해서 자궁경부를 넓혀주는 역할을 하는 해초)를 사용하는데 그 과정이 고통스럽고 자궁 염증의 원인이 될 수 있다. 따라서 시설이 잘 되어 있는 병원을 선택해야 한다. 진통을 유도하는 약물을 투여하는 과정에서 자궁파열까지 올 위험도 있다.

일반적으로 이런 유산수술을 하는 병원을 선택할 때 창피함과 수치심이 앞서 눈에 띄지 않는 의원이나 전문의가 없는 곳을 선택하는 경우가 있는데 이런 분만은 임신한 당신의 생명을 담보로 한다는 점을 반드시 기억해야 한다.

급한 경우는 자궁을 들어내는 수술을 할 수도 있고 출혈이 있어 수혈을 받을 수 있는가를 잘 생각해서 결정해야 한다. 의외로 사고가 일어날 수 있다. 목숨을 잃는 경우도 드물지 않게 있다. 종종 매스컴에서 임신중절수술을 받다가 사망하는 기사를 대하게 된다. 임신 3개월 미만의 수술은 수술 자체로 생명을 위협하는 경우는 없지만 마취제가 갑작스러운 호흡 마비를 일으킬 수 있기 때문에 대비를 하지 못하면 어쩔 수 없이 사망으로 연결된다. 전문적인 마취의사 없이 수술을 받을 때 사망하는 경우의 1위가 바로 임신중절수술로 나타나고 있을 정도이다.

중절수술 이후의 임신은 최소한 3~6개월 후에

환자들은 대개 처음에는 몹시 걱정하고 당장 불임이 되는 것처럼 생각한다. 가족 역시 마찬가지이다. 처음에는 지나칠 정도로 임신중절수술에 거부감을 갖는데 어쩔 수 없이 수술이 필요한 경우에도 수술을 하지 않겠다고 버티는 경우도 있다. 그렇지만 2~3번 중절수술을 받다 보면 정말 아무렇지도 않게 너무 쉽게 생각하는 경우도 많이 보게 된다.

한번 임신중절수술을 했으면 다음 임신은 반드시 최소한 3~6개월 이상 터울을 두는 것이 꼭 필요하다. 가장 나쁜 것은 짧은 기간 동안 임신중절수술을 반복하는 경우이다. 이처럼 단기간의 잦은 임신중절수술은 여성의 신체에 심각한 상해를 남기게 된다. 이럴 경우 임신을 한다 하더라도 아기가 자리를 잡는 자궁 내막에 어느 정도 손상을 주기 때문에 어떤 좋은 치료나 약으로도 치유할 수 없다. 자연적으로 시간이 지나면 호르몬의 영향 아래 훼손된 부분이 회복되기 때문이다. 자궁은 말하자면 휴식기를 주면 치유가 된다.

수술 전 준비사항

수술 자체는 5분밖에 걸리지 않는다 하더라도 마취를 하기 위해서는 최소 여섯 시간 이상의 절대금식이 필요하다. 때로 식사한 것을 숨기는 경우가 있는데 커피나 과일을 들었을 경우 기도가 막혀 질식할 염려가 있다.

수술 후의 처리

수술이 끝난 뒤의 뒤처리 역시 아주 철저하게 필요하다. 염증이 생기지 않도록 항생제 치료를 3~7일 정도 받아야 한다. 수술 2주 후에는 아무런 증상이 없다 하더라도 모든 상태가 정상인지를 반드시 확인해야 한다.

수술을 받고 난 뒤 출혈을 오래 한다고 해서 수술이 잘못됐거나 출혈이 거의 없다고 해서 수술이 잘됐다는 기준으로 삼을 수는 없다. 그러나 대부분의 경우는 2주 넘게 출혈이 지속되지 않기 때문에 일단은 소량의 출혈이라도 있다면 반드시 병원을 찾아 정상 유무를 확인할 필요가 있다.

드물지만 요즘은 임신중절 후에 임신반응검사가 오랫동안 양성으로 나오는 경우가 있다. 이런 상태가 한 달 이상 지속되는 경우에는 혹시 융모상피종이라는 태반조직에서 생기는 종양이 임신중절수술 후에 발생하지 않았는지 정밀검사를 해야 한다. 임신중절수술 후에 오래 계속되는 임신양성반응의 대부분은 찌꺼기가 남아 있는 경우지만 행여 융모상피종의 발생을 나타내는 현상일 수도 있기 때문에 아무런 증상이 없어도 병원을 반드시 찾아야만 한다. 융모상피종은 악성종양이다. 그러므로 조기에 발견하고 치료를 하지 않으면 생명을 잃을 수도 있다.

의사에게는 솔직하라

결혼을 했는데도 임신중절을 자주 받는다면 부부관계에 문제가 있다고 생각한다. 임신, 피임, 섹스는 둘의 문제이다. 함께 해결해야 할 문제이다. 부부생활에서 적어도 임신, 피임의 문제는 함께 해결할 수 있어야만 한다.

임신중절수술은 수술 자체보다도 수술 후 합병증 때문에 문제가 많다. 무엇보다도 자신이 믿는 의사에게 어려움을 철저하게 이야기해야 보호받을 수 있다. 의사는 환자 편이다. 수치심 때문에 치료를 받지 않고 그대로 방치하는 것은 대단히 위험하다.

임신중절수술은 숙련된 의사라고 할지라도 항상 실수할 가능성이 있기 때문이다. 중절수술을 받은 병력이 있으면 나중에 산부인과 치료를 받을 때 솔직히 이야기하는 것이 필요하다. 어느 의사든지 환자의 입장을 존중하고 환자 편에 서 있다. 임신중절을 한 기록을 이야기하지 않아서 문제가 되는 경우도 꽤 많다.

지금도 기억이 선명하다. 한 환자가 절박유산(유산기가 있는 상태)과 난소낭종(난소에 물혹이 생긴 상태)으로 병원을 찾아왔다. 병력을 살펴보니 임신중절수술을 세 차례 한 것으로 기록되어 있었다. 그 임신부는 출혈로 인해 유산이 되지 않도록 치료를 받고 있는 상태였다. 그런 어느 날 친정어머니라며 보호자가 와서 아기를 지우면 어떻겠느냐고 의논을 해왔다. 환자가 그 임신중절 사실을 비밀로 해달라고 했다면 좋았을 텐데. 나는 이번 아기는 임신을 유지시키는 것이 좋다고 이야기를 했다. 그런데 다음날 임신부가 새파랗게 질려서 달려왔다. 알고 보니 시어머니였다. 결국 아무리 노력을 하고 설명을 해도 그 결혼은 파경을 맞게 되었다. 지금 생각해도 가슴아픈 일이다. 아기를 출산한 일, 중절수술에 대해서는 주치의에게 이야기를 하고 비밀을 지켜줄 것을 당부하는 것이 필요하다.

가끔 분만실에서 문제가 생기기도 한다. 초산일 경우 자궁문이 열린 뒤에도 아기가 다 내려온 뒤 1~2시간 후에 분만실로 옮긴다. 그러나 경산부인 경우는 3~4센티미터 정도 열린 후, 30분 이내에 아기가 나오는 수도 있다. 그래서 경산부는 주의깊게 보지 않으면 대기실에서 출산이 이뤄질 수도 있다. 아기를 출산한 경험을 숨겨 대기실에서 아기가 나오는 경우도 종종 있다.

산부인과에서 임신중절수술, 임신, 출산 여부를 이야기하지 않는 한 의사도 모를 것이라고 생각하는 환자들이 있다. 의사를 속이겠다는 생각인데 출산은 물론이고 중절수술이 5개월 이상인 경우는 배의 모양이나 외음부 상태로 너무도 쉽게 알 수가 있다. 임신중절수술을 1회라도 한 여성의 자궁경부 형태와 한 번도 임신을 하지 않은 여성의 자궁경부 형태는 완전히 다르다. 의사를 믿는 것, 바로 당신 자신을 위한 것이다.

Q & A

낙태수술 비용은?

임신 몇 개월이냐에 따라, 병원에 따라 차이가 많다. 또한 마취제의 종류, 수액제(링겔) 등에 따라 비용이 다르다. 출산 경험이 없는 경우 약 20만 원에서 40만 원 정도의 비용이 든다(임신 초기부터 3개월 미만까지).

자연분만이냐, 제왕절개냐?

산부인과 의사들은 분만을 두려워한다. 사실 고백하건대 출산은 지극히 정상적인 과정이지만, 예기치 않은 죽음이 출산에서 대기하고 있기 때문이다. 출산은 아직도 이 세상에서 여성을 사망하게 만드는 가장 큰 질병이다. 옛날에 우리나라에서는 아기를 낳을 때 산모의 신발을 거꾸로 놓았다고 한다. 출산을 하고 제발로 걸어나올 수 없다는 생각도 은연중에 있었기 때문일 것이다. 그만큼 새로운 생명이 태어나는 출산은 항상 죽음과 함께 어깨동무를 할 수 있는 위험한 작업이다.

출산의 방법은 크게 자연분만과 제왕절개술로 나눌 수 있다. 얼마 전 한 보도에 따르면 우리나라가 OECD에 가입한 국가 가운데 제왕절개 수술률이 가장 높다고 했다. 현재 우리나라의 제왕절개 수술률은 25퍼센트로 나타나 있다.

예전의 출산은 대부분 정상분만이었고, 제왕절개를 하는 경우는 10퍼센트에 불과했다. 분만을 하다 사고가 일어나도 운명으로 받아들이고 진통 과정을 숙명으로 여기던 시기였다. 그러나 요즘 우리나라의 제왕절개율은 내가 어림잡기로는 30~60퍼센트 정도이다.

그래도 최선의 선택은 자연분만

왜 이렇게 제왕절개가 늘어났을까? 우선 의사가 의료사고를 일으킬 가능성이 있는 난산을 피하기 위해 제왕절개를 선택하기 때문이다. 예전에는 오랜 진통과정을 겪으면서 정상분만을 시도하다가 제왕절개를 선택하는 경우가 적지 않았다. 그런데 요즘 산모들은 제왕절개를 할 거면 처음부터 하지 왜 '생고생을 시키냐'고 항의를 한다.

두 번째는 요즘 산모들이 고통 자체에 익숙하지 않아 제왕절개를 요구하는 경우가 늘었기 때문이다. 예전의 산모들은 고통을 참아냈지만 요즘은 내진의 아픔조차 마다하는 환자가 있을 정도이다. 아이를 낳을 때 겪어야 하는 12~18시간의 진통, 게다가 잠 한숨 자지 못하는 엄청난 고통을 환자들이 감내하지 못하는 것이다.

세 번째는 임신을 하는 횟수 자체가 크게 줄었기 때문이다. 예전에는 임신이 여성의 삶의 과정이었지만, 이제는 임신이 이벤트가 되어버렸다. 많아야 두 번, 적게는 한 번인 경우도 꽤 된다. 이 경우 100퍼센트 완벽을 요구하는 것이다. 아주 자그마한 위험, 위태로움을 없애려고 하기 때문이다.

네 번째는 여성들이 아이를 낳는 방법에 대한 사고가 경직되어 있기 때문이다. 한 번은 어떤 여성이 아이를 단 한 명만 낳겠다면서 출산은 정상분만으로 하고, 출산과 동시에 질이 늘어나는 것을 막기 위해 회음부 성형수술(이쁜이수술)을 해달라고 주문(!)하는 경우도 있었다. 사실 삶은 예측 불가능하고 수많은 변수가 있는데도 여성들은 지금 이 시점에서 완벽한 결정을 내렸다고 자신만만해 하는 것이다.

아기를 낳는 최선의 방법, '최고의 선택'은 정상분만이다. 제왕절개는 '차선의 선택'이다. 그 산모가 지닌 여건을 생각해서 두 번째로 좋은 선택을 하는 것이 '제왕절개'인 것이다. 나는 개인적으로 아무리 의술이 발전했다 하더라도 신의 일을 의학이라는 도구로 도와주는 것일 뿐이라고 생각한다. 특히 산부인과에서는 그렇다.

Q & A

제왕절개 수술의 단점은?

자연분만보다 회복 시간이 오래 걸리며, 출혈량이 많아 수혈 가능성이 높다. 여러 번 수술을 할 경우 장유착증으로 평생 고생할 수도 있으며, 3회 이상의 수술은 불가능하다.

10대에서 50대까지 산부인과 이용하기

여성의 신체는 아주 복잡하고 미묘하므로 언제나 자신의 몸을 돌보고 주의깊게 관찰해야 한다. 그러므로 산부인과와 친해두라고 권하고 싶다. 외국의 경우 미혼여성들도 산부인과를 자주 찾아 항상 문제를 예방하고 진찰을 받는다. 아마도 우리나라와 달리 더 활발하고 능동적인 성생활이 이뤄지는 탓도 있겠지만 한편으로는 그만큼 자신의 몸에 대해 관심이 많고 적극적으로 또 현명하게 문제에 대비하는 것이라고 생각된다.

10대
이 시기에는 월경을 하느냐 안 하느냐, 월경 주기가 일정한가의 문제와, 월경 과다, 생리통, 냉 대하, 임신, 종양 문제가 있다.

월경
요즘은 초경이 아주 빨라졌다. 대개 12~14살에 시작하는데 만일 16살이 넘어도 초경이 없다면 산부인과에 와서 진단을 받아야 한다. 초경이 시작되고 나서 2~3년이 지나면 언제든지 임신을 할 수 있으므로 부모들이 주의깊게 지켜보아야 하는 시기이기도 하다. 초경이 빨라져서 부정기출혈이나 월경과다로 인한 10대 빈혈이 많이 나타난다. 만성피로 등 전체적인 건강에 이상이 올 수 있다. 심한 수험전쟁, 스트레스로 건강을 해치는 경우가 많으므로 어머니는 딸의 월경주기, 월경량 등을 잘 살펴볼 필요가 있다.

처음 월경을 한 뒤 2~3년 동안은 주기가 불규칙하다. 난소기능이 충분히 발달하지 않았기 때문이다. 무월경이 3개월 이상 계속되지 않는다면 그리 걱정할 것은 없다. 그러나 주기가 20일 미만이나 60일 이상이라면 산부인과 의사와 의논해서 경구피임약을 쓰거나 배란유도제를 써서 월경을 규칙적으로 조절해야 한다.

특히 다이어트 열풍으로 어린 나이에 난소의 기능이 나빠져서 무월경이 계속되는 경우도 많으므로 월경에 이상을 일으키는 다이어트는 금하도록 한다. 어머니는 자신의 월경주기와 마찬가지로 딸의 월경주기를 달력에 기록해놓아야 한다. 우리 아이는 그럴 리 없다는 고정관념은 갖지 않는 것이 좋다. 어머니의 의무는 딸의 월경을 확인하는 것이다.

또 이 시기에는 월경량이 지나치게 많아 10대 빈혈의 주범이 되는 경우도 있다. 월경통이 심한 경우가 있는데 이 시기의 월경통은 90퍼센트가 기능성 통증이라 크게 걱정할 필요가 없다. 다만 10퍼센트 정도는 자궁내막증의 초기증상인 경우가 있다. 만일 자궁내막증이라면 결혼 후 임신에도 영향을 줄 수 있으므로 간단한 혈액검사를 통해 원인을 알아볼 필요가 있다.

종양

10대에 선천성 난소종양이 발견되는 수도 있다. 소변을 가득 채운 상태로 산부인과에 가면 검사결과를 빨리 알 수 있다. 가만히 누워 있을 때 배에 불룩한 것이 만져진다면 10대 난소종양을 의심해볼 수도 있다.

성병

또한 10대는 캔디다성 질염이 아주 흔한 시기이다. 팬티에 지저분한 분비물이 묻는 경우가 있다. 성관계가 없는 경우는 굳이 치료를 하지 않아도 된다. 단 가려움증을 동반하거나 외음부에 상처가 생기는 질염이라면 산부인과 치료가 필요하다. 이 경우는 산부인과에서 국소치료를 받아야 하며 청바지나 코르셋 등을 입는 습관을 바꿔야 한다. 냉이 흐른다고 해서 아이에게 성인들이 쓰는 세정제를 쓰게 해서 오히려 캔디다염을 악화시킬 수 있다. 또한 요즘은 10대 당뇨의 사전 증세로 캔디다염이 발생하는 수도 있으므로 당뇨에 대한 정밀검사도 해보아야 한다.

성관계 없이 오는 질염의 90퍼센트는 캔디다염이다. 그외의 경우라면 상담을 통해서 성관계 유무를 확인할 필요가 있다.

20대

20살 이후의 혼전 성경험은 질병과 관계가 깊다. 성경험이 있는 여성은 적어도 일년에 한 차례는 자궁경부암 검사가 필요하다. 성경험을 시작하는 연령이 낮아지면서 20대 자궁암도 흔치 않게 발생하기 때문이다. 이 자궁암은 조기에 발견하면 100퍼센트 완치가 될 수 있으나 2기 이후에 발견하면 사망률이 높다.

20대는 성생활과 임신, 출산이 왕성하게 이뤄지는 시기이다. 임신과 관계된 질병이 나타나고 성경험이 활발하게 이뤄지는 때이다. 원하지 않는 임신을 최대한 피하는 방법, 피임에 대해 공부하고 자신의 몸에 대해 세심한 관심을 쏟아야만 하는 시기이다.

예기치 않은 임신중절로 자궁내막유착증이나 자궁내막증으로 인한 불임의 원인을 만들 수도 있고 자궁외 임신에 걸릴 빈도도 높다. 20대는 임신에 관련된 질병을 항상 염두에 두어야 한다. 또한 월경주기를 자세히 체크하고 월경량의 이상이 있는가도 주의깊게 보아야 한다. 특히 이 시기는 임신 가능성이 높은 시기이므로 아기를 원한다면 X-레이나 약물 복용, 피부과 치료에 언제나 신중해야 한다. 무엇보다도 불필요한 임신중절을 하지 않도록 현명하게 자신의 배란기에 신경을 쓰고 피임에 대처해야 한다.

또한 자궁근종은 20대에도 꽤 많이 발견되는 병이다. 자궁근종은 작은 경우에는 수술이나 임신에 영향을 주지는 않지만 불임이나 유산의 원인이 되기도 한다. 예기치 않은 자궁근종을 가졌다면 아기를 빨리 갖는 것이 필요하다. 심한 경우는 자궁을 들어내는 불행한 상황도 올 수 있기 때문이다. 성병에도 노출되어 있으므로 철저하게 예방하거나 사후처리를 해야만 한다.

30대

요즘 여성은 20대 후반에서 30대 초이면 출산을 끝내고 피임에 관심을 갖게 된다. 또 터울 조절의 목적으로 어느 기간 동안 피임을 할 것인지 시기를 잘 골라야 한다.

일반적인 부인병, 자궁근종, 난소낭종 등 종양도 잘 발견되는 시기이다. 출산으로 인한 만성질염이나 경관염 때문에 자주 산부인과를 찾게 되는 시기이다. 출산을 한 적이 있거나 성경험이 있는 여성은 대개 경관입구가 헐어 있거나 경관염증을 갖고 있다. 일년에 한 번 자궁경부암 검사와 종양의 조기발견을 위한 질 초음파검사가 필요한 시기이다. 그러나 이때 발견되는 난소 종양은 대개 양성 종양이므로 특별히 꼬이거나 터지지 않으면 발견 후 3개월 정도 지켜보는 것이 좋다. 6개월이 지나도 없어지지 않으면 자각증상을 고려해서 더 관찰할 것인지 수술을 할 것인지를 결정하는 것이 좋다.

유산수술 후나 분만 후에 2차적으로 자궁내막증이 발병해서 평소 없던 생리통이 심해지는 경우가 있다. 처음에는 단순한 생리통으로 여기다가 점점 통증이 심해지면서 난소에 혈종을 만들게 된다. 심하면 수술이 불가피하고 약물치료도 최소 6개월이 걸리는 난치병이다. CA-125라는 혈액을 이용한 종양표지자 검사가 있는데 이 수치가 올라가면 자궁내막증을 일단 의심할 수 있다.

여성의 몸에 있어 주의를 요하는 시기이다.

40대

월경주기가 짧아지고 월경량의 감소를 느끼게 된다. 일단 35살 이상이 되면 정상적인 자궁이나 난소기능을 지닌 여성이라도 임신할 수 있는 능력이 감소한다. 40이 넘으면 난소의 기능 감소 때문에 월경주기가 짧아진다거나 월경량의 감소가 나타나게 된다. 임신을 원해도 특별한 원인 없이 원하는 시기에 아기가 잘 생기지 않는다.

40대 중반이 지나게 되면 폐경기 전에 오는 갱년기 증상을 느끼는 여성도 많아진다. 또 육아가 끝나고 가정적으로 안정되는 시기에 들어가기 때문에 정서적인 허탈감과 난소기능의 감소가 맞물려서 어떤 여성의 경우에는 정신과 치료를 할 정도로 심각한 경우도 있다.

유방암이나 난소암, 자궁경부암이나 자궁내막암의 전조증상일 수 있는 자궁내막증식증이 많이 나타나는 시기이기도 하다. 40살 이후에 발견되는 난소종양은 설사 물혹이라도 주의깊은 관찰이 필요하고, 내용물이 단단한 종양이면 지체 없이 수술을 하는 것이 난소암 예방의 지름길이다. 난소암은 병이 진행될 때까지 증상이 거의 없고 초음파와 혈액검사를 해서 진단할 수 있으므로 3기 정도가 될 때까지는 무증상이 대부분이다. 악성의 가능성이 있으므로 조기에 제거하는 것이 현명하다.

자궁경부암을 위한 세포질 검사도 이제는 6개월에 한 번 정도 해보아야 한다. 검사는 간단하지만 발견율이 60퍼센트에 불과하기 때문에 되도록 자주 검사를 해보는 것이 좋다.

이 시기에는 월경 외의 부정기출혈도 종종 볼 수 있다. 가장 많은 원인은 기능장애로 인한 출혈일 수 있고 의외로 자궁내막증식증의 발견 빈도가 늘고 있는 추세이다. 예전에는 우리나라 여성들의 난소암이나 자궁내막암의 발생률이 무시할 정도였지만 이제는 선진국형으로 변해서 유방암의 발생과 더불어 3대 중요 질병으로 산부인과 의사의 관심을 끌고 있다.

자궁근종 역시 다섯 명에 한 명꼴로 쉽게 발견된다. 예전에 비해서 출산이 줄어들고 일찍 단산하는 경향 때문에 자궁근종이 늘어나지 않나 생각한다. 오랫동안 독신으로 지내거나 출산을 하지 않은 여성의 경우 자궁근종이 많고 98퍼센트 정도는 양성이지만, 갑자기 크는 경우 악성으로 변할 수 있으므로 일단 진단을 받은 뒤에는 3~6개월마다 자궁근종의 크기를 관찰해야 한다.

때로는 종양의 크기는 작지만 심한 월경과다를 일으켜서 심장병을 일으킬 정도의 만성빈혈을 동반하는데도 불구하고 평소 월경의 양이 많다고 생각해 무심하게 지나다가 갑작스럽게 쓰러져서 병원에 오는 경우도 볼 수 있었다. 정기적인 혈액검사에서 이유 없는 빈혈을 보이는 여성은 일차적으로 빈혈의 원인을 부인과 질환에서 찾아보는 것이 원칙이다.

50대

예전에는 폐경기가 45살 전후였다. 그러나 현재는 50~55살로 보는 것이 정상적인 통계이다. 그러므로 50대에도 월경 이상으로 병원을 찾는 여성들이 적지 않다. 갱년기 증상으로 얼굴이 화끈거리거나 식은땀이 나거나 짜증스러움, 불면증, 요실금 등이 40대 후반에서 50대 초에 나타난다. 이런 증상과 관계 없이 월경주기가 20일 전후로 짧아지게 되면 산부인과 의사와 갱년기 증상이나 폐경기 호르몬 치료에 대해 상담을 해야 한다.

우리나라 여성의 평균수명은 78살이고, 인생의 1/3을 폐경된 상태에서 보내야 되는 여성들로서는 폐경 이후의 삶의 가치가 무척 중요하다. 의외로 지식층의 여성들조차도 폐경 이후 삶에 대해서 큰 가치를 두고 있지 않은 것 같다. 특히 성문제에 있어 70 이후 노인들처럼 행세하는 여성들이 많이 있고 남편에게 그와 같은 대우를 받는 것을 당연한 것으로 받아들이는 데 문제가 있다고 본다.

폐경기는 인생의 전환점이 된다. 새로운 인생에 대한 도전의 시작이라고도 할 수 있다. 불행히도 여성을 여성답게 해주는 난소의 기능만은 종말을 고하는 점에서 여성의 운명의 한계라 할까……. 그것을 슬픈 운명으로 받아들이느냐, 아니면 인생의 도전으로 받아들이냐에 따라 폐경 이후의 삶이 달라질 수 있다. 바로 운명개척의 시기이다. 운명을 바꾸려면 여성인 당신의 인식을 바꿔야 한다. 폐경기 이후의 삶을 어떻게 꾸릴 것인가, 그 계획을 짜야 하는 시기이다.

즉 호르몬 치료를 통한 대체요법을 받아들이는 것이다. 말하자면 우리 몸에서 평소에 분비되는 여성호르몬을 인위적으로 공급하는 것이다. 예를 들면 호르몬약을 먹기도 하고 겔 형태로 바르기도 하고 '호르몬 패취'를 붙이기도 해서 피부에 흡수되게 하는 방법이다. 가장 흔한 것은 매일 약을 먹는 것이다. 호르몬 치료를 하면 폐경 이후 활성적인 삶이 지속될 수 있고 부부생활도 달라질 수 있다. 남편에게도 그 점을 인식시켜야 한다. 성감이 떨어질 수 있는 부분을 약물, 국소치료로 대체할 수 있다. 바로 이런 적극적인 사고로 자신의 인생을 책임지고 개척해야 한다.

드물지만 아내 대신 호르몬 치료제를 타러 오는 남편도 있다. 참으로 보기 좋은 모습이다. 남은 생의 잔잔한 성을 즐기기 위해 돕는 모습은 아름답다고 느낀다. 또한 골다공증 예방을 위해서도 치료가 필요한 시기이다.

Q & A

관계 3일 후 생리를 하면 임신을 안 한 것인가?

전 달의 월경일과 이번 월경일의 날짜가 일치하고 월경량이 예전과 다르지 않으면 임신 염려가 없다. 단, 관계 후에 나오는 피가 생리 때문이 아니라 그냥 출혈일 수도 있으므로 그 양을 확인해보아야 한다.

느껴라, 즐겨라, 탐험하라

〈사쿤탈라〉, 카미유 클로델

주부의 홀로서기

성(性)은 누구를 위한 것인가? 바로 당신을 위한 것이다. 섹스를 하는 당신을 위한 것이다. 이것은 아주 중요하다.

그럼에도 불구하고 우리나라의 성은 철저히 '남성을 위한 것'이다. 우리나라 여성은 남성을 위한 성적 대상물에 불과하다. 우리나라 여성들처럼 '성'에서 소외되고 성적 권리를 찾지 못하는 경우도 드물다. 한국 사회의 성이야말로 남자와 여자가 가장 불평등한 구조에 갇혀 있다. 남녀가 성관계를 할 때 여성들은 즐기고 요구하고 주장하지 못한다. 그 대신에 참고 넘어가고 견디고 오로지 '남성'의 쾌락과 배설을 위해 존재하는 듯하다. '남성의 성'에 철저히 종속된 것이 바로 한국 여성의 성이다.

한국의 성문화는 또한 이중적이다. 성은 그늘 아래 있으며 너무나도 많은 위선 속에 있다. 가령 부부 사이도 그렇다. 많은 부부들 가운데 저렇게 하면서까지 결혼생활을 계속할 필요가 있을까 하는 경우를 많이 보아왔다. 호적에만 부부로 남아 있는 것이 과연 무슨 의미가 있을까? 물론 사회적 체면, 일종의 포기, 자식을 위한 인내 등 여러 가지 이유가 있겠지만 참으로 비인간적인 일이다.

　사랑 없이 사는 부부를 보면 안타깝기 그지없다. 설령 남편이 나이 들어 어디 갈 데가 없어 돌아왔다손 치더라도 그 인생은 결코 보상받았다고 할 수 없기 때문이다. 나는 이제 우리나라 여성들이 인간으로서의 삶을 살기 위해서는 '성의 평등'을 반드시 이뤄야 한다고 본다.

　첫째, 여성들 스스로가 성문제에 대해 지식을 많이 가져야 하고 개방적인 사고를 지녀야 한다. 성에 대한 무지에 빠져 있는 한 남성과 여성의 평등은 절대로 이뤄질 수가 없다.

　두 번째는 여성인 당신이 요구하고 주장해야 한다. 그저 남성의 욕구 충족이나 요구에 의해서 하는 성행위가 아니라 당신이 원할 때 하고, 하고 싶을 때 요구하는 주체성을 길러야 한다.

　세 번째는 여성이 경제적으로 독립하는 것이다. 나는 여성이 경제적으로 독립을 하지 못하면 성적으로 가장 비굴하고 굴욕적인 존재로 떨어질 수 있음을 보아왔다. 대개 남편으로서의 의무는 제쳐놓고, 가장으로서 경제적인 책임을 이행하는 것만으로 자신의 할 일을 다한 것으로 여기는 남성 밑에서 여성은 분노를 삼키면서 숙명으로 받아들인다.

　우리나라 여성들은 경제적으로 독립하지 못하고 이혼을 금기시하는 사회적 분위기 때문에 남자의 성적 방종을 눈감고 있다. 경제적으로 남자에게 매달려 결국은 남자들에게 처절하게 이용당하는 것이 한국 여성이다. 바로 이런 여성의 상태가 결국 남성들의 이중적인 성적 문화를 지탱하게 한 기반이기도 했다. 정말로 지저분한 것이 한국의 남녀, 부부관계이다. 나는 오히려 서구의 결혼생활이 깨끗하고 건전하다고 본다. 부부 사이에 문제가 있으면 이혼하고 제 갈 길을 가는 것이 훨씬 더 인간적이고 바람직하기 때문이다. 남성들의 부당한 결혼생활, 방종을 지켜보는 것은 인간포기선언을 한 것이나 마찬가지이다. 나는 우리나라 여성들도 이제는 '필요할 때' 과감하게 이별과 이혼을 준비하고 실행하는 외국 여성의 능력을 배울 때라고 생각한다. 이별할 수 있는 사람은 강한 사람이고 독립된 사람이기 때문이다.

느껴라, 즐겨라, 탐험하라

　여성의 성욕은 강하다. 나는 과연 여자의 성이 남자에 비해 수동적이라고 볼 수 있을까라는 의문을 자주 갖곤 한다. 여성의 몸의 구조가 남성보다 훨씬 복잡하고 앞서 있기 때문에 성욕의 표출 방법이나 섹스의 방식이 간단하지 않아서 수동적으로 비치는 것이 아닌가 생각하기도 한다.

　여성의 몸은 남자보다 복잡하다. 여자에 비해서 남자는 아주 간단한 신체구조를 가지고 있다. 임신을 할 수 없다는 것, 출산과 무관하다는 것이 이렇게도 큰 차이가 있나 하고 느낀다.

　남자들은 성에 대한 본능과 씨만을 가지고 있을 뿐이다. 아기를 만들 능력도, 키울 능력도 가지고 있지 않다. 남자들이 임신을 할 수 없다는 것은 사실 '생물체'로서 치명적이고 결정적인 약점이다. 다시 말하자면 여성이 자궁 안에서 10달 동안 아기를 키워 하나의 생명체를 몸 밖으로 탄생시킨다는 것은 매우 멋지고 훌륭한 일이다.

　성욕의 표현도 그렇다. 남자는 본능에 충실하고 여자는 책임에 따른 번식기능에 충실한 것은 아닐까. 엄밀하게 이야기해서 남성은 씨만 번식시키지 생산자가 아니기 때문이다. 그래서 남성의 성욕은 그처럼 무책임하게 충동적이고, 여성의 성욕은 은밀하고 깊고 숨겨져 있는 것이 아닐까?

섹스에서 오는 병

여성이 지닌 성욕의 본질은 분명히 강인하며 그 끝을 가늠할 수 없을 만큼 깊은 바다와도 같다. 나를 찾아오는 환자 가운데 갑자기 배가 아프다, 허리가 아프다, 아랫배가 묵직하다 등등 별다른 이유 없이 고통을 호소하는 여성들이 있다. 자세히 진찰해도 특별한 증세가 없었다. 대개 이런 환자들은 고통에 시달리면서도 원인을 찾지 못하고 이 병원 저 병원 찾아다니면서 '의사 장보기'를 하다 온 경우이다.

이런 환자들을 만나 과거부터 지금까지 살아온 이야기를 들어보면 그 원인을 잡아낼 수 있다. 대개의 경우 99퍼센트 심인성 질환, 마음의 병이다. 아니 더 솔직히 말하자면 '섹스에서 오는 병'이다. 얼마 전 남편과 사별했다든지, 이혼했다든지 어쨌든 지속적인 성관계를 할 수 없는 데서 오는 '스트레스' '억압된 욕구의 표현'이었다.

나는 이런 경우 환자에게 솔직하게 이야기한다. 사안에 따라서는 성욕 억제 주사를 놓아주거나 환자를 안정시킬 수 있는 약을 조제해주기도 한다. 그러나 무엇보다도 본인에게 솔직해지라고 조언한다. 그리고 덧붙인다. '당신이 해결해보라'고, 그리고 그것은 한 여성으로서 당신이 누릴 수 있는 당당한 권리라고 말한다.

갱년기에 접어들어 호르몬 치료를 받는 여성 가운데 성욕이 강렬하게 일어나 참기 어렵다며 호소하는 경우도 있다. 또 아버지가 일년 전에 돌아가셔서 성적인 욕구로 몹시 힘들어하는 어머니를 모시고 딸이 병원을 찾은 일도 있다. 돌아가신 아버지와 어머니는 부부 사이가 몹시 좋았고 노후에도 성생활을 즐겼던 부부였다. 나는 이럴 때 환자(?)에게 이야기한다. 감기 걸린 것보다 더 자연스러운 일이라고.

여성은 대개 출산을 통해 성적인 경험과 성적 충동이 강해진다. 일종의 심리적 수치심이나 성에 대한 터부에서 벗어나기 때문이다. 따라서 30, 40대가 되면 여성들의 성욕이 절정에 이르며, '제대로 알고 즐기고 하는' 섹스의 완숙기를 맞는다. 섹스의 즐거움을 누리고 요구하고 마음껏 성에 대해 자유로운 여행을 시작하는 시기이다.

그런데 40대 이후의 남성들은 부부생활에서 흥미와 리듬이 깨졌을 때 자신의 부인이 아니라 바깥에서 손쉽게 욕구를 충족시킨다. 그러면서 부부 사이의 성관계 횟수가 점차 줄어들고 여성 역시 폐경기에 들면서 성적인 측면에서 부부 사이가 멀어지는 경우가 많다. 실제 이런 부부 관계를 꼬집는 야한 이야기를 우리는 농담삼아 쉽게 하곤 한다.

요즘은 대개 두 부류이다. 남편이 사회적 스트레스로 성생활의 어려움을 겪는 경우, 여성이 너무나 고리타분한 사고에 싸여 부부 사이의 성적인 접촉을 기피하는 경우이다. 젊은 층에서도 아이들의 조기유학으로 아예 별거를 해 정상적인 부부생활을 유지할 수 없는 가정이 늘고 있다. 생리적인 성의 리듬으로 볼 때 남녀 모두 성적인 문제 혹은 애정 문제에 틈이 생길 가능성이 높고, 자제력과 인내심으로 극복한다 하더라도 쉽게 남녀가 만날 수 있는 개방된 사회에서 표면적인 부부관계로 변할 위험성이 도사리게 된다.

즐거운 섹스, 원하는 섹스

40대와 50대 주부 가운데는 오르가슴을 느끼지 못하는 경우가 참으로 많다. 남성이 그 신비로운 여성의 리듬을 제대로 맞춰주지 못하기 때문이다. 남자와 여자는 우선 절정에 이르는 '피크타임'이 다르다. 섹스를 할 때 여성은 전희, 분위기, 그리고 절정에 이르기까지 남자들과는 리듬이 다르다. 이 두 성, 남자와 여자는 가장 이중적인 모순의 상대이기도 하다. 남성들은 단순한 배설에 그치지 말고 여성들을 위해 시간과 배려와 성적 기술을 동원해야만 한다.

나는 여성들에게, 나의 환자들에게 이왕이면 섹스를 즐기고 탐험하라고 말한다. 섹스에 충실하라고 적극적으로 섹스를 하라고 말한다. 물론 섹스는 여러 가지 얼굴을 지니고 있다. 두려움과 추악함과 폭력도 지니고 있다. 조심할 필요도 있다. 그러나 중요한 것은 먼저 '섹스를 즐기고 탐험하는 자세'이다.

그러기 위해서는 상대인 남성의 협조가 절대적으로 필요하다. 좋은 성관계를 갖기 위해 상대에게 자신의 느낌을 솔직하게 전하고 협조를 구할 부분이 있으면 이야기를 하는 것이 좋다. 예를 들면 시간이라든가 성감대, 자신이 좋아하는 체위에 대해 이야기를 하면 좋은 성생활을 이룰 수 있다. 가장 나쁜 것은 싫으면서도 좋은 척, 전혀 기쁨을 느끼지 못하면서도 그런 것처럼 시늉을 하는 것이다. 결국 이렇게 솔직하지 못하면 성의 일치, 성관계의 바람직한 개선은 기대할 수 없다.

섹스는 삶의 즐거움이다. 지나친 강박관념이나 의무로 섹스를 대하지 말고 즐기는 섹스, 재미있는 섹스를 하도록 자신을 활짝 열자. 여성들이 경계해야 할 것은 원치 않는 섹스이다. 많은 여성들이 남성의 요구에 의해 섹스를 한다. 의무적으로 하는 섹스는 엄밀한 의미에서 섹스가 아니라 성폭행이다. 좋은 섹스는 즐기고 탐험하고 잘 알고, 때로는 원치 않을 때 '노'라고 말할 수 있는 것이다. 자신이 원하는 섹스를 하는 것이 가장 좋은 섹스이다.

한국 사회의 성비, 그 재앙의 시작

    아들 딸을 구별해서 아이를 낳으려고 하는 수많은 사람들을
본다. 그런데 만일 임신이라는 것 자체가 얼마나 어려운지를 알
게 되면 그런 욕심은 부리지 않을 텐데, 하고 생각한다. 임신의
과정은 어느 시험보다도 치열하고 어느 전투보다도 대단하다.

    1억 2천만 마리의 정자, 그 가운데 임신이 가능한 7천만 마리
가 기를 쓰고 난자를 향해 돌진하다 그중 단 한 마리가 난자를
만나게 된다. 그것도 단 24시간 안에 이뤄지는 시한부 만남이
다. 이것을 수정이라고 말한다.

    수정이 된 알은 일주일에 걸쳐서 긴 여행을 떠난다. 일주일
만에 길고 긴 항해 끝에 자신의 고향이 될 자궁에 도착한다. 이
것이 착상이다. 이 과정에서 수정된 수많은 수정란이 소멸되기
도 한다. 또 일부는 착상된 후에도 아기로 변화되기 전에 자연
유산이 되는 경우도 많다. 이 많은 과정을 거치고 지나고 때로
는 싸우면서 한 생명의 싹을 틔우는 것이다. 마지막 월경을 한
날에서 6주가 지나야만 초음파 검사를 통해 아기의 심장박동을
듣게 되는 것이다. 얼마나 감동적인가? 이렇게 임신하는 과정은

아름답다. 치열하다. 박진감 넘치는 생명의 드라마이다.

난무하는 성감별법

이 경우 질의 산도, 즉 알칼리냐, 산성이냐에 따라 남자아기가 되느냐, 아니면 여자아기가 되느냐에 일부 영향을 준다고는 한다. 왜냐하면 정자 가운데 남성을 결정짓는 Y정자는 알칼리액에서 활동성이 좋기 때문에 일반적으로 약간 산성인 여성의 질의 산도가 알칼리화하면 Y정자가 활발하게 자궁 안에 들어갈 가능성이 좀 높지 않을까 추정하는 것이다. 현대 의학에서 어느 누구도 정확하게 원하는 성별대로 임신시킬 수 있는 방법을 알지 못한다. 여러 가지 요인이 복합적으로 작용한 것이지 어느 하나가 결정적인 역할을 할 수는 없다. 또 유전적인 성향도 분명히 있다.

성비에 대해서는 남자와 여자가 반반의 책임이 있다고 할 수 있다. 그럼에도 우리나라처럼 아들을 좋아하는 나라가 없고, 아들을 낳기 위해 무수한, 그렇지만 대개는 쓸데없는 방법론이 여성들 사이에서, 심지어 산부인과에서 난무한다.

산부인과에서 딸이 태어날 때와 아들이 태어날 때의 분위기는 정말 천지 차이이다. 극단적으로 표현을 하자면 마치 초상집과 잔칫집의 차이이다. 예전에는 진료비를 낼 때도 아들과 딸의 경우가 달랐고, 어느 병원에서 낳으면 아들이 많다며 굳이 그 병원을 찾아가는 경우조차 있었다. 모든 산모가 아이를 낳느라고 고생을 하는데 아들을 낳은 산모만이 그 노고를 치하받을 뿐이다. 원시적이고 비인간적이지 아닐 수 없다.

멀쩡한 딸을 입양기관에 보낸 부부

우리 사회의 아들 낳기는 범죄 수준에 이르렀다. 그것도 아주 가혹한 살인범죄이다. 일년에 성감별에 의해 낙태되어 핏덩이로 버려지는 여자아이만 약 3만 명이다. 산부인과 의사들이 성감별을 해주다가 구속되기도 하고 의사면허도 취소된다. 어떻게 해서든지 아들을 낳고자 하는 사람들의 의식 자체가 바로 이런 살인을 유도하는 원인이다. 그뿐인가, 지극히 몰인정한 유기도 있다.

아직도 잊지 못하는 일이 있다. 한 10년 전, 딸을 둘 낳고 아들을 기다리던 임신부가 있었다. 그런데 셋째를 낳고 보니 '또' 딸이었다. 그러자 그녀는 세 번째 딸을 포기하겠다고 말하는 것이었다. 결코 살림이 어려운 것도 아니었다. 먹고사는 데 별 지장이 없는 그런대로 살 만한 중산층이었다. 남편도 동의했다. 단 한 차례의 망설임조차 없이. 아이는, '어여쁜 셋째 딸'은 입양기관에 맡겨졌다.

나는 그 여자를 '같은 여자'로서 잊고 싶었다. 그런 산모를 본다는 것이 산부인과 의사인 내게는 고통이었기 때문이다. 그런데 그 여자가 다시 내 앞에 나타났다. 네 번째 아이를 임신했다는 것이었다. 그리고 그 여자는 그토록 원하는 '아들'을 낳았다. 그렇게 좋아하고 기뻐할 수가 없었다. 남편도 싱글벙글이었다. 그들의 무시무시한 기쁨 속에 어느 한 군데도 버려진 그들의 피붙이인 '셋째 딸'의 몫은 없었다.

그녀는 그 동안 내가 뭐가 못나서 아들을 낳지 못했던가, 이렇게 낳았다. 그 동안 받은 주위의 구박과 냉대를 깨끗이 갚음해버린 완벽한 승리자의 얼굴 그 자체였다. 단지 딸이라고 버렸던 자신의 핏덩이에 대한 어머니로서의 고통은 일단 그 당당한 자부심 앞에서는 완벽히 스러진 듯했다.

오래 전에, 또 이런 일도 있었다. 쌍둥이를 임신한 임신부였다. 건강 상태도 좋았다. 모든 것이 순조로웠다. 그러던 어느 날, 임신부가 딸 쌍둥이라는 것을 어디에서 알아가지고 왔다. 그녀는 임신중절을 고집했다. 만약 아들이었다면 좋아라하면서 낳았을 그 쌍둥이, 그렇지만 딸 쌍둥이이기 때문에 그들은 중절의 대상이 되고 만 것이었다. 나는 그녀를 설득했다. 그렇지만 소용이 없었다. 결국 남편까지 나서는 바람에 출산과 다름없는 수술을 하게 되었다. 임신부에게는 큰 상처와 후유증을 남기는 수술이었다.

그런데 기적이 일어났다. 아이가 둘 다 건강하게 살아남았다. 그 강인한 생명력, 그 아름다운 삶에의 의지, 나는 정말로 놀랍고도 슬펐다. 그리고 의사로서 무엇보다도 기뻤다. 결국 그 쌍둥이는 입양기관에 맡겨졌다. 그 뒤 쌍둥이들은 서로 헤어져 각각 외국에 입양되었다고 한다. 아무리 '살아난 생명력'에 대해 설명해도 그들은 움직이지를 않았다.

당당하게 딸을 키우자

우리나라 여성들은 심리적으로 아주 묘한 불균형 상태에 있다. 그토록 아이를 사랑한다면서, 그토록 아들 딸에 집착을 하면서도 돌아설 때는 그렇게 냉정하게 돌아설 수가 없다. 약자로서의 자기 본능이라고 하기에는 그 현실이 너무나 비정하기 짝이 없다.

아들에 대한 집착, 한국 사회에서 영원히 해결할 수 없는 문제일 수도 있다. 적어도 한 세대가 가기 전에는 힘들 것으로 생각된다. 벌써 우리나라 성비는 딸과 아들이 100대 117이다. 대구 같은 '보수적인' 지방은 성비가 100대 122이다. 여자가 턱없이 모자라고 남자아이들이 남아돈다. 이것은 재앙이다. 여자가 약간 남아돌아야 사회가 안정되고 평화로운데 남자들이 넘쳐날 정도로 많으니 앞으로 이 사회가 걱정된다. 아주 흉악한 범죄가 판을 칠 것이고 마구 운전을 해대 교통사고가 났다 하면 사망사고로 연결될 것이다. 그뿐인가? 결혼하지 못하는 남자들 때문에 성범죄가 극성을 부릴 것이고 동성애가 어쩔 수 없는 '차선의 선택'이 될 것이다.

나는 산부인과 의사로서 아기를 주는 것은 신의 작업이자 선물이라고 생각한다. 그럼에도 불구하고 인간이 성비에 손을 대 앞으로 얼마나 많은 재앙을 불러올 것인가를 생각하니 소름이 끼칠 노릇이다.

한국 사회의 급한 문제는 지역감정도 아니고 경제도 아니고 바로 이 성비의 문제이다. 나는 일단 지금의 30대와 40대 등 비교적 젊은 층이 딸들에게 현대적인 평등교육을 시킬 때 이 문제가 조금씩 달라지고 개선될 것이라고 본다. 딸에게 자신감을 심어주고 딸에게 책임과 권리를 함께 줄 때 말이다.

딸에게도 '책임'을 부여해야 한다. 우리 사회에서 딸은 부모에 대한 부양의무에서부터 집안일, 사업 등등 모든 일에서 모조리 소외되어 있다. 책임감 없이 자라난 딸은 남성의 손발로 살아갈 수밖에 없다. 딸에게 어릴 때부터 교육을 제대로 시켜야 한다. 무엇을 해야 되는지를 가르쳐야만 한다.

나는 항상 내가 남자 못지않다고 생각해왔다. 남자보다 어떤 점은 훨씬 낫다고 생각했다. 그렇지만 장례식에 갈 때는 생각이 바뀐다. 어떤 상가를 가든지 남자들로 우글거린다. 여자는 그림자도 없다. 친구의 부모님이 돌아가셨다 하면 남자들은 아무리

먼 곳이라도, 지방이라 할지라도 열일 제치고 찾아간다. 그렇지만 여자들은 친구 부모님이 돌아가셨다 하더라도 자기 일을 뒤로 하고 달려가는 경우가 없다. 이것은 우리 가족구조 안에서 여성들의 위치 탓도 있다. 그렇지만 남자들처럼 밤을 새지 못한다 해도 상가에는 반드시 찾아가야 이 사회에서 '여자의 가치'를 조용히 바꿀 수 있다.

딸을 당당하게 키워야 한다. 딸로 태어난 것이 결격사유가 아님을 확실하게 심어줘야 한다. 무엇보다 엄마들이 도전정신을 가져야 한다. 자신 있고 당당하게 딸을 키우자. 결혼이 선택이지 필수가 아님을, 꼭 주부 역할에 한정되지 말고 평생 직업을 갖도록 키우자. 나름대로 인생에서 주도권을 쥘 수 있는 경제력을 갖도록 키우자. 딸, 아들과 똑같이 키우자. 이것이 이 시대 딸을 가진 엄마의 의무이다.

나는 한국 여성의 모성을 믿지 않는다

나는 한국 여성들처럼 모질고 독한 여성들은 없다고 본다. 특히 어머니로서 그렇다. 한국 여성들은 지극한 모성애의 대명사처럼 되어 있지만 산부인과 의사인 내게는 외려 그 반대였다. 과연 어머니가 어떤 존재인가를 알고 있는가? 생명이 얼마나 소중한 것인가를 알고 있는가를 묻고 싶을 때가 한두 번이 아니다.

우리에게 오는 운명의 특성은 '예측 불가능'이라는 데 있다. 산부인과에는 바로 이런 '예측 불가능의 운명'이 대기하는 수가 꽤 많다. 한 예가 기형아 출산이다. 요즘 임신한 여성들의 기형아에 대한 우려는 '공포' 수준이다. 물론 '완벽한 아이'를 기대하기에 공도 많이 들인다. 육체적인 완벽뿐 아니라 지능적인 우수함 역시 기대한다. 그럼에도 불구하고 원인을 규명할 수 없는 이유로 기형아가 태어나는 수도 있다. 요즘은 대개 초음파 검사를 통해서 대부분의 기형아를 가리게 된다.

임신한 여성 가운데 감기약이나 어떤 약을 먹었다며 무조건 아이를 유산시키겠다는 예가 너무나도 많다. 말하자면 어려운 상황을 극복하려는 의지보다는 일단 피하고 보자는 식이다.

한 번은 희귀한 선천성 심장병을 가진 아이가 초음파 검사에서 발견된 적이 있었다. 내가 보기에 아기는 절망적인 상황이 아니었다. 아기의 생명에는 지장이 없었고 출산 후에 얼마든지 고칠 수 있는 병이었다.

나는 이 점을 임신부와 남편에게 설명했다. 그렇지만 반응은 예상한 대로였다. 임신부는 아기 낳기를 거부했고 남편도 '완벽한 아가'가 아니라면서 중절에 동의했다. 내 경험으로 기형아라는 의심만 있어도 거의가 아기를 버린다.

이기심인가, 약자의 운명인가?

아기가 언청이인 경우 90퍼센트 진단이 가능하다. 언청이는 환경적인 요인과 유전적인 요인이 복합적으로 작용하고, 이제는 수술을 하면 얼마든지 고칠 수 있건만 정상인과 다름없다고 아무리 설득해도 임신부들은 냉담하게 낳지 않겠다는 것이다.

우스갯소리로 소아과 심장전문의나 아기 얼굴의 기형을 고치는 성형외과 전문의는 앞으로 굶어죽을 수밖에 없다는 이야기가 있다. 일단 그런 아기들이 아예 초음파를 통해 걸러지기 때문에 의과대학생조차 볼 수 없는 희귀한 케이스가 되어 가는 현실이라는 말도 있다.

이처럼 모성본능 어쩌구 해도 '애프터서비스가 필요한 물품'은 구입하지 않겠다는 것과 똑같이 '결함 있는 아기'는 낳지 않겠다는 여성들을 보면 나는 그 철두철미한 '제한적 모성'에 분노를 느낀다. 아기를 위해 운명을 개척하고 극복하려는 뜻이 없는 것이다. 불가항력적인 운명으로 받아들이고 당당하고 긍정적인 방향으로 싸우려는 의지가 없는 것이다. 원인 제공자인 부모가 그 책임을 전적으로 아기에게 전가시키는 꼴이다.

우리나라 여성들은 아기의 장애는 곧 여성인 자기 자신의 장애로 받아들인다. 아기에 대한 정체성의 인식이다. 만일 장애아가 태어날 경우 그 아이의 존재 자체가 자신의 시집에서의 위치, 아내로서의 위치를 위협할 수 있는 성가신 존재일 수도 있다는 냉정한 계산이 있는 것이다. 사회적인 약자이자, 시집간 집 안에서조차 약자인 여성은 바로 그 점을 감내할 수 없기 때문에 냉정하게 모성을 걷어들이는 것이다. 자신에게 다가올 피해와 멸시를 받아들이지 못하겠다는 것이다.

나는 의사로서, 한 사람의 여성으로서 그런 예를 괴롭게 지켜보았다. 그 '모성' 역시 이기심에서 나온 것은 아닌가 하는 생각이 들어서였다. 왜 어머니인데 이렇게 차갑고 모질고 독할 수 있을까?

그러나 한편으로는 여성들에게 '약자로서의 용기'를 내라고 요구할 수 없을 정도로 우리나라 여성들이 약한 존재라는 생각이 든다. 결국 그들을 그처럼 차갑고 모질게 만든 것은 다름 아닌 우리 사회의 가족구조이다.

전통적으로 장애아를 받아들이기는커녕 모질게 내치는 우리 가족주의, 그 이기주의……. 결함이 있다면 자신의 아이를 포기하고 버리게 하는 그 권력의 가족주의……. 희생자인 여성이 너무나 '쉽게, 간단하게' 아기를 버리게 만들 정도로 그 권력의 힘은 대단하고 무섭다.

장애가 있는 아기가 태어나면 그 모든 책임은 어머니에게 돌아간다. 부모로서 공동 책임을 지려는 '아기의 아빠'는 거의 찾아보기 힘들다. 한국 사회의 남자들, 대개 어렵고 힘든 상황이면 늘 그렇듯이 눈감았고 아무 말도 하지 않았고 방관했다. 그런 그들의 침묵 때문에 '그들의 여자'는 매몰차게 '그들의 아이'를 버리는 것이다.

제발 생각하며 살자

이야기 1

"선생님, 왜 이렇게 됐어요?"

"???······."

임질균이 나온 환자가 내게 묻는다. 의사인 나는 이럴 때 정말 곤란하다.

"여러 가지 이유가 있겠지만 남편도 증상이 있는지 물어보시죠."

남편들은 대개 '성교'를 통해 문제가 생긴 것이 아니며 '무슨 헛소리냐'며 펄펄 뛴다. 당사자의 남편 중에는 '최선의 방어는 공격'이라는 원칙 아래 완강하게 잡아떼는 것은 물론이고 외려 자기가 옳았다고 부인에게 뒤집어씌우는 경우도 허다하다. 이런 경우 부부가 대개 '누가, 어디에서'에 집착할 뿐 당장 필요한 '적절한 치료'는 뒷전으로 돌리고 만다.

이럴 때 좀더 이성적으로 냉정하게 상황을 파악하는 일이 중요하다.

어떤 일을 만났을 때 상황을 잘 파악해서 입체적인 사고를 하는 것이 필요하다. 있는 그대로 문제를 해결하기보다는 지나친 과장 등을 해서 확대하는 경우가 많기 때문이다. 자기가 처해 있는 여러 상황을 이성적으로 바라보고 사고하고 분석할 줄 아는 능력이 정말로 아쉽게 느껴지는 순간이다.

이럴 때 내가 느끼는 자괴감은 '같은 여성'을 볼 때이다. 그들은 일단 단순하게 아주 단순하게 남편의 말을 믿고 싶어한다. 전문가인 의사의 말보다 남편의 '비전문적인' '근거 없는' '부정확한 말'을 믿고 싶어한다.

그러면서 꼭 한마디 다짐하듯 의사인 내 앞에서 선언한다.

"우리 그이는 절대로 그럴 리가 없어요. 아마 사우나탕에서 옮았을 거예요."라고.

이야기 2

"자궁근종이군요, 별 문제 없어요. 생명에 지장이 없는 것은 물론이고……."

이야기를 하다 보면 환자의 얼굴이 심상치가 않다. 아무 말도 하지 않고 눈물을 주르륵 흘리고 있는 경우, 완전히 기절 일보 직전이기도 하다. 그 환자의 다음 행동은 불을 보듯 뻔하다. 일단 그 여성은 집으로 돌아가 자식, 남편, 시부모, 친정부모를 앉혀놓고 자신이 '곧 죽을지도 모르는 심각한 병'에 걸렸다고 선언한다.

이어 그 다음날에는 환자(?)의 가족이 몰려와서 난리를 피운다. 병원에 갔다온 뒤 곧 죽을 날이 멀지 않았다면서 온 집안을 발칵 뒤집어놓았다는 것이다. 아마도 그 여성은 평소 가족에게 바랐던 '자신에 대한 관심' '자신에 대한 애정'을 이렇게 유아적으로 발산하는 것일 게다.

여성의 몸은 복잡한 기능을 적절하게 조절해내는 위대한 작품이다. 임신과 출산이라는 생명의 주체적인 사명이 여성에게 담겨 있다. 여성의 자궁을 보면 여성은 강인한 생명력의 원천이자 이성적인 조절이 가능한 아주 예민하고 수준 높은 틀을 가진 존재임을 알 수 있다. 여성의 몸을 대하는 나는 여성들이 남성들보다 그 '몸'에 있어서는 더 정교하고 한 차원 앞서가는, 그러면서도 기능의 한계성을 지니는 불가사의한 존재라고 생각해왔다.

그러나 어떤 여성들은, 아주 냉정하게 말해서 '자궁이 지닌 육체적 능력'을 '정신적인 능력'이 따라가지 못한다. 너무나 감정적이고 어떤 문제에 대하여 생각하고 분석하려는 의지가 결여되어 있다. 우리나라 여성들은, 특히 일부 주부들은 남편과 아이, 그리고 집에 모든 것이 결박되어 있다. 모든 사물을 그 틀 안에서 보기 때문에 '별일 아닌 것'이 별일이 되고, '큰일날 일'이 결코 '큰일'이 아니다.

어떤 상처가 나도 무서운 회복력과 생명력을 지닌 자궁, 게다가 치열한 싸움을 벌이는 정자를 선택하여 단 한 개의 정자를 받아들이는 현명한 자궁의 생리, 왜 그 강인함과 현명함을 우리 여성들은 정신적 측면에서는 지니고 있지 않는 것일까? 남자에게 모든 것을 의존하고 자기 훈련과 자기 극복, 스스로 상처를 스스로 치유하는 능력을 상실하는 여성들을 볼 때 나는 한국 사회의 무엇이 여성들을 이렇게 만들었는가를 묻게 된다.

그것은 결혼이라는 불평등한 제도일 수도 있다. 또 '여자'로 길러지는 가정과 사회교육에도 있다. 말하자면 또 하나의 여자인 어머니로부터 안일하고 나태한 삶을 세습하는 과정이 되풀이되고 있는 점이다. 현대적인 교육을 받고 강렬한 사회적 욕구를 지니고 있으면서도 결혼과 동시에 혹은 사적인 생활에 들어가게 되면 자신이 그토록 혐오했던 어머니의 삶을 그대로 따르고 모방하면서 '종속적인 삶'을 사는 모든 여성들의 딜레마가 아직도 존재하고 있다. 바로 여기에 여성이 교육받았으나 실행되지 않는 삶의 문제가 있는 것이다.

나는 산부인과 전문의로서 여성들에게 '강인한 자궁' '현명한 자궁'의 생리를 삶에서도 뿌리내리자고 외치고 싶은 심정이다.

섹스, 거짓말, 그리고 간통죄

　우리나라는 남자들이 여자를 공갈 협박하는 나라이다. 그 가
장 편리한 도구로 이용되는 것이 바로 '간통죄'이다. 우리나라
많은 여성들이 간통죄를 남편이 바람 피우지 못하게 하는 수단,
혹은 그나마 위자료를 챙기는 마지막 방법으로 삼는 듯하다. 그
렇지만 여자 쪽에 득보다는 해가 훨씬 많은 것이 간통죄이다.
법은 강하고 돈 많은 자의 편이듯 간통죄 역시 바로 그런 '가진
자' 남자들을 위한 법이다.

　간통죄는 전적으로 여자들에게 불리하다. 남자들이 여자들에
게 간통을 저지르게끔 모는 경우가 훨씬 더 많기 때문이다.

　우선 여자를 고의적으로, 아주 용의주도하게 외롭게 만드는
경우이다. 남자들이 자기 부인과 잠만 같이 자주지 않고 모든
것을 해결해주는 경우이다. 밥을 먹게 해주고 돈도 쓰게 해주되
섹스는 하지 않는 것이다. 이것은 치밀하고도 고의적인 배우자
에 대한 유기이다.

　어떤 남편은 부인에게 경제적인 것만 해결해주면 자신의 모든
의무는 끝난다고 생각한다. 만일 부인이 성적 문제를 들고 나오

면 '성실한 남편'에 대해 감히 불평을 하는 문제 있는 마누라가 되어버리는 것을 쉽게 보게 된다.

물론 그 남자는 밖에서 자유롭게 욕구를 해소한다. 우리나라에서는 얼마든지 가능한 일이다. 이처럼 고의적으로 내버려진 여자들이 외로움에 사무쳐서 어쩌다 카바레에 발을 들여놓았다가 억울하게(?) 간통죄로 걸려 위자료 한푼 없이 알몸으로 쫓겨나는 수가 너무나 많다.

나는 산부인과 의사로서 여성들의 삶을 정면에서 마주보게 되는데, 단 하룻밤의 탈선을 빌미로 여자를 고소하는 예를 수없이 보았다. 멀쩡한 여자들이 남편의 치밀한 공작으로 멍청하게(?) 간통죄로 걸리는 것이다.

결혼생활이 아닌 아기를 선택

한번은 참으로 가슴아픈 일이 있었다. 우리 병원에 다니던 한 여성이 있었다. 그 부인은 임신을 해 산전 진찰을 받으러 다녔는데 그렇게 행복해 할 수가 없었다. 오랫동안 임신을 고대해 왔기에 더 그렇게 보였다.

그런데 어느 날 '그 여자의 남편'이 찾아와서 실은 사소한 다툼으로 부인이 집을 나갔다고 말했다. 더구나 '임신까지 한 것 같은데' 꼭 연락처를 가르쳐달라고 매달렸다. 나는 보험증과 남편의 신분증명서를 대조해보았다. 분명히 남편이었다. 여성들의 신경이 극도로 예민한 임신시기에는 그런 일이 있을 수 있다고 판단해서 연락처를 가르쳐주었다.

그런데 그 뒤 무슨 일이 있었는가. 그 남편이 여자를 찾아내서 간통죄로 고소한 것이었다. 알고 보니 그 여자의 사연은 참으로 가슴아픈 것이었다. 결혼 생활 후 거의 10년, 남편과 사이에 모든 노력을 다 기울였지만 아이가 없었다. 그런데 어느 날, 그 여자에게 '하룻밤의 일'이 있었고 기적같이 아이를 가졌다.

이럴 때 여성이 '외도의 두려움'보다 '아이를 가졌다는 기쁨'이 더 클 수밖에 없다는 것을 산부인과 의사는 너무나 잘 알고, '여자'인 나는 더욱더 잘 이해한다. 여성으로 태어나 임신을 한다는 것은 너무나 큰 기쁨이기 때문이다. 그 여자는 아이를 가졌다는 사실이 너무나 기뻤다. 정신적인 갈등과 고통도 컸지만 그녀는 '결혼생활'을 유지하기보다는 '아기'를 선택했다. 서서히 배가 불러오자 손지갑 하나와 옷 몇 벌만 챙겨서 집을 나와버린 것이다. 그런데 그 남편은 '임신한 그 여자'를 간통죄로 고소해버린 것이다.

간통죄……. 남자와 여자의 본성이 이렇게 적나라하게 드러나는 법은 없다. 여자들이 간통죄로 남자를 고소하는 경우는 100건에 1, 2건 정도이다(만일 발생될 때마다 고소한다면 대한민국의 구치소는 미어터질 것이다). 그러나 남자들은 10건이 있다 하면 8건은 반드시 고소한다. 게다가 '모질고 독하지 못한' 여자들은 대개 중간에 소를 취하해 풀어준다. 그렇지만 남자들은 소를 취하해도 여자가 온갖 고생을 하도록 끝까지 시간을 끄는 것이 보통이다. 이제는 간통죄도 불구속이 원칙이 됐는데 이것은 여성들이 안도해야 할 일이다.

남자의 무기가 된 간통죄

간통죄는 친고죄이다. 배우자가 신고를 해야만 성립된다. 또 상대방의 부정을 안 지 6개월 안에 고소해야만 한다. 부부관계를 법적으로 해결하는 것은 바람직하지 않다. 우선 여성들이 이혼했을 때 경제적으로 독립할 수 있도록 법적 보완이 이뤄지는 것이 필요하다. 그러나 최근에는 여성들의 성적인 욕구 표현도 이전과는 달리 과감해졌다. 또 이성과의 접촉도 많아졌다. 그런 점에서 '우연한 사건'을 만난 여성들이 '간통죄'에 의해 하루아침에 모든 것을 매도당하는 것은 문제가 있다.

우리나라 여성들은 경제적으로 무능하고 자식이 있기 때문에 '간통죄'의 권리를 행사하지 못하는 것은 물론이고 그 법의 피해자가 되고 있는 실정이다.

간통죄는 결코 여성을 보호하지 않는다. 오로지 위자료 협상만이 남아 있을 뿐이다. 나는 여성들에게 말하고 싶다. 어느 정도 경제력이 있다면 이혼하는 순간이라도 간통죄를 수단으로 사용하지 말라고……. 자식들의 어머니로서 모습, 나아가서는 아버지로서의 모습까지도 생각해야 한다. 자존심을 살리며 실리적으로 해결을 하라고 권하고 싶다. 간통죄로 고소하기보다는 냉정하게 한 걸음 물러서서 위자료 소송을 하는 것이 현명한 일이다.

결혼을 할 때는 사랑이나 충동으로 시작할 수도 있다. 그렇지만 결혼의 청산은 다르다. 이성적으로 냉정하게 정신 똑바로 차리고 마무리해야만 한다. 당신이 현명하지 못한 결혼을 했다면 이혼만이라도 현명하게 해야 한다. 그러나 현실에서 보면 우리나라 여성들이 가장 어리석게 하는 것이 이혼이기도 하다. 특히 경제적으로 어머니로서 제 권리를 찾지 못하는 것을 볼 때 더욱 그렇다. 결혼과 이혼, 그리고 간통을 산부인과 의사는 아주 가깝게 그 속까지 들어가보게 된다. 그러면서 내가 갖는 결론은 우리나라 남자들이 비겁하고 비열하다는 점이다. 한국 남자들은 '사랑'을 위해 몸을 던지고 희생하는 경우는 거의 없다. 재산과 명예, 권력, 사회적 체면에 집착한다. 애정 역시 그들이 지닌 양은 가난하기 짝이 없다. 사랑할 줄은 모르고 즐길 줄만 아는 이들이다. 또 책임지기보다는 부당한 권리만을 찾는 것이 한국의 남자들이다. 그들에게 간통죄가 족쇄가 아니라 무기가 되었다는 점을 뒤늦게라도 한국의 여성들이 알 필요가 있다.

여성 선언, 축하합니다

임신은 여성에게 있어 인생 최고의 경험이다. 여성의 삶을 완성시키는 필요충분조건이다. 여성인 자신을 인격체로서 완성시키는 것이자 육체적으로 고통과 기쁨, 책임, 희생 등 이 세상의 모든 것을 고스란히 겪게 하는 작업이다.

임신은 한 생명을 위해 일부가 아니라 '전부'를 바치는 작업이다. 한 생명을 위해 열 달을 온전히, 100퍼센트 바치는 것이다. 이 열 달, 정확히 말해서 280일은 나, 여성의 또 하나의 분신을 만드는 열 달이라고 할 수 있다. 나는 여성이 그런 경험을 갖는다는 점에 커다란 자부심을 가진다.

여성의 사회적 성공도 중요하지만 아이를 낳는 것도 절대로 놓칠 수 없는 크나큰 인생 경험이라고 생각한다. 또한 아이 때문에 일을 포기하는 것도 바람직하지 않지만 일 때문에 아이 낳기를 포기하는 것은 정말 어리석은 일이라고 생각한다.

산부인과 의사로서 여성이라면 되도록, 아니 반드시 출산 경험을 가지라고 권한다. 나는 레지던트 때 첫 아기를 낳았다. 전문의 시험을 볼 때 임신 9개월의 몸이었다. 그렇지만 한 생명을 품고 있다는 것은 내게 어떤 설명할 수 없는 비상한 에너지를 주었다.

그리고 무엇보다도 내 자신이 환자인 임산부가 됨으로써 환자와 비로소 공감대를 형성할 수 있게 되었다. 아이를 임신한 여자라면 누구나 느끼는 불안함, 심리적인 갈등을 나 역시 열 달 동안 그대로 느꼈다. 임신과 출산을 함으로써 산부인과 의사로서 나는 큰 발전을 했다. 그전의 내가 지식만 지닌 평면적인 의사였다면 자신의 경험을 의학적으로 설명하는 입체적인 의사가 되었다고나 할까……. 나는 두려움과 진통과 지독한 아픔을 경험했다. 아기를 낳고 나서 환자의 아주 조그만 표현, 때로는 불확실한 표현조차도 쉽게 이해할 수 있었다. 입덧을 표현하는 환자들의 기기묘묘한 표현도 그랬다. 가령 아래가 뻐근하다는 표현 등 그 자체로 환자의 모든 상태를 다 파악할 수 있었다. 다 내가 경험했던 일이기 때문이다. 환자의 설명이 필요없었다.

위대한 자궁

임신이란 이물질이 내 몸 안에서 자라는 것이다. 이 이물질은 완전한 '다른 육체'를 뜻하고 내 몸에서 자라 밖으로 나가는 것이다. 임신 과정의 정의라면 이 '이물질'을 인식하고 받아들이기 위해 여성의 몸이 총체적으로 변화하는 과정이다. 우리 몸의 모든 기관이 아이를 위해 움직이고 달라진다. 임신과 동시에 여성의 몸은 거의 '혁명적인 변화'를 일으킨다.

우리 몸은 눈에 보이지 않은 세균조차도 찾아내어 없애버릴 수 있는 면역기능이 준비되어 있다. 또한 자신을 보호하기 위해 언제나 공격자세를 취하고 있다. 임신을 하면 철분을 비롯한 모든 영양분이 여성의 몸에서 아기에게로 빠져나간다. 우리 몸의 본능이라면 영양소가 나가는 것을 방어하고 철저하게 공격을 하도록 되어 있다. 그렇지만 임신은 예외적이다. 엄마가 빈혈이 걸리더라도 모든 영양소는 오로지 아기를 향해 탈출한다. 참으로 이상한 예외적 반응이 임신한 여성에게서 나타나는 것이다.

임신해서 5개월이 지나면 어떤 움직임을 통해 아기는 자기의 '존재'를 엄마에게 알린다. 이것이 바로 태동이다. 몸 역시 출산하기 쉽도록 완벽하게 변한다. 골반은 아이가 잘 자랄 수 있도록 형태를 갖추고 관절은 유연하게 늘어난다. 아기가 나오는 질의 통로가 넓어진다. 유방은 아기를 먹이기 쉽도록 커진다. 자궁에 붙어 있는 태반의 혈관과 아기의 혈관이 연결되어 있어 혈관을 통해 엄마와 아이의 혈액이 섞인다. 정말이지 엄마와 아기는 '피가 섞이는 사이'이자, '피와 살'을 엄마가 아기에게 만들어주는 것이다.

평소 60~80그램밖에 되지 않는 여성의 자궁이 임신을 하면 아기의 체중만 3.6킬로그램, 양수 600그램, 태반 650그램을 품을 정도로 늘어난다. 그러다가 아기를 내보낸 뒤 다시 탄력성 있게 줄어주는 것을 보면 이 세상에 이처럼 '신비한 기관'이 있는가 하고 언제나 감동하곤 한다. 여자의 몸은 참으로 위대하다.

임신중 섹스와 남편의 외도

임신을 했을 때 부부는 상대방의 성에 대해서 지속적인 관심을 가져야 한다. 직접적인 성관계를 갖지 않더라도 성문제를 임신 중에 어떻게 처리할 것인가를 진지하게 생각해야 한다. 남성과 여성은 성의 해결 방법이 다르다. 여성은 일단 남성이 정기적인 배설을 기본으로 하는 성적인 특성을 지니고 있다는 점을 알고 있어야 한다. 바로 이런 차이를 여성은 임신한 가운데에서도 잊지 말아야 한다.

여성이 남편에게 성적으로 무관심해지는 때가 두 차례 있다. 임신과 출산 때와 폐경 때이다. 사실 여성은 임신과 출산의 과정, 그리고 육아의 과정을 겪으면서 모든 관심을 아기에게만 총집중하는 예가 많다.

중요한 것은 임신기간 동안 남편의 성적인 욕구를, 또 자신의 성적인 욕구를 어떻게 해결하는가를 서로에 대한 애정과 배려 속에서 찾아야 한다. 임신했을 때 적당한 체위를 찾는다든지 혹은 성기의 삽입이 아닌 다른 방식으로 성적인 접촉을 하는 등 다양한 방법을 모색해야 한다.

여성이 아기를 낳고 나서 친정에 가서 한 달 혹은 두 달씩 있는데 나는 그렇게 바람직하지 않다고 생각한다. 부부가 임신 중에도 같이 있고 아기를 낳은 후에도 같이 있는 것이 좋다는 생각이다.

성적인 대화를 통해 욕구 해소

아기를 낳고 한 달 후쯤, 회음부의 상처가 아물고 오로(출산 후에 나오는 분비물)가 멈추면 나는 정상적인 부부생활을 하라고 이야기한다. 그럼에도 아기 낳기 전의 한 달과 합해 두 달을 부부관계를 갖지 못하는 셈이다(임신 9개월까지 섹스가 가능하다). 이런 경우 남자들이 아내의 출산을 기회삼아, 혹은 계기로 외도를 하는 경우가 있을 수 있다. 물론 목숨 걸고 아이를 낳는 부인을 두고 그럴 수가 있나 하고 '짐승 취급' 할 수도 있다.

그러나 나는 이 문제를 '현실적으로' 해결해야 한다고 생각한다. 대개의 경우 산후 2주 정도면 움직일 수 있다. 섹스란 정상위의 체위만을 하는 것이 아니다. 마찬가지로 꼭 남자의 성기가 여자의 성기에 삽입됨으로써 만족하는 것 역시 아니다. 말하자면 '성적인 대화'를 통해서 욕구를 해소할 수 있는 것이다. 오럴섹스를 비롯해서 여러 가지 방법으로 남편의 성욕을 어느 정도 만족시켜줄 수 있는 것이다.

출산을 하고 난 뒤 간혹 여성들 가운데는 성행위 자체를 죄악시하거나 아무런 흥미를 느끼지 못하는 경우가 있다. 임신과 출산이라는 대역사를 치르면서 여성의 몸과 마음은 몹시 쇠약해 있다. 주위를 돌아보고 남편에 대해 관심을 가질 만한 정신적인 혹은 육체적인 여유가 없다. 또한 실질적으로 여성의 몸은 출산에 이은 수유를 준비하게 된다. 그래서 우리 몸에서 유즙분비호르몬이 증가하게 되는데 이런 경우 월경이 없어질 수도 있고 여성호르몬이 결핍될 수도 있다. 거의 모든 여성들이 모유를 먹인 시절에는 수개월 혹은 수년 동안 일시적인 폐경 상태에 놓이기도 했다. 또 아기에게 젖을 먹인다는 일, 육아에 대한 의무 때문에 자연히 부부관계에 대해 소원해질 수 있다. 남편은 자기의 분신인 아기의 출생을 즐거워하면서도 애정의 맞수라고 생각할 수 있고 여성의 관심 대상에서 벗어나 이방인이 된 듯한 느낌을 갖는다. 남편은 수유나 육아에서 중심인물이 아니라 보조적 인물(?)이라서 피로도 적고 아기에 대한 의무감도 훨씬 여성에 비해서 적을 수밖에 없다.

이런 상황에서 부부 사이의 성문제를 의논할 여지가 없게 되며 예전의 관계를 회복할 기회를 놓칠 수 있다. 이렇게 계속되면 이런 상태가 습관화될 수도 있다. 여성은 육아와 집안일에만 몰두하고 남편은 바깥쪽으로 눈길을 돌릴 수도 있다. 그리고 결혼생활이 이때부터 부부에서 자녀중심으로 아예 옮겨지는 예가 많다. 이런 식으로 살다가 아이가 크고 경제적으로 안정되어 비로소 여성이 남편에게 눈을 돌릴 때 이미 남성은 다른 식의 성 해결 방법에 익숙해 있어 회복 불가능한 외형만의 부부생활이 되는 수도 있다.

그러므로 여성들 역시 출산 이후 예전의 관계를 지속하기 위해 나름대로 부부의 위기를 막도록 노력을 해야 한다. 남편의 애정이 식었다고 느낄 때는 이미 늦었다고 할 수 있다. 임신과 출산의 사이에서 부부관계가 차가워진다면 여성에게도 책임이 있기 때문이다.

정신적인 교감이 더 중요하다

폐경기에 가깝거나 혹은 중년기에 접어들어서 회음성형술(이쁜이수술)을 해달라고 오는 여성이 많다. 대개는 남편이 외도를 한다며 수술을 받으러 오는데, 여성들이 오로지 '성적인 문제'에만 매달리는 것이 안타깝다. 사실은 지적인 자기 발전이나 취미를 공유하는 정신적인 유대감이 섹스보다 훨씬 더 중요한데 말이다. 외도의 진정한 원인은 성적인 만족보다는 서로에게 육체적으로 익숙해지는 시기에 정신적으로 대화와 취미를 함께하지 못했다거나 지나친 무관심 때문일 수도 있음을 잊어서는 안 된다.

젊은 임신부 가운데에서도 제왕절개수술을 원하는 이유가 자연분만을 하면 질이 늘어나 남편이 외도하는 것이 걱정돼서라고 말하는 사람도 있다. 이런 생각은 남성들에 대해 너무나 무지하고 그들을 동물 취급하는 것이라고 생각한다.

정신적인 만족감, 일치감은 남녀 할 것 없이 가장 중요한 성관계의 요소이다. 여성이 출산으로 질이 늘어나는 것은 궁극적으로 성생활에 그리 문제가 되지 않는다고 본다. 물론 성감이 어느 정도 감소할 수는 있지만 그 자체가 전부는 결코 아니기 때문이다. 중요한 것은 애정을 기본으로 한 서로간의 관계를 전처럼 유지하려는 노력이다. 육체적인 성형수술보다는 상대의 성적인 욕구를 만족시켜주려는 노력과 배려가 훨씬 더 중요하다.

나는 문제가 심각하다고 느끼면 산부인과 의사와의 상담이나 정신과 치료를 받아보는 것이 필요하다고 생각한다. 부부 사이에 성적인 문제가 생기는 것은 그 둘 사이에 매우 큰 문제가 시작되었다는 것을 뜻하기 때문이다.

순산을 위한 비결

아이를 잘 낳는 비결은 '행복한 예비엄마' 때에 이루어진다. 굳이 말하자면 '태교'이다. 그렇지만 무엇보다도 아기와 함께하고 있는 엄마가 평화롭고 행복하다면 '순산'은 보증수표이다. 엄마가 행복하면 아이도 행복하다. 내 경우도 바로 그렇다. 첫 아이는 아주 예민하고 내성적이다. 그런데 둘째는 낙천적이고 모든 일에 태평스럽다.

사실 첫 아이를 가졌을 때는 한 달에 20일은 당직을 해야만 하는 레지던트 시절이었다. 나는 밤늦게 퇴근하면 울어대는 아이에게 '왜 자지 않느냐'며 감기는 눈으로 원망하고 때로는 아이를 꼬집기조차 했다.

둘째는 비교적 여유가 있는 상태에서 낳았다. 나는 그 엄청난 차이를 내 두 아이를 통해서 확인한다. 나의 상태가 곧 두 아이의 성격으로 그대로 나타났으니 말이다.

다음의 사항은 임신부가 꼭 명심해야 할 것들이다.

주변에 대해 신뢰감을 지녀라

의사는 물론이고 남편과 부모, 병원 등 모든 상황에 대해서 믿고 따르는 것이다. 물론 가장 중요한 것은 '나는 아이를 잘 낳을 수 있다'는 자기 신뢰, 자기 확신이다. 요즘 문제가 많이 되는 것은 임신 중에 약물을 복용했을 경우이다. 사실 약물 때문에 기형아가 나오는 경우는 생각보다 그렇게 많지 않다. 그렇지만 일단 아기를 거부하는 마음이 어머니에게 있으면 10개월이라는 긴 시간을 '행복한 엄마, 행복한 아가'로 키울 수 없다고 생각한다. '꼭 낳고 싶은 아가'라고 생각할 때 임신과정이 순조롭기 때문이다. 그래서 나는 이런 경우 전적으로 임신부에게 결정권을 준다. 그녀의 선택이자 권리이기 때문이다.

임신을 긍정적으로 받아들여라

무엇보다도 임신을 자연스러운 일로 받아들이는 것은 매우 중요하다. 즉 살아가는 과정의 하나로 긍정적으로 받아들이는 것이다. 분명 임신, 그리고 출산은 커다란 축복이다. 아기를 낳은 뒤 아기와의 동화 문제 역시 젊은 부부들이 특히 잘 생각해둬야 하는 문제이다. 아기를 낳고 나서 육아에 대한 스트레스로 부부관계가 위기를 맞는 수도 상당히 많기 때문이다.

운동을 적당히 하라

운동을 적당히 하는 것도 아기를 잘 낳는 데 도움이 된다. 산책이나 체조, 그리고 수영을 하면 좋다. 임신중에 정상적인 체중 증가는 12~13킬로그램으로 보고 있다. 지나치게 체중이 느는 경우는 몸이 붓거나 임신부 비만으로 나눌 수 있다. 임신부 비만은 임신중독증이 올 수도 있고 골반에 살이 지나치게 붙어 아기가 나오는 질의 통로를 좁게 할 수도 있다.

다이어트는 금물

그렇다고 해서 임신부들이 체중 증가를 막으려고 다이어트를
해서는 절대로 안 된다. 지나친 체중 증가는 수영이나 산책으로
조절해야 한다. 임신중에 낮잠을 너무 자거나 단것을 지나치게
먹어 '자기만 살찌는 임신부' 들도 꽤 많아 이런 경우 어느 정도
자제를 하라고 말한다.

술, 커피는 약간, 그러나 담배는 '노'

나는 특별한 이유가 없는 한 임신부에게 별 다른 금기사항을
주지 않는 의사이다. 그러나 담배와 술은 금하고 있다. 아기가
자궁 안에서 제대로 자라는 것을 방해할 수 있다. 아기와 엄마
가 혈액순환을 함께 하고 있는데 담배가 혈관수축을 일으켜 아
기에게 가는 혈액량을 감소시킬 수 있고 기형아를 만들 수도 있
다. 물론 열 달 내내 담배를 피워도 괜찮다는 임신부도 있지만
아기에게 준 영향은 평생을 두고 나타날 수 있다는 점을 유념해
야 한다. 커피 역시 위궤양을 일으킬 수 있어 양을 하루 한 잔
정도로 줄이는 것이 바람직하다. 술 역시 한 잔 정도는 괜찮다.
그렇지만 주기적으로 술을 마시는 것은 피해야 한다.

요즘은 젊은 여성들의 흡연율이 높아서 문제가 많다. 담배를
피우는 임신부들은 모두 끊기 위해 노력하지만, 끊을 수 없어서
고민하는 임신부들이 대부분이다. 하지만 산부인과 의사로서 여
성의 흡연은 '백해무익' 하다.

헌혈을 해줄 수 있는 사람을 대기시켜라

요즘 임신부들은 검사하면 빈혈인 경우가 꽤 많다. 이런 경우 수혈을 해야 하지만, 에이즈에 대한 공포로 수혈을 거부하는 경우가 많다. 하지만 수혈을 하지 않으면 출산이 불가능할 정도로 빈혈이 심한데도 무조건 거부하는 것은 안타깝다.

임신중에 빈혈을 막는 영양제를 복용해야 한다. 무조건 약이라고 해서 거부하면 안 된다. 어쨌든 임신부는 언제나 응급상황이 일어날 수 있으므로 임신 9개월 정도에 헤모글로빈 치수를 검사해서 주위에 '헌혈'을 해줄 수 있는 남편이나 가족 등 '믿을 수 있는 사람'을 대기해놓는 것이 좋다. 단, 여자의 친정 부모나 형제의 혈액은 금기이다. 같은 혈액형일지라도 형제나 가족은 면역체계가 서로 같기 때문에 수혈시 거부반응이 일어나기 쉽기 때문이다.

폐경, 영원히 사랑할 자유

생리가 없다고 환자가 찾아왔다.

"폐경이군요."라고 말하면 거의 모든 여성환자들은 아주 섭섭해 한다. 그들은 혹시 임신이 아닐까 하는 기대를 지니고 찾아왔기 때문이다. 폐경이라는 것은 여성이 임신 능력을 잃는 것이라고 생각할 수 있다. 그래서 많은 여성들이 '여성은 자궁이다'라는 생각 아래 나는 끝났다, 성적으로도 아예 끝났다고까지 생각하는 경우도 있다.

그러나 절대로 끝난 것이 아니다. 이제 오히려 새로운 인생이 시작되었고 당신의 인생에 또 다른 페이지가 열린 것이다. 그 페이지는 아름다움과 흥분, 해방이 가득 차 있다.

아름다운 용모, 탄탄한 몸매…… 이런 것들은 다 시기가 있다. 겉모습이라는 것은 사흘을 넘기지 못하는 화려한 장미처럼 그 시기가 있다. 나는 여성의 삶은 한 송이 꽃과 같은 삶이 아니라고 생각한다. 여성의 일생만큼 신비롭고 아름다운 것은 없다. 젊음이 모든 것이 아닌, 나이와 더불어 많은 것을 보여주고 가르쳐주고 또 다른 세계를 나아가게 하는 것이 위대한 여성의 인생이다. 월경과 임신과 출산, 그리고 삶의 아름다움과 질곡······. 폐경은 바로 우리 여성들의 삶에 있어서 '인간애'를 가르쳐주는 분기점이다.

격정이나 열정이나 혼돈이 아니라 잔잔함, 조용함, 관조를 가르쳐주는 것이 바로 '폐경'이다. 차분하게 진지하게 인생을 살아가는 방법을 길잡이하는 것······. 50살 이후 여성의 삶을 사는 방법을 일러주는 것이 폐경이다.

폐경은 또 다른 시작

성관계 역시 그렇다. 폐경기는 임신의 공포에서 벗어난 만큼 더 적극적으로 능동적으로 즐길 수 있다. 50살이라는 나이는 정말로 매력적인 나이이다. 인생의 모든 것이 제대로 잘 보이는 나이이다. 모든 것을 잘 알고 제대로 즐길 수 있는 나이이다. 섹스 역시 그렇다. 50대 이후는 성욕이 오히려 고조되는 시기이기 때문이다. 예전에 우리 여성들은 대개 40대에 폐경을 맞았다. 그러나 지금은 적게는 10년이 늦어져 50에서 55세에 폐경을 맞고 있다.

즉 40대에 폐경을 맞았던 것, 조선시대에는 자연스럽게 사회의 분위기와 맞아들어갔다. 당시 평균수명 역시 여성이 40대 후반에서 50대 초로 폐경 이후 삶 자체가 마무리되었다. 그렇지만 지금 우리나라 여성들의 평균수명은 78세이다. 50대 이후 우리에게는 30여 년 가까운 시간이 남아 있고 60, 70대에도 모든 활동이 계속된다.

나는 산부인과 의사로서 이렇게 평균수명과 여성들의 삶이 달라졌는데도 난소의 기능은 조선시대와 마찬가지로 여전히 짧다는 점이 유감스럽다. 그러므로 당연히 우리의 삶의 변화와 맞춰

주는 조처가 필요한데 바로 그것이 폐경기 치료라고 생각한다.

나는 적극적으로 폐경기 치료를 권장하는 의사이다. 그런데 이 호르몬 치료를 적극적으로 해나가는 데는 두 가지 벽이 있다. "내가 왜 호르몬약을 먹어야 되나요?"라고 묻는 여성들, 즉 명확하게 왜 호르몬 치료가 필요한지를 모르는 경우와 호르몬 치료가 자궁암이나 유방암을 일으킬 수 있다고 보는 암 공포증이 그 벽이다. 자궁내막암과 유방암과의 관계가 문제였으나 이제는 자궁내막암의 예방법이 발견되었다. 유방암에 대해서는 논란이 계속되고 있다.

우리나라 유방암의 발생빈도가 선진국형으로 크게 높아지고 있다. 40세 이후는 유방암 빈도가 높아져 호르몬 치료를 하는 경우 빼놓지 않고 유방암 검사를 하는 것이 필요하다. 나는 오히려 역설적으로 호르몬 치료를 하지 않고 유방암에 무심한 경우보다는 항상 유방암에 대해 관심을 갖고 호르몬제를 먹는 여성들이 더 안전할 수도 있다는 생각이다.

폐경은 시작이다. 부부관계의 점검이나 보완도 필요한 시기이다. 또한 폐경기를 맞은 여성들을 위한 성적 상담이나 연구 역시 활발하게 이뤄져야 한다. 산부인과 의사들은 바로 이 시기 여성의 성을 이해하고 그들을 위해 더 많은 노력을 할 필요가 있다. 여성들은 이 시기에 산부인과적 치료뿐 아니라 정신과 상담도 필요하다.

산부인과 의사로서 가장 큰 보람을 느낄 때는 물론 새 생명을 내 손으로 받아들 때이다. 그러나 그에 못지않은 보람을 느낄 때가 있다. 바로 폐경기 여성들에게 새로운 에너지를 전해줄 때이다. 여성에게 제2의 인생을 열어줄 때이다. 폐경은 결코 인생의 마지막 페이지가 아니다. 오히려 새 책의 첫 페이지이다. 다시 한 번 희망에 찬 세계를 향해 나아가는 것이다. 내 몸의 구조를, 생리를 재건축하는 것이다. 임신의 공포, 거추장스러움, 모든 의무에서 벗어나 자유롭게 성을 즐길 수 있는 것이다. 폐경, 영원히 사랑할 자유를 얻는 것이다.

여성의 숙명과 함께한 나의 삶

1973년, 나 임정애는 의사가 되었다. 내가 인턴으로 첫 수련을 받은 곳은 명동 성모병원이었다. 그때 나는 내과를 지망하려고 했다. 그러나 부푼 꿈을 갖고 들어간 내과 인턴 생활에서 실망했다. 병으로 고통스러워하는 환자에게 온갖 검사를 하곤 했지만 그 결과가 신통찮았다. 정확한 병명을 듣기조차 힘든 것은 물론이고 병이 낫는 경우를 보기가 힘들었다. 결국 계속 죽어가는 환자만 보는 셈이었다.

그러다가 5월쯤에 간 곳이 산부인과였다. 내게 내과가 지옥이라면 산부인과는 천국이었다. 그곳에서는 '기쁨'이 있었기 때문이다. 새로운 생명이 태어나고 환자들은 환호했다. 게다가 퇴원할 때 환자는 완쾌되어(?) 제발로 걸어나갔다. 무엇보다 환자가 모두 여자였으므로(당연히!) 나와 성이 같은 동성을 다룬다는 것이 아주 마음에 들었다.

또한 그 당시는 산부인과에서 사망하는 환자가 드물었다. 암환자 자체가 적었던 시절이었으니까……. 내게 산부인과는 다이내믹하고 명쾌하고 스릴에 넘쳤다. 임신, 출산의 과정이 숨가쁘게 이어졌고 수술 경과 역시 빨랐다. 일단 입원한다 해도 길어야 사흘이면 아기 낳은 환자가 완전히 낫는, '병을 앓는 기간'이 아주 짧아 더욱 만족했다. 즐겁게 신나게 일할 수 있을 것이라는 느낌이 왔다. 나는 일단 기쁨이 있고 생명이 태어난다는 점에 산부인과 의사가 되기로 마음먹었다.

산부인과 의사로서 나는 어떤 의사였는가? 우선 나는 참 많은 환자를 경험하고 본 의사였다. 나는 환자 보는 것을 좋아했다. 환자를 싫어하면 결코 훌륭한 의사가 될 수 없다. 사실 돈을 벌기 위해 환자를 보아도 아마 별 문제는 없을 것이다. 그렇지만 질병치료를 즐거워하고 연구하고 책을 보아가면서 마침내 완치시켰을 때 성취감은 대단하다. 바로 그 성취감이야말로 '의사가 의사노릇을 하게 만드는 원동력'일 것이다.

또한 나는 24시간 근무를 철저하게 원칙으로 삼았다. 임신뿐 아니라 밤의 출산이 이어지는 것이 너무나도 당연하다고 생각한다. 위험과 긴장이 24시간 있는 산부인과 병동……. 그렇지만 나는 바로 그 점에 자부심을 느껴왔다.

세 번째로 나는 공격적인 진료를 하는 의사였다. 지금 생각하면 환자에 대한 애틋한 감정보다는 의사로서의 성취욕이 더 강하지 않았나 하고 반성한다. 유능한 의사가 되겠다는 야심(?)에 불탔던 시절도 있었다. 그러나 나 역시 두 아이의 어머니가 되고 인생의 사막과 계곡을 경험하면서 환자에 대한 사랑, 환자를 좋아하는 태도, 환자와 함께 가는 생각이야말로 가장 유능하고 훌륭한 의사의 조건이라고 여기게 되었다.

네 번째로 나는 산부인과 의사로서 어쩔 수 없이 알게 되는 사생활을 잊으려고 노력했다. 물론 환자의 작은 것, 우스개조차도 놓치지 않으며 더 세심한 진료를 하려고 애쓰지만 그 외의 것들은 잊으려고 노력한다. 같은 성인 환자의 고통을 잘 알고 있기 때문에 환자의 사생활을 보호하고 잊어주는 것이 나, 산부인과 의사로서 의무라고 믿는다.

산부인과 의사로서 25년이 지난 지금, 수많은 검사를 해도 별 진전이 없다고 여겼던 내과를 포기한 것은 항상 육체적인 죽음이 곁에 있던 내과 중환자실의 절망 때문이었다. 반면 산부인과에는 활력과 생명력과 박진감이 넘쳤다. 후닥닥 아이를 낳고 멀쩡하게 나가는 환자를 보고 나는 홀딱 반해버린 것이다. 그러나 내가 너무 어려서, 세상 경험이 없어서 '여성'이 겪는 그 절실한 아픔, 죽음보다도 더 크고 깊은 고통을 그때는 몰랐다.

지금? 물론 후회는 하지 않는다. 그러나 가끔은 후회할 때도 솔직히 있다. 예기치 않은 돌발사와 여성의 몸에 드리워진 길고도 집요한 어둠의 그림자를 감지할 때 그렇다. 그리고 너무나 많은 피를 보았다고나 할까? 나는 여성들이 뿜어내는 그 선홍색의 출혈과 언제나 함께 있었다. 그러나 내가 가장 가깝게 있었던 것은 한국 여성이 지닌 숙명적인 고통의 삶이었다.

5

모든 어머니는 신이다

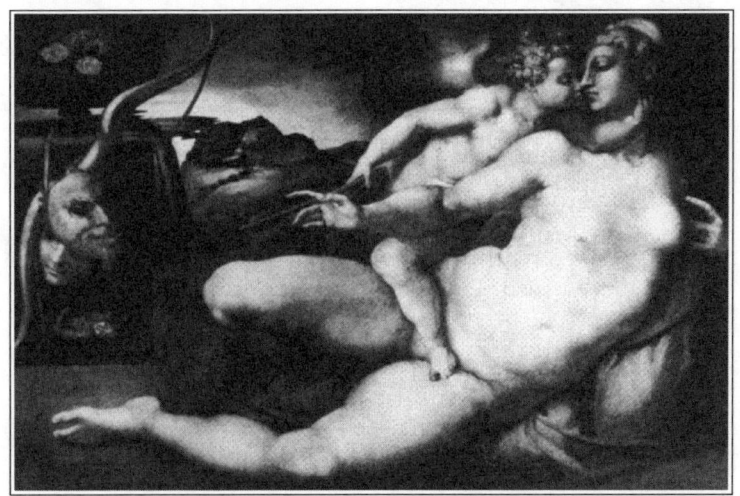

〈오르간 연주자와 함께 있는 비너스〉(부분), 티치아노

나를 밝히는 이유

나, 전여옥의 삶은 선택이었다. 나는 언제나 선택할 수 있는 나의 의지가 깃들인 삶을 살겠다고 다짐했다. 한 소설가의 궤변이 아닌, 진정한 인간의 사고와 힘으로 삶을 선택하고자 했다. 내가 일기를 쓰는 이유는 바로 선택을 위해 내 삶의 질서를 잡기 위한 것이었다. 이 세상에서 무엇보다도 내게 위로를 주는 것은 바로 일기를 쓸 때였다.

그런데 나는 왜 나의 일기에 걸어놓은 '암호'를 풀었을까? 사생활을 소중하게 생각하고 되도록 일과 나누기를 해온 나로서는 '나답지 않은 일'일 수도 있다. 그렇지만 나는 내 일기를 독자들과 함께하기로 결정했다. 내가 임신을 했고 한 생명을 출산했기 때문이다. 이것은 나의 사적인 체험이 아니라 정치적·사회적인 체험이라고 내내 느꼈다. 여성인 나의 몸을 통해 한 생명이 삶을 받고, 그리고 이 세상에 나아가는 그 모든 과정에서 나는 다시 한 번 내가 살고 있는 세계를 보게 되었다.

물론 일기는 아주 평범한 일상생활에 대한 사적인 기록일 수밖에 없다. 그러나 많은 여성학자들이, 일기가 여성에게 사회와 심리적인 문제를 깊이 생각하게 해주는 수단이 될 수 있다고 한 말을 임신의 모든 과정을 통해 생생하게 체험했다. 또한 이 일기를 통해 나 자신을 더 잘 알게 되었다. 또 하나의 나를 만나 '나의 문제'에 전문가가 될 수 있었다. 한편으로 이 일기는 전문가가 쓴 일기이기도 했다. 가깝게는 이런 이유도 있었다. 임정애 선생과 나는 임신부터 출산까지 이 극적인 280일을 '리얼'하게 이 책에 담아야 한다고 의견의 일치를 모았다. 다른 환자의 프라이버시를 보호하는 데 열중했던 임정애 선생은 '나'라는 환자를 눈독들였다. 한번 있는 그대로 임신과 출산을 말하라고. 때마침 나는 임신중이었다.

나의 일기를 공개하게 된 것 — 나의 인생에서는 아주 드물게도 '선택'이 아니었다. 이럴 때 내가 쓰는 멋진 말이 있다. '책임감' 때문이라고. 나와 나의 아이, 그리고 나의 동료인 여성들을 위한……

신천지가 열리는 기쁨

2월 11일(일)

임신이었다. 아침에 강의가 있어 새벽에 일어났다. 예정일에서 2주 정도가 지났기 때문에 '임신?' 하는 생각이 들었다. 약국에서 구입한 임신진단시약으로 테스트를 했다. 임신 표시가 두 줄의 보랏빛 선으로 나타났다. 끈기 있게 그 모양을 들여다보았다. 참으로 아주 복잡한, 아주 묘한 감정으로 나는 그 두 선을 들여다보았다.

그러나 결론적으로 아주 깊은 곳에서 오는 설렘을 느꼈다. 나는 기뻤다. 무척 기뻤다. 아이를 다른 사람들처럼 목을 빼고 기다린 것이 아니었고 나의 계획보다 훨씬 일찍 찾아온 아이였지만 나는 이 생명을 이번에는 있는 그대로의 기쁨으로 받아들이기로 했다.

아, 이 아이가 좋은 아이였으면, 총명하고 슬기로웠으면 무엇보다도 따뜻한 아이였으면 하는 생각을 했다. 그리고 여자아이였으면 좋겠다는 바람을 가졌다. 나약하고 상처받기 쉽고 고운 여자는 싫다. 정말 싫다. 그런 여자말고 강하고 굳세고 씩씩한 그런 여자아이가 내게 선물로 주어진다면 얼마나 좋을까? 그애는 나의 가장 좋은 친구가 될 것이다. 나는 그애와 목욕도 하고, 여행도 하고, 멋진 남자 이야기도 같이 하고 싶다. 그리고 그애에게 이 세상의 모든 것을 알려줘야지. 그대로 다 알게 하고 그애의 눈으로 보고 판단하게 해야지. 물론 나는 그애에게 최고의 격려자이자 후원자, 그렇다. '빽'이 되어줘야지. 지금까지 내가 내내 그리워했으나(?) 나에게는 한 번도 없었던 것.

어쨌든 정신적으로, 지적으로 균형이 잘 잡힌 아이였으면 좋겠다. 아름답고 행복한 가정에서 신의 사랑을 듬뿍 받고 자란 그런 아이로 기르고 싶다. 제발 내가 그애에게 넘치는 애정을 가질 수 있었으면, 그애를 보고 '첫눈'에 홀딱 빠졌으면 좋겠다. 이름은 '태리'라고 지어야지, 이·태·리. 클 태(太)에 마을 리(里), 큰 우주를 품은 여자라는 뜻이다.

새벽에 산정호수로 가면서 안개와 아침이 깨어나는 것을 바라보며 내 안에 하나의 생명이 이 아침처럼 잉태되고 있다는 생각이 들었다. 이 세상의 모든 것이 신비로웠다. 그리고 아름답고 밝았다.

2월 12일(월)

대구에 가서 특집 녹화를 떴다. 이제 아기를 가졌는데 괜찮을까? 일주일에 한 번씩 비행기를 타도 말이다. 지난번의 유산을 되풀이하는 것은 생각하기도 싫다. 그때는 상당히 힘들었다. 물론 임선생의 배려로 유산에 대한 상처와 죄의식에서 많이 벗어났으나 여전히 괴로웠다.

이번에는 무사히 낳고 싶다. 이 세상에서 건강한 아이를 맞이하고 싶다. 그 모든 것의 결정체가 아닌가? 생명이라는 것은.

그건 그렇고 너무나 졸립다. 끊임없이 졸립다. 정말 졸립다. 아이가 내 모든 것을 마구 흔들고 있다는 느낌을 받는다. 마치 독재자같이.

2월 14일(수)

피로에 감기가 겹쳤다. 너무나 고생스럽다. 약을 함부로 먹을 수도 없으니 꼼짝없이 앓을 만큼 앓는 수밖에 없다. 아이를 가졌다는 것은 정말이지 보통 일이 아니다. 요샛말로 장난이 아니다. 강의도 취소했다. 모임에도 나가지 못했다.

너무너무 지쳤다. 그 동안 내가 너무 무리했다. 하루종일 앓았다. 그런 와중에도 내 내부에 강인하게 생명의 똬리를 틀고 있는 그애를 생각하고 씩 웃는 여유가 가능했다.

2월 15일(목)

감기는 조금 나아졌다. 남편과 함께 임정애 원장에게 갔다. 임원장은 아주 기뻐했다. 산부인과에는 가끔 축제가 있다. '원하는 임신'을 했을 때, 그리고 '기다리는 임신'을 할 때가 그렇다.

초음파를 보았다. 나는 잠시 불안해졌다. 지난번 임신 때 한참을 아주 한참을 초음파를 보다 임원장이 아주 곤혹스런 얼굴로 나를 쳐다보았던 일이 떠올랐기 때문이다. 이번에는 임원장이 아주 환한 얼굴로 말했다.

"아기가 아주 씩씩해요. 신나게 숨쉬고 있어요."

내게도 초음파를 통해 '쿵쿵쿵' 하며 숨을 쉬는 아가의 심장 뛰는 소리가 들려왔다. 아, 그 생명의 힘에 가슴이 뛰었다. 임원장은 이번에는 정말 무사히 아이를 낳았으면 하고 간절히 바라는 듯했다. 동생인 임실장도 함박웃음을 지었다.

임원장은 내게 여러 가지를 물었다. 특별한 것은 없었다. 단지 3개월까지는 조심을 하라고 주의를 주었다. 3개월만 잘 넘기면 문제없을 것이라고 했다.

아이가 무사하다는 말이 나를 달라지게 했다. 지난번에 아기가 잘못된 것에 대해 나는 부인해도 소용없는 일종의 죄의식을 가지고 있었다. 그리고 그런 생각은 나로 하여금 "아이는 꼭 필요하지 않아. 나는 내 인생을 경영하기도 바빠. 지금 내 자신만으로도 버겁고 힘든데. 나는 결혼까지 했는데, 더 이상 어떻게 하겠어? 아이는 글쎄 별로 필요하지 않아."라고 내게 이야기하고는 했다. 그런데 아이가 그토록 강한 심장으로, 그토록 강인한 생명력으로 다가왔다는 사실이 내게 너무나 큰 기쁨으로 다가왔다.

임원장은 주의할 것을 일러주었다. 술도 안 되고 외출도 되도록 삼가라고 했다. 겁준다는 생각이 들지 않은 것은 아니지만 일단 한 달 반이니 조심하자고 마음먹었다. 하지만 술도 못 마신다니 섭섭했다. 아, 그리운 와인, 시원한 단 한 잔의 맥주, 그리고 부드러운 위스키, 코냑이 생각났다. 다행히 담배는 피우지 않지만.

속이 울렁거렸다. 아이가 존재를 알리고 있다는 생각을 했다.

임정애 박사의 진료 차트 (97. 2. 25.)

질 초음파를 통해 보니 임신 6주였다. 태아의 심음도 건강하게 들려왔다. 전여옥 씨는 노산이다. 노산에 대한 정의도 달라져야겠으나 한국에서는 35살 이상이면 노산으로 본다.

전여옥 씨의 나이는 38살. 더구나 지난번에 계류유산을 한 병력이 있다. 계류유산은 거의 아무런 증상 없이 자궁 안에서 태아가 숨지는 것으로 8주에서 10주 사이에 아주 슬그머니 찾아온다. 원인은 무엇일까? 아직도 정확한 원인은 밝혀지지 않았다. 가능한 한 빨리 중절수술을 받는 것이 좋다. 숨진 태아가 자궁에 남아 있는 것은 좋은 일이 아니기 때문이다. 전여옥 씨 역시 지난번에 그런 일이 있었던 만큼 주의를 계속 주고 있다. 일단은 임신 12주를 무사히 넘겨야 할 텐데 하는 걱정이 앞섰다. 의사로서 최선은 다하지만 원인을 잘 모르는 불행한 결과에는 어쩔 도리가 없다.

언제나 느끼는 부담감이지만 환자와 잘 알고 친한 사이일수록 부담감은 더 크다. 흔히 의사에게는 VIP신드롬이 있다. 아주 잘 아는 환자, 예를 들면 가족, 친척, 아주 가까운 친구, 유명인사일수록 수술 후에 합병증이 더 많이 생기는 것을 뜻한다. 잘해주려고 신경을 많이 쓰는데도 불구하고 합병증이나 문제가 더 많이 발생한다고 해서 붙여진 이름이다. 사실 이런 경우 의사로서 아주 힘들고 까다로운 일이다. 그렇지만 나는 그런 증후군에 개의치 않고 적극적으로 환자를 만나는 편이다.

어쨌든 모든 것을 완전히 알고 맡기는 환자일수록 의사로서 심리적인 부담감은 더 클 수밖에 없다.

2월 17일(토)~20일(화)

구정연휴. 몸이 몹시 괴로워 모든 일정을 취소하고 집에서 쉬기만 했다. 일과 몸 돌보기가 너무나도 어렵다. 그냥 집에서 누워만 있었다. 하나의 새로운 존재가 나를 지배하고 있다. 나를 마음대로 휘두르고 있다. 이 일은 무시무시하고 힘들다. 혹시 이 새 생명은 평생 나를 이렇게 마음대로 하는 것은 아니겠지? 왜 이렇게 어렵고 힘든 것일까? 내가 너무 나이가 많아서? 한 번도 나이 생각은 해본 적이 없는 난데. 참 별생각 다 들게 한다.

2월 21일(수)
여전히 힘들다. 정신도 하나 없고 말이다.

2월 23일(목)
정기 검진일이다. 남편과 함께 병원에 갔다. 아기는 무사했다. 임정애 원장도 언제나 긴장하는 듯하다. 초음파를 통해 아기의 심장소리를 들었다. 불안했던 마음이 비로소 '아, 괜찮구나' 하면서 작은 시내 같은 기쁨으로 변한다. 한 배에 두 사람이 탄 느낌이다. 내 몸은 마치 배와 같다. 넓은, 아주 넓은 바다를 조각배가 되어 아이를 싣고서 단둘이서 나아가는 듯하다. 그 느낌은 신기함, 그리고 책임감으로 다가온다. 끝까지 가보겠다는 의지도 생긴다.

남편은 '책임감'이란 말을 아주 싫어한다. 당신에게 책임감을 느끼는 것이 나로서는 가장 큰 사랑의 표현이라는 것을 그는 아주 싫어한다. 그렇지만 내게 어떤 존재에 대해 책임감을 느끼는 것 이상의 '사랑'이 있을까? 나는 이 아이에게 '책임감'을 느끼기 시작했다.

그러나 어두운 방에서 초음파를 통해 그 '책임감의 대상'이 숨을 쿵쿵 쉬고 있는 것을 들으면서 '엄마'가 될 두려움을 느낀다. 그리고 바닥으로부터 오는 회의를 느낀다. 내게 아이를 낳는다는 것은 무슨 의미가 있을까? 모든 여자가 아이를 낳아야 한다고 하는 것은 남자들의 세뇌── 아이를 인질로 삼기 위한, 여자를 아이 낳는 노예로 삼기 위한── 가 아닐까? 혹은 억울하게, 아주 억울하게 아이를 낳은 여자들의 주장이 아닐까?

임정애 박사의 진료차트 (97. 2. 23.)

전여옥 씨는 분명히 분명히 아이를 원하는 듯하다. 그러면서도 자신의 일이 영향을 받는 데 짜증이 나 있는 상태이다. 일하는 여자들의 어쩔 수 없는 심리 상태이다. 그렇지만 의사로서 그렇게 걱정하지는 않는다. 주관이 뚜렷하고 머리가 좋은 여성들은 정리가 빠르기 때문이다. 특히 의사를 믿는 부분이 그렇다. 모든 것이 확실한 편이라 의사에 대해 '신뢰하고 믿는다' 하면 아주 깨끗하게(?) 믿는다.

지난번 계류유산을 했을 때 전여옥 씨는 무리를 해서 유산을 했다고 생각한다. 옛날에 비해서 요즘 계류유산이 많다. 대부분의 경우 유산을 경험했던 여성이 계류유산이 되는 경우가 있다. 물론 첫 임신을 했을 때 역시 계류유산이 되는 경우도 있다. 일반적으로 임신 3개월 안에 자연유산을 하는 원인의 60퍼센트 정도는 태아 자체의 문제라고 여겨진다. 결손된 난자나 정자가 만나 아이가 되었을 때 제대로 자라지 못하는 경우이다. 나머지 40퍼센트는 자궁내막에 손상이 있을 경우이다. 예전에 비해서는 경제적인 이유나 자신의 일 때문에 아이를 갖는 시기를 늦추기 때문에 대부분 임신중절수술을 단 한 차례라도 경험하는 경우가 많아 계류유산으로 연결될 수 있다.

또한 면역체계에 이상이 생겨서 아이를 이물질 취급해 자궁 안에서 키우지 못하는 경우이다. 어쨌든 계류유산의 정확한 원인을 환자에게 분명히 설명해주는 것은 어렵다. 오로지 추정할 뿐이다. 특히 계류유산은 반복되는 경우가 많다. 거의 25퍼센트 정도나 된다. 그러므로 두 번째 임신에 더욱 주의를 할 필요가 있다. 이번 임신은 그러므로 일주일에 한 번씩 태아의 상태를 지켜보고 임신 10주까지는 황체호르몬 계통의 약물을 투여하도록 할 생각이다. 약물 투여는 선천적으로 거부하는 환자도 있어 무엇보다 환자의 동의를 얻어 할 생각이다.

2월 24일(토)

성남 K서점에서 '저자와의 대화'가 있었다. 책을 내면 대개 큰 대형서점을 돌지만 이곳은 처음이다. 그렇지만 더 좋았다! 중고생과 대학생들이 유달리 많았다. 여자도 많았지만 남자도 많았다. 그들이 어찌나 진지한지 나는 아주 찔했다. 기분이 몹시 좋았다.

언젠가 내 친구가 말했다. 자신은 남자와의 섹스에서 오르가슴을 느낀 적이 없다고(그 말을 듣는 순간은 그애를 동정했다). 그러나 좋은 기사를 썼을 때 남들이 그 기사에 찬사를 보내면 오르가슴을 느낀다고. 그 말을 듣는 순간 나를 그애를 존경하고 부러워했다.

여자와 남자, 영원한 맞수이면 이상적이다. 그러나 철저한 지배와 종속의 기재로 되어 있다는 점, 바로 그것이 문제이다. 나는 오늘 그 말을 했다. 강조했다. 그리고 독자들은 나에 대한 애정(?)으로 받아들여줬다. 나는 작은 오르가슴을 느꼈다. 나의 아이가 느꼈을까?

....

임정애 박사의 진료차트 (97. 3. 7.)

지난번 임신했을 때 전여옥 씨는 임신 10주 때 병원을 찾아왔다. 입덧도 거의 없고 모든 것이 순조롭다고 했다. 일반적으로 다 그렇게 생각할 수는 있다. 결국 그날 초음파를 해보니 아이는 이미 유산되어 있었다. 입덧이 없었다는 것은 결국 예기치 않은 결과의 표시였던 셈이다. 이런 사실을 환자에게 알려야 할 때 의사로서 마음이 무척 아프다.

입덧의 정도는 아이의 건강 상태와 직결된다고 본다. 그래서 입덧이 심하다고 불평을 하는 임신부에게는 아이가 건강하다는 증거이니 즐겁고 기쁘게 생각하라고 말해주고는 했다. 이번의 경우, 전여옥 씨는 입덧이 아주 심해지고 약간의 감기 기운으로 정상적인 업무를 하기가 무척 어렵다고 호소했다.

초음파 검사를 해보니 아이는 1.3센티미터 정도 자랐다. 심장음은 더 크고 씩씩하게 들려왔다. 소량의 출혈이 보였지만 걱정할 정도는 아닌 것 같다. 약간의 황체호르몬제를 처방하고 안정을 취하라고 권했다. 감기는 고열이 날 정도는 아니었으므로 휴식과 비타민C 정도를 먹으라고 했다.

입덧의 90퍼센트는 심리적인 원인이다. 그리고 10퍼센트만이 태반에서 나오는 성선자극호르몬(HCG : 임신반응 테스트를 나타내주는 호르몬)의 영향이다. 그러므로 입덧은 한마디로 그 사람의 성격과 밀접한 관계가 있다. 대개 유아적이고 의존형인 성격이 입덧을 많이 한다. 입덧을 많이 하면 구토를 하고 전해질이 다 빠져나가게 된다. 탈진하게 되면 육체적인 건강까지도 해치게 된다. 그래서 임신 12주를 넘기지 못하고 유산으로 임신을 종결짓는 경우가 있다.

한 환자는 36살이 되도록 입덧 때문에 계속 유산을 한 경우도 있다. 여러 차례 치료도 하고 입원도 해봤지만 3개월을 넘긴 적이 없었다. 심리적인 원인이 90퍼센트라고 설명했지만 입덧이 너무 심한 '임신오조' 현상의 예였다. 그 환자에게 한번 탈진에 빠지지 않도록 2~3개월 정도에 입원을 각오하고 다시 한 번 도전해보라고 권했다. 4개월이 지나면 입덧이 어느 정도 잠잠해지기 때문이다. 임신을 하자마자 산부인과에 와서 적당한 조처를 받으면 성공할 수 있다고 말해줬다. 비타민 계통을 수액에 넣어 전해질을 공급하거나 칼로리를 보충해 임신을 지속할 수 있는 육체 상태를 유지하게 하는 방법이 있기 때문이다.

나는 비로소 겸허함을 배우기 시작했다

4월 1일(월)

KBS가 라디오 개편을 했다. 오늘 첫 방송을 했다. 저녁 6시부터 8시까지 두 시간 시사 프로그램이다. 〈전여옥의 생방송 오늘〉. 스태프들도 좋은 사람들이다. 역시 라디오는 뭐라고 할까, 쉽고 편하고 인간적이다. 친구 같다고나 할까? 텔레비전이 지닌 작위적인 냄새를 라디오에서는 맡을 수가 없다. KBS를 떠나 프리랜서로서 본격적으로 일한다는 점에서 내게는 아주 중요한 일이다. 더구나 다행인 것은 이제 내가 방송을 하는 것 그 자체에 연연하지 않는다는 사실이었다. 예전에는 방송만이 내가 할 수 있는 전부였고, 그리고 미치도록 그 일을 사랑했다. 마치 어떤 남자에게 사랑에 눈이 멀고 중독된 그런 여자였다고나 할까? 하지만 이제는 마치 여러 사랑을 겪고 그 소용돌이에서 벗어난, 조금은 눈이 깊어진 그런 여자 같다. 여유와 친근한 애정이 내게 있다. '들으니까 남는 방송'을 하고 싶다는 소박한 생각을 가져본다.

임신했다는 것을 알릴까 하다가 그만두었다. 어차피 편성은 6

개월 단위로 달라진다. 아이를 낳을 시기는 6개월 후이고 그렇다면 말끔하게 일을 마무리할 수 있을 것으로 여겨졌기 때문이다. 임신은 임원장 말대로 병이 아니다. 그리고 여성인 내게는 아주 기막히게 자연스러운 일일 수도 있다.

언젠가 본 영화 생각이 난다. 10대 미혼모가 두 번째 아이를 갖게 되었다. 쌀쌀맞은 여의사가 아이를 낳겠느냐고 비웃듯이 물었다. 그때 그 미혼모인 10대가 말했다.

"물론이죠. 낳지 않을 이유가 없잖아요? 나는 일할 수 있고 아이도 기를 수 있어요. 물론 지난번 임신했을 때도 수퍼마켓에서 일했어요. 임신을 해도 변호사도 의사도(!) 일하잖아요?"

내가 그때 받은 감동은 이루 말할 수가 없다.

그렇다. 나는 일할 수 있다. 입덧이 심하고 혹시 방송을 할 때 침이 가득 고일지도 모르지만, 그래, 좋아. 그게 어쨌다는 거야. 그리고 좀 그러면 어때? 얼마나 자연스럽고 당연한 일이야. 뭐라고 하는 사람 있으면 나와보라고 그래. 아가야, 좀 깡패 같지?

그리고 나는 프로페셔널이야. 어떤 상황이라도 나는 해낼 수 있어. 조건이 좋을 때만 일할 수 있는 사람은 아마추어니까. 나는 프로야. 우와! 아주 씩씩하고 멋지잖아? 나는.

4월 6일(토)

KBS 모임에 갔다. 동기 9기생 모임은 내게 언제나 시간의 감사함과 동료애의 아름다움을 일러준다. 16년 전, KBS에 입사했을 때 우리는 싱싱했다. 그리고 미완성이었고 아무것도 손에 쥔 것이 없었다. 그래서 불안하고 미숙했다. 이제 우리는 40대를 내일로 모레로 남긴 여성이 되었다. 세월이 우리 가슴을 할퀴었고, 무덤까지 갖고 갈 이야기 한두 가지쯤은 이미 가슴에 묻은 사람이 되었다. 웃지 않아도 눈가에 잡히는 주름처럼 이제 우리는 서로의 존재가 편안해졌다.

옥님이, 순우, 영실이, 영주, 수형이 모두가 오늘 나의 임신을 기뻐해주었다. 아이를 낳는 것처럼 감격적인 일은 내 인생에 없었노라고 모두가 무용담을 한 타래씩 풀어놓았다. 물론 아이를 낳고 기른다는 일이 일하는 여자에게 얼마나 힘들고 벅찬지 모른다고 하면서도 '그래도 좋았다'고 했다. 과연 무엇이 그토록 좋을까?

옥님이, 수형이와 4시까지 이야기를 했다. 둘은 아이를 낳고 기르는 것은 결혼이나 그 모든 것과는 비교도 안 되는 일이었다고 강조했다. 이야기를 들으면서 어렴풋이 이해했다. 그럴지도 몰라라고.

4월 10일(수)

임원장에게 진찰을 받으러 갔다. 오후 1시에 갔는데 다행히 진찰을 받을 수가 있었다. 모든 것이 정상이라고 했다. 초음파로 아이를 보았는데 내 느낌은 올챙이(아가에게 실례) 같다는 느낌이다. 아이가 많이 자랐다고 했다. 순조롭다. 기뻤다.

이 아이는 내게 참 많은 것을 준다. 내가 무엇인가를 공들여 만들고 있다는 느낌, 그리고 내 안에 생명을 키울 수 있는 터, 공간을 갖고 있다는 그 느낌이 '여성이 아주 우월한 존재구나' 하는 확신을 준다. 게다가 하루하루 변하지 않는가 말이다. 내가 한 인간을 만들고 있다니……. 너무나 대단한 일이라는 아주 근본적인 기쁨이 있다.

임원장과 임실장, 그리고 우리 이렇게 넷이서 점심을 들며 여러 가지 이야기를 했다. 아이를 가진 환자(?)와 이야기하는 것은 임원장이나 임실장에게도 기쁜 일인 듯했다. 나도 남편도 모두가 기쁨과 기대의 한가운데 있다. 나는 되도록 자연분만을 하고 싶다고 했다. 그러자 임원장이 기본적으로 제왕절개를 해서 아이를 낳을 각오를 하고 있으라고 한다. 나이가 많고 살이 쪘고 (나는 요즘 너무 먹는다!), 안 되는 이유는 내가 생각해도 많다. 그럼에도 불구하고 가능하면 자연분만에 도전해보겠다.

임정애 박사의 진료차트 (97. 4. 10.)

전여옥 씨는 언제나 남편과 함께 진찰을 받으러 온다. 사실 남편 역시 직장에 매인 만큼 힘들 텐데 '우선 순위'를 아내를 배려하는 데 두었다고 생각된다. 아이를 기다리는 아빠의 고생이 느껴진다. 그는 아주 부드럽고 섬세한 사람이다. 전여옥 씨는 아이가 무사한 데 일단 안도하고 난 뒤에는 자신의 일 스케줄이 옛날만큼 효율적으로 움직이지 못하는 데 대해 속상해한다. 남편에게 꽤 투정(?)과 스트레스를 주는 듯하다. 이럴 때일수록 남편의 자상한 배려가 임신부에게는 얼마나 큰 힘이 되는지 모른다. 잘 어울리는 한쌍이다.

나는 임신 기간 9달 동안은 남편에게 투정도 하고 스트레스도 보여줄 필요도 있다고 본다. 가만히 보면 씩씩한 여성은 임신을 해도 별 대접을 못 받는 것 같다. 알아서 잘하겠지 하는 식이다. 그에 비해 의존적이고 여성적인 성격의 여성은 철저하게 임신 기간을 잘 이용한다고나 할까? 의사로서 어느 정도는 필요하다고 본다.

아이의 상태는 순조롭다. 전여옥 씨도 건강하다. 특히 심리적으로 아주 평온하고 좋아 보인다. 일단 겉으로는. 그러나 아이를 가진 여자들의 심리는 얼마나 대단한가? 그 굴곡과 그 격랑의 바다는.

4월 19일(금)

내 생일이다. 남편과 저녁 식사를 하다 싸웠다. 발단은 언제나 사소한 일이었다. 우리는 아주 잘 싸운다. 싸울 때는 너무나 격전을 치른다. 내 기질 때문이기도 하지만 그 역시 만만치 않은 상대이다. 서로 닮아가는 것은 같이 사는 부부의 숙명이지만 옛날에는 순했던(?) 그가 나의 격렬함을 닮아가는 듯해서 몹시 안타깝기도 하다. 그 와중에도 그는 화가 나서 내게 심한 말을 했고 나는 더 말할 나위가 없다.

하루종일 내 나이를 생각했다. 우리 나이로 38살이다. 지금까지 어떻게 살아왔는가? 문제는 앞으로 살아가야 할 날이 훨씬 많다는 점, 그리고 내가 젊다는 점이다. 앞으로 일년 뒤 내 생일에는 얼마나 많은 변화가 있을까? 나의 아이가 내 곁에 '실존' 할 것이고, 내 마음도 내 사고도 많이 변화하고 달라져 있을 것이다. 나는 변화를 기다리고 사랑한다. 왜? 발전이자 진보이니까.

4월 21일(일)

남편이 사과했다. 잘못했다고, 사랑한다고 말했다. 그 역시 많은 부분 괴로웠을 것이다. 운명이라면 운명적이라고 할 수 있는 우리의 만남이다. 그가 살아오면서 나 때문에 겪었던 괴로움 그 깊이. 그가 몹시 힘들었다는 사실을 기억하자. 그리고 그는 내가 낳을 아이의 아버지라는 사실을 기억하자.

4월 24일(수)

병원에 갔다. 남편과 짧은 냉전을 치른 탓에 아이가 조금 걱정되었다. 하지만 아이는 아주 건강했다. 벌써 척추와 손가락까지 다 만들어져 있었다. 한 생명이 내 몸 안에서 뼈와 살을 갖춰 간다는 것이 자못 흥미진진하고 감동적이다.

문선생님은 아주 자세히 초음파를 해보더니 내게 물었다.

"아들을 원하세요? 딸을 원하세요?"

나는 "딸이었으면 좋겠어요."라고 대답했다.

문선생님은 그 말을 듣고 그냥 웃기만 했다. 나는 직감적으로 그럼 '혹시 아들이라는 이야긴가?' 하는 생각이 스쳤다. 조금, 아니 많이 실망스러웠다. 나는 열렬하게 인생의 동지를 원하지 않았던가. 그런데 나와 성(性)이 다른 아들이라니. 그러나 일단 아이가 건강하다는 점, 건강한 아이를 얻는 점에 감사하자고 나를 다독였다.

하기는 남자로 이 세상에 태어난다는 것은 얼마나 편한 일인가? 엄연한 '남자의 세계'인 이 사회에 비집고 들어가야 되는 보험회사 영업사원 같은 힘겨움도 없을 것이고, '초대받지 않은 손님'으로서 눈총 안 받아도 될 것이고, 그리고 아주 가까운 이유로는 어머니인 내가 그렇게 많은 것을 준비시켜주고 지원해주지 않아도 되는 남자라는 점. 그냥 편하게 생각하기로 했다.

또한 문선생님이 확실하게 이야기를 안 했으므로 내가 그녀의 '모나리자 같은 미소'의 뜻을 착각했을 수도 있고 말이다. 희망을 갖자. 씩씩하고 웃음소리가 큰 딸일 수도 있다!

기형아 검사를 했다. 불안했다. 나는 35살이 넘은 임부가 아닌가? 설명서를 보니 별별 생각이 다 났다. 그저 욕심을 버리자, 아들이라도 아무 일 없으면 다행이다. 이런 생각을 하다 혼자 피식 웃고 말았다.

건강한 아이만 나오면 그것으로 만족하자. 이러면서 삶이 겸손해지고 세상 무서운 것을 아나 보다. 나는 두려웠다. 나답지 않게.

임정애 박사의 진료차트 (97. 4. 24.)

아이를 갖고 몸 안에서 자신의 일부로 키워나가는 것…… 여성의 모든 것을 변화시키는 일이다. 나 역시 그러했다. 이 세상 모든 것에 대해 이해할 수 없는 것도 받아들이게 되고 남들이 못하는 것에 대해서도 '그럴 수도 있지' 하게 만든다. 몸의 변화가 사고의 변화를 이끄는 정말 훌륭한 한 인간의 과정이다. 어느 남자가 이런 느낌을 통해 성숙될 수 있을까? 나는 감히 불가능한 일이라고 말하겠다. 여성은 성을 통해서 성숙한다. 성을 통해 창조한다. 이것은 오로지 신비스럽다는 표현 외에 달리 할 방법이 없다.

'태교' 역시 그렇다. 어떤 음악을 듣고 어떤 특수한 태내 교육을 한다든지 그런 것보다 더욱 중요한 것이 있다. 그것은 자신의 몸 안에 있는 태아에 대한 긍정적인 생각이다. 아이에 대해 품은 절대적이고 긍정적인 생각이다. 가령 임신 초기에 이 아이는 내가 원하지 않았던 아이인데, 혹시 잘못된 아이가 아닐까 하는 생각이 아이의 정신 건강에 결정적인 영향을 준다고 생각한다. 머리가 좋은 아이를 낳는 데는 관심이 있는데 정신적으로 건강한 아이를 낳는 데는 별 관심이 없는 것 같아 안타깝다.

임신 5개월이 지나면 모든 임부는 두 가지 질문을 한다. '아이는 괜찮은가?' '아들인가, 딸인가?'를 묻는다. 만일 딸인 경우 아이를 낳지 않으려고 하는 경우가 있다. 그런데 초음파를 해보면 아이의 성기가 잘 보이지 않는 경우, 즉 성기를 보여주지 않는다는 느낌이 의사로서 들 때가 있다. 아이는 민감하고 모든 것을 알고 있다.

그만큼 모든 것을 받아들이고 편안하게 아이를 기다리고 사랑하는 자세……. 모차르트 음악을 듣는 것보다도 훨씬 더 중요한 태교이다.

어머니의 건강, 특히 정신건강이 아기의 건강과 직결된다. 어머니로서 긍정적이고 좋은 생각만을 하는 것이 태교의 근본이다.

4월 27일(토)

아침부터 아주 바빴다. 그리고 일을 많이 했다. 일단 G-TV 〈현장 35〉 프로그램의 오프닝과 클로징 부분을 촬영했다. 촬영이 끝난 뒤 우리 집에서 식사를 했다. 모두들 맛있게 먹었다. 젊은이들이 지닌 그 건강 넘치는 식욕에 나 역시 강렬한 식욕을 느꼈다.

그리고 방송국에 가서 진행을 했다. 오늘은 교통 캠페인이었는데 그런대로 재미있었다. 남편이 회사에 데려다주고 방송이 끝나자 다시 나를 데리러 왔다. 그는 무엇인가 맛있는 것을 사주고 싶어했다. 그래서 양식을 먹으러 가기로 합의했다. 나는 그릴에 구운 닭고기를 가득 얹은 시저샐러드를 먹었고 남편은 소시지와 신양배추절임을 먹었다. 남편이 소시지가 아주 맛있다고 먹어보라고 했다. 나는 사실 버터를 듬뿍 넣어 부드럽게 만든 매시트 포테이토가 탐났지만 옛날처럼 그의 접시를 넘보지는 않았다.

남편과 저녁을 먹고 났더니 너무 부대껴서 운동 삼아 공원에 산책을 갔다. 운동이 부족한지 왼쪽 허벅지 바깥쪽이 계속 저렸다. 조심해야겠다는 생각이 들었다. 이제 안정기에 들어갔으니 운동을 규칙적으로 하고 식사를 조절해야겠다. 만일 임신중독증에 걸린다면 아주 곤란할 것 같다. 사실 나는 건강해야만 한다. 할 일이, 아니 해야 될 일이 너무나도 많은 사람이기 때문이다.

4월 28일(일)

일요일. 하루종일 가만히 있었다. 한 일이라고는 책을 두 권 읽은 것밖에는 없다. 그것도 소설이었다. 그러고 보니 아무것도 안 하고 일요일을 보냈다는 생각이 나를 약간 들볶았다.

아이는 내 안에서 무럭무럭 크고 있다. 그애는 내게서 무엇을 가져가고 있을까? 내 살, 내 영양소, 내 피, 그리고 내 생각을 가져가고 있을 것이다. 나의 지식도 그렇지 않을까? 그애와 함께 책을 읽고 이야기하는 듯한 아주 묘한 느낌이 전해졌다.

난 임신 전에 미친 듯이, 휘몰아치듯이 일을 했다. 그러다가 일을 못하니까 갑갑하기가 이루 말할 수 없다. 그러나 이것도 인생의 경험이라고 생각하기로 했다. 왜냐하면 책과 일 못지않게 내 인생에 무언가 커다란 울림을 전해받을 수 있다는 확신이 들었기 때문이다.

나는 지금 아이를 기다리고 있다. 얼마나 좋은 일인지 모른다. 아무 생각 없이 그저 밝은 아이, 건강한 아이였으면 좋겠다. 물론 딸이면 좋겠지만 아들이라도 기쁘게 그애를 맞이하기로 했다. 벌써부터 아이에 대한 강한 책임감이 느껴진다. 이것이 언제나 내가 느끼는 사랑이라는 첫 예감이다.

4월 29일(월)

아가야,

안녕? 너는 지금 뭐해? 나? 나는 책을 읽다가 네게 편지를 쓰기로 했단다. 벌써 4월이 다 가고 있어. 너무나도 빠르다. 하루하루 날짜를 꼽으며 너를 기다리고 있어. 그러니까 다섯 달 뒤면 우리 만날 수 있는 거니? 분명히 너는 내 마음에 드는 아이겠지. 아주 밝고 웃음이 유달리 환한 그런 아이일 거라고 생각해. 물론 사랑스럽고.

나도 네 마음에 들었으면 좋겠다. 나는 전여옥이야. 나이는 38살이고 아주 씩씩한 여자란다. 사는 데 큰 흥미를 가지고 아주 열심히 하루하루를 살아가고 있어. 네가 알게 되겠지만 마음이 부드럽고 착하고 따뜻한 사람이야. 그렇지만 쉽게 울지 않는 사람이고, 낙천적인 사람이야.

그런데 사실 너에게 큰소리친 감이 있다. 나는 한편으로는 그렇게 되려고 하는데 아주 나약하고 마음 약한 사람이기도 해. 상처도 잘 받고. 너만은 잘 알고 있었으면 해. 나는 반어법을 잘 사용해. 무슨 뜻인지 알겠지.

나는 좀 격렬한 사람이야. 하고 싶은 일에 대해서는 추진력도 있고 노력하면서 살지. 엄마의 인생은 그런 싸움의 과정이었어. 만일 네가 여자라면 너에게 내 기질을 물려주고 싶다. 네가 평화로운 삶을 살기를 원치 않아. 오히려 고통과 좌절과 실패를 경험하면서, 그러나 반드시 딛고 일어서서 고개를 들고 그렇게 살기를 원해. 그렇게 할 수 있단다. 충분히 할 수 있단다.

그 대신 네 가슴은 나처럼 뜨겁지는 않았으면 좋겠다. 머리처럼 조금은 차가워서 내가 했던 실패를 하지 않았으면, 사려깊게 좀더 사려깊게 인생을 살았으면 좋겠구나.

나는 여러 가지 일을 하고 있어. 우선 글을 쓰는 일이 지금 내게는 가장 중요한 일이고……. 세 권의 책을 썼어. 그런대로 괜찮았는데 앞으로 더 많이 아주 많이 노력해야만 돼. 그러니까 너는 '일을 하는 나'를 도와주고 이해하고 참을 것은 좀 참아야 돼. 나는 그런 것을 당연하게 생각하고 미안하게는 생각하지 않을 거야.

그리고 난 방송에서 진행을 하고 있어. 14년 동안 KBS에서 기자로 일했단다. 남들은 그런대로 괜찮은 방송인이라고 했는데, 모르겠어. 단 한 번도 방송에 만족한 적은 없었으니까.

그리고 회사를 갖고 있어. 방송용 프로그램과 홍보물을 만드는 회사야. 직원이 열 명 정도 있고, 사무실을 여의도에 두고 있어. 네가 걸을 수 있게 되면 함께 가보자.

오늘 아침에는 비가 보슬보슬 왔어. 아파트 베란다에서 비에 젖은 거리를 보았어. 세상이 참 아름답고 깨끗하게 보였어. 나한테는 없었던 일이야. 나는 그렇게 세상을 아름답게 보지는 않아. 싸워야 될 대상이고 무슨 한이 있더라도 내 자리를 만들기 위해 많은 눈물과 분노를 삼켜야 했던 곳이니까. 그런데 오늘은 너무나 아름답다. 아무런 분노도 없고 눈물도 없이 아주 어린 소녀처럼 그냥 호기심과 웃음으로 이 세상을 바라보고 있다. 바로 이게 네가 내게 온다는 표시니? 오늘 아침 봄비처럼 그렇게 너는 선하게 아름답게 나를 적시고 있구나.

'사랑'과 '평화'로 내게 올 너를 기다리는 친구 여옥이.

4월 30일(화)

어제 오랜만에 수영을 했다. 생각보다 괜찮았다. 힘들지도 않았고 몸에 한기가 느껴지지도 않았다. 천천히, 천천히 한 20분을 했다. 무리하지 않고 하면 괜찮을 듯하다. 전반적으로 컨디션이 아주 좋아졌다. 무조건 기운 없고 늘어지는 것은 정말이지 싫다. 몸이 깨어나면 정신도 깨어날 수 있다. 하루도 빼놓지 않고 꾸준히 해야겠다.

이상하게 채소가 맛있다. 전에 나는 고기를 참 좋아했다. 아마 내가 고기를 좋아한 것은 선천적인 것도 있겠지만, 고기를 먹는 인간이 더 공격적이고 힘이 넘친다는 이야기를 듣고 무의식적으로 열심히 먹었던 적도 있었다. 그런데 임신한 뒤에는 전혀 고기가 먹고 싶지 않다. 참 신기한 일이다. 밖에서 식사하는 것도 되도록 피하고 싶다. 요즘 나의 식사는 대개 집에서 밥 조금에 나물을 넣고 비벼서 가볍게 들거나 샌드위치를 먹는 정도이다. 그리고 수박. 남편은 요즘 그 옛날의 내게 수박이 떨어질까 언제나 사다주셨던 아버지처럼 그렇게 수박을 사댄다. 집에 돌아오면 냉장고를 열고 수박의 유무를 확인하고 대개는 놀란다. "아니 벌써 다 먹었어?"라고. 나는 당당하게 웃는다.

오늘 수영을 하면서 되도록 자연분만을 하고 싶다는 생각을 했다. 물론 힘들겠지만 그래도 한다면 하는 사람 아닌가? 굳이 못할 일도 없다. 인생의 넓은 바다를 횡단하는 기분이다. 내 목적지는 어디인가?

확실히 몸의 컨디션은 나아졌지만 '임신했다'는 이유로 너무 늘어져 있는 것은 아닌가 하는 생각이 들었다. 지금부터라도 정신 똑바로 차리고 이 일 저 일을 해야겠다.

어떤 아이가 나올까? 남편은 아이 이름을 '솔'로 하자고 한다. 여자이든 남자이든 붙일 수 있는 이름이다. 이솔, 그런대로 괜찮다. 솔이는 분명히 착한 아이일 듯하다. 아이를 가지고 나니 이 세상에 대한 욕심—여러 가지가 정리되고 없어지고 그렇다. 인간은 자기 혼자 있을 때, 참 자신만만하고 끝없는 욕망의 한가운데 있다. 나도 그랬다. 그런 점에서 나의 20대, 그리고 30대는 혼자 서 있었다. 그렇지만 아이를 갖는다는 것은 그 자체가 엄청난 선물인 만큼 인생의 모든 것을 원점에서 생각하게 만드는 계기가 된다. 그런 점에서 여성이 남성보다 훨씬 더 인간적인 삶을 산다고 볼 수 있다. 인생이 정말 신기하다. 여자의 삶이 정말이지 신비롭다.

인생의 동지가 될 딸을 낳고 싶다

5월 1일(수)

다행이다. 병원에 전화해보니 아무 이상이 없다고 했다. 얼마나 마음을 졸였는지 모른다. 정말 아이를 두 번 낳을 일이 아니다. 지금 내 나이에 아이를 갖는 것은 38살이 곧 임신 적령기였기 때문이다. 나의 35살 결혼이 그렇듯이. 그렇지만 각종 검사에서 문제가 생길 가능성이 많아진다는 것은 참 불안하고 힘겨운 일이다. 물론 솔이가 괜찮을 것이라고 생각은 했지만 왜 그렇게 마음이 조마조마했는지 모르겠다. 잘 길러야겠다. 소중한 아이이다. 관심과 사랑을 지니고 말이다. 문선생님은 정상이니까 다른 검사도 해볼 필요가 없다고 말했다. 씩씩하고 똘똘한 아이. 너무나 기쁘다.

....

임정애 박사의 진료차트 (97. 5. 1.)

모체의 혈액을 이용한 기형아 감별 검사가 있다. 이것을 트리플마커(TRIPLE MARKER)라고 부른다. 이것은 일종의 선별 검사이다. 모두 정밀 검사를 하기 어렵기 때문에 정밀 검사가 필요한 임신부를 가려내는 것이다.

모든 기형아를 알아내는 검사가 아니고 염색체 이상으로 지능 저하를 동반하는 다운증후근이나 척추 이분화 기형을 선별하는 데 특별히 가치를 지닌 검사 방법으로, 임신한 지 16주에서 20주 사이에 해야만 정확도가 높다. 이 검사에서 양성반응이 나온 임신부는 양수를 뽑아서 염색체를 배양시켜 염색체 이상을 알아보는 검사를 받아야만 한다. 때로는 이 검사에서 양성반응이 나왔다는 이유만으로 아기를 낳지 않겠다고 고집하는 임신부를 볼 수 있다.

그러나 검사에서 양성반응이 나온 임신부 가운데 극히 적은 숫자만이 실제 염색체 검사에서 양성반응을 보인다. 대부분은 정상으로 판명되기 때문에 이 검사만 가지고 기형아냐, 아니냐를 단정한다는 것은 있을 수 없다.

전여옥 씨의 경우는 일단 트리플 마커에서 음성반응이 나왔다. 그렇지만 35살이 넘는 노산이었기 때문에 양수 검사를 해서 염색체를 확인해야 할 것인지, 한창 활동할 시기이므로 그냥 트리플마커만 해야 할지 고민스럽다. 나와 전여옥 씨는 아주 잘 아는 사이, 즉 환자와 의사의 관계를 떠나서도 인간적인 관계로 남는 사이이다.

고민 끝에 친한 사이일수록 엄격한 검사를 하는 것이 옳다고 결론을 내렸다. 사실 나이가 많은 임부의 경우에는 2천5백 명에 하나꼴로 다운증후군의 아기를 낳을 수 있다. 물론 그 확률은 그리 높은 것이 아니다. 외국에서는 거의 임부에게 설명을 하고 양수 검사를 받는 것이 상식이다.

양수 검사를 함으로써 드물지만 있을 수 있는 합병증·조산의 위험, 심하게는 태아 사망 등의 문제에 대해서 낙관적으로 생각하기로 했다. 진료를 하다 보면 예기치 않은 합병증이 일어나기도 하고 만들어지기도 한다. 전여옥 씨의 상태를 볼 때 양수 검사를 하기 위해서는 바늘이 상당히 깊이 들어가야 양수를 채취할 수 있을 것으로 보인다. 또 아무리 시술을 잘한다고 해도 절대 안정을 하지 않으면 불행한 결과를 낳을 수도 있다는 생각에 나 역시 불안하다.

사실 그렇다. 때로 환자들은 지식 수준과 관계 없이 진료의 결과에 오해나 원망을 하는 경우가 있다. 이성적으로 보면 금방 결론이 날 문제인데도 그렇다.

내 경험으로는 그렇다. 의사에 대한 신뢰, 자신의 상태에 대해 낙관적인 환자일수록, 긍정적인 사고를 지닌 환자일수록 모든 일에 경과가 좋다.

전여옥 씨는 일을 줄였다지만 이런저런 일로 스케줄이 너무 빡빡하다. 아무래도 정상적인 일정을 잡기는 힘들 것 같다. 본인에게 양수 검사를 꼭 해야 하는 이유를 설명하고 일정을 잡아야겠다. 전여옥 씨에게는 또 한 차례의 검사가 힘든 일일 수도 있으니…….

5월 6일(월)

아버지의 존재란 무엇일까? 아이에게 있어 오로지 '상징적인 존재'가 아닐까, 라고 나는 생각해 왔다. 워낙 어머니의 존재가 대단했기에 아버지는 2차적인 존재, 부수적인 존재가 아닌가 생각했다. 그런데 아닐 수도 있다는 생각을 그를 통해서 해본다.

어제는 어린이날이었다. 남편과 나는 공원을 밤늦게 거닐었다. 그는 앞으로 우리에게 올 아이에 대해 많은 기대와 사랑을 준비하고 있었다. 남편은 솔이가 착하고 긍정적인 아이였으면 좋겠다고 했다. 물론 건강한 아이라면 더 바랄 것이 없지만…….
그는 아이에 대한 수많은 계획을 세워놓고 있었다. 아이를 국제화 시대에 걸맞게 키우고 싶다고 했다. 꽤 오랫동안 외국에서 살았던 그는 '애국심'은 마치 타고난 습관과도 같은 유전과도 같다고 했다. 강요하지 않아도, 외치지 않아도 어느 날 나타나는 것이라고 했다. 세계 속에서 자신의 존재를 자연스럽게 인지하며 사는 아이로 키우고 싶다고 했다.

나는 남편의 이야기를 들으며 차가운 밤바람을 느끼고 있었다. 그리고 곧 혼자만의 세계에 잠깐 다녀왔다. 나는 행복했다. 엄마가 된다는 것의 가치, 그 경험이 마음속 깊은 곳으로부터 밀려왔다. 솔이를 품고 있으니 생명의 신비를 느낀다. 애정의 깊이가 모든 것에 대해 달라졌다. 남편에 대해서도 이전과는 다른 애정을 느낀다. 나는 간혹 그와 내가 만난 것, 우리가 사랑에 '빠진 것'에 대해 가끔은 회의를 하곤 했다. 좀더 탐색하고 분석하고 의문을 가졌어야 했지 않나 하는 그런 생각. 그러나 그때 나는 너무 젊었고 뜨거웠고 한마디로 피가 끓었다. '맹목적인 사랑'만이 가능했던 때이기도 했다.

이제 나는 '아이의 아버지'로서 그를 사랑하게 될 것이다. 내 아이는 아버지를 무척 사랑하는 아이가 될 것이다. 우리는 함께 사랑의 방식을 모색하고 발견했으니까. 그애는 '아버지를 사랑하는 방법'을 배우고 있다. 내게 남편의 존재, 평생동지 아닐까?

정말로 아름다운 인생이 우리 둘에게 지금 펼쳐지고 있다.

5월 8일(수)

임원장이 양수 검사를 받아야 한다고 말했다. 나는 너무나 지겹고 두려웠다. 지난번 검사처럼 결과를 기다리면서 초조해 할 것이 지겨웠다. 그러나 임원장은 나름대로 신경을 쓴 것이다. '마지막 우려'까지 없애려고 한 결정이다. 낙천적으로 생각하고 편안하게 받아들이기로 마음먹었다.

방송을 끝내고 병원에 갔다. 그런데 아직 양수가 모자라서 검사를 할 수 없다고 했다. 임원장은 무엇이든 특히 까다로운 문제는 원칙대로 하는 것이 가장 좋다고 '원칙론'을 폈다. 나 역시 동감했다. 남편은 많이 걱정을 했으면서도 아주 태연한 척했다. 나는 그런 그가 한편으로는 안쓰러웠다. 그는 정말로 좋은 사람이다. 우리는 지난 15년 동안 모든 일을 함께 해왔다. 그의 인생과 내 인생이 한 레일 위에 있었다. 우리는 함께 있었다.

아이가, 우리 솔이가 무사하게 이 세상에 태어나기 위해서는 부모인 우리가 정말로 겸허하고 깨끗이 살아야 한다는 생각을 했다. 남편과 나, 운명이라는 엄청난 끈으로 얽힌 이 세상에서 유일한 관계이다.

임정애 박사의 진료차트 (97. 5. 8.)

양수 검사는 밤 10시 이후에 하기로 했다. 전여옥 씨의 방송이 8시에 끝나기 때문이다. 양수 검사를 한 뒤는 절대적인 안정이 필요하다. 간호사의 양해를 구하고 준비해두었다. 그런데 아직 양수가 모자라서 채취가 불가능했다. 시간이 지난 뒤에 다시 날을 잡기로 했다. 마침 5월 말에 월드컵 중계로 방송이 없다고 해서 5월 31일로 잡았다.

5월 10일(금)

양수 검사는 5월 31일에 받기로 했다. 6월 1일에 월드컵 축구 때문에 방송이 없기 때문이다. 하기는 방송을 며칠 쉴 수도 있다. 그렇지만 양수 검사에 대해 이렇게 저렇게 설명해야 되고 괜히 번잡스러워진다고 생각되었다. 물론 중요한 일이지만 아무렇지도 않게 지나가는 일로 받아들이기로 했다.

임신에 대한 책을 보니 마음이 어지러운 것은 사실이었다. 만일에, 만에 하나 아이에게 이상이 있다면 어떻게 하나⋯⋯. 그때 유일한 방법은 임신중절을 하는 수밖에 없다. 지금 사실은, 사실은 그 일을 감당해낼 자신이 없다. 아니다, 그렇지 않다. 너무 심각하게 생각하지 말자. 너답지 않다. 아무 일도 없다. 솔이는 네게 운명처럼 다가온 아이이다. 그애가 얼마나 네게 많은 것을 뜻하는지 너야말로 잘 알고 있지 않니?

5월 15일(수)

아이가 움직였다. 꾸르르르 하고 움직였다. 나의 의지와 관계없이 그애가 '나 여기 있어'라고 신호를 보내왔다. 이럴 수가⋯⋯. 아, 이런 것이구나 하고 생각했다. 오늘 흔히 태동이라는 것을 체험했다. 아이에게 어떻게 내가 있다는 것을 알려줘야 하나, 어떻게 하면 그애가 지금 내 마음을, 내 상태를 알 수 있을까? 내 기쁨을, 이 세상에 태어나서 가장 완벽하게 느낀 이 기쁨의 실체를 말이다.

5월 16일(목)

임신을 한 뒤로 어느 정도 스케줄을 줄였다. 강연은 물론 원고도 줄였다. '조금 편하게 있어도 될 것 같아'라고 나 자신에게 속삭였다. 평소의 나 같으면 '무슨 소리, 정신차려. 지금이 어떤 때라고, 남들처럼 똑같이 하면 무엇이 된다고 그래?' 하며 게으른 나와 맹렬히 싸웠을 터였다. 그러고 보니 내가 가장 스트레스를 받는 일이 '원고 쓰는 일'이었던 셈이다. 글을 쓴다는 것, 정말이지 만만치 않은 일이다. 그래서 더욱 매달리고 있나 보다.

5월 30일(목)

저녁을 먹고 남편과 나는 〈야누스〉에서 재즈를 들었다. 남편은 내가 내일 검사 때문에 아주 신경이 날카로워졌는지 걱정하는 듯했다. 우리는 서로가 '꽤 신경이 쓰이는 상태'임에도 불구하고 아무렇지도 않은 척했다. 그는 예민한 사람이었다.

병원에는 내일 밤 방송 끝내고 한 9시 정도에 가기로 했다. 사실 낮에 해야 되는데 내 방송 스케줄 때문에 임원장이 배려를 한 것이다. 알고 보니 내일은 임원장에게는 특별한 날이었다. 아들이 미국으로 공부하러 떠나기 때문에 가족이 저녁식사를 하기로 한 것이다. 임원장은 자신이 혹 늦게 올지도 모르겠다고 했다. 늦더라도 기다려 달라고 했다. 미안했다. 양수 검사를 한 뒤는 절대적으로 안정을 취해야 하니까 하루 정도 병원에서 잘 수도 있다고 병실을 비워놓겠다고 했다.

5월 31일(금)

양수 검사를 하는 날. 아침에 아주 많은 꿈을 꿨다. 눈을 뜨자 남편이 옆에서 자고 있었다. 나는 심경이 복잡해서인지 그가 그저 내 옆에서 자고 있다는 사실만으로 안도했고 위로를 받았다.

솔이는 아침에도 내 몸 속에서 잘 놀았다. 그애는 아주 평온했다.

방송을 마치고 남편과 함께 병원에 갔다. 남편은 "아무 일 없을 거야, 다만 필요한 일을 의례적으로 거치는 것일 뿐이야."라고 말했다. 나도 그렇게 생각했다.

밤에 찾은 병원은 왠지 쓸쓸해 보였다. 약속시간보다 30분 정도 일찍 도착했다. 일단 진료실로 들어가니 임원장이 벌써 와 있었다. 오늘따라 유난히 커보이는 적막감마저 드는 진료실에 멍하니 앉아 있었다. 나는 놀라서 "어떻게 일찍 오셨네요." 했다. 임원장은 고개를 끄덕거렸다.

나는 순간 이 여자가 아주 마음이 아프구나, 하고 느꼈다. 그렇겠다. 오늘 아들을 먼 곳으로 떠나보낸다는 실감을 비로소 한 날이고, 지나온 모든 날들이, 기쁨과 고통과 아픔과, 그리고 상처가 하나하나 되살아나지 않았을까? 여자가 꾸려나가야 되는 인생의 몫은 왜 이렇게 힘든 것일까?

"이제 정말 떠나는구나, 하는 생각을 하니 인생이 정리되는 기분이에요."

언제나 사람들로 떠들썩했던 진료실에 단 두 사람뿐이었다. 그 이상한 적막감 때문인지 임원장의 말이 조용히, 그러나 울리는 듯이 들렸다.

오늘 임원장은 평소와는 달랐다. 총기가 뚝뚝 떨어지는 태도로 사람들을 잘 부추기고 칼 같은 판단을 내렸던 그런 에너지가 넘쳤던 임원장이 아니었다. 슬픔이 아주 깊은 가슴속에 시내처럼 흐르고 있는 모습이었다. 아들을 떠나보낸다는 것이 저리도 큰 슬픔이란 말인가? 나는 임원장의 모습을 대하니 아주 복잡해졌다.

임원장이 쓸쓸하게 웃으며 일어났다.

"괜찮을 거예요, 다만 원칙을 지키는 것이 필요하고……. 사실 그런 것들은 중요한 거예요."

나는 동감의 표시로 고개를 끄덕였다.

양수 검사는 생각보다 간단했다. 커다란 주사기로 정확하게 자궁을 찔러 양수를 채취하는 것이었다. 임원장은 능숙했다. 초음파로 태아의 위치를 찾고 과감하게 바늘을 내 배에 찔러넣었다. 나는 거의 아픔을 느끼지 못했다. 부분마취 덕분이기도 했겠지만 의사로서 임원장에 대한 신뢰가 그만큼 컸기 때문일 것이다.

임원장은 단 한 번에 양수를 채취할 수 있어 다행이라고 했다. 간호사에게 냉장시켰다가 내일 아침 일찍 검사하러 보내라고 했다.

나는 내심 홀가분하면서도 검사결과가 나오는 3주를 어떻게 기다릴 것인가 하는 생각에 한숨이 절로 나왔다. 임원장은 검사가 생각보다 수월하게 끝났기 때문에 그냥 집에 가서 쉬어도 좋다고 했다.

정말로 많은 일이 있었던 하루였다.

임정애 박사의 진료차트 (97. 5. 31.)

양수 검사를 했다. 일반적으로 야윈 산모에 비해 깊이가 1센티미터 이상 되기 때문에 적어도 2~3차례 정도는 해야 하지 않을까 생각했으나 첫 시도로 양수를 채취할 수 있었다. 다행이었다.

먼저 초음파 검사를 하고 태반의 위치를 확인했다. 태반을 찌르면 출혈이 올 수 있고 아이의 머리 쪽은 피해야 하기 때문이다. 복벽의 두께를 정확히 측정한 다음에 그 두께만큼 바늘을 찔러야지만 피가 섞이지 않은 깨끗한 양수를 채취할 수 있다. 물론 그렇게 해야만 정확한 결과를 얻을 수 있다.

양막 내에 바늘이 들어가야만이 깨끗한 양수를 뽑아낼 수 있다. 그 느낌은 손끝의 감각만으로 알아야 함으로 정신적인 집중이 상당히 필요한 작업이다. 한 차례의 시도로 충분한 양, 20cc를 뽑아냈고 그 이후 염증이나 자궁수축이 오지 않도록 절대안정을 하라고 권했다. 만일 조금이라고 감염이 되면 조산의 원인이 될 수 있다.

진료는 무엇보다도 환자와 의사 사이에 마음을 주고받아야, 서로에 대한 전폭적인 지지와 애정, 신뢰가 있어야 좋은 결과를 얻을 수가 있다는 점을 다시 한 번 확인했다. 전여옥 씨는 의사를 전폭적으로 믿고 따라주었다. 정확한 사람이기 때문에 더 정확하게 믿는다고 할까?

일과 아이, 나는 고민에 빠져 잠을 이루지 못했다

6월 1일(토)

사랑하는 솔에게.

잘 있지? 너는 아주 씩씩하구나. 나도 씩씩하게 잘 버티고 있어. 날씨가 서서히 더워지고 있어. 네가 나올 때는 10월이니까 서늘하겠지. 나는 가을을 좋아해. 특히 겨울로 넘어가는 가을을 좋아하지. 왜냐면 정신이 버쩍 나니까. 살아 있다는 느낌도 선명하게 전해져 오고, 나는 그런 점을 즐긴단다. 너도 앞으로 나에 대해 잘 알게 되겠지만 나는 특별한 사람이야. 좋아하는 것도 싫어하는 것도 많은 사람이니까. 네가 옆에서 지켜보기는 재미있을 거야. 너도 그런 점에서는 나를 많이 닮았으면 좋겠다.

솔직히 말해 나는 아이 갖는 것을 그렇게 원하지는 않았어. 내 인생 자체가 불안정한데다가 언제 어떻게 변화할지, 어디로 튈지 모르는 럭비공 같다고 언제나 생각했거든. 그리고 내 자신의 인생을 이끌고 가는 것도 힘든데 또 누군가를 책임지고 그 인생에 개입한다는 것이 정말 부담스러웠지.

게다가 너도 알겠지만 나에게 있어 '일'의 의미는 이루 말할 수 없이 크단다. 글쎄, 내가 그렇게 대단한 일을 한다고는 할 수 없겠지, 겸손하게 말하면. 그렇지만 내게는 하루하루가 대단한 것이지. 사실 나는 김영삼 대통령의 삶보다는 이 시대 나의 삶이 더 귀중했고 가치가 있을 거라고 본다. 그것은 다음 세대의 사람들이 그렇게 평가해주리라는 그런 뜻이 아니라 이제 '충실한 개인적 삶'의 가치가 더 중요한 시대를 우리가 살게 되니까 말이지.

그래서 나는 애초부터 아이를 낳는 것이 모든 여성에게 꼭 필요한 일이라고 생각하지 않았단다. 물론 지금도, 앞으로도 내 생각은 마찬가지일 것이다. 다만 '선택'의 문제—정말로 원했을 때, 선택할 때 문제라는 점이지.

너는 좋은 상황에 있는 나에게 찾아왔구나. 그래서 나는 너를 받아들이고 너를 낳기로 결정했단다. 이것은 이솔, 아주 중요한 이야기란다. 나는 그냥 너를 낳기로 한 것이 아니야. 많이 생각해보고 원했고, 그리고 '선택'했다는 점을 너에게 꼭 이야기하고 싶었다. 이 세상의 모든 여성들이 선택을 통해 출산을 하는 경우는 그리 많지 않을 거야. 피임을 하지 않았을 때부터 물론 준비했다고 볼 수 있겠지만, 그보다는 더 깊이 더 기쁘게 더 고통스럽게 너를 받아들이는 것을 선택했다. 예술가에게 아름다움은 고통이듯, 한 인간을 출산하는 일, 이 여성의 일 역시 고통이니까 말이다.

나의 아가 솔아, 너를 기쁨으로 맞이한다.

6월 3일(월)

스펀지처럼 책을 빨아들인다. 내가 처음 글을 배워서 《보물섬》 같은 동화책을 읽었을 때처럼 엄청난 흡인력이 그렇게 빨려

들게 만든다. 정말이지 대단한 일이다. 이런 느낌을 뭐라고 표현해야 옳을까? 정말로 적당한 말을 찾을 수가 없다.

책을 읽으면서 아이의 태동을 느낀다. 나는 그애가 힘있게 존재를 알릴 때 '극성맞은 아이구면' 하면서 웃곤 한다. 그애는 벌써 자신의 의사 표시 방법을 알고 있다. 내가 심리적으로 조금 불편하거나 혹은 안 좋은 상태이면 마구 움직이면서 표현한다. 상당히 적극적이고 건강한 아이인 모양이다. 책을 읽고 있으면 읽고 있는 부분에 대해 그애가 어떻게 느낄까, 함께 모든 것을 받아들인다는 생각이 든다.

내가 원하는 것은 그애가 책을 좋아하는 아이가 되는 것이다. 그래서 함께 책을 읽으면서 낄낄거리기도 하고 심각하게 토론도 하고 싶다. 그애의 모든 것을 소유하려고는 하지 않겠다. 다만 책을 통해서만은 공유하고 싶다.

무엇보다 아이를 독립된 인격체로서 키우고 싶다. 엄마로서 절절한 애정보다는 대화가 가능한 친구, 의논 상대가 되고 싶다. 그 아이가 컸을 때 나 역시 그애에게 '독립된 한 개체'로서 있고 싶다.

6월 6일(목)

술, 담배, 섹스, 커피······. 담배 빼놓고는 다 내가 좋아하는 것들이다. 불행히도 임신은 이 모든 것과 대충 '시한부 자제'를 전제로 한다. 아주 즐기던 것들, 특히 단순히 먹고 마시고의 차원이 아니라 '즐겼던 것'이라는 점에서 그렇다. 임신을 하면 술도 안 돼, 커피도 안 돼, 섹스도 되도록 안 하는 것이 좋고, 그리고 물론 담배는······. 그렇게 모든 책에 써 있다.

다행히 임원장은 '이것도 저것도 절대로 안 돼요!' 라는 식은 아니었다. 커피도 지나치지만 않으면 괜찮다고 했다. 병원에 진찰을 받으러 갔을 때는 커피를 주기도 한다. 임신하기 전에 커피를 무척 많이 마셨다.

내 하루 일과는 차가운 물을 한 잔 마신 뒤 커피 메이커에 가득 커피를 뽑는 일로 시작된다. 맨 처음 갓 뽑아서 한 잔, 그리고 나머지는 컵에 담아 차 안에서 마신다. 나의 하루의 즐거움이었다. 임신과 출산에 대한 책을 보면 한 잔 정도는 괜찮다고 쓰여 있지만 사실 정확한 것은 어디에도 없었다. 신경쓰지 않기로 했다.

그런데 문제는 참으로 이상하게도 내 몸이 그렇게 커피를 요구하지 않는 것이었다. 바쁜 생활에 쫓겨 술을 마시는 것이 때로는 내게 부담스럽고 사치스러운 요 몇 년이었다. 그래서 유일한 내 위안은 커피였는데 임신을 하고 나니 커피 생각이 별로 나지 않았다. 신기한 일이었다. 30여 년 넘게 길들여진 기호조차 바뀐다는 것이 너무나 신기했다.

하긴 담배를 피우는 내 친구들도 그런 이야기를 했다. 임신을 자각하고 나니 담배 생각이 싹 없어지더라는 것이었다. 담배를 피우면 이상할 정도로 메스껍고 외려 기분이 상했다는 것이다. 친구 남편은 드디어 담배를 끊는구나 하고 내심 기뻐했다. 그런데 아이를 낳고 딱 3주가 지나니까 아예 잊었던 담배 생각이 나 정말 몇 달 만에 피웠단다. 그때 내 친구가 이렇게 중얼거렸다고 한다.

"세상에, 이렇게 좋은 게 있다니."라고.

또 한 친구는 임신을 한 뒤에도 줄곧 변함없이 담배를 피웠다. 걱정하는 내게 이렇게 말했다.

"그거 다 남자의사들이 여자 겁주려고 지어낸 말이야. 내가 의사한테 말했어. 나는 담배를 끊을 수가 없다고. 그랬더니 너무 지나치게만 피우지 않으면 괜찮대. 그래서 나는 그냥 피웠어. 첫째, 둘째 다 괜찮았어."

이 말도 그렇게 틀린 것은 아니었다.

커피는 그다지 그립지 않았지만 술은 마시고 싶었던 적이 꽤 있었다. 요 몇 년 사이에는 과음을 하거나 폭음을 하는 적이 거의 없었다. 대개 한두 잔으로 충분히 즐길 수 있게 되었기 때문이다. 과음이나 폭음은 스트레스가 많을 때 '건강을 해치면서 풀 수 있는' 해소책이다. 그래서 한두 잔의 와인은 즐긴 편이었다.

나와 임원장이 함께 하는 모임이 있다. 여자들의 모임인 만큼 대개 식사를 할 때 와인을 주문하게 된다. 다들 '괜찮을까?' 하는 얼굴로 나를 보고 나는 주변의 기대에 부응한 얼굴로 사양할 듯한 얼굴을 한다. 그럴 때 임원장이 말하곤 한다.

"옆에 주치의가 있는데, 마셔요. 마셔, 괜찮아."

그래서 술도 사실 개의치 않고 마셨다. 임신 전과 그렇게 다르지 않았다. 몸이 원하는 대로 했다. 물론 섹스도 그랬다.

임신이 좋아하는 것들과의 이별은 아니다. 물론 시한부 자제도 사실은 아니다. 외려 더 진지하게 여러 가지 방식으로 '만남'을 시도하고 더 깊이 즐기게 되는 기회일 수도 있다.

6월 9일(일)

이정섭 씨를 초대했기 때문에 하루종일 바빴다. 내가 쌩쌩 날 수 없는 처지여서 음식은 그저 그렇게 만들었다. 그렇지만 맛있게 먹어줬다. 이정섭 씨는 우리 요리쇼 때문에 수고를 아주 많이 하고 있다. 고맙다는 생각이 들었다. 크리스털 꽃병을 사왔다. 그다운 선물이고 참 기쁜 선물이었다.

　이 세상에는 정말 아름다운 것들이 있다. 크리스털 꽃병, 무늬와 색감이 기막히게 조화된 커피잔, 푸른색과 흰색이 조화된 태국 접시, 내가 참 좋아하는 것들이다. 아주 작은 것들을 소유함으로써 '졸부의 상징'에 대한 미련을 버릴 수도 있다. 사실 졸부의 상징이라고 치부했지만 그 가운데도 숨막히게 아름다운 것들은 정말이지 많다. 다만 보고 감탄하는 데서 그칠 수 있다는 것이다.

　뭐라고 할까, 아이를 갖고 나니 이 세상의 모든 것을 긍정적으로 보게 된다. 시니컬했던 내 시선을 거두고 싶다. 그냥 바로 보아도 되는데 괜히 비비꼬아 볼 필요는 없으니까. 하기는 생각해보니 지금까지도 그래왔다. 다만 몇 가지에 있어서만 그 틀을 벗어나지 못했다는 생각을 지울 수가 없다. 변화는 진보이다. 내가 아이를 가짐으로써 달라진다면 그것은 커다란 발전이다.

　그렇게 사람을 초대하는 것을 즐기면서도 오늘 힘든 것은 어쩔 수가 없었다. 당분간은 절대로 무리하지 말아야겠다. 조심해서 아이를 무사히 낳아야만 한다. 이 세상에 나온 그애의 얼굴을 볼 때 나의 경이는 얼마나 대단할까?

　내 모습을 보고 나 자신도 가끔 웃는다. 글쎄, 오늘 손님을 초대해서 이마트에 장을 보러갔다. 카트를 끌고 가다 떡가게 앞을 지나게 되었다. 사실 그 동안 떡이 너무나 먹고 싶었지만 체중을 생각해서 참았던 터였다. 그런데 얼마나 그 떡이 먹고 싶었는지 사고 말았다. 거기에서 끝나지 않았다. 그 자리에서 볼이 미어터져라 마구 먹어댄 것이었다. 한참을 먹다 참으로 전형적인 임신부의 모습을 연출한 내 자신의 모습에 슬그머니 웃음이 나왔다.

6월 10일(월)

다시 월요일이다. 또 새로운 한 주다. 그런데 월요일이 조금 부담스럽게 느껴지는 것을 보니 상태가 안 좋기는 한가 보다. 이번 주가 6개월의 마지막 주이다. 다음 주면 7개월에 접어든 다. 양수 검사 결과가 어떻게 나올지 참 불안하다. 그렇지만 괜 찮을 거야 하고 또 하나의 내가 말한다. 내가 아주 낙천적인 사 람이라는 점이 다행스럽다.

6월 11일(화)

오늘도 역시 같은 하루. 이렇게 생각하면서 어서 빨리 아이가 이 세상에 나올 날만을 꼽는 점을 반성했다. 그래서 영어소설에 도전하기로 했다. 그런대로 잘 읽혀서 아주 기뻤다. 마이클 클라 이튼의 《폭로》였다. 구성이 아주 짜임새 있는 잘 쓴 소설이었다. 영화는 보다가 하도 재미없어 그만두었는데 소설은 흥미진진했 다. 역시 잔재미가 담뿍 있었고 문장 역시 간단하면서도 많은 것을 담고 있었다. 마이클 클라이튼은 아주 머리가 좋다. 특히 그가 마음에 든 것은 무엇보다도 독자를 존중한다는 점이었다. 즉 책을 사줄 독자들은 적어도 나 못지않게 똑똑하고 지적이며 아는 것이 아주 많다고 그는 현명하게 파악하고 있었다. 아주 훌륭한 이야기꾼이다.

'성희롱'에 대한 마이클 클라이튼의 인식 역시 흥미로웠다. '성'이라는 것은 철저히 상하관계, 즉 '권력' 관계에 의해 이뤄지 고 있다는 것이다. 케이트 밀레트와 같은 견해이다. 케이트 밀레 트 역시 성관계는 정치적 관계, 힘의 관계에 의해서 이뤄진다고 말했다. 마찬가지로 클라이튼은 성은 단순한 남녀, 인간관계가 아니라고 했다. '성'은 뇌물, 선물, 거래, 무기, 또는 잔혹한 가

해수단이 될 수 있다고 했다. 아주 흥미있는 지적이다.

6월 12일(수)

집에서 소설을 읽다가 잠이 들어버렸다. 겨우 방송시간 30분 전에 맞췄다. 하지만 일을 하는 데 별 지장은 없었다. 이제는 그럭저럭 익숙해졌기 때문이다. 집에 와서 《폭로》를 모조리 읽었다. 기분 좋았다. 이어서 준 챙의 《와일드 스완》에 도전하기로 했다. 그러고 보니 너무 바빠 이 책을 읽지 못했다. 일본에 있을 때 하리토 상이 내게 말했다. 여주인공이 나를 닮았다고. 도대체 어떤 여주인공인지 읽어보아야겠다.

이탈리아 말도 배우고 싶다. 임신중에 뭔가 생산적인 일을 하고 싶다. 화영 씨 생각이 난다. 미술을 전공했던 그녀는 임신중에 가장 아름다운 작품을 남겼다고 말했다. 바틱으로 된 그 작품이 지금도 눈에 선하다. 오키나와 그 집에서 보았지. 나는 임신중에 무엇을 남길까? 역시 말을 배우는 것이 가장 좋겠다는 생각이 들었다. 이탈리아어? 사실 그렇게 어려운 일도 아니다. 불어나 스페인어와 비슷할 것이니까 말이다. 조금만 알아도 굉장히 편할 텐데, 지난번 남편과 이탈리아를 여행했을 때는 좀 불편했다. 간단한 이탈리아 말 몇 마디가 아쉬웠다. 해볼까? 정말 해볼까? 일단 일은 저지르고 볼 일이다.

6월 13일(수)

오랜만에 수영을 했다. 좀 피곤했다. 그렇지만 좋았다. 아니 아주 기분이 좋았다. 나는 물을 기막히게 좋아한다. 일단 물과 같이 있는 것이 좋다. 수영을 하는 꿈이라든가 목욕하는 꿈을 꾸면 반드시 좋은 일이 일어나고는 했다. 일본에서 그 춥고 서러웠던, 너무나 외로웠던 그때도 내 유일한 위로는 목욕하는 것이었다. 그 사뭇사뭇 추위가 맴돌던 아파트에서 그나마 조그만 목욕통에 들어가 따뜻한 물에 몸을 담글 때 그래도 행복했다.

물에 들어간다는 것 자체가 해방감을 주고, 살고 있다는 확신을 준다. 나는 물고기였나? 하기는 어머니가 나를 가졌을 때 꾼 태몽이 아주 맑은 물에, 아주 영롱한 색을 띤 물고기가 활기차게 헤엄치는 모습을 본 것이라고 했다.

수영을 하는 것은 나한테는 물론 아이에게도 아주 좋다고 했다. 물에 뜬다는 것은 왜 그렇게 평화스럽고 따뜻한지 모르겠다. 이 아이도 분명히 물과 친한 아이가 될 것 같다.

수영을 한 탓에 몸이 조금 가벼워졌다. 어제는 조금 무서운 생각도 들었다. 체중이 지나치게 늘어나면 큰일이니까 여러 모로 주의를 해야 한다. 나는 원래 살이 찐데다 집안의 병력에 당뇨병도 있고 아주 조심해야 한다. 체중의 변화에 대해 민감하게 생각하도록 하자. 지금 나는 아이를, 한 생명을 만들고 있다. 체중의 변화를 좀더 경계하자. 문제는 남편이다. 그는 언제나 오늘은 내게 무엇을 먹일까 고민하니 말이다.

6월 14일(목)

아주 기쁜 날이다. 삐삐가 와서 확인해보았더니 임실장의 메시지가 들어 있었다. '양수 검사 결과 아이가 정상'이라고 했다. 아무 걱정 말고 몸이나 잘 돌보라는 메시지였다. 생각보다 결과가 일찍 나왔다. 아마 내가 은근히 스트레스받을 것을 생각해서 일찍 알려준 듯했다. 너무나도 기뻤다.

이어 무척 진지해짐을 느꼈다. 그리고 평온함이 왔다. 그리고 누군가에게, 아니 모든 이에게 감사했다.

나는 그 동안 수없이 자책했다. 내가 했던 임신중절에 대해서, 지난번 유산에 대해서 그것이 과연 최선이었는가, 좀더 고민하고 진지했어야 하지 않았나 하고 말이다. 만일 이번에도 아이에게 이상이 생기면 내게도 일정부분 책임이 있는 게 아닌가 생각했다. 나는 아주 약해져 있었다. 물론 그것은 아무런 근거도 없는 것이고, 또 사실 내 자신을 자책할 필요는 없다. 그렇지만 나는 그 상황이 가슴아팠다. 그래서 견디기가 힘들었다.

아이가 정상이라는 사실에 나 자신이야말로 커다란 위로를 받았다. 가슴 속 깊은 곳에서 또 하나의 나와 만났고 이 세상의 많은 것을 용서했다.

남편에게 연락을 했다. 그는 무덤덤하게 받아넘기면서도 내심 아주 기쁜 모양이었다. 그에게는 언제나 평온함이 있다.

우리 솔이를 어서 만나고 싶다. 아주 건강하고 어여쁜 아이일 것이다. 태동은 아주 확실하다. 씩씩하고 건강한 아이인 모양이다. 나는 오랜만에 편안한 상태가 되어 그애의 재롱(?)을 즐겼다. 귀여운 것.

6월 15일(토)

오늘은 아주 바쁜 날이었다. 오랜만에 11시에 사무실에 나가 직원들과 함께 점심을 들었다. 모두들 활기차게 움직이고 있었다. 함께 나가서 〈현장 35〉 오프닝과 클로징을 촬영했다. 왜 내가 프로덕션을 하는가? 하고 사실 회의할 때도 많다. 이 사업이 물론 잘만 하면 될 것이다 하는 막연한 기대나 시장에 대한 예감도 있었다. 그렇지만 가장 중요한 것은 방송에 대해 지니고 있는 일종의 경험, 노하우를 그대로 사장시켜버리는 것에 대한 미련이 있어서일 것이다. 어쨌든 열심히 해낼 것이다.

아이를 낳고 나면 더 열심히 더 창조적으로 살 생각이다. 최선을 다해서 주어진 모든 일을 해내겠다. 아니, 그보다 더 적극적으로, 이제는 한 어머니로서 내 영역을 넓히겠다. 더 크게 더 충실하게 더 열정적으로 이 세상과 만나겠다. 기대가 된다.

방송일도 그런대로 재미가 있다. 즐겁게 모든 일을 잘하고 있다. 많은 일이 임신중에 주어졌다는 것을 기쁘고 감사하게 생각하자. 임신은 정지나 후퇴기가 아니다. 잠시의 휴식기도 아니다. 임신은 일종의 훈련기가 아닐까? 일도 그렇고 인생도 그렇고, 재충전기 같은 것, 안식년 같은 것……

6월 16일(일)

남편과 함께 '태국음식'을 먹었다. 워낙 이 음식을 좋아하는데다 음식 수준이 현지에서 먹는 것과 거의 비슷했다. 태국음식은 맵고 시고 달다. 아주 자극적인 맛이다. 도쿄에 살 때 태국음식을 자주 먹으러 다녔다. 내가 살던 지유가오카에도 괜찮은 태국음식점이 있어서 새벽 근무를 한 날은 꼭 그 집에서 점심을 먹었다. 그러면 정신이 버쩍 나서 출근을 하곤 했다. 임신하고 나선 더욱 태국음식이 먹고 싶었다. 그 소원을 푼 셈이다.

새우와 해물을 듬뿍 넣은 똠, 나시고랭, 그리고 갖가지 향초를 넣은 태국샐러드. 나는 너무나 기쁘고 즐거웠다. 유감스럽게도 많이 먹을 수는 없었지만 고루고루 원없이 먹었다. 특히 디저트로 나온 타피오카가 너무나 맛있었다. 최고였다. 내가 잘 먹는 것을 보고 남편은 너무나 좋아했다. 행복한 일요일이었다.

우리는 커피를 마시면서 아이가 살아갈 이 나라와 시대에 대해 이야기했다. 우리는 아이를 낳기에 두려운 시대에 살고 있는지도 모른다. 그는 내게 물었다. 국가가 과연 필요한 것인가, 민족주의라는 것이 결국은 허구가 아니냐고. 하기는 나도 그의 물음에 부분적으로 동의했다.

결국 국가 역시 비즈니스이다. 마치 백화점처럼. 손님을 끌기 위해서 '민족주의'란 이즘을 팔고 있는 것이다. 이 시대와 함께 갈 수 없는 점에 민감하게 반응하면서 되도록 자주 '민족주의를 세일한다!' 그렇다면 국가를 위해 목숨을 바친 사람에 대해 바보라고, 실수했다고, 시대 착오라고 이야기할 수 있는가? 물론 그렇게 말할 수는 없다. 그렇지만 분명한 것은 '실리'와 '실익'이라는 가치 아래 '국가'의 영역, 존재가 한 방울의 피도 흘리지 않고 자진철수하는 셈이다.

정말로 좋은 책을 쓰고 싶다. 그러기 위해 더 많이 읽고 더 깊게 생각해야 한다. 나는 많은 일을 하고 싶다. 좋은 책을 많이 (!) 쓰고 싶다.

6월 17일(월)

비가 많이 왔다. 비오는 것을 보면서 뜨거운 커피를 마셨다. 외로웠다. 친구들을 만났다. 나이 들어가면서 20대의 열정이 사라지는 것을 서로 안타깝게(?) 여기는 나의 친구들. 모두 결혼이라는 울타리 안에 있으면서 그 울타리 바깥을 언제나 쳐다본다. 이것이 모든 결혼의 운명일 것이다.

결혼을 할 때 둘만의 뜨거운 감정, 피가 끓어버린 젊은 날의 열정, 사랑으로 인한 고통을 모조리 짊어진다는 것은 사실 힘겨운 일이다. 결혼생활을 지탱해주는 것은 결혼에 이르기까지 둘이 함께했던 시간과 감정 아닐까? 결혼이야말로 추억을 필사적으로 필요로 한다. 워낙 허술한 제도이니까.

6월 18일(화)

수영을 했다. 아주 기분이 상쾌했다. 조심스럽게 했던 전과 달리 신나게 했다. 속도도 내봤다. 그랬더니 약간 현기증이 왔다. 하지만 몸의 부기도 내려가고 몸과 정신이 동시에 확 깨이는 듯했다. 정신이 번쩍 들었다. 이제 7개월이다. 체중 조절을 해야 될 시기이다. 그 동안 한 7킬로그램이 늘었다. 그런대로 지금까지는 양호하다. 하지만 앞으로가 문제이다.

솔이는 아주 건강하다. 잘 놀고 아주 활기에 넘친다. 씩씩하고 호기심이 많은 아이 같다. 솔이가 지적인 호기심이 많았으면, 그리고 마음이 따뜻한 아이였으면 하는 것이 나의 바람이다. 그래서 내 이야기를 하염없이 들어주기도 하고 날카로운 질문도 해대는 그런 아이였으면 좋겠다. 그애가 이 세상에 태어나 내 손으로 안을 때 얼마나 감동적일까? 생각만 해도 짜릿할 정도이다.

6월 20일(목)

답답했다. 어디론가 떠나고 싶다. 여행을 좋아하는 내가 요즘은 그저 집에만 있다. 내가 하도 답답해 하니까 남편은 어디든 가자고 말했다. 지금까지는 아이를 가졌다는 데 대한 긴장과 또 각종 검사 등에 시간과 에너지를 빼앗기느라 정신이 없었는데 요즘 정상권(?)에 접어들면서 나의 답답증이 도지기 시작했다.

내게 여행은 살아 있다는 증명이다. 어디론가 떠날 수 있다는 것은 무슨 일이든지 새로 시작할 수 있다는 자신감과도 같다. 이 세상의 모든 것을 '제로 세팅'한 뒤 다시 시작할 수 있다는 것, 바로 그런 자신감이다. 깊이 생각해볼 수 있는 기회이기도 하다. 앞으로 어떻게 살아야 할 것인가, 나는 왜 지금 이렇게 살

고 있는가에 대해 수없이 다그치는 시간이기도 하다. 혼자 될
수 있는 시간이기도 하다. 아무리 여럿이 떠난다 해도 말이다.
정말이지 여행을 떠나고 싶다.

그러나 임원장은 말렸다. 임신 8개월이 가까워오면 의사 진단
서가 있어야 비행기를 태워준다며 '제발 엄마답게 참으라'고 충
고했다. 그러고 보니 그 말도 일리가 있었다. 임원장은 내게 엄
청나게 겁을 주는 듯했으나, 반항(?)하지 않기로 했다. 마지막까
지 조심해서 아이를 지켜야 할 의무가 내게는 있다. 책임져야
한다. 이 생명에 대해서.

그렇지만 너무나 답답하다. 어떻게 할까? 내게 여행을 대신할
수 있는 것은 무엇일까? 수영을 하고 사람을 만나면 내 갈증이
풀어질까?

6월 22일(토)

비가 올 듯한 날씨, 토요일이다. 아이, 솔이는 너무나도 잘 놀
고 있다. 아이는 벌써부터 내게 요구한다. 내 자세가 불편하다
싶으면 쿵쿵 찬다. 확실한 의사표시이다. 나는 건강한 편이고 컨
디션도 좋다.

그 동안 솔이는 답답했을 것이다. 내가 복대 사이즈를 전혀
조정하지 않았기 때문이다. 이상하게도 며칠 전부터 허리께에서
그애가 계속 꿈틀거리는구나 하는 생각을 했다. 아주 답답했던
모양이다. 오늘 복대 사이즈를 느슨하게 했다. 얼마나 답답했을
까? 아이가 내 뱃속에서 움직일 때 희한할 정도의 기쁨을 느낀
다. 저절로 입이 벌어지고 웃음이 나온다. 진정 아름다운 삶의
한가운데 있다는 실감을 한다.

출판사 ㄱ사장이 전화를 했다. 잘 지내냐고 했다. 내가 아이

를 가졌다고 했을 때 '정말로 잘했다'고 자기 일처럼 기뻐해줬다. 아이를 가져보고 키워본 여성만이 갖는 특유한 공감대, 자랑스러움, 기쁨에 대해 이야기했다. 나는 한편으로는 신기하기도 했다. 그 출판사와 계약을 맺은 작가로서 하루빨리 책 한 권을 내줘야 '이익'이건만 그녀는 '이익'보다 '여성으로서의 동지애'를 발휘했다. 임신 기간에 책을 쓴다는 것은 무리이다. 모든 상황이 어떤 의미에서는 정상이 아니기 때문이다. 또 한번 책을 쓰기 시작하면 집중력을 가지고 덤벼드는 스타일의 나로서 '책을 쓴다'는 일 자체가 '무리'이다.

여기에서 나는 또 어쩔 수 없이 여자와 남자의 차이를 인정하지 않을 수가 없다. 내가 KBS를 그만두고 일년 정도 있었던 회사의 사장은 내게 '꽤 괜찮은 제안'을 하면서 "이 일은 아주 중요하니까 앞으로 3년, 임신은 안 된다."고 못박았다. 물론 그 말 자체를 대단하게 생각하지 않았다. 나는 이미 그런 것에 익숙해져 있었다. 또 그때는 스스로 내 일의 스케줄을 짤 수 있는 여유를 갖고 있었다. 하지만 그런 제안을 하는 남자들이 지닌 비정함, 이 세상의 아주 중요한 일을 아무렇지 않게 생각하는 사고 방식이 싫었고 한편으로는 그들이 가엾게 생각되기도 했다.

확실히 남자는 여자에 비해 미성숙하다. 인생에서 정말 중요한 것을 놓친다. 나 역시 임신을 하고 여러 가지 일을 줄이면서, 가끔은 초조해지기도 한다. 그렇지만 마음 편안하게 이 휴식을 즐기기로 했다. 내게는 쉬는 기간이 필요했다. ㄱ선생님은 내게 이런 이야기를 했다. 아이를 가지고 낳고 그러면 이 세상에 대해 너무나 뒤처지는 듯하지만 그 모든 것이 다시 기폭제가 된다고, 엄청난 에너지가 되어 우주에 로켓이라도 쏠 수 있을 것이라고. 그날은 올 것인가?

6월 23일(일)

아주 신선한 느낌이 오는 일요일이다. 어제는 팀들과 어울려 노느라 늦게 집에 들어왔다. 남편도 함께였다.

오랜만에 남편과 섹스를 했다. 남편은 아주 부드러웠고 나는 여느 때와 다른 조용한 기쁨을 맛보았다. 내게 섹스는 무엇인가? 그것은 적극적인 대화였고 확실한 즐거움을 주는 놀이이기도 하고 때로는 살아 있다는 진지한 표시였던 적도 있다.

어제 그와 한 섹스는 아주 조심스러웠다. 그도 나도 마치 비밀스러운 놀이를 하듯 그렇게 즐겼다. 단 한 번도 섹스가 번식을 위한, 아이를 만들기 위한 것이라고는 생각한 적이 없다. 그러나 어제의 섹스는 내게 아이와 성이 한 고리로 연결되어 있다는 것을 가르쳐주었다. 그와 나의 대화, 즐거움, 그리고 살아 있다는 확인 아래 그애가 우리에게 온 것이었다. 섹스가 아이의 탄생으로 연결된다는 것을 비로소 이해했다. 마치 따뜻한 목욕물에 몸을 담글 때 그 느낌처럼 그렇게 느꼈다.

6월 25일(화)

어제 집안일로 여기저기를 돌아다녔더니 영 컨디션이 좋지 않다. 게다가 샤워를 하면서 보니까 오른쪽 겨드랑이에 둥그런 돌기(?)가 생겼다. 며칠 전에 발견한 것이다. 별로 대수롭진 않지만 신경이 쓰였고 조금 걱정도 되었다. 책에는 림프선이 부어서 나타나는 현상으로 임신부에게는 흔히 있는 일이라고 써 있었다. 다음번 진찰 때 임원장에게 물어보아야겠다.

신경이 날카롭다. 원고를 부탁하는 몇몇 전화에 대해 무뚝뚝하게 대꾸했다. 촬영을 해야 하는데 너무나 힘들어 애꿎은 회사 직원들에게 신경질을 냈다. 나는 왜 이럴까? 임신한 상태는 확

실히 정상은 아닌 모양이다. 그래도 너무나 나답지 않다. 다시는
이런 일이 없도록 해야겠다. 앞으로 너는 깊이 반성하고 주의해
야만 한다.

내가 우울한 이유를 분석하자. 날씨 탓? 남편이 아파서? 하기
는 그 모든 것들이 뭉뚱그려지고 또 겨드랑이 부분도 꽤나 신경
이 쓰인다. 어떻게 하면 좋을까? 전여옥.

전여옥! 고민할 일도 아니다. 일단 겨드랑이 돌기는 병원에
간다.(해결!) 날씨는 내일이면 좋아진다.(해결!) 남편이 아픈 것
은 며칠 후면 나아질 수도 있다.(글쎄?) 일단 오늘이 문제인데
오늘을 편안한 마음으로 넘겨보자.

6월 27일(목)

오랜만에 기분이 좋아졌다. 남편과 함께 병원에 갔다. 아무래
도 겨드랑이 돌기가 마음에 걸렸기 때문이다. 임원장이 초음파
로 아기의 상태를 차근차근 봐주었다. 처음에는 양수가 모자란
다고 하더니 정상이라고 괜찮다고 했다. 벌써 아이의 얼굴 생김
새가 초음파로 보이는 모양이었다. 눈, 코, 입이 다 생겼다니 신
기하기만 했다.

지금은 아이가 거꾸로 있지만 자연스럽게 돌아올 수 있다고
했다. 모든 것이 정상이라고 했다. 겨드랑이의 돌기는 얼마든지
있을 수 있는 일이라고 했다. 벌써 25주, 7개월 초이다. 어서 빨
리 아이를 보고 싶다. 도대체 어떤 아이일까?

임정애 박사의 진료차트 (97. 6. 27.)

초음파로 볼 때 아기가 거꾸로 있는 것 이외에는 특별한 이상이 없다. 경과도 아주 순조롭다. 양수 검사 결과가 좋아 마음이 무척 안정된 모양이었다. 약간의 비만이 있기 때문에 임신성 당뇨와 임신중독증에 대한 각별한 주의가 요구되는 임부이다. 다행히 혈액검사나 소변검사에서 단백이 나오지 않았고 혈당도 정상이었다. 많이 걷고 일을 했기 때문에 부종은 있지만 임신중독증의 전조증상은 보이지 않는다.

환자의 마음이 평화로운 것 이상으로 좋은 일은 없다. 내게 있어 정말 골치 아픈 환자는 안달하는 환자이다. "괜찮겠지요." 하는 환자가 아니라 "정……말 괜찮을까요?" 하고 묻는 환자. 전여옥 씨는 그런 점에서 자신을 잘 조절하고 낙천적이다. 의사에게는 '좋은 환자'이다.

6월 29일(토)

비가 퍼부은 토요일이었다. 그럼에도 불구하고 남편과 함께 일상적인 일들을 일사불란하게 처리했다. 팩스와 전자레인지 수리를 맡겼다. 수요일에 와서 찾아가라고 했다. 그리고 강남에 가서 시누이를 만나 우리 집 부엌을 개조하는 문제를 같이 의논했다. 임신을 하니까 무엇이든 산뜻하게 밝게 바꾸고 싶었다.

그런데 집에 와서 내내 잠이 안 왔다. 잠들 수가 없었다. 앞날에 대한 불안 때문이었다. 아이가 태어난다는 것이 너무나 부담스럽기 때문인가? 아이가 태어나고 내 일은 순조롭게 풀릴 수 있을까? 제대로 지금처럼 해낼 수 있을까? 아이는 앙앙 울어대고 나는 미친 듯이 "이렇게는 못 살아!"라고 외치는 것은 아닐까? 아니면 그럴 리는 없겠지만 아이가 너무 예뻐 "아무 일도 하고 싶지 않아." 하면서 아이만 끼고 있는 것은 아닐까? 일과 아이를 어떻게 양립시킬 것인가. 나는 심각한 고민에 빠져 잠을 이루지 못한다.

6월 30일(일)

벌써 6월이 다 갔다. 내일부터는 새로운 제목의 일기를 써야 한다. 어떻게 보면 빨리 갔고 어찌 보면 참 느리게도 갔다. 과연 이 6월에 나는 무엇을 했는가? 스트레스를 예방한다는 기치 아래 일을 왕창 줄여버린 것밖에는 없다. 부끄럽다. 너는 반성해야 한다. 너는 일에 대해 네 자신을 좀더 성실하게, 좀더 확실하게 몰고가야 한다. 이렇게 나가면 좋지 않다. 이겨내자. 그 동안 너무 편하게만 있었다. 지나치게 편하면 사람이 결코 발전할 수가 없다.

나는 노력하겠다, 열심히. 절대로 질 수가 없다. 앞으로 남은 석 달 동안의 임신 상태에, 이 상황에 지지 않도록 노력해보자. 초인적인 능력을 발휘하자. 나는 언제나 다시 일어선다. 이 나태와 우울에서 탈출한다. 이런 일은 내게 어울리지 않는다. 절대로.

나태와 우울에서 벗어나 씩씩하게 살자

7월 1일(월)

7월, 8월, 9월 말 그대로 아주 창조적인 분기가 될 것이다. 9월 말쯤이면 어머니가 된다. 가끔 그 생각을 하면 흥분하곤 한다. 사랑스러운 나의 아가 이솔의 엄마가……

지금 나는 잠 못 이루고 깨어 있다. 낮잠을 너무 잤기 때문이다. 반성해야 한다. 일을 열심히 해야 함에도 불구하고, 며칠 동안 계속 달콤한 낮잠을 즐겼기 때문이다. 임신하기 전에는 상상도 못했던 일이다. 아이가 내 몸, 내 모든 것, 최후의(?) 습관마저도 바꿔놓고 있다. 그것도 허락도 없이.

그러나 어쨌든 나는 지금 깨어 있다. 9월 말까지 이렇게 깨어 있겠다. 용감하게 내 앞날을 헤쳐갈 것이다. 다른 사람의 눈을 의식하지 않고 내 식대로 씩씩하게 살아갈 것이다. 많은 일에 적극적으로 도전할 것이다.

나는 이 기간을 위해 몇 가지 작은 목표를 세웠다.

1. 규칙적으로 산다(낮잠 금지!).

2. 운동을 열심히 한다(체중을 조절한다).

3. 외모에 신경쓴다(너무 편한 임산부 같았다).

4. 많이 읽고 많이 본다.

5. 사람들과 적극적으로 만난다.

6. 지금 가능한 일을 찾아서 씩씩하게 한다.

7. 소설을 써본다.

8. 남편에게 여러모로 배려한다.

물론 중요한 것은 내 식대로, 내 형편에 맞춰서 산다는 것이다. 바로 '마이 페이스'이다. 언젠가 유키에가 전화를 했다. 아주 짧은 전화였다.

"전상와 마이 페이스데쇼우?(전선생님은 자신의 페이스로 사시지요?)"

그렇다. 이야기를 나누며 참 짧은 단어지만 바로 내가 사는 방식이 그렇다는 생각을 했다. 지금이야말로 마이 페이스가 중요하다. 주위 사람의 눈, 시선에 연연해 할 필요도 없다. 오로지 나의 형편, 나의 방식에 맞춰서 사는 것이다.

낙천적으로, 성공적으로 인생을 경영하자.

7월 2일(화)

오늘 방송을 끝내고 운전을 하고 오면서 여러 가지 생각을 했다. 나에게 방송은 무슨 의미가 있을까? 방송기자 생활을 하면서도 내내 고민했다. 이 직업이 내가 평생을 할 직업인가? 저널리스트로서 자부심을 가지고 있는가? 대답은 내내 회의적이었다. 나는 최선을 요구하고 최선을 다할 수 있는 직장에서 일하고 싶었다. 직장으로서 또 직업으로서 방송기자는 내 기대와 꿈을 담기가 어려웠다.

다만 저널리스트로서 사회문제에 대한 나의 시각, 생각을 계속 갈고 닦고 수준을 높여가며 글로 쓰고 싶은 생각은 여전히 있다. 방송을 하는 것은 바로 그를 위한 수단이라고 할 수 있다.

나는 좀더 자유롭고 싶다. 아주 솔직하게 말하자면 그 누구도 건드릴 수 없는 사람이 되고 싶다. 그러기 위해서는 정말이지 노력해야만 한다. 대단한 에너지로 공부하고 또 공부하고 읽고 또 읽고, 그리고 끝없이 생각해야만 한다. 너에게 필요한 것은 너무나도 많다. 좋은 책, 좋은 글, 좋은 논문을 써야 한다. 씩씩하게 살자. 재미있게 살자.

7월 3일(수)

아침부터 정신없이 바빴다. 몸의 상태도 영 좋지가 않았다. 그렇다고 해서 절대로 일을 미룰 수도 없다. 오늘은 촬영이 있는 날이다. 나는 내 자신에게 외쳤다. "회사로 가자아— ㅅ!" 웃었다. 그리고 리마주로 말 그대로 '무거운 몸'을 이끌고 낑낑대고 갔다. 오프닝과 클로징을 땄다. 참 나는 다른 것은 몰라도 '현역 임신부', '열심히 일하는 임신부'인 것은 확실하다.

오늘 아침 남편은 담이 결렸는지 꼼짝을 못하고 있었다. 그의 목 디스크는 현 상태를 유지하는 것 외에는 방법이 없어 보인다. 직업병이다. 몸의 상태는 좋지 않고 남편도 아프니 내 머리는 잘 돌지 않았다. 한마디로 앞으로 살아갈 길이 막막하였다. 모든 것이 결국은 내가 해결하고 헤쳐나가야 할 것이다. 우울하다. 미치겠다.

게다가 아이가 태어나지 않는가? 나는 할 일이 많다. 내 인생에서 내게 주어진 일의 한 10퍼센트도 지금 해내지 못했다. 정말 아이를 낳고도 할 수 있을까? 앞으로가 내게 얼마나 중요한 시기인지 모른다. 더 적극적으로 나를 개발해야만 한다. 과연 잘 할 수 있을까? 마음이 너무나도 복잡하다. 어떤 일을 아주 깊이 생각하면 나는 물리적인 신호가 온다. 지금 가슴이 몹시 아프다.

아이를 기르는 일은 분명히 힘들겠지? 나의 몸 안에 있는 아이를 사랑하는 것은 확실하지만 아무리 생각해도 아이를 기르는 일은 너무 힘들 것 같다. 나는 루소를 인간적으로는 경멸하지만 한편으로는 이해가 간다. 루소는 자신이 낳은 아이를 모조리 고아원에 넣었는데 중학교 때 그의 고백록을 읽고 몹시 흥분했다. 지금 생각하면 몹시도 '웃기는 중학생'이었다. 문제는 그 루소의 심정이 이해가 된다는 점이다. 물론 나는 내 아이를 고아원에 보낼 생각은 하늘에 맹세컨대 조금도 없지만, 아이를 기르는 일이 너무나도 힘들어 보이기 때문이다.

어떻게 이 난국(?)을 헤쳐나간단 말인가? 답답하다. 미칠 노릇이다. 속상하다.

아이를 돌보는 일도 엄청난 일이다. 과연 우리 엄마가 솔이를 어느 정도까지 돌봐줄 수 있을까? 영 마음이 복잡하다.

7월 5일(금)

이 한 주도 벌써 다 갔다. 요즘 나의 일상이라는 것은 하루하루 아이가 나오는 것을 기다리는 '날짜 꼽기'이다. 오늘 아침 솔이가 아주 활발하게 논다. 기분이 상당히 좋은 모양이다. 어제 하도 우울해서 그것이 분명 영향을 끼쳤을 텐데, 그애는 괜찮은 모양이다. 이솔은 벌써부터 내게서 독립한 모양이다. 하기는 나의 이 격렬한 기질보다는 아주 이성적이고 부드러움이 더 강조된 성격을 그애가 지녔으면 한다.

어제는 마음이 영 복잡해서 친구 ㅇ에게 전화를 했다. 그애 집 앞에 있는 커피숍에서 만났다. ㅇ은 여전했다. 그애는 나처럼 결혼도 하지 않았고 아이도 갖지 않았다. 어쩌면 여전한 것이 정상인데 나는 한편으로 그애가 부럽기도 했다. 물론 ㅇ은 나를 부러워했다. 여러 가지를 경험하고 있지 않느냐고 했다. 우리는 아주 다르지만 아주 비슷한 점이 있다. 그것은 자신에 대한 사랑, 일종의 자기애를 강렬히 지닌 점에서 그렇다. 자신에 대한 의지, 사랑이 ㅇ만큼 철저한 사람도 없을 거라 생각했다. 물론 ㅇ는 나에 대해 그렇게 생각했을 것이고……. 대리 투사, 대리 만족이 가능한 성숙한 친구관계가 유지되는 것을 아주 기쁘게 여기며 돌아왔다. 물론 많이 좋아지기도 했다.

아이를 가지기 전에는 그런 생각을 전혀 하지 않았는데 어떤 큰 조직에서 장학금을 받거나 특파원 제의를 받은 친구들을 보면 부럽다. 나는 이미 특파원 생활을 해봤고, 특별히 장학금을 받을 이유도 없다. 나는 큰 조직을 나옴으로써 오히려 많은 것을 얻었다. 그러고 보니 KBS를 그만둔 지 그럭저럭 2년이다. 그 동안 정말이지 많은 변화와 소득을 얻었다. 물론 후회하지 않고 자랑스럽게 생각한다. 온실의 꽃이 아니라 비바람 부는 들판에 핀 강인한 꽃(?)이라고 생각했다. 아마 조직에 있었다면 내 꿈은 다른 주변인들과 마찬가지로 상황의 한계, 온실의 따뜻함과 나른함에 길들여져 어느 정도 한정적인 발전만이 가능했을 것이다.

어제 ㅇ은 "너는 성공했다."라고 말했다. 물론 성공했다. '온실 뛰쳐나오기'는. 하지만 지금 내 상황은 '가변건물' 같은 것이다. 나는 단단한 벽돌집을 짓고 싶다. 비바람이 몰아쳐도 끄떡도 하지 않는 그런 단단한 벽돌집을 짓고 싶다.

벽돌집을 짓는 것, 나의 모든 목표이다. 나의 커리어를 그렇게 단단하게 하고 싶고, 그리고 눈으로 보이는 만질 수 있는 벽돌집도 짓고 싶다. 현실적으로도 나는 우리 사무실이 있는 한 7층이나 9층 정도의 건물을 짓고 싶다. 그리고 나 자신의 모든 상황을 단단한 벽돌집으로 만들고 싶다. 지하주차장까지 만들고 철저하게 내 세계를 확고하게 만들겠다. 제2차 작업을 충실히 진지하게 해나갈 것이다.

분명 내 아이 솔이 힘이 되어줄 것이다. 그애에 대한 신뢰, 책임감이 나의 에너지와 힘의 원천이 될 것이기 때문이다. 어떤 작은 확신이 든다. 언젠가 그 건물 앞에 내 아이의 손을 잡고 서 있을 것이다. 맨 꼭대기의 펜트하우스를 가리키며 "저기에 엄마의 사무실이 있단다."라고 말할 것이다.

일단 최대한도로 어머니에게 신세를 지도록 하자. 엄마는 나에게 아이 낳기를 적극 권유한 만큼 책임도 져주겠다고 했다. 한번 큰 신세를 지자. 친정이 그래도 일산에 와 있다는 것이 얼마나 다행인지 모른다. 엄마에게 완전히 엎어지는 수밖에 없다는 생각이 든다. 물론 나도 아이를 낳으면 아이와 긴밀하게 접촉하고 아이에게 충실하겠다.

7월 7일(일)

아주 평화로운 일요일이었다. 남편과 아파트 앞 공원을 밤 늦게 산책했다. 가을 하늘처럼 시원하고 편안한 밤이었다. 남편과 공원 벤치에 앉아 이런저런 이야기를 했다. 우리 앞에서 고만고만한 사내아이들이 놀고 있었다. 그 아이들이 참 특별하게 보였다. 전에는 아이들을 좋아하지 않았는데 이제는 참 귀엽고 소중해 보인다. 큰 변화이다. 그런 생각을 하면서 무심코 "사내아이도 예쁘네." 했더니 남편이 "그럼, 그렇고 말고." 하며 얼른 말을 받았다.

나는 딸을 원하고, 그는 아들을 원하는구나 하고 생각했다. 한 번도 그가 어떤 성을 원하는가를 생각해보지 않았다. 나는 여자이기를 절실히 바랐는데 남편 역시 동성을 원했구나 하는 생각에 피식 웃음이 나왔다.

만일 사내아이라면……. 하기는 남편을 닮은 아이라면 괜찮다는 생각도 든다. 착하고 부드럽고 따뜻한 아이, 여성이 겪는 고통에 동참할 수 있는 아이, 그러면서도 끊임없는 자기의지를 지니고 발전을 꾀하는 인간, 따뜻한 용기를 지닌 성숙한 남자, 그것도 괜찮은 일 아닌가? 어찌 보면 아주 근사한 일일 수도 있잖은가?

7월 14일(일)

땀띠로 너무나도 고생하고 있다. 약을 함부로 쓸 수 없어 더욱 힘이 든다. 하루종일 가렵다. 여러 의사를 찾아갔지만 별 효과가 없다.

이 여름이 원망스럽다. 책에 보니 임산부 가운데는 임신기간 내내 가려움증으로 고생하는 경우도 있다고 한다. 참자, 참아. 그렇지만 너무나 괴롭다.

임정애 박사의 진료차트 (97. 7. 18.)

여름에 임신부들은 땀띠 때문에 고생한다. 전여옥 씨가 그렇다. 카라민 로션과 찬 물수건으로 냉찜질을 하라고 이야기해주었다. 그렇지만 본인은 너무 힘이 들어 괴로운 표정으로 고개를 끄덕였다.

지금 28주, 몸이 많이 부었다. 매일 방송을 비롯한 여러 회사일 때문에 여전히 업무량이 많다. 일을 줄였지만 보통 사람에 비해서는 역시 많다. 일하는 것은 물론 자연스럽다. 그렇지만 조심해야 한다고 주의를 주었다.

혈압은 정상이다. 그리고 무엇보다 아이의 위치가 정상으로 돌아왔다. 본인에게는 물론 기쁜 소식이다.

무엇이든 도전하길 좋아하는 전여옥 씨는 두 눈을 반짝이며 '자연분만'에 강한 의욕을 나타냈다. 그녀가 자연분만을 하겠다고 하는 것은 전여옥 씨 개인이 갖고 있는 '도전 정신'의 하나 아닐까? 잠시 우스운 생각이 들었다. 재미있는 환자이다.

7월 28일(일)

요 며칠 아이가 요동을 치며 논다. 상당히 힘이 좋은 아이이다. 이 다음에 어떤 일도 해낼 것 같다. 힘이 어찌나 좋은지 나를 깜짝깜짝 놀라게도 한다. 이제는 아주 힘좋게 걷어찬다. 답답한가? 아니면 나 이렇게 살아 있다고, 때로는 다 듣고 있다고 말하는 듯하다.

폭우가 그치고 대신에 찜통 같은 무더위가 왔다. 엄청난 더위이다. 이 더위에 아이를 낳지 않는 것을 감사했다. 그럭저럭 앞으로 한 달이 이럴 텐데 어떻게 견딜지 아득하다.

이제 아이가 그럭저럭 한 달 반 뒤면 나오는데 암담하기도 하다. 더욱더 기운차게 살아가야 하는데 과연 아이를 데리고 가능할까? 하지만 나는 견딜 것이다. 그리고 반드시 해내고 말겠다.

날을 받아오라구요?

8월 1일(목)

임원장은 일단 제왕절개를 하는 것이 좋겠다고 말했다. 나 역시 각오는 하고 있었다. 책에서는 자연분만이 여러모로 좋다고 했다. 그렇지만 기껏 고생하다가 나중에 제왕절개하느니 아예 정하는 것도 낫겠다고 생각했다. 무엇보다 담당의사의 의견을 존중하는 것이 좋다고 생각했다. 그것은 내가 임원장을 전폭적으로 믿고 그의 전문성을 존중하기 때문이다.

임원장을 만난 것은 내게는 더없는 행운이다. 나는 의심하는 버릇이 있다. 상대의 직업이 전문성을 지니고 있을 때 역시 그렇다. 사실 많은 전문직들이 의외로 허술함, 실력 없음 등등을 전문적인 용어와 직업적 이미지로 가리고 있다. 우리 사회에는 이런 일이 워낙 많다. 전문성이란 일반인의 입장에서 볼 때도 이해되고 납득될 수 있는 것이다. 만일 임원장을 만나지 않았더라면 나는 임신 과정 내내 의심했을 것이다. 임원장의 결정에 흔쾌히 따르는 가벼움 대신 '저, 의사가 내린 결정이 과연 옳은가? 이상하다. 확인하자'라면서 이 책 저 책 수없이 뒤적이며 이 사람 저 사람을 맹렬하게 취재하고 다녔을 터였다.

시간 절약과 더불어 수많은 의심이 절약되었다. 에너지도 물론.

임정애 박사의 진료차트 (97. 8. 1.)

전여옥 씨는 체중 재기를 거부한다. 그러면서 "제가 재봤는데요. 1.5킬로그램 늘었어요."라고 꼬박꼬박 보고는 한다. 그렇다면 괜찮은 편이다. 전여옥 씨는 임신한 뒤 체중이 9.5킬로그램 늘었다.

팔과 다리, 그리고 발이 심하게 부었다. 아무래도 걱정이 되어서 소변검사를 실시했다. 다행히 당뇨나 단백은 없었다. 너무 무리하는 것은 아닌가 걱정이 된다. 임신중독증에 걸리지 않도록 조심해야 할 텐데.

여전히 땀띠로 고생하는 듯했다. 너무 오래 간다.

아기의 위치는 좋다. 태반, 양수의 양……. 모든 것이 정상이다. 아기의 체중도 정상으로 늘고 있다.

8월 13일(화)

어제 임원장은 아주 재미있는 이야기를 했다. 제왕절개를 하기로 했으니 '날'을 받아오라는 것이다. 나는 그 말을 듣는 순간 웃고 말았다. 날을 받으라니. 나는 생각도 못한 일이다.

'제왕절개하는 좋은 시(時)에 맞춰 수술해달라고 우기는 환자들이 많이 늘고 있습니다'라는 식의 TV 보도를 보면서 '어떻게 저런 비합리적인 생각을 할 수 있을까?' 하고 개탄한 적이 있다. 그러나 그런 것이 '누구나 하는 일'이라고는 생각하지 못했다.

그런데 임원장이 날을 받으라고 하는 것이었다. 나는 쑥스러워하면서 "선생님, 정말요?" 하고 다시 물었다. 그러자 임원장이 이렇게 말하는 것이었다.

"어쨌든 좋은 때 나오면 괜찮은 것 아니에요? 지난번에 한 잡지사 여기자도 아이를 낳았는데 하필 날을 받아온 것이 저녁 7시였어요. 사실 그날 저녁 아주 중요한 일이 있었는데, 꼭 가야 하는 일이었지요. 망설이다가 그래도 나는 의사다, 환자를 우선으로 해야 한다고 마음먹고 저녁 7시에 수술했어요. 그 산모는 나이가 41살(나보다 많다!)이고 남편도 의사인데 하여튼 그 시간에 꼭 낳아야 된다고 해서 어쩔 수가 없었어요. 의사는 하여튼 환자를 우선할 수밖에 없는 운명을 타고났으니까요."

이렇게 말하는 임원장 얼굴에 의사로서의 자부심과 사명감이 은근히 넘치는 것이었다. 나는 웃음이 나오는 것을 억지로 참고서 '타고난 의사로서 날짜대로 수술을 해준 임원장'의 사명감에 약간은 감동한 표정을 지었다. 그러자 임원장 역시 말해놓고 약간은 계면쩍은 듯 멋쩍은 표정을 지었다. 결국 우리는 시선이 마주치자 웃고 말았다.

평소의 임원장으로서 생각하기 어려운 사고방식이었다. 언제나 합리적이고 냉철해서 어떤 상황에 대해 판단이 참 빨랐다. 그렇지만 임원장은 오랫동안 생명을 다루면서 '날 받는 것'도 환자에게는 절대절명이라는 것을 경험하고 그 날짜 맞추기 역시 중요한 진료의 과정이자 환자에 대한 헌신이라고 생각하게 된 것 같다.

오늘 그래서 언론계의 ㅇ선배에게 연락을 했다. ㅇ선배만은 뭘 그러냐고 할 줄 알았더니 오히려 적극 권장이었다.

"이왕이면 좋은 게 좋다고. 게다가 자기의 시를 골라서 나올 수 있으니 얼마나 좋니? 운명 개척형, 팔자 선택형이잖아. 좋다

좋아, 전여옥. 좋은 날을 받으라구, 좋았어!" 하며 더 신나하는 것이었다.

또 출판사의 ㄱ사장은 내 말을 듣고 더욱더 적극적이었다. 그런 날을 아무데서나 받으면 안 된다고 용한 데 가서 받아야 되는데 평소 애용하는 점집이 있으니 소개를 해주겠다는 것이다. 고덕동 할아버지라고 일단 그 할아버지에게 전화를 해주겠다고 했다.

참 재미있는 일이다. 사회적으로 비상한 에너지를 갖고 일하는 여성들일수록 '날을 받아야만 한다'고 적극적으로 주장한다. 그 이유는 무엇일까? 단골 점쟁이도 꼭 있으며 대개는 초보적으로 자기나 남의 사주는 볼 줄 안다.

나 역시 그렇다. 아마 사는 데 유달리 관심과 열정이 넘쳐서 그런 것 아닐까? 삶에 대해 더 알고 싶고 더 부족한 게 많고 그러면서도 삶을 관통하는 어떤 운명의 힘, 팔자의 역할을 더 민감하게 느껴서 그런 것 아닐까? 합리적이고 과학적으로(?) 매사를 따지고 분석하며 살면서도 그 삶의 언저리에 남아 있는 절망과 고통과 아픔을 워낙 많이 대했기에, 지쳤을 때 앞날이 안 보인 삶에 대해 유달리 불안했기 때문 아닐까?

8월 13일(화)

나 역시 아이의 날을 받는 것이 좋다고 결론을 내렸다. 그럼 어떻게 행동 개시를 할 것인가를 생각하고 있는데 ㄱ사장님이 전화를 했다. 마침 본인이 갈 일도 있어 고덕동 할아버지에게 다녀왔는데 날 정하는 복채도 대신 주고 왔으니 전화로 물어보기만 하라고 했다. 나는 진정으로 고마웠다. 큰 숙제가 아주 가볍게 해결된 셈이었다.

고덕동 할아버지는 10월 2일 오전 9시부터 11시께가 좋다고 했다. 전에는 시를 받아놓고 수술하는 사람들이 너무나 우스웠는데 이제는 나의 현실이 되었다. 그 할아버지는 이때 나와야지 아이가 평생 부모에게 효도하고 공부 잘해서 장원급제한다고 했다. 나는 전화를 받으며 웃음을 간신히 참았다.

그러나 10월 2일은 아주 좋다. 음력으로는 8월 20일이고, 양력으로는 개천절 전날이니까 생일파티는 끝내주게 해도 되겠다. 이 아이가 커서 젊음의 피가 끓을 때 밤새도록 취할 수도, 춤출 수도, 사랑하는 이와 밤을 새울 수도 있으리라. 생일 다음날이 휴일이니 말이다. 나는 참으로 좋은 어머니이다. 참으로 여러모로(!) 배려했다.

10월 2일, 나, 그리고 그, 이렇게 우리는 한 아이의 부모가 된다. 참 감격스럽다. 건강하고 씩씩하고 밝은 아이, 그리고 이왕이면 똘똘한 아이가 "안녕하세요. 그 동안 오래 기다리셨죠?" 하고 나왔으면…….

8월 18일(일)

선잠을 잤다. 남편은 운동을 하러 갔다. 아직도 무덥기만 한 여름이다. 아침부터 배가 땡땡하게 불러왔다. 배가 남산만해졌다. 요즘은 똑바로 눕거나 옆으로 누워서 자야 되니 잠이 잘 오지 않는다. 그 동안 줄곧 엎드려 잤으니 그럴 수밖에 없다. 이맘때 제일 큰 소원이 엎드려 자는 것이라고 한 친구 말이 이제야 이해가 된다. 몸조심을 해야겠다. 절대로 무리하지 말고 앞으로 아이를 낳는 것에 주의를 해야만 한다.

8월 19일(월)

벌써 8월이 2/3나 갔다. 하루하루 지나는 것이 '다행이다. 후유……' 하는 생각뿐이다. 9개월로 들어서니까 힘이 아주 많이 든다. 어제는 몸도 몹시 가렵고 배가 땡땡해 아주 힘들었다. 오늘은 어제보다는 조금 낫다. 아마도 금요일에 무리한 그 여파가 일요일에 온 듯했다.

솔이의 탄생은 내 생활을 송두리째 바꿔놓았다. 내게는 완전히 새로운 상황이 전개된다. 새로움에 대한 도전, 더 열심히 사는 것. 지금보다 두 배 세 배의 노력, 최선을 다해서 살면 된다.

유감스러운 것은 남들은 아이를 가졌을 때 '최대의 창작욕'이 들끓어 '최고의 작품'을 낸다고 하는데, 나는 영 그렇지 못한 것이 유감스럽다. 제대로 된 글 하나 쓰지 못했다. 그저 맨날, 열심히 살아야지…… 어쩌구 하는 구호(?)를 일기에 외치기만 했다. 한편으로는 그것도 내게는 작품이었다고, 임신 이벤트였다고 생각하기로 했다.

지금도 아이가 꼬물꼬물댄다. 상당한 장난꾸러기인 모양이다. "내가 있어요!"라고 존재를 끊임없이 알리고 신호를 보낸다. 이럴 때면 나 역시 겸허한 엄마가 된다. 아이를 몸 안에 가지는 것, 인간이 할 수 있는 최고의 일이자 가장 아름다운 일이다. 남자들은 참으로 안됐다. 불쌍하기도 하다. 그들은 반절의 인생밖에는 살지 못하는 셈이다.

8월 20일(화)

잠을 제대로 잘 수가 없다. 하기는 원고를 쓰느라고 월요일 밤을 거의 새다시피 했다. 하루종일 더위와 씨름했다. 왜 더위가 가시지 않는 것일까? 요즘 생전 모르던 불면증이란 것을 경험하고 있다. 예민하고 불면증에 시달리는 남편은 언제나 스물도 세기 전에 잠이 드는 나를 놀리곤 했다. 그러나 요즘은 남편이 더 먼저 잠든다.

벌써 9개월 반이 되었다. 하기는 지금이 가장 힘든 시기이다. 한 생명이 내 몸 안에서 자라고 있다. 솔의 태동은 바로 그 증명이다. 그렇지만 한편으로는 아기의 모습이 영 감이 잡히질 않는다. 가끔 임신이 내게는 육체적 현상이 아니라 정신적 현상이라는 생각이 든다. 어서 그애가 내 품에 안겼으면 좋겠다. 나는 실감하고 싶다.

8월 21일(수)

남편은 어제 접대할 일이 있다며 늦게 들어왔다. 그러나 내가 걱정되는 듯 몇 차례 전화를 했다. 나는 혼자였다. 이상한 집중력을 가지고 책을 하루종일 읽었다. 어떻게나 그 내용이 강렬하고 깊이 있게 전해오는지 참으로 기뻤다. 아주 상태가 좋다고, 기분이 좋다고 그에게 이야기했다.

남편은 좋은 사람이다. 그는 세심하고 착하고 따뜻한 사람이다. 그와 함께 산다는 것은 괜찮은 일, 쾌적한 일, 그리고 무엇보다도 평화스러운 일이다. 잠이 얼핏 드는 내게 불면의 그가 말했다. 사랑한다고, 정말 당신과 결혼해서 다행이라고 했다. 단 하루를 살아도 뜻깊은 것이라고 말했다. 자장가처럼 그의 이야기를 들으며 나는 잠들었다.

오늘 어머니와 동생이 왔다. 우리 '솔이의 모든 용품'을 사가지고 왔다. 이른바 출산 준비물이 생각보다 굉장히 많았다. 아주 앙증맞은 발싸개부터 손싸개, 이불, 목욕용품 등 모든 것이 일습으로 갖춰져 있었다. 침대나 유모차는 동생 강옥이 쓰던 것을 그대로 쓰기로 했다. 대체적으로 푸른색이었다.

얼마 전에 임원장이 내게 솔이가 남자아이란 것을 가르쳐주었다. 나 역시 얼핏 그런 감을 알아차리고 있었다. 하지만 초음파라는 것이 반드시 정확한 것은 아니고 초기니까 잘 모를 수도 있다고 생각했다. 딸이 아니란 것이 실망스러웠으니까. 그런데 임원장이 "아들이에요. 아무리 눈치를 줘도 미련을 버리지 못해서 이야기하는 거예요."라고 임원장답게 확실하게 이야기를 해주는 것이었다. 섭섭했으나 어쩔 수 없는 일이었다. 나는 현실을 받아들이기로 했다.

출산 준비용품, 아기가 입을 배냇저고리, 기저귀, 베이비 드레스를 보니 비로소 한 생명의 실체를 경험한다— 저 이불 속에, 저 옷 속에 들어올 주인. 한 생명에 대한 생각으로 가슴이 따뜻해졌다. 이제 내가 기다리는 사람이 분명해졌다.

어떻게 생긴 아이일까? 어떤 성격의 아이일까? 몸은 어떻게 생겼을까? 나는 그애가 남편의 온화함과 합리적인 성격, 그리고 아름답고 긴 지체(肢體)를 받았으면 좋겠다.

8월 23일(금)

임원장 병원에 다녀왔다. 아이도 건강하고 임신의 여러 가지 징후도 아주 좋다고 했다. 모든 것이 순조롭다. 다음에는 9월 13일에 오라고 했다. 그때쯤 되면 정말 아이를 볼 날이 얼마 남지 않게 된다. 벌써 흥분된다. 어서 왔으면.

남편은 회사에서 시간을 내기가 어려워 점심을 굶고 나를 병원에 데리고 갔다. 물론 진찰을 받은 뒤에도 점심 먹을 시간은 없었다. 병원 앞 맥도날드에서 햄버거를 사서 돌아오는 차 안에서 먹었다. 차분하지만 아주 꽉 차는 듯한 기분을 맛본다. 이 다음에 우리 솔이에게 들려줘야지.

임정애 박사의 진료차트 (97. 8. 23.)

모든 것이 순조롭다. 무엇보다 본인의 정신상태가 그렇다. 사물을 아주 낙천적으로 밝게 보고 있다. 초음파는 보지 않았다. 혈압, 아기 위치, 태동……. 아주 건강한 아이인 듯하다.

전여옥 씨는 아주 정확하다. 시간도 정확하게 지키고 늦는 법도 없다. 의사의 말도 잘 따르고 지킨다. 말을 잘 듣는 환자는 의사에게 핑계를 주지 않는다. 나이가 든 임신부인 만큼 부작용이 예측된다. 임신중독증이나 자궁내 태아발육부전증 등등. 그렇지만 전여옥 씨도 아이도 아주 건강하다. 합병증이 없는 정상적인 임부이다. 불안에서 완전히 벗어난 듯하다.

8월 24일(토)

아름다운 가을이 왔다. 아침부터 부는 서늘한 바람, 하늘도 높다. 이 세상의 모든 것이 투명하고 단아하게 선이 그어진다. 이처럼 계절이라는 것은 정말이지 어김없이 찾아온다. 내 머리도 맑아진다. 이 세상의 모든 것이 아주 깨끗하고 뚜렷해지는 느낌이다.

이 아름다운 계절에 솔이를 낳는 것, 너무나 행복한 일이다. 신께 고마워할 일이다. 가을 하늘처럼 맑고 꿋꿋한 아이, 그러면서도 한 인간으로서 품격을 지닌 아이였으면 좋겠다.

어제 임원장과 나는 모성애에 대해 이야기했다. 왜 나는 그토록 딸을 원했을까? 그 이유는 무엇일까? 물론 일종의 실험정신이 있었던 듯하다. 즉 강인한 여성으로서 '여성'이라는 성에 무릎꿇지 않고 당당하게 살아가는 또 한 사람의 여성을 만나보고 싶었다. 상처를 입더라도 개의치 않고 계속 일어나고 일어나는 여성, 마치 전사 같은 그 모습을 말이다. 그리고 나는 그 '여성'이 어떤 어려움을 겪는다 하더라도 곁에서 지켜보며 꿋꿋하게 격려하는 '여성 동료'로서 있고 싶었다. 그리고 그 아이가 많은 것을 겪고 많은 것을 이해한 강한 인간이 되었을 때 우리는 동지가 되어 같은 일을 했으면 하는 생각을 가지고 있었다.

또 한 가지 '사랑을 줄 수 있는 친구'를 원했다. 여성이라는 '성'의 공통점 속에서 감정의 주기도 같고 여러 모로 설명하지 않아도 이해될 수 있는 많은 것을 지닌 여자 — 나는 그애와 영화도 보고 목욕도 하고 여행도 하고 쇼핑도 하고 그리고 토론도 한다. 달콤한 케이크도 같이 먹고 갓 뽑은 커피도 같이 마시고…….

하지만 남자도 나쁘지는 않다. 굳이 남자라고 해서 못할 일도 없지 않은가? 물론 남자라면 남자답게 키우겠다. 이 대한민국에는 남자다운 남자가 없으니까 더욱 그렇다. 말하자면 남자 이전에 한 인간으로, 사람다운 사람으로 키우는 것이 중요하기 때문이다.

나는 솔이를 이렇게 키우고 싶다. 이 세상의 약자를 이해하는 남자로, 불평등한 대우를 받는 계층을 위해 일하고 싸울 수 있는 인간다운 남자로 키우고 싶다. 나는 그애와 많은 대화를 할 것이고 여성으로서 내가 얼마나 힘들게 살아왔는지를 이야기해주겠다. 그리고 '남자'라는 기득권을 주장하는 것이 얼마나 비겁하고 비열한 일인지를 알려주겠다.

여러 가지 동기 부여를 할 것이고 이 세상의 모든 것을 그애에게 보여주겠다. 여러 곳을 함께 여행하고 다른 문화권의 생각과 삶의 방식을 보여주겠다. 이 세상이 어떻게 돌아가고 있는지를 보여주겠다. 물론 음악을 사랑하고 아름다운 그림과 조각을 보고 감동하는 인간이 되도록 하겠다.

삶이 어떤 것이며 어떻게 살아야 하는지를, 그래서 그애가 스스로 판단하고 그 방식을 선택했으면 좋겠다. 모든 점에서 독립된 인간으로 컸으면 한다.

지금 내가 이 글을 쓰는 순간 솔이가 힘차게 움직였다. 그애의 대답이다. 귀여운 녀석!

8월 25일(일)

앞으로 아이를 낳고 나면 정말 할 일들이 많다. 나는 지금 38살이다. 38살, 앞으로 한참 더 노력해야 한다. 내 나이 50이 될 때까지 죽자사자하고 노력하면 내 손에 어느 정도 잡히는 것이 있을까? 과연. 걱정스럽기도 하고 솔직히 미래에 대한 불안도 있다.

하지만 그보다는 자신감이 더 크다. 나는 노력할 테니까, 지금에 만족하지 않으니까 말이다. 확실하게 해보겠다. 지금부터 열심히 노력하고 그저 공부한다면, 이렇게 앞으로 한 12년을 간다면 아주 작은 것이라도 내 손에 쥘 수 있지 않을까?

현대 사회는 공부 여하에 따라 성공이 정해진다고. 오늘 읽은 노구치 책에서 건질 거라고는 이 말 한마디밖에 없었다. 그렇지만 이 말도 내가 맨날이다시피 일기에 적는 말 아닌가. 일본 사람들의 베스트셀러는 우리나라보다 더 이해될 수 없는 측면이 있다.

8월 26일(월)

아기가 만 9개월을 넘자 꽤 힘들다. 솔이는 쉼없이 부지런히 움직인다. 아주 힘이 넘치고 극성스러운 아이인 듯하다. 호기심도 대단한 아이 같다. 그애는 지금 내 안에서 탐사활동을 벌이고 있다. 오늘까지 34주, 다음 주만 지나면 10달째에 접어든다.

얼마 남지 않은 이 기간을 잘 보내야겠다. 휴식을 되도록 많이 취하고 무리하지 않는 범위 안에서 움직이고 말이다. 그럭저럭 한 달하고 일주일만 견디면 나는 해방이다. 그러면 엎드려서 잘 수도 있고 잽싸게 움직일 수 있다. 물론 옛날 같지는 않겠지만. 아니다. 오히려 옛날보다 더 잘 움직일 수도 있다.

비가 오고 있다. 가을 비다. 오전 내내 비를 바라보며 소파에서 책을 읽었다. 그리고 음악을 크게 틀어놓고 듣고 있었다. 행복하고 평화로웠다. 갑자기 햇밤이 먹고 싶다. 아이가 태어난다는 것, 어떻게 보면 내 인생에 가장 큰 변화를 주는 일일지도 모른다. 어떤 아이일까? 너무, 너무, 너무나 궁금하다.

아이를 낳고 나면 하고 싶은 일이 많다. 우선 운동을 열심히 하겠다. 체중 조절을 해야만 한다. 임신기간 동안 우리는(남편 포함) 너무나 많이 먹었고, 남편은 어디가 맛있대 하면서 나를 계속 데리고 다녔다. 헬스클럽에 가서 열심히 운동을 하겠다. 두 번째는 머리를 길러볼까? 원래 긴 머리는 싫어하지만 적당한 단발은 어떨까? 옷도 지금까지 입었던 것과는 완전히 다른 옷을 입어보고 싶다. 액세서리를 과감하게 하고 싶다. 그리고 세 번째는 회사일을 열심히 하는 것, 방송에 대해서는 많은 애정을 지니고 리마주 일을 활성화시키고 싶다. 네 번째는 여행을 많이 하고 싶다. 짧은 여행이라고 하더라도 주말여행이라도 떠나보겠다. 열심히 살자. 기운이 펄펄나게. 힘내자!

8월 27일(화)

피곤한 하루였다. 큐 채널의 녹화가 있었다. 사실 임신을 했고 그것보다는 무엇보다 귀찮고 해서 TV 출연이나 녹화를 하지 않았다. 그런데 큐 채널의 프로듀서와 작가가 KBS까지 찾아와서 꼭 나와 달라고 말하는 그 정성(?)에 넘어가고 말았다. 더구나 그들은 꽃을 사가지고 왔다. 꽃…… 나를 더없이 약하게 만드는 것, 삭막한 방송계에서 그들은 오래 있지 않았나 보다. 꽃을 사들고 올 생각을 한 것을 보면…… 나는 그 꽃 자체에 마음이 움직였다.

우먼 캠퍼스라는 강의식 프로그램이었다. 주부들을 20여 명 모아놓고 녹화를 떴다. 그런대로 괜찮았다. 하기는 임신했다는 것, 배가 부른 것은 자연스러운 일이다. 나는 가끔 할리우드 여배우들이 아주 남산만큼 부른 배를 하고 멜빵 달린 임부복을 입고 화장은 전혀 하지 않은 모습으로 카메라에 잡힌 사진을 보곤 의아하게 생각했다. 이런 사진이 공개된다면 치명적인 것 아닌가. 특히 아름다움, 젊음을 밑천으로 하는 여배우에게는 말이다. 헝클어진 머리, 주근깨와 기미가 다닥다닥한 얼굴의 크리스티 블링클리나 킴 베이싱어의 모습을 볼 때 그랬다. 왜 배우 가운데 대중에게 자신의 늙은 모습을 보이기 싫어 평생을 숨어 산 그레타 가르보도 있지 않은가?

그것이 어머니와 아이를 낳지 않은 여자의 차이일 수도 있다. 아이를 가지면 여성보다는 모성이 더 강렬하게 작용한다. 세상과 담 쌓은 듯한 임신부의 모습과 철저하게 자기 자신을 벽 속에 가둬놓은 그레타 가르보의 삶……. 비교할 수도 없고 또 단순화시킬 수도 없다. 그렇지만 정말 중요한 것은 어머니가 된다는 것만큼 자기 자신을 크게 변화시키는 것은 없다는 이야기이다.

8월 30일(금)

저녁에 남편이 데리러 왔다. 오랜만에 동생 희옥이와 함께 식사를 했다. 임신을 하고 나서 맵고 짠 것은 전혀 먹고 싶지가 않았다. 원래 그런 음식을 싫어하기도 했다. 그런데 오늘은 갑자기 곱창전골이 먹고 싶었다. 그래서 남편과 신정에 갔다. 나는 아구아구 먹었다. 남편은 그런 나를 몹시 걱정스럽게 지켜봤다. 뭔가 잔소리를 하고 싶은 것 같았으나 마음 약한 그는 결국 자신도 포식하는 것으로 대신했다.

모든 어머니는 신이다

9월 1일(일)

가을 바람이 참 기분좋다. 탐욕스럽게 책을 읽었다. 가을이 되니 책맛, 커피맛이 정말 좋다.

《유럽을 움직인 사람들》이란 책이 흥미있었다. 나는 전혀 모범생이 아니지만 내게서 가끔 그런 조짐 내지는 자질을 발견할 때가 있다. 자서전이나 역경을 이긴 인물들의 스토리를 아주 좋아하는 것을 보면 말이다. 대처와 프랑수아 미테랑에게 빠져들었다. 특히 대처는 대단하다. 강인하고 솔직하다. 당당하다. 그 것은 대단한 미덕이다. 두 번이나 선거에서 떨어진 뒤 변호사 시험에 도전하는 것이 정말 감동적이다. 나는 그 정공법이 좋았다.

사람이 살아가는 방식은 여러 가지가 있다. 나는 정면돌파하는 사람을 존경한다. 아무것도 없는 가운데 오로지 자신의 실력만으로 힘으로 무엇인가 이룬 사람을 존경한다. 나도 그런 사람으로 이 사회에 비쳐졌으면 한다.

9월 3일(화)

오늘은 방송의 날이다. 방송의 날 특집 때문에 쉴 수가 있었다. 집에서 생각해보니 방송을 하는 것이 내 건강과 임신기간을 규칙적으로 보내는 데 있어서 아주 큰 도움을 주었다. 내 프로그램의 스태프들은 이애는 매일 시사문제와 씨름을 했으니 박사나 다름없겠다고 우스갯소리를 했다. 경옥 씨도 그런 비슷한 이야기를 했다. 둘째 아이를 가지고 있을 때 변호사 시험을 보았는데 아이가 그 지식을 흡수한 듯 아주 똑똑하다고 했다.

아이가 책을 좋아했으면 좋겠다. 나의 어린 시절을 생각하면 지금도 웃음이 난다. 조그만 아이가 별별 책을 다 읽었다. 그래서 어른의 얼굴을 하고 있었다. 다 알고 있었다. 나는 지금도 내 삶에 '어린이'였던 적은 없었다는 생각을 아주 여러 번 한다.

요즘 잠을 이루기가 참 힘들다. 한마디로 배가 남산만해졌기 때문이다. 이 주만 지나가면 드디어 열 달째에 접어든다. 하루빨리 그날이 왔으면 좋겠다. 엎드려 자고 싶기 때문이다.

9월 13일(금)

13일의 금요일이다. 별다른 불운은 없었으나 방송국에 주차하는 데 꽤 힘들었다. 파킹복과 남자운은 같이 간다고 했는데 오늘 남자운은 영 별로였다. 빙빙 돌다 5시께 파킹을 하고 라디오국에 갔다. 오히려 일을 느슨하게 했더니 좋은 점도 있었다.

오늘 점심 때 병원에 갔다. 아이는 아주 건강했다. 벌써 3킬로그램이라고 했다. 이제는 나도 초음파를 통해 아이의 뼈대를 볼 수가 있었다. 생명이라는 것이 저렇게 대단할 수 있는가 싶었다. 단 하나의 정자 속에서 저런 기적이 일어나는구나 하는 생각이 들었다. 생명력이란 단어만큼 이 세상에 강한 단어가 있을까. 그리고 어머니라는 단어만큼 강한 인간을 가리키는 단어가 있을까.

이제 그럭저럭 2주 후면 나는 엄마가 된다. 기쁘다. 아주 기쁘다. 이 아이는 완전한 전여옥의 아이로서 키울 것이다.

임정애박사의 진료차트 (97. 9. 13.)

찬바람이 불기 시작했다. 전여옥 씨는 드디어 땀띠에서 완전히 해방되었다. 초음파를 통해 아이를 지켜보는 모습이 어린아이 같다. 혈압도 지극히 정상이다. 93/68이다. 양수의 양과 태반도 정상이다. 아이의 몸무게는 2.96킬로그램이다. 아이가 그리 크지는 않지만 아직 골반 입구를 통과하지 못했고 골반 크기가 보기보다 작은 편이어서 정상분만을 유도한다 하더라도 진통이 오지 않을 것 같았다.

내진을 했다. 역시 아래로 분만을 하기는 힘들어 보인다. 수술을 하기로 이야기가 되었지만 어쨌든 본인은 아직도 자연분만에 미련이 남은 듯하다.

수술에 필요한 검사를 했다. 빈혈, 소변 검사(당뇨와 단백을 알아보기 위한), 그리고 마취에 필요한 간기능검사도 했다. 가슴사진도 찍고 심전도도 했다. 이제 수술 날짜를 결정할 시기가 된 듯하다.

9월 19일(목)

어서 빨리 아이를 낳고 싶다. 나 역시 자유를 얻고 싶기 때문이다. 아이를 낳으면 엎드려 자야지. 마치 훨훨 날아다닐 수 있을 것 같다. 나는 어서 세상에 복귀하고 싶다. 지금이 얼마나 나에게 중요한 때인가? 어느 누구도 내게 가져다줄 수 없다. 내가 노력해서 얻은 것들……. 더 큰 나의 노력을 기다리고 있다.

임정애박사의 진료차트 (97. 9. 20.)

검사 결과가 만족스러웠다. 아무 이상도 없었다. 임신중독증도 걱정할 필요가 없다.

전여옥 씨의 아이가 부쩍 크고 있다. 자궁고가 31센티미터에서 34센티미터로 높아졌다. 부종은 여전히 심한 편이다. 아이가 아직 골반 입구까지 진입을 하지 않았다. 높이 떠 있다. 최종적으로 수술하기로 결정했다. 본인도 동의했다.

9월 25일(수)

추석 전날이다. 많이 밀린다고 한다. 한가위의 의미…… 올해 내게는 '한 사람'을 기다리는 것이다. 나의 아이를 기다린다.

친구 은미에게서 오랜만에 전화가 왔다. 은미는 일단 축하를 해줬다. 그리고 '딸'이 좋다고 했다. 아무래도 '성'이 다른 것은 확실히 커다란 벽이다. 딸은 자연스럽게 친구가 될 수 있는데 글쎄, 아들은 가능할까? 그렇지만 나의 솔과는 좋은 친구가 될 수 있을 것 같다. 사랑의 감정, 우정의 감정을 성숙하게 표출시킬 수 있는 그런 사이로서 그애를 맞이하고 싶다.

은미는 내가 곧 두려움이 무엇인지를 알게 될 것이라고 말했다. 아이를 갖게 되면 이 세상이 무섭다고, 죄를 짓는 일이 이제는 가슴이 철렁하고 내려앉는다고 했다. 이해할 수 있는 이야기이다. 그애는 정말 열심히 살고 있었다.

모든 일이 놀랍다. 정말로 이 세상은 대단한 그 무엇이 있다.

그것은 아마도 생명에 관한 것일 것이다.

9월 26일(목)

하루하루 아이 낳을 날이 다가온다. 한편으로는 기쁘고 한편으로는 두렵다. 그만큼 한 생명을 이 세상에 내놓는다는 것이 이렇게 대단할 수가 없다.

아기를 낳기 위한 몇 가지 준비를 했다. 옷가지, 일상용품 등을 챙겨놓았다. 방송은 9월 30일까지 하기로 했다. 이틀 전까지 일을 하는 셈이다. 기분 좋은 일이다.

9월 30일(금)

시어머님이 강릉에서 올라오셨다. 참 좋은 분이다. 선한 인간이다. 최선을 대해 사랑과 희생을 베풀면서 살아온 분이다. 남편과 시어머니는 바로 그 선함에서 아주 닮았다. 시어머니는 나 못지않게 큰 기대로 이미 흥분상태였다.

내일은 드디어 병원에 간다. 나에게는 너무나 큰 변화가 찾아온다. 내가 한 인간을 만든다. 그 인간을 내가 기르고 성장하게 한다. 이보다 더 큰 경이와 자랑스러움이 이 세상에 있을까? 여성인 나의 능력을 다시 새삼스레 느낀다. 한 인간을 생산하는 여성……. 여성이 바로 다름아닌 '신'이라는 생각을 했다.

....

임정애 박사의 진료차트 (97. 10. 2.)

전여옥 씨가 아이를 낳았다. 제왕절개를 했다. 진단명은 '아두골반불균형'이다. 아이 머리와 골반의 크기가 맞지 않는다는 것, 그리고 나이가 들어 아이를 낳게 되면 골반이 넉넉해도 질과 경부가 심한 손상을 입을 수 있다.

아이가 나오자마자 '아프가 스코어(Apgar score)' 점검을 했다. 아이의 호흡수, 심장 박동수, 아이의 피부 색깔, 행동력, 그리고 울음소리…… 전여옥 씨의 아이는 아주 건강했다.

의사들은 막판에 수술을 할 때는 스트레스를 받는다. 어느 의사든 징크스도 있고 그럴 정도로—의학에서는 최선을 다했는데도 불가항력적인 일이 있기 때문이다. 그렇지만 전여옥 씨는 아기를 잘 낳았고 의사로서도 보람을 느낀다.

전여옥 씨 수술은 어떤 마취 방법을 쓰느냐가 고민거리였다. 무통마취도 좋기는 하지만 실패할 경우 짧게는 3, 4일, 길게는 일주일까지 입원해야만 한다. 전신마취는 그런 염려는 없다. 수술 후 고통은 따르지만 안전(?)한 측면이 있다. 그래서 평범한 일반적인 방법을 선택하기로 했다. 만일 실패할 경우를 생각해 일주일 누워 있는 것보다는 몇 시간의 고통이 낫다고 생각했기 때문이다.

아무리 많은 제왕절개 수술을 하든 자연분만을 하든 건강한 아이를 내 손으로 처음 안는 것은 항상 가슴 벅찬 기쁨이자 특권이다. 건강하게 울어대는 아이의 울음소리를 듣는 것은 산부인과 의사로서 커다란 즐거움이자 동시에 내 삶, 내 인생의 에너지를 얻는 순간이다. 의사로서 살아갈 수 있는 원동력, 힘의 원천이 바로 그 순간에 있는 것이다.

6

더 이상 남자를 위한 몸이 아니다

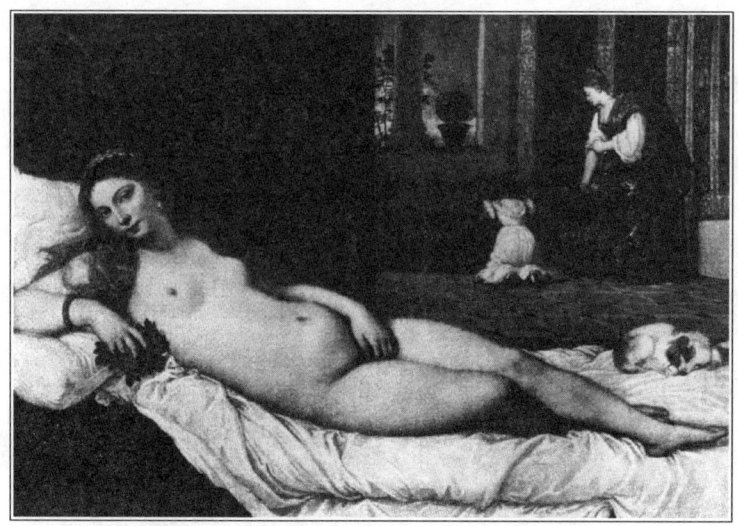

〈우비노의 비너스〉, 티치아노

생명의 연금술사, 아이를 낳다

아이를 낳으러 가는 것을 전쟁터에 나가는 일에 비기기도 한다. 아이 낳기까지 백 사람에 백 가지 이야기가 있다고 한다. 나는 임신과 출산에 관련 있는 책을 참 많이도 읽었는데 대개 그 마무리는 처절한 출산 무용담으로 끝났다. 그러나 내 경우는 좀 달랐다. 수술을 하기로 했고, 또 날을 정한 만큼 어떤 의미에서는 전쟁 대신 강화회담을 하러 가는 듯했다.

사실 평소 내 기질대로 한번 죽기 살기로 출산에 도전해보고도 싶었다. 일한다는 생각으로 '장렬하게 전사할 각오'로 달려들면 못할 일도 없다고 생각했다. 그런데 솔직히 두렵고 무서웠다. 고통이 두려웠다. 왜 출산은 아직도 이처럼 처절한 고통 속에서 이뤄지고 있는가? 암도 정복되고 발병한 지 수십 년밖에 되지 않는 에이즈도 치료약이 기를 쓰고 개발되는데 왜 '출산'은 안 되지 나는 의아했다.

의학은 사실 페미니스트들이 줄곧 비난해온 분야였다. 대다수의 '남자 의사'와 '남자 연구진'들이 남성만을 위한 진료와 연구를 해왔다는 것이다. 의학은 우리 사회에서 가장 성차별적인 이데올로기의 온상이었다는 점이다. 만일에 에이즈가 여성만이 걸리는 병이라면, 똑같이 성교를 한 뒤 전염돼도 여성만 죽어버린다면 이렇게 큰돈을 들인 연구가 과연 가능할 것인가 하는 점이다. 권력과 돈은 함께 가고, 그런 점에서 의학은 바로 그 하인 노릇을 철저하게 해왔던 점에서 결코 예외가 아니다.

만일에 여성과 남성이 동시에 아이를 낳는다면 분명 출산의 고통은 지금과 같지는 않았을 것이다. 인류가 생긴 이래 전혀 아무런 진전이 없었던 것이 여성의 출산, 그 고통의 물림이 아니었을까? 이런 생각을 하면서 나는 '제왕절개'도 나쁘지는 않다고 생각했다. 어떤 이는 임신과 출산의 모든 과정이 '남자 의사'들에 의해 계획되고 통제되고 왜곡되었다고 한다. 아주 자연스러운 과정인데 여성의 신체를 비자연적 방법으로 마구 훼손했다는 것이다. 제왕절개를 가장 대표적인 예로 꼽는다.

출산의 한가운데에서

내가 제왕절개로 아이를 낳는 것은 과연 옳은 일인가? 남편과 함께 병원에 가던 날, 나는 내내 그 생각을 했다. 친정 어머니는 뒷좌석에 앉아 있었다. 어머니는 나보다 더 흥분했다.

"너, 굉장히 침착하다. 떨리지 않니? 처음 낳는데 꼭 여러 번 애 낳아본 사람 같다."

어머니가 무심코 한 말에 남편은 웃음을 터뜨렸다.

"원래 그러잖아요, 어머니. 겉으론 언제나 난 괜찮아, 난 강해, 난 흔들리지 않아. 이러잖아요. 속은 그렇지도 않으면서요."

이번에는 내가 웃었다. 그의 말이 옳았다.

병원이 가까워지자 내가 읽었던 몇 가지 글들이 떠올랐다. 여자가 아이를 낳는 것은 아직도 '목숨 걸고 낳기'라는, 한 생명을 낳기 위해 한 생명을 거는 것이 여자라는 말이다. 또 이런 글도 읽은 것 같다. 아직도 여성들이 목숨을 잃는 가장 큰 원인이 '출산'이라고, 그리고 그 다음이 암이라고. 그리고 한 남자 의사도 말했지. 자신은 성형외과를 택했는데 산부인과 출산이 너무나 무서워서였다고. 출산의 그 순간 한마디로 피가 분출한다고. 나도 바로 그 '위험의 한가운데' 있구나.

간단한 수속을 했다. 남편은 내일 일찍 시어머니와 다시 병원으로 오겠다고 했다. 입원실에 어머니와 나, 이렇게 둘만 남아 있었다. 창 밖에서 왔다갔다하는 사람들의 이야기가 두런두런 들려왔다. 아, 세상은 변함없구나. 평온하구나. 내용조차 알 수 없는 말소리에 나는 다시 담담해졌다. '출산'이라는 작업에 결국 나와 어머니가 동지로서 함께 있다는 생각을 하며 미소지었다.

간호사가 데리러 왔다. 내일 아침 수술을 받기 위해서 몇 가지 처치를 해야 한다고 했다. 곧 알게 되면서도 호기심을 누르지 못하고 물었다.

"네, 관장을 하고 털을 깎는 거예요."

간호사는 아무렇지도 않게 말했고 나는 "아, 네." 하고 마치 잘 알고 있는 것을 확인이나 하는 것처럼 고개를 끄덕였다. 그렇지만 좀 당황했다.

내가 간 곳은 대기실이었다. 다섯 명의 임신부들이 침대 위에서 신음하고 있었다. 방의 온도를 따뜻하게 해놓아서인지, 아니면 임신부들이 뿜어대는 고통의 열기 때문인지 내 이마에 땀이 송글송글 맺혔다. 나는 순간 그들이 아주 동물적이라고 느꼈다. 다들 한숨을 쉬고 신음하고 있었다. 나는 그들의 신음이 언제까지나 계속되는 현재가 아닌가, 저 고통은 혹시 끝나지 않는 것 아닌가 하고 생각했다. 가혹한 일이었다.

간호사의 지시에 따라 관장을 했다. 이어서 간호사가 아주 능숙한 솜씨로 면도를 해줬다. 사각사각하는 소리를 들으면서 나는 왠지 불편했다. 정말 별걸 다하는구나. 옛날에도 이랬을까?

언젠가 일본에서 읽은 소설 가운데도 이런 장면이 있었다. 사랑에 빠진 남녀, 그런데 둘 다 가정이 있었다. 독점할 권리가 없을수록 독점에 대한 욕구는 커지는 법. 남자 주인공은 여자에게 '사랑(?)'의 표시로 '그곳을 깎고 싶다'고 말한다. 결국 두 사람은 면도작업을 하면서 최고의 성적 만족을 얻는 장면이 있다.

사실 그 장면을 읽을 때는 아주 기이한 것을 통해서 성적 쾌감(?)을 얻는 일본인들의 버릇이 나왔구나 했다. 단순한 성적인 유희일 수도 있다고 봤다. 그런데 그 이상일 수도 있다는 생각을 했다. 그 책을 쓴 작가 와타나베 준이치는 원래 산부인과 의사였다. 아마도 그는 의사로서 그 작업을 퍽 의미 있게 지켜보았던 것 같다. 아이를 낳는 한 과정을 한 남자의 사랑의 표시로 그려냈다는 것이 참으로 남성적이면서 일반적인 시각이라 생각하면서 나는 그 와중에도 피식 하고 웃음이 나왔다.

아이를 낳는 일과 인간의 성적 감정은 정반대일 수도 있지만 그 고리는 얽혀 있다. 섹스의 생산물이 아이이듯 출산 과정은 흔히 엄청난 희열이라고도 하지 않는가? 나는 바로 그 과정의 언저리에 있다. 자연분만이 아니지만 나 역시 오늘 출산의 한가운데 있지 않은가?

새 생명을 맞이하다

다음 날 아침 7시쯤 눈을 떴다. 어머니도 긴장된 얼굴로 옆에 있었다. 세수를 하고 이를 닦았다. 나는 이제 몇 시간 후면 아이를 볼 수 있겠구나, 어떻게 생긴 아이인지 알 수가 있겠구나 하는 기대 속에 있었다. 물론 나 역시 약간 긴장이 되었다.

간호사가 나를 수술실로 데리고 가려고 왔다. 계단을 내려가면서 나는 오늘 날씨가 아주 좋다는 것을 알았다. 창 밖의 눈부신 햇살이 병원 안을 더욱 밝게 해주고 있었다. 오늘 아침 제왕절개로 수술을 하는 산모들이 3명 있다고 했다. 나는 아무런 두려움도 없고, 걱정도 되지 않았다. 다만 힘을 내야 한다고 생각했다.

내게 삶이라는 것은 언제나 또 하나의 내가 다른 나에게 타이르고 격려하고 조언하는 것이었다. 이번에도 그랬다. 담담하게 처신하라고, 이런 일 정도는 아무것도 아니라고 나는 스스로에게 말했다.

놀라운 일이었다. 수술실은 즐거움과 활기가 넘쳤다. 마치 잔치를 앞둔 집안 분위기 같은 그런 느낌이었다. 나는 곧 그 이유가 넘쳐나는 햇살과 음악 때문이라는 것을 알았다. 경쾌한 비발디풍의 음악이 신나게 울려퍼지고 있었다. 그리고 또 하나, 모든 기구와 수술대가 아주 반짝반짝 빛나고 있었기 때문이다. 마치 아주 깔끔한 부엌을 보았을 때의 그 강렬하고 경쾌한 금속성의 울림 같은 것. 아주 기분이 좋아졌다. 마치 내가 생방송을 할 때 그 짜릿함을 즐기듯 의사들 역시 '수술하기'를 즐긴다는 생각이 들었다.

첫눈에 반하다

"푹 잤어요?"

임원장이 짙은 녹색 수술복을 입고 나타났다. 원래 마른 체격의 임원장이지만 가죽 앞치마를 두르자 아주 잘록한 허리가 드러났다. 경쾌한 그 모습은 마치 나이 어린 처녀 같았다. 나는 의사 가운을 입지 않은 임원장의 모습도 지난 10년간 계속 보았다. 그런데 임원장에게 가장 잘 어울리고 임원장이 예쁘게 보이는 옷이 바로 이 짙은 녹색 수술복이라는 것을 알았다.

모든 것이 빨리 진행됐다. 임원장은 언젠가 말했다. 산부인과 수술은 순발력을 요한다고. 특히 제왕절개는 그렇다고 했다. 산모는 마취를 하되 아이는 마취돼서는 안 되기 때문이라고 했다. 마취과 의사가 내게 친절하게 설명했다. 곧 마취를 하겠다고, 잠깐이라고, 마음을 편히 가지라고, 나는 그의 배려에 감사했다.

음악소리가 작아졌다. 그리고 나는 곧 정신을 잃었다.

눈을 떴을 때 임원장의 목소리가 들렸다.

"아빠를 많이 닮은 아들이에요."

나는 아무 이상 없이 아이가 이 세상에 나왔다는 점에 안도했다. 옆에 남편이 있었다. 그는 내 손을 잡고 내 뺨에 키스했다.

그리고 약간 떨리는 목소리로 말했다. "우리 아기, 아주 예뻐."
라고.

마취 시간이 아주 짧았던 듯했다. 나는 아주 극심한 아픔을
느꼈다. 하기는 제왕절개는 결코 간단한 수술이 아니다. 아플 수
밖에 없다는 생각을 했다. 결국 자연분만과 제왕절개는 고통의
순서가 뒤바뀌는 것일 뿐이구나, 모든 출산은 괴롭고 힘든 거구
나, 라고 생각했다.

입원실로 옮겨졌다. 임원장이 방에 들러 축하해줬다. 나도 이
제 어머니가 된 것이다. 일단 축하받을 일이라고 생각했다. 세상
은 달라지지 않았지만 나는 달라졌기 때문이다.

임원장이 아이를 데려다주겠다고 말했다. 나도 모르게 침을
삼켰다. 간호사가 포대기에 싸서 아이를 데리고 왔다. 그리고 내
게 아이를 주었다.

아이를 보았다. 그 순간 '아—' 하고 나도 모르게 탄성을 질
렀다. 내가 만든 신제품에 대해 나도 모르게 감동하고 말았던
것이다. 마치 피그말리온처럼 나는 이렇게 아름다운 피조물이
이 세상에 있던가, 내가 상상이나 했던가라고 느꼈다. 내 최고의
창작품은 조용히 눈을 감고 잠자고 있었다. 그 당당함, 그 강인
함……. 살아 있다는 것, 생명이 있다는 것은 그렇게 대단한 일
이었다. 나는 첫눈에 사랑에 빠졌다.

또 하나의 사랑이 시작되다

임신 기간은 느긋하고 편했다. 모든 것은 보통때와 다름없이 했다. 수영도 아이 낳기 일주일 전까지 했다. 나는 정말로 마음에 드는 임신부용 수영복을 발견해서 수영을 할 때마다 흡족해하곤 했다. 수영장에 가면 주변 아줌마들의 찬탄과 열띤 응원이 있었다. 아이를 낳아본 '여성'들은 그 점 하나로 평생동지가 되어 나를 축복했다.

"배불러서 다니는 것 기분 좋지요?"

정말 그랬다. 직장에 다닐 때 나는 남산만한 배를 하고 다니는 여성을 보면 그저 안됐다, 얼마나 피곤할까, 고달플까 하는 생각만 했다. 그러나 내가 임신을 해 여기저기를 다니니까 오히려 이상한 평화로움과 안도감이 있었다. 아이를 품고 있다는 상황이 나를 보호하는 듯했기 때문이다.

"일이 더 잘돼지요?"

정말 그랬다. 나는 출산이 일하는 여성이 넘어서야 할 3대 장벽—결혼, 출산, 스캔들—이라고 생각했다. 그런데 그 반대였다. 임신은 창조적인 작업인 만큼 그 창조의 에너지가 내 몸

전체로 퍼졌다. 앞으로 해야 할 일, 수많은 계획과 계획이 이어졌다. 참신한 아이디어가 퐁퐁 샘솟았다. 임신, 그것은 내게 다원적인 일이었다. 나의 몸은 한 생명의 '뼈'와 '살'을 만들고 나의 머리는 '앞으로의 일'을 생산하는 두 작업을 동시에 했기 때문이다.

그리고 무엇보다 '또 하나의 사랑'이 시작되었다. 임정애 원장은 "한 남자 외에도 사랑할 수 있는 또 하나의 대상이 필요해요."라고 말했다. 여자에게 또 하나의 사랑이 필요하다는 것을 나는 절실히 느끼고 있었다. 결혼이라는 것은 남녀의 절절한 사랑이 생활에 묻히는 것이기도 했다. 동시에 남녀의 사랑이 '주고받기'의 철저한 공식에 입력되는 순간이기도 했다. 누가 결혼이라는 제도 앞에서 헌신적일 수 있을까? 그 헌신이라는 것이야말로 '철두철미한 계산', 아니 때로는 '두 곱 세 곱을 더 받기 위한 몸짓'일 수도 있다.

맹목적인 사랑이 끝나고, 피가 끓었던 젊은 날이 도저히 용서가 안 될 때 여자들은 아이를 낳는 것이 아닐까? 또 하나의 사랑을 만나기 위해서. 그리고 이번 사랑은 아무런 고통을 주지 않는다. 아픔도 없다. 그 여자를 고민조차 하지 않게 한다. 그저 끝없이 사랑만을 하게 한다. 그리고 그 사랑은 결코 맹목이 아니다. 그것은 자신이 창조해낸 피조물을 사랑하는 조물주의 사랑 같은 것 아닐까?

아이를 낳는 것은 또 하나 사랑의 대상을 스스로 만드는 일이다. 평화와 안정과 신뢰로 누군가를 의심 없이 계산 없이 사랑할 수 있게 되는 것, 바로 이것이 여성의 출산이다. 여성 스스로 선택하고 만들고, 그리고 완전한 사랑을 하는 것이다. 여성에게 임신이 연애라면 출산은 결혼과도 같다. 그 연애와 결혼은 남녀

사이의 불완전한 연애와 결혼과는 다른 '여성'을 위한 것이다.

나는 아이를 임신하고 낳으며 '불임의 남자'들을 동정했다. 인간으로서 그들은 '생명의 재창조'라는 위대한 작업에서 소외된다. 그 고통스러운 창조의 기쁨을 모르고 '반쪽 인생'으로 살아간다. 남성 위주 사회가 만들어놓은 권력, 부, 명예……, 이 모든 것은 남성들의 치명적인 결점인 '불임'을 감추기 위한 '싸구려 포장지'에 불과한 것이다. 만일 남자들도 아이를 낳을 수 있다면 이 세상은 전쟁·고문·공해, 그 모든 것으로부터 벗어나 아름답고 맑고 선할 텐데, 생명의 소중함을 체험한다면 남자들도 겸손해질 텐데, 아이를 낳은 여성이 이 세상을 이끈다면, 또 모계사회야말로 이상적인 질서일 텐데 하는 생각을 했다.

나는 그 자연스러운 질서를 비로소 몸으로 느꼈다. 마침내 3.6킬로그램의 무게로 다가온 나의 아이를 본 순간, 나는 거대한 끝없는 바다를 그저 지칠 때까지 헤엄치다가 마침내 원초적인 목적지인 섬에 닿았음을 느꼈다. 그 평화로운 섬에 닿은 순간 나는 사자의 꿈을 꾼 노인처럼 또 하나의 사랑과 나눌 앞날을 꿈꾸었다.

아픔, 그 고통에 대하여

제왕절개 수술이 끝난 뒤 내가 먼저 느낀 것은 고통, 극심한 아픔이었다. 제왕절개는 자연분만 못지않게 고통이 뒤따른다. 단지 그 순서가 바뀌었을 뿐이다. 또 수술로 쳐도 결코 간단치 않은 수술이다. 우리나라에서도 마취로 인한 의료분쟁이나 사고가 가장 많이 일어나는 것이 바로 제왕절개 수술이다.

제왕절개로 아이를 낳으라는 임원장의 말에 나는 고개를 끄덕였다. 그리고 순순히 받아들였다. 가장 큰 이유는 의사를 깊이 신뢰하고 있었고, 또 하나 아주 솔직히 말해 분만에 대한 공포 때문이었다.

38살에 아이를 낳는 일에 대해 주위에서 걱정을 많이 해줬다. 남들이 말하는 '노산'이었기 때문이다. 물론 의학적으로도 노산이었다. 사실 외국에서는 40이 넘어도 몸에 특별한 문제가 없으면 괜찮지만 우리나라는 확실히 다르다. 근심스러운 얼굴로 내게 정색을 하고 "정말 괜찮아요?" 하고 묻는 것이었다.

나 역시 '나는 아직 젊다'고 우길 생각은 없었다. 하지만 38살이라는 나이는 내 개인적 상황이나 조건으로 볼 때는 '아이를 낳기에 최고로 좋은 나이'였다. 물론 나는 정신적으로 젊고 편견과 차별에 대해 언제나 싸우겠다고 덤벼들 수 있는 '헝그리 정신'이 있다. 말하자면 아이를 낳는 내 형편상 최고의 임신연령 '38'인 것이다.

나는 평소 출산의 과정이 원시적이라는 생각을 지울 수가 없었다. 왜 오로지 자연분만과 제왕절개뿐인가? 자연분만이야 인류가 태어날 때 그 방법 그대로, 제왕절개는 카이사르가 태어날 때 썼다는 방법이니 그럭저럭 2천 년 전 아닌가? 페스트와 나병 등 한때 '천형'이라고 했던 병들이 하나하나 정복됐는데 왜 출산의 작업은 여전히 지독한 고통과 함께하고 있는가? 인류의 절반이 여성인데 말이다.

나는 열받고 분노했다. 만일 남자가 아이를 낳았다면 어땠을까? 엄청난 연구비를 들여(핵무기를 만드는 엄청난 군비, 혹은 에이즈 연구비도!) 자신들의 고통 절감을 위해 수단과 방법을 가리지 않았을 것이 분명하다. 그러나 남자들은 그런 연구를 하는 대신 한술 더 떠 여성이 에덴동산에서 아담을 부추겨서 선악과를 따먹어서 지은 죄의 대가를 출산의 고통으로 치르고 있다고 했다. 정말이지 황당한 이야기이다. 나는 여성이 사과를 따먹으려 했다는 것은 지식에 대한 요구라고 본다. 즉 여성은 남성보다 무지한 인간에서의 탈출을 더 갈망했던 것은 아닐까? 내가 용서할 수 없는 것은 여성의 출산을 '죄갚음' '원죄에 대한 대가'로 본 점이다.

인간의 가장 위대한 작업을 '지은 죄를 인정하기 위한 고문 과정'으로, '죄값을 덜기 위한 복역'으로, 그리고 아이를 낳다가 숨진 여성은 '죄값을 다했다'고 묘사한 그 가부장제의 왜곡과 비열함이 몸서리치게 싫었다. 이런 가부장제 유산은 수천 년 넘게 여성을 얽맸고 지금도 그 망령은 살아 있다.

나는 출산을 하면서 고통을 적게 겪고 싶었다. 출산이 결코 고통을 동반해야 하는 이유는 없었기 때문이다. 그래서 제왕절개를 해 '고통'을 적게 겪고 싶었다. 그것은 불필요한 고통이라고 생각했기 때문이다. 반드시 울부짖으면서 아이를 낳아야만 '출산의 가치'가 있는 것일까?

문제는 제왕절개 역시 자연분만 못지않은 아픔이 뒤따랐다는 점이다. 나는 사실은 '이럴 수가' 하고 약간 화가 났다. 마취가 풀렸을 때의 아픔, 절개된 상처의 고통을 겪으면서도 '왜 개선되지 않았는가?' 하고 분통을 터뜨렸으니 말이다. 그런데 왜 여자들은 그대로 참았을까? 물론 '막대한 연구비를 댈 수 없는 자'로서 여성의 위치(의학이라는 것은 여성에 대한 배려가 가장 결여된 분야이기도 하다)가 참도록 만들었을 것이다. 그리고 '모든 여성들이 한 생명을 낳는 일'과 맞닥뜨렸을 때 그 정신과 몸에서 자연적으로 분출되는 강인한 힘이 그렇게 만들었을 것이다.

출산……. '죽음'의 근처에서 용감하고 치열하게 싸워 마침내 '한 생명'을 우물에서 길어올리는 작업이 내게는, 모든 여성에게는 어김없이 출산이었다. 이 다음에 이 아이를 "여성의 고통을 덜어줄 유능한 산부인과 의사로 키울까?" 출산의 고통과 기쁨을 함께한 동지를 보며 내가 한 말이었다.

마터니티 블루 '하룻밤의 불면'

한 선배가 웃으면서 이렇게 말했다.

"있잖아, 목숨 바칠 수 있을 정도로 사랑할 수 있는 존재가 생긴 거야. 솔직히 말해서 남편을 위해 죽기는 좀 뭐하잖아? 그렇지만 자식을 위해서는 그럴 수 있지."

아기를 낳은 나를 축하하러 와서 한 말이었다. 나는 그 말을 들으면서 과연 그럴까 하고 생각했다. 하기는 모성애만큼 강한 사랑이 없다지만 과연 그럴까?라는 의문이 어쩔 수 없이 들었다.

일주일 동안 입원을 하면서 나는 병원의 메커니즘을 구경하게 되었다. 특히 산부인과 병원은 비즈니스로 치자면 아주 고달픈 비즈니스였다. 산부인과는 항상 위험이 도사리고 있는 24시간 근무였다. 한 생명이 태어나는 산고, 그리고 여성의 성이 겪는 고통이 있는 곳이었다. 마치 여성문제의 치열한 현장이라고 할까?

비록 며칠이었지만 나는 병원의 식구들과도 친해져서 아주 재미있게 지냈다. 그런 어느 날이었다. 언제나 씩씩하고 밝은 임실장의 안색이 영 좋지가 않았다. 병원의 안살림과 큰일, 작은일을 도맡아하는 임실장으로서는 아주 이례적인 일이었다. 나는 걱정이 되어 어디 아프냐고 물어보았다.

"병원에 사고가 생겼어요. 아주 건강하고 실한 아이가 태어났는데 글쎄 손목이 없는 거예요. 초음파도 물론 했지요. 그런데 때로는 자세 때문에 영 보이지 않는 경우도 있어요."

"어떡하면 좋아요."

"네, 산모는 지금 사색이 되어 있고 애 아버지는 그저 하염없이 눈물만 흘리고 있어요. 딱해 못 보겠어요. 아이는 너무나 잘 생겼는데…… 요즘은 기형아가 꽤 있어요. 여러 원인이 있지만 공해나 약물 같은 원인도 무시 못해요."

내가 기형아를 낳았다면

아이를 낳은 지 며칠 안 된 나는 그 이야기를 듣자마자 가슴이 미어터지는 듯했다. 유독 예민한 때이기도 했고 무엇보다 '어머니'로서의 고통이 이제 나의 몫이 됐기 때문이다. 이 세상에 그보다 더 큰 고통이 있을까? 그토록 손꼽아 기다려온 아이인데…… 모든 어머니는 자기 몸 안에 아기를 품고 '도대체 어떻게 생긴 아이일까?' 하면서 장밋빛 꿈을 꾸지 않는가? 그 설렘이 이처럼 모진 고통으로 변하다니…… 나는 가슴이 아프게 저려왔다.

임실장이 나간 뒤 나는 멍하니 벽을 바라보았다. 만일 내가 그 어머니라면 어떻게 했을까? 나 역시 아이를 낳고 아주 예민한 상태였기 때문인지 그 어머니를 생각하니 눈물이 고여 방울방울 떨어졌다. 웬만해서는 울지 않는 나로서는 의외의 일이었다.

아이를 낳자 얼마나 많은 사람들이 와서 축하를 해줬던가? 신생아실 너머 유리를 사이에 두고 발돋움을 해가며 새 생명에게 얼마나 많은 환영의 말을 했던가? '귀엽다' '똘똘하다' '의젓하다' '머리가 좋아 보인다' 등등 얼마나 황당한(?) 칭찬을 아끼지 않았던가? 나의 기쁨의 절반은 그 주위 사람들이 만들어준 것 아니었을까?

아기를 낳은 여자로서 당연한 모든 것을 누리지 못한 채 깊은 슬픔에 빠져 있을 그 산모를 생각하니 나는 너무나도 가슴이 아프고 또 아팠다. 더구나 임실장이 내 방을 나가면서 했던 말이 더욱 충격적이었다. "이런 경우는 대개 입양을 보내게 돼요. 국내에서는 물론 받아주는 경우가 없어 거의 외국으로 가요."라는.

어떻게 그럴 수가, 하는 순간적인 분노를 느끼면서도 '그래, 너라면 어떻게 하겠느냐?'는 물음이 날카로운 비수처럼 내 가슴에 꽂혔다. '나라면, 내가 그 아이의 어머니라면 나는 어떻게 했을까?'

평소에 이런 질문을 받았다면 나는 "물론 당연히 제가 키우죠."라고 쉽게 대답했을 것이다. 깊이 생각해보지도 않고 선뜻, 나와는 상관없는 일이라고 생각했을 테니까.

그러나 이제는 나의 일이었다. 어머니가 된 나의 일. 혈육의 고통을 내내 지켜보면서 키워야 된다는 그 점, 과연 내가 미치지 않고 죽지 않고 그 아이를 제대로 키워낼 수 있을까?

그날 밤 나는 밤새 잠을 이루지 못했다. 나라면 어떻게 하겠는가라는 질문을 수없이 했다. 그리고 새벽이 되었다. 나는 아이를 키우기로 결심했다. 어슴푸레 밝아오는 새벽빛을 바라보며 나는 '강한 어머니'가 되기로 마음먹었다. 만일 그 산모를 만나면 말해주리라. 이 세상 누구보다도 귀하고 자랑스러운 아이로 키우라고, 그리고 그 아이에게는 당신밖에 없다고 말이다.

모성부재시대의 두려움

아침이 되어 진료를 받으러 1층으로 내려갔다. 임실장의 방에 들렀다. 그 산모가 궁금해서였다. 임실장 방에는 신생아를 위한 이불, 옷, 젖병, 장남감까지 한 보따리 짐이 가득 차 있었다. 나는 가슴이 철렁했다. 안타까운 표정으로 임실장을 바라보았다. 임실장 역시 같은 심정인 듯했다.

"역시, 입양을 하기로 했어요. 부부가 다 젊어서 그런지 그저 눈물만 흘리는 거예요. 아무런 결정도, 아무런 생각도 할 수 없나 봐요. 특히 시댁에서 강력히 입양을 권했대요. 이런 아이가 우리 집에 있으면 두고두고 흠집이고 수치라고요. 첫 아기라서 아기용품도 이렇게 많이 사고 준비를 했는데……. 아이는 참 잘 생겼어요. 건강하고……. 아기 엄마가 싸갖고 왔어요. 얼마나 안됐는지 내내 울더라구요. 아기 돌보는 곳에 잘 전해달라고 그러면서 어떻게 할 줄을 몰라요."라면서 임실장은 조그만 금목걸이를 만지작거렸다.

누군가 오래 해서 빛이 바랜, 항상 걸고 있던 금목걸이였다.

"이거요? 아기 엄마가 처녀 때부터 하고 있던 목걸이래요. 이 아이에게 꼭 전해달라고, 아이한테 꼭 걸어달라고 하면서 제게 맡긴 거예요. 맡기면서 얼마나 울던지……."

허탈한 마음으로 병실을 나오면서 나는 그 부부가 너무 젊어 고통에 대해 무력했다는 생각을 했다. 자신이 낳은 아이가 겪을 고통을 생각하고 그들이 겪을 고통에 대해 당연히 싸워 넘어갔어야 하지 않을까? 그 엄마는 다른 이의 품에서, 그것도 한쪽 손목이 없는 아이가 정말로 잘 자랄 수 있다고 생각했을까? 산고를 치른 어머니가 이겨내지 못할 고통이 이 세상에 어디 있을까?

나는 동시에 그 시댁 식구들의 이기주의와 비인간성에 격한 분노를 느꼈다. 그 엄마의 고통에 아랑곳없이 어떻게 체면 운운할 수가 있을까? 한 살이라도 더 먹은 어른이라면 더 보듬고 용기를 줘야 되지 않을까? 더구나 외국에 입양되면 그애를 우리는, 우리나라는 말 그대로 버리는 것 아닌가? 이러고도 선진국이니 외국인들이 어쩌네 하면서 비아냥거릴 수 있을까?

나는 방으로 돌아와 내내 가슴앓이를 했다. 그날 ㅅ교수가 들르셨다. 나는 반가움에 앞서 내 마음이 너무나도 아프다며 그 이야기를 했다. 그러자 ㅅ교수는 말했다.

"왜 우리나라 사람들은 그런지 모르겠어요. 그저 조금 다를 뿐이잖아요. 우리가 생긴 것이 다른 것처럼 그렇게 받아들여야지요. 모자란다, 넘친다 이런 잣대로 사람을 보는 것은 어리석은 거예요. 우리나라 사람들 정 많다고 하지만 사실은 참 이기적인 정이에요. 그저 나 좋은 멀쩡한 피붙이일 때만 통하는 거죠."

ㅅ교수는 독신이다. 모성은 결코 본능이 아니다. 자식을 위해 목숨을 걸 수 있는 어머니, 그것은 본능이 아니다. 한 인간으로서 용기와 아픔과 고뇌 끝에 붙여진 표현이다. 아마도 모성이 그토록 강인했던 것은 우리 어머니들이 겪은 삶 자체가 수많은 질곡을 통해 성숙을 가져왔던 것은 아닌가? 모성은 그 인간적 성숙의 결과가 아니었을까?

이 모성부재시대를 두려워하며 나는 어머니로서 나의 살아갈 길을 다시 깊이 생각했다.

일하는 여성의 출산 적령기

"산부인과에 가서 진찰을 받았어. 임신이었어. 아주 기쁘더라구. 그런데 의사가 나를 보더니 조심해야지요, 노산이니까요 하는 거야. 나 참 기가 막혀서. 내가 화가 나서 노산이라뇨, 하고 따지니까 쉰도 넘은 그 남자 의사가 능글능글 웃으면서 아주머니, 30살이 넘은 초산은 다 노산입니다, 하는 거야."

31살 때 한 첫 임신이 '노산'이라는 말에 그토록 씩씩거렸던 친구의 이야기가 아직도 기억에 또렷하다. 하기는 얼마 전까지만 해도 30살이 넘은 첫 출산 역시 노산이라고 분류했다.

지금은 의학적으로 노산, 즉 고령임신은 35살 이후의 첫 임신을 가리킨다. 내가 임신한 때는 우리나라 나이로 38살이었다. 병원에서 '노산'이니 '고령임신'이니 하는 것에 대해서 억울해 (?) 할 수는 없는 나이였다. 그래서 '노산'이라는 단어, 일종의 '갱년기'나 '치매'와 같은 종류의 단어에 난 일단 열받지 않기로 했다.

그러나 내 마음 깊은 곳에서는 '노산이라니, 무슨 소리!' 하고 외치고 있었다. 내가 얼마나 싱싱한데, 젊은데, 그리고 건강한데……. 아기를 한 번도 낳아보지 않은, 모든 것이 처음인 정기에 넘칠 듯한데 하고 생각했다. 나는 단 한 번도 내가 아이를 낳기에 늙었다고 생각한 적이 없었다. 외려 예정보다 일년 정도 빨리 아이를 가지게 되어 일에 차질이 있다는 것에 좀 속상할 지경이었다.

나이가 주는 평온함과 현명함, 자기 조절 능력은 즐기되 두뇌와 육체가 늙는다는 것은 느끼지 못했기 때문이다. 물론 사람의 평균적인 육체적 능력만으로 평가하면 나이를 칼로 무 자르듯 하는 것은 간단하다. 그렇지만 나는 그렇게 간단하고 단순한 존재가 아니라고 생각했다. 오히려 나의 늦은 결혼(신랑 신부 나이 합쳐 70이 넘었다고 친구들이 놀렸던)이 아주 적령기라고 느꼈던 만큼 38살의 임신이 내게는 '이상적인 임신'이었다.

이상적인 임신 연령

의학적인 노산 연령이 30살에서 35살로 올라간 것은 불과 10여 년의 일이다. 비약적으로 발전한 의학은 이제 '아기를 낳기에 위험이 따르는 여성의 나이'를 5년 더 늦췄다. 최근에 서구의 일부 의사들은 곧 40살로 늦춰야 한다는 주장도 제기하고 있다. 30대에 모든 것을 일에 바친 여성들이 경제적으로도 시간적으로 여유 있게 40대 엄마가 되는 것을 선택하는 예가 워낙 많이 늘고 있기 때문이다. 또 양수검사를 비롯해 기형아를 가려내는 검사가 아주 높은 확률을 보이고 있기 때문에 평소 건강관리만 잘하고 정신적으로 여전히 씩씩하다면 아무런 문제도 없다.

나 역시 이른바 의사들이 이야기하는 '노산부'가 된 것을 다행스럽게 여겼다. 만일 내가 20대 엄마가 되었다면 아주 나쁜 엄마가 되었을 것이다. 일과 육아, 그리고 안개 속 같은 내 인생의 와중에서 아이의 존재 자체를 지겨워하고 버거워했을 것이 분명하다. 게다가 나는 아이를 좋아하지 않았다. 결혼 전에 선배 집에 놀러가 아이들이 내게 들러붙으면(아이를 싫어하는데도 아이 쪽에서 보면 아주 만만한지 내게로 자꾸 다가오곤 했다.) "여옥이 아 줌마는 아이들 싫어하니까, 너 저기 가서 놀아." 하고 선배가 말 했을 정도였다. 그 선배는 내게 '미성숙한 존재를 싫어하는 너 의 성향 때문일 것'이라고 과분한 철학적 해석까지 해주었다. 지금도 일과 육아 사이에서 악전고투하고 있지만 20대 젊은 엄 마가 되었다면 분명히 '20대 젊은 이혼녀'가 되었을 것이다.

물론 의사들은 걱정한다. 때로는 경고한다. 이상적인 임신 연 령은 육체적으로 20살에서 24살이라고 말이다. 그렇지만 많은 여성들은 이 시기가 육체적으로는 그럴지 몰라도 정신적으로는 결코 '프라임 타임'이 아니라고 지적한다. 물론 나이든 여성이 아이를 낳을 경우 작은 아이를 낳거나 미숙아를 낳는 경우가 많 다는 연구결과도 있다. 즉 생물학적인 나이는 이른바 출산에 문 제가 생길 수 있는 '위험요소'를 재는 가장 정확한 척도인 것은 분명하다.

미국 산부인과 의사 페이스 도프먼은 그녀가 쓴 책에서 좋은 때, '베스트 타이밍'에 아이를 낳으라고 권유한다.

"만일 40살의 엄마가 첫 출산을 했다면 어떤 산부인과 의사도 그냥 예사롭게 보지 않지요. 일단 위험한 요소가 많으니까요. 하 지만 저를 낳았을 때 우리 엄마 나이도 43살이었어요."

확실히 나이 많은 엄마는 위험하다. 나도 임신을 했을 때 체 력적으론 달린다는 생각을 안 했지만 각종 검사를 받을 때는 좀 괴로웠다. 기형아를 알아보는 양수검사를 받았을 때 만일에 판 정이 네거티브면 아이를 포기해야 한다는 것이 생각할 수조차 없이 괴롭고 두려웠기 때문이다. 외국에서는 워낙 35살 이후에 임신하는 여성이 많기 때문에 이 검사는 원칙으로 되어 있다. 당연히 검사를 하는 것에 대한 심리적인 부담이 적을 수밖에 없다. 하지만 우리나라처럼 엄마가 늙었기 때문에 검사를 한다는 것은 확실히 '기본적인 검사'를 하는 것과는 매우 다르다.

나이든 임신의 혜택

물론 의학적으로 그렇지만 내 '개인사'에 있어서는 38살만이 줄 수 있는 나이든 임신의 혜택을 여유 있게 누릴 수가 있었다. 일단 시간적 여유가 있었다. 만일 내가 KBS기자였던 20대에 임신을 했다면 일정한 출퇴근시간에 맞추기 위해 상당히 고생고생을 하면서 회사를 다녔을 것이다. 하지만 38살인 나는 회사를 가지고 있었고 개인적인 일은 프리랜서로서 일했기 때문에 '선택'을 할 수가 있었다. 시간적으로 느긋하게 늦잠도 잘 수 있었고 일을 몰아서 할 수도 있었다.

두 번째로는 심리적으로, 정서적으로 안정되고 어느 정도 성숙된 시기였다. 임신한다는 것은 사실 모든 여성들의 삶을 그 뿌리부터 뒤흔들어놓는 혁명과도 같다. 만일 20대에 임신을 했다면 나는 일과의 양립, 임신으로 인한 공백, 과연 아이가 필요한가에 이르기까지 갈등과 고민으로 임신기간을 보냈을 것이다. 내가 30대가 되었다는 것은 많은 문제가 정리되었고 내 스스로 답을 찾을 수 있는 나이가 되었음을 의미했다. 임신에 대해 비로소 현명하게 대처할 수 있는 나이였다. 하기는 캐나다 토론토 대학병원의 한 조사에 따르면 나이든 임신부들이 정신적으로 스트레스도 훨씬 덜 받는 것으로 나타났다. 고령임신이 주는 의학적인 위험에도 불구하고 나이든 임신부들은 훨씬 독립적이고 자기확신이 강하고 자부심이 강한 것으로 알려졌다. 아마도 인생의 여러 가지 상황을 겪은 데서 오는 자부심 같은 것이 남다르지 않았나 하는 생각이 들었다.

세 번째는 내 안에 있는 '여성'을 폭발적으로, 넘칠 듯이 느낄 수 있었다. 임신을 했다는 것은 일단 '여성으로서 일정한 능력'이 있다는 것, 또 출산으로 이어지는 또 하나의 도전이 주어졌다는 것을 의미했다. 그것은 결혼과는 비교할 수 없는 생물학적인, 사회적인 성취감을 주는 것이었다. 사실 그 동안 나의 사회생활은 '생존'이 아니라 '투쟁'이었다. 나는 나의 내부에서 끊임없이 싸우고 이기고 누군가를 패배시키고 하는 남성성을 마구 끄집어내고 강조하면서 살아왔던 듯하다. 그런 나에게 솔직히 여성성과 남성성의 균형을 잡고 싶은 욕구가 있었던 것은 당연했다. 나는 임신을 하면서 내 삶의 지도에는 없을 것으로 생각했던 '여성성'이라는 섬을 건져낸 것이었다. 내가 여성이라는 것을 느끼는 것, 그것은 내게 환희였다.

네 번째는 경제적으로 여유가 생겼다는 점이다. 나는 경제적인 요소를 매우 중요하게 생각하며 사는 사람이다. 20대와 달리 어느 정도 경제적인 안정을 찾은 30대에 한 임신이기 때문에 육아에 대한 걱정이 좀 덜했다. 돈으로 해결할 수 있는 것은 철저하게 도움을 받기로 했기 때문이다. 그리고 아이의 교육이나 다른 문제에 대해 비교적 편안하게 분홍빛 꿈을 꿀 수 있었다.

가장 중요한 것은 내가 임신기간을 즐길 수 있었고 진정으로 아이의 존재가 필요하다고 느꼈을 때가 바로 나의 30대였다는 점이다. 나는 고령임신에 대해 아주 낙관적으로 본다. 의학적으로 문제가 있다고 하지만 그 확률은 아주 낮은 것이거니와 가장 중요한 것은 바로 아이를 낳는 여성이 어떤 상태에 있느냐 하는 점이기 때문이다. 자신이 불행한 20대에 하는 임신보다는 행복한 40대에 하는 임신이 '의학적으로도' 훨씬 더 좋을 것이라고 나는 확신한다.

미지의 세계로의 대탐험, 출산

하기는 요즘 여성이 40대에 임신을 하면 몸의 생체리듬이 지연돼서 100살까지 살 가능성도 높고 치매에도 걸리지 않을 것이라는 외신보도가 있었다. 이 기사를 보고 내가 득의만만해서 눈을 빛내자 임정애 선생님은 앞일을 걱정했다. 40대에 임신한 산모들로 곧 병원이 미어터질지도 모른다고 말이다. 가뜩이나 늦둥이 붐이 일고 있는 우리나라에서 말이다.

임신을 했을 때 아주 말이 잘 통하는 후배와 점심을 함께한 적이 있다. 그때 나는 임신을 '내 일생에 단 한 번'인 이벤트와도 같이 생각하고 있었다. 사실 한 명의 아이만 낳은 것도 내게는 대단한(?) 일이었기 때문이다. 그런데 그 후배가 무심코 말을 했다.

"전선배. 나는 전선배가 아이를 낳고 나서 한 명 더 낳을 거라는 예감이 들어요."

"뭐라고? 말도 안 돼."

그때는 펄쩍 뛰었다. 그렇지만 지금은 생각이 달라졌다. 솔직히 씩씩한 딸을 한 명 더 낳고 싶다. 왜일까? 출산이 내게는 마치 에베레스트 산을 올라가듯 대단한 도전이고 미지의 세계를 향한 대탐험이었고 무엇보다 여성으로서 다시 태어났기 때문일 것이다. 그 쾌감과 그 성취감을 다시 맛보고 싶어서 말이다.

수퍼맘의 수퍼 해피

'모든 여성은 가사노동자로 착취당하고 있다.'

전적으로 옳은 말이다. 나는 이 귀중한 내 인생을 가사노동을 하면서 살고 싶지 않다. 남편도 좋고 아이도 좋지만 내가 더 좋기 때문이다. 가족을 위한 희생, 아름답고 따스한 가정을 위해 왜 하필이면 여자만 희생되어야 하는가? 한국의 따뜻한 가정은 모두 어머니의 희생으로 데워져 있다. 대신 여성들은 추위에 벌벌 떨고 있다.

전업주부이든 가끔 수퍼우먼으로 불리는 맞벌이 여성이든 사실 아무런 차이가 없다. 요즈음 남편들은 외려 전업주부에게는 왠지 미안해 하고 헌신적인 아내라고 추켜세우는 데 반해 일하는 여성들에게는 '자기가 좋아서 하는 고생'이고 '커리어를 위해 가족을 돌보지 않는 여자'라고 비난하고 있는 것 같다.

나는 일하는 여성이다. 아이가 있고 남편이 있다. 아이는 전적으로 나의 손길을 필요로 하고 남편은 '도와주려고'는 하나 가사일을 '내 일'이라 생각하지 않는다. 수퍼우먼이 될 생각도, 그 함정에 빠질 정도의 환상도 내겐 없다. 하지만 결국은 두 가지 일을 해야 한다는 것은 나를 '사이비 수퍼우먼'으로 만들었다.

고달픈 수퍼우먼의 길

1984년 마저리 새비츠는 《수퍼우먼 신드롬》이란 책을 썼다. 이 책을 보고 많은 여성들이 고달픈 수퍼우먼이 되지 않기로 굳게 다짐했다. 가정도 일도 잘하려고 정신없이 뛰어다니다 결국 피로에 절어 나가떨어지는 수퍼우먼 신드롬은 당시 일하는 여성에게 자신을 돌아보게 했다. 보통 일하는 미국 여성이 잠자는 시간은 세 시간 반에서 네 시간, 빨래·청소·설거지·아이 돌보기, 그리고 여성이 남자보다 1.5배는 일해야 같이 쳐주는 혹독한 직장. 결국 피로에 지쳐 사망기사의 주인공이 된 수퍼우먼은 몇 가지 명언을 남겼다.

"세 시간 반 자고도 내 이름을 기억했다는 것이 용해요."

"모두 잘할 수 있다고 했지 어떻게 하는지는 왜 가르쳐주지 않았나요?"라고.

대개 수퍼우먼들은 불면증에 시달리게 된다. 게다가 남만 위해주다 보니 결국 '나의 요구' '내가 필요한 것'은 아예 잊어버리게 된다. 가사의 분담이 원활하게 이루어지지 않는 상황에서 남편과 부딪치고 이혼을 심각하게 생각하게 된다. 인생의 기본적인 회의가 찾아오는 것이다.

그럼에도 여자들이 일하는 것은 다 이유가 있다. 《시간의 속박》이라는 책을 낸 호크스차일드는 왜 여성들이 그토록 힘든 '수퍼우먼'의 길을 가고 있는가에 대해 이렇게 말한다. '여성들은 남자들의 비밀을 알게 되었다. 일의 매력을 맛본 것이다'라고.

또한 모든 것이 '수퍼'라는 매력이 있다. 물론 스트레스도 '수퍼'로 받지만 행복도 역시 '수퍼'급이라고 샤론 로빈 박사는 지적한다. 확실히 두 가지 일을 한다는 것은 힘들고 고달프지만 일을 가짐으로써 '자기평가' '자기존경'을 하게 되었다고 했다. 특히 아이들이 '일하는 엄마'를 존경하게 되어 '수퍼맘(Super Mom)'이 되고 행복도 역시 '수퍼 해피' 수준이라고 말했다.

그렇다면 고달프지 않게 현명하게 '수퍼우먼'이 되는 방법이 있을까? 물론 있다. 나는 수퍼우먼에 대해 쓴 글이나 내 자신의 경험을 통해서 몇 가지 터득한 것이 있다.

'일과 가정 두 가지를 모두 갖되, 두 가지 일을 동시에 하지는 말라'는 점이다. 아이를 낳고 나서 나의 삶은 '악전고투' 그 자체였다. 나는 임신과 출산의 공백을 메우기 위해 미친 듯이 뛰어다녔으며 그 자체가 솔직히 내게 커다란 희열이었다. 게다가 아이를 낳고 나니 퍼내도 퍼내도 용솟음치는 에너지가 생겼다. 그러다가 서서히 아이가 점점 더 손을 요구하는 상황이 되면서 아이 가진 여자가 일을 한다는 것이 얼마나 어려운 일인가를 절실히 깨닫게 되었다.

"아니, 아직도 그 책 안 끝냈어요?" 하고 아무 생각 없이 묻는 독신 후배가 엄청나게 부러웠고 한편으로 얄미웠으며, "일하는 데는 새벽이 아주 효율적이에요. 아무래도 새벽에 글을 많이 쓰시죠?" 하고 고상하고 철없이 묻는 남자에게는 "너도 제발 애 좀 낳아봐라. 새벽에 안 깨는 애가 있는 줄 아니?" 하고 한 방 먹여주고 싶을 정도였다.

그렇지만 나는 결코 두 가지 일을 동시에 하려는 의욕 과잉은 물론 동시에 두 가지 일을 생각하는 피곤을 자진해서 부르지 말자고 결심했다. 많은 이들이 "아이가 보고 싶어 어떻게 일을 해요?" 하고 묻는다. 그러면 나는 담담하게 대답한다.

"그렇게 보고 싶지 않아요. 저희 집이 일산인데 자유로를 나오면서 집에서 회사로 생각을 바꾸거든요. 하기는 집에 갈 때 자유로에 접어들면 아이 생각이 나기는 하지요." 하고 웃는다.

두 번째는 우선 순위를 정확하게 두는 것이다. 미룰 수 있는 것과 먼저 해야 하는 것을 언제나 순위를 매겨 순서대로 하는 것이다. 이렇게 정리해놓으면 정리가 안 된 상황에서 하염없이 스트레스를 받아 자신을 들볶는 일은 없어진다.

세 번째는 알뜰한 여자가 되는 것은 포기한다. 내가 가장 싫어하는 여성 가운데 하나는 일도 열심히 하면서 집안의 대소사를 알뜰히 챙기는 며느리이고 김치는 물론 간장, 고추장도 철철이 다 담가먹으며 남편에게 아침을 먹여보내는 것을 한 번도 잊은 적이 없다고 인터뷰 같은 것을 하는 여류(!) 명사들이다. 아주 뻔뻔스럽기 그지없다. 왜? 거짓말을 하고 있으니까. 어떻게 일하는 여성이 그렇게 전업주부보다도 훨씬 더 집안일을 많이 할 수 있는가, 요즘 전업주부들도 사실 그렇게 못하는데 말이다. 만일 앞서 한 일을 다 한다면 잠도 안 자고 먹지도 않고 머리는 산발을 해갖고 미친 듯이 쓸고 닦고 훔쳐야 된다는 이야기이다.

그 다음에 싫은 것은 이른바 여성지에 나오는 연예인 혹은 여류(!) 명사들의 살림의 지혜이다. 대개는 본인이 연예인이거나 남편의 매니저 혹은 정치나 경제활동을 하는 남편의 부인들이다 (엄연한 직업여성이라고 할 수 있다). 이 여성들이 텔레비전이나 잡지에 나와 살림자랑하는 것을 들으면 한마디로 어지럽고 역겹다. 가령 밤 늦게 들어오는 남편을 위해 미리 초저녁에 잠을 자두고 남편과 한밤중 대화를 한 뒤 새벽에는 아이들 때문에 다시 일어난다든지, 생선을 좋아하는 남편을 위해 새벽에 식구들이 잠자는 틈에 시장에 가서 생선을 상자째 사온다든지, 아무리 남편이 새벽에 일어나도 반드시 한 상 가득 차려 아침을 먹여 보낸다든지……. 물론 본인이 좋아서 하는 일을 말릴 권리는 없지만 적어도 이렇게 건강에 문제가 있는 일을 공개적으로 이야기할 것은 아니라는 생각이 든다.

나는 솔직히 돈으로 살 수 있으면 다 돈으로 해결한다. 김치도 사먹고 간장, 고추장도 사먹는다. 물론 친정이나 시댁에서 맡는 경우도 있지만 언제까지 그럴 수도 없는 일이어서 '시간 절약' '품절약'이면 나는 돈으로 '내 시간과 에너지'를 산다는 생각에서 과감하게 쓴다. 그리고 그 시간에 돈을 벌기도 하고 책을 읽기도 하고 사람들을 만나기도 한다.

일하는 엄마의 선택

네 번째는 가사를 도와줄 일손을 구한다. 많은 여성들이 파출부 아주머니에게 가사일을 부탁하면서도 이 사실을 드러내길 꺼려한다. 나는 그렇게 생각하지 않는다. 회사일을 하면서 번역사나 잔심부름을 해줄 아르바이트생을 쓰는 것은 당연하게 여기면서도 파출부 아주머니를 쓰는 것은 그리 떳떳하게 생각하지 않는다. 나는 오히려 열심히 일하는 파출부 아주머니의 직업정신에 대한 결례라고 생각한다. 정당하게 대가를 지불하는 가사노동 보조자를 쓰는 것은 일하는 여성에게 필요한 일이다. 다 늙은 친정어머니를 파출부 아주머니 부리듯 하는 '불효녀'가 되어서는 안 된다. 나는 우리 집 일을 도와주는 파출부 아주머니와 참 잘 지내는데 '같은 일하는 여성'으로서 서로를 동정하고 안쓰럽게 생각하고 아끼고 있다.

다섯 번째는 남편과 아이에게 일하는 것에 대하여 가치나 자긍심을 보여주는 것이다. 나의 삶에 일이 얼마나 중요한지를 나는 언제나 강조한다. 특히 아이에 대해 그렇다. 아이가 감기가 들거나 상태가 안 좋으면 나의 친정어머니조차 "아이를 위해 일을 줄여라, 애가 불쌍하지 않니?" 하고 말할 정도이다. 나는 그럴 때 엄마가 옆에 있다고 아이 감기가 낫는 것이 아니라고 담담하게 말한다. 물론 나 역시 엄마로서 아이가 나를 붙잡고 늘어지지 않는 것을 보고 다행스럽게 생각하면서도 걱정할 때가 있다. 그러면 우리 어머니가 말한다. 이 아이가 대화를 하게 되면 이 세상에서 너를 가장 좋아하게 될 것이라고. 젊은 날, 열심히 일했던 우리 어머니를 나 역시 가장 좋아했다.

여섯 번째는 무엇이든지 긍정적으로 나를 중심으로 생각하는 것이다. 아이는 내게 계산할 필요가 없는 무한대의 사랑이 가능한 대상이었다. 일에 지쳐 아이와 제대로 놀 수도 없고 과연 이렇게 키워도 이 아이를 낳은 책임감을 다 할 수 있을까 하는 갈등을 나 역시 겪었다. 아니 많이 겪었다. 나는 겪었다 하면 언제나 그 양이 많으니까.

그런 가운데 나는 한 책에서 대처나 골다 메이어, 제인 폰다 등 '일을 열심히 한 여성들'이 아이를 대개 기숙사가 있는 사립학교에 보낸 사실을 알게 되었다. 엄마가 데려가고 데려오는 모든 시중을 도저히 들 수가 없어 아이를 아예 학교 기숙사에 넣은 것이다. 나는 그것 역시 또 하나의 선택이 아닌가 생각한다. 최선은 아니지만 차선의 선택, 아이도 행복하고 엄마도 행복한 '일하는 엄마'의 선택이라고 생각했다. 또 기숙사의 장점 역시 한 인간을 규율과 원칙, 그리고 전체적인 큰 테두리에서 자신을 볼 능력을 키워준다는 점에서 더욱 긍정적으로 생각되었다. 그리고 며칠 뒤에는 한 외국 TV에서 프랑스의 전직 총리였던 크레송 여사가 오늘의 자신을 있게 한 것은 바로 절도 있는 기숙사 생활이었다고 한 말을 아주 감명 깊게 들었다.

아이를 꼭 어린 나이에 기숙사가 있는 학교에 보내겠다는 것에 앞서 나는 마음이 가벼워졌고 아주 편해졌다. 바로 내 자신을 중심 축으로 생각하자 마치 옆에서 누가 귀한 충고를 한 듯한 기분이었다. 아이 역시 독립된 개체로서 나와 함께 인생의 긴 여행을 시작했다. 항상 길잡이가 되어 옆에 있을 수도 있으나 때로는 혼자 앞서 가서 그애가 따라오는 것을 기다리며 지켜보는 것도 괜찮다는 생각이 들었다. 그리고 언젠가는 그애가 지식과 힘과 가슴으로 저 혼자 앞서 걸어가리라. 아마 성인이 된 그애를 나는 '수퍼맘의 수퍼 해피'를 맛보며 뒤에서 바라볼 것이다.

21세기 아이 키우기

　'효녀인(?) 여자아이를 낳았으면' 하는 속물 같은 바람에 대해 '아들'이 태어났다. 나는 과연 내가 아이를 더 낳을 수 있을까 생각했기에 선택하라면 '딸'을 열망했다. 그러나 따스한 체온을 지닌 한 생명을 보았을 때 '아들 딸 구별 말고 잘 키우자'고 나도 모르게 구호를 외쳤다. 처음으로 남자에게 맹목적인 사랑을 느꼈다고나 할까? 비로소 사랑에 눈떴다고 해도 과언은 아니었다. 그토록 남편이 원했던 하얀 피부(그는 깜둥이 같다), 마치 만화의 주인공처럼 치켜올라간 머리, 나와 남편을 공동으로 빼어닮은 소복한 발등까지 완전히 나의 모든 가치판단을 유보하게 했다.

　그러면서도 한편으로 이 남자과잉 시대에 어떻게 '이 남자'를 키워야 잘 키웠다는 소리를 들을까 곰곰이 생각했다. 나는 평소 우리나라 남자들을 싫어했다. 그들은 정말로 문제가 많기 때문이다. 그저 남자로 태어났다는 것 하나로 인생을 무임승차하는 집단이기 때문이다. 게다가 남자라는 위치를 통한 신분상승, 특권의식, 게다가 못난 짐승들처럼 우우거리며 떼지어 다니는 패거리의식, 늘 힘과 돈과 명예를 좇으며 그저 편안하게만 살겠다는 그 속물근성이 싫었다. 적어도 아니 절대로 내 아들만은 그런 남자로 만들 수 없는 일이라고 나는 생각했다.

이런 아들이 되어다오

나는 나의 아들, 윤형이를 무엇보다도 '성'에 대한 편견을 갖지 않는 남자로 키우고 싶다. 즉 남성과 여성이라는 차이는 인정하되 결코 차별하지 않는 남자로 키우고 싶다. 상대의 성인 '여성'을 존중하고 이해하고 또 여성의 평등과 행복을 위하여 노력하는 인간으로 키우고 싶다. 남자로 태어났다는 것을 자랑으로 삼지 않는 성숙한 남자로 키우겠다는 이야기이다.

두 번째, '독립한 남자'로 키우고 싶다(한 요리연구가는 인간의 최초의 독립은 바로 자기가 먹을 음식을 자기가 만들 수 있는 것이라고 했다). 나는 일단 이윤형을 모든 집안일을 잘하는 남자로 훈련시킬 생각이다. 우리나라 남자들은 그런 점에서 완전히 무능한 존재이다. 라면을 제대로 끓일 줄 아는가, 아니면 밥물 하나 제대로 맞출 줄 아나, 바느질은 제대로 하나. 나는 윤형이를 모든 집안일을 할 줄 아는 남자로 키우겠다.

그래서 엄마 친구들이 오면 멋진 미소를 지으면서 "홍차를 드시겠어요? 커피를 드시겠어요?"라고 묻는 남자, 엄마인 나와 부엌에서 많은 대화를 나누며 함께 요리하는 남자, 가족이 좋아하는 요리 몇 가지 정도는 능숙하게 하는 남자, 자기 단추는 알아서 달 줄 아는 남자로 키우겠다.

세 번째는 '깨끗한 남자'로 키우고 싶다. 성에 있어 깨끗한 남자로 키우고 싶다. 여성을 상품 취급하거나 노리개처럼 삼는 남자가 아니라 깨끗한 몸과 깨끗한 정신을 지니고 여자를 제대로 사랑하는 인간이 되었으면 한다.

나는 내 아들 윤형이가 되도록 많은 여성과 사랑하기 바란다. 그래서 한 여자를 사랑하는 기쁨과 고통, 그리고 슬픔까지도 더 없이 만끽했으면 한다. 많은 여성을 만나고 경험하고 사랑을 나누는 기회가 그애에게 있으면 한다.

그러나 중요한 것은 진정으로 사랑하는 여자와 사랑하고 진지한 관계를 만들어갔으면 한다. 결코 자신의 동정을 '짐승'처럼 던지지 말고 애틋한 사랑을 여자와 나눴으면 한다. 진짜 사랑할 줄 알고 사랑받을 줄 아는 남자로 그애가 자라주면 좋겠다.

네 번째는 모든 가치로부터 자유로운 남자로 키우고 싶다. 직업이나 그 소속이 아닌 그 사람 자체로 인간을 볼 줄 아는 눈을 원하듯이 그애가 세속적인 가치에 대해 초연할 줄 아는 남자가 되면 좋겠다. 부, 명예, 권력의 속성에 솔깃해서 달려들다가는 엉망진창이 되어버리므로 이 남자는 자신의 의지와 오기로 이제부터 하나하나 점검해보는 것이 절대적으로 필요하다고 볼 수 있다.

다섯 번째는 풍부한 감성을 지닌 남자로 키우고 싶다. 아름다운 그림과 음악을 제대로 알아보고 사랑할 줄 아는 남자로 컸으면 한다. 사람을 좋아하는 낙천적이고 밝은 남자. 자연을 사랑하고 넘치는 감성을 지닌 남자. 창문을 때리는 빗방울을 뜨거운 가슴으로 지켜보는가 하면, 어느 날은 자신의 존재를 주체할 수가 없어 겨울 바닷가로 달려가는 그런 남자로 컸으면 좋겠다. 아름다운 남자, 아름다운 인간이 되어 이 세상을 아름답게 만들었으면 한다.

여섯 번째는 '자신의 일'을 사랑하고 인생을 사랑하는 낙천적이고 여유 있는 남자로 키우고 싶다. 긴 인생을 통해 한 가지,

치열하게 자신을 달리게 하고 불사르고, 그리고 땀흘리는 만족을 안겨주는 그런 '일'을 소중히 하는 남자로 그를 키우고 싶다. 넘치는 유머로 다른 사람을 즐겁게 하고 그 자신도 '사는 것'이 즐겁기 그지없는 밝고 낙천적인 사람으로 내 아들을 키우고 싶다.

그리고 일곱 번째는 국제적인, 세계적인 생각을 지닌 아이로 키우고 싶다. 세계 어느 나라에 가더라도 어울릴 수 있고 그곳의 문화와 사람, 그리고 음식을 사랑하는 남자로 키우고 싶다. 전세계 어디를 가더라도 '한국음식점'만을 찾아다니는 남자가 아니라 어떠한 음식도 즐길 줄 아는 남자가 되었으면 좋겠다. 인종에 대한 편견이 없을 것, 성별에 대한 편견이 없을 것, 단지 그 나라가 가난하다는 이유만으로 그 나라의 문화에 대한 존경심마저 잃어버리는 그런 남자는 절대로 되지 말았으면 한다.

나는 이 모든 바람을 '남자'인 이윤형이 아니라 '인간' 이윤형에게 한다. 무엇보다 큰 바람은 이윤형이 '남성지배사회'의 멋진 저항자, 여성에 대한 끝없는 관심과 사랑을 지닌 '여자들의 친구이며 동료이며 반려'가 되었으면 하는 것이다.

그는 동의할 것인가? 물론이다. 내가 그렇게 키울 테니까. 바로 이것이 유일한 어머니의 '특권'일 것이다.

더 이상 남자를 위한 몸이 아니다

"아이를 낳고 무엇이 달라졌어요?"

많은 이들이 묻는다.

대개는 "착해졌어요." "침착해졌어요." "기운이 펄펄 나요." "진짜 사랑에 빠졌어요." 이렇게 간단하게 대답한다.

그러면 묻는 이들은 대개 만족한 웃음을 띠고 "나도 그랬어요."라고 고개를 끄덕인다. 아마 아이를 낳은 모든 여자가 그럴 것이다.

그런데 내게는 그렇게 간단하게, 공개된 자리에서 말할 수 없는 진짜 달라진 것이 있다. 무엇보다도 나의 몸이 변했다. 그리고 나의 성이 달라졌다. 정말로 많은 것이 달라졌다. 창세기적 변화라고 할 수 있다.

아이를 가지면서 나는 내 몸의 변화를 유심히 관찰했다. 아주 흥미롭고 재미있었다. 원래 포실포실했던(남편의 표현) 터에 임신까지 해서 확실하게 뚱뚱해졌다. 그것도 그냥 살이 찌는 것이 아니었다. 몸의 변화가 하루하루 달라지는 것이었다. 마치 지구인에서 외계인이 되는 듯한 변화였다.

일단 몸이 둥그렇게 부풀었다. 색깔이 엷었던 유두의 둘레는 검은색을 띠기 시작했다. 젖가슴도 한없이 부풀었다. 겨드랑이의 림프선이 붓기도 했다. 머리-어깨-무릎-발-무릎-발 하는 식으로 이스트 넣은 빵빵한 찐빵처럼 되었다.

어렸을 때, 나는 전혜린의 수필을 읽었다. 전혜린은 아이를 가진 자신의 몸이 마치 카프카의 《변신》을 연상케 해 샤워를 하는 순간도 자신의 몸을 보지 않았다고 했다. 나도 그럴 것이라고 생각했다. 임신한 여자의 몸은 일단 보기 싫은 것이라고 어린 나는 생각했다.

그런데 내가 임신을 하고 보니 그렇지 않았다. 임신 기간에 자주 목욕을 해야 좋다고도 했고 유난히 목욕을 좋아하는 나였기에 내내 목욕을 즐겼다. 샤워를 좋아하는 사람은 진보주의자고 욕조에 몸을 담그는 것을 좋아하는 사람은 보수주의자라고 프랑스의 한 철학자는 말했다던데, 나는 임신 기간에는 보수주의자가 되었다. 그런데 그 이유는 단 한 가지였다. 일을 어느 정도 줄였기 때문에 욕조에 몸을 푹 담그고 목욕을 할 여유가 생긴 것뿐이었다.

인간의 가장 아름다운 몸

그러면서 자세히 지켜본 내 몸의 변화…… 내가 둥그렇게 나온 배를 보면서 느낀 최초의 감정은 '이것 참 재미있는데……' 였다. 한 생명이 내 배 안에서 똬리를 틀고 태동을 하며 몸을 변화시킨다는 것이 너무나도 재미있고 흥미로웠다. 나는 욕실에서 나와 대개 커다란 화장대 거울에 커다란 배를 비춰보고는 했다.

출산이 가까워 온 어느 날, 엄청나게 부푼 젖가슴과 남산만한 배로 나는 언제나처럼 그 거울 앞에 섰다. 원시시대 토우의 '임신한 여자'와 나는 하나도 다를 것이 없었다. 똑같았다. 그 순간 내게 어떤 전율이 느껴졌다. 어떤 큰일을 앞두고 있는 자랑스러움, 마치 전쟁 전야의 긴장감, 그리고 이상한 기쁨과도 같은 설렘……. 그런 모든 느낌이 하나가 되어 내 몸을 전기처럼 뚫고 지나갔다. 그것은 내가 셀 수 없이 경험했던 성적 희열에 못지않은 쾌감으로 다가왔다.

그리고 나는 아이를 낳았다, 제왕절개로. 아이를 낳은 뒤 나의 몸이 나와는 멀리 떨어진 듯한 느낌을 받았다. 내 정신과 언제나 하나였던 몸이 아니라 왠지 둘로 나눠진 듯한 느낌이었다. 나는 내 몸이 한마디로 비단 실고치를 빼낸 오로지 허물만이 남은 누에고치 같다고 생각했다. 한마디로 참담한 몸이었다.

아기의 백일을 지낸 날, 떠들썩한 하루를 보내고 나는 천천히 욕조에 몸을 담그고 목욕을 했다. 백일의 뜻—엄마와 아이가 무사히 100일을 잘 넘겼다는, 이제는 건강을 어느 정도 자신한다는 날이라고 했지. 오로지 우리나라에만 있는 날, 백일이 된 날, 나는 욕실에서 나와 습관처럼 내 몸을 커다란 거울 앞에 비춰보았다. 약간의 참담함은 벗어났으나 이미 옛날의 몸은 아니었다. 포실포실했으나 윤기와 유혹, 그리고 아주 가벼운 외설적인 요소가 살짝 묻어났던 내 몸이 아니었다.

그 대신에 마치 한 해의 곡식을 온갖 정기와 영양을 다해 키우고 그 열매를 안겨준 바로 대지와도 같은 몸이었다. 매끄러운 윤기는 없었으나 힘든 일을 해낸 고단함이 군데군데 훈장처럼 묻어 있었다. 유감스럽게도 더 이상 남자를 강렬히 유혹할 수는 없겠으나 한편으로는 남자의 필요성에서 해방된 편안하고 안정된 몸이었다. 아주 강렬하게, 격하게 성적 쾌락을 갈구했던 여자의 몸 대신 편안한 어머니의 몸이 그 거울 안에 있었다.

그리고 또 하나, 제왕절개를 한 흔적, 가로 한 8센티미터의 꽤 큰 상처가 내 배에 영원히 각인되어 있었다. 문신처럼……. 나는 그 상처를 보고 스스로 진한 감동을 받았다. 남자들의 상처는 대개 용감함의 상징이고 투지의 증명이다. 남자들의 상처는 칭송받는다. 그런데 여자들의 출산 흔적, 제왕절개를 한 흔적은 보기 싫은 상처, 흉터 취급을 받는다. 그렇지만 생각해보자. 남자들의 상처는 대개 폭력의 상징, 잔인함의 상징이 용기라는 이름으로 미화된다. 그렇지만 여자의 상처, 제왕절개는 새로운 생명을 출산하기 위한 평화 끝에 얻어진 상처이고 어떤 잔인함도 어떤 폭력도 깃들이지 않은 '아름다운 상처'였다.

　나는 순간 기쁘고 더없이 자랑스러웠다. 늘어지고 메마르고 부풀려지고, 그리고 큰 상처를 얻은 나의 몸. 그러나 이 몸은 한 생명을 이 세상에 내보낸 드넓은 대지이며 거름이며 깊은 우물이며 커다란 우주였다. 마치 치열한 전투에 왕성한 투지로 살아남은 용감한 상이군인과도 같았다.

　나, 목숨걸고 이 세상에서 싸웠고 자랑스럽게 살아남았다. 나는 이제 저 거울 앞에 당당한 여성전사가 되어 서 있는 것이다. 이제 나의 몸은 더 이상 남자를 위한 몸이 아니었다. 성적 쾌락을 위한 몸이 아니다. 팽팽한 가슴, 잘록한 허리……. 오로지 남자의 성적 자극과 쾌락을 위한 포르노그라피의 몸이 아니다. 이제 출산이라는 커다란 작업을 끝낸 나의 몸, 적당하게 두루뭉실한 이 여자의 몸은 남자와 여자의 진정으로 동등한 같은 쾌락을 꿈꾸는 몸이다.

　임신한 여자의 몸은 이 세상에서 단 하나 생명을 간직한 위대한 어머니의 몸이다. 출산이라는 치열한 전쟁을 치러낸 몸, 이제 나의 몸은 그 모든 것을 넘어선 가장 원초적인 인간의 가장 아름다운 몸이다. 이 세상에서 가장 자유롭고 모든 것으로부터 완벽하게 해방된 '사람의 몸'이다. 이제 건강을 약속받은 백일을 맞은 아이처럼 나의 몸도 건강과 희망과 자유를 약속받았다.

■ 마무리글

　외할머니께 이 책을 드립니다.

　외할머니의 삶이 바로 이 책이 되었습니다. 외할머니는 보통
그 시대의 한국 여성처럼 나어린 남편과 혼인해 끝없는 외도를
감내하다 마침내 집을 뛰쳐나왔습니다. 여성에게 강요된 수동적
인 삶을 거부하고 독자적인 삶을 개척한 분이었습니다. 특별히
배운 것은 없는 분이었지만 자기 나름대로의 사는 방법을 인생
에서 터득했습니다. 열심히 일했고 당신의 능력으로 윤택한 살
림의 틀을 잡은 분이었습니다.

　그러나 어렵게 한 재혼, 전 남편에게 감염된 성병의 후유증으
로 외할머니는 더 이상 아이를 낳을 수가 없었습니다. 유일한
혈육은 저의 어머니였고 외손녀인 저를 자식보다 더 아끼고 귀
하게 여기셨습니다. 외할머니의 고독과 절망과, 그리고 언제나
다시 일어났던 극복의 삶은 저의 본보기였습니다.

　배울 기회가 주어지지 않아 글을 모르셨던 외할머니, 그러나
70에 홀로 되신 뒤 글을 깨우쳐 혼자 은행 나들이를 했던 분이
었습니다. 그분에게 삶은 도전이었고 '홀로서기'를 위한 끝없는

투쟁이었습니다.

외할머니의 큰 사랑으로 저는 시대가 달라져도 여전히 고통받는 여성의 몸과 정신을 돌볼 수 있는 의사가 될 수 있었습니다. 이 작은 책은 바로 그 외할머니께 드리는 제 사랑이자 존경입니다.

— 임정애

아들 이윤형에게 이 책을 줍니다.

저는 제 사랑하는 아들 이윤형이 '좋은 남자'가 되기를 바랍니다. 인간답게 살기 위해 무엇이 필요한가를 알 수 있었으면 합니다. 그리고 무엇보다도 아들 이윤형이 더불어 살아가게 될 '여성'을 이해해 그의 인생이 행복으로 가득 찼으면 합니다. 여성의 몸에서 생명을 얻은 이윤형이 여성의 자궁을 존중하고 여성의 몸을 소중히 여기는 남자로 성장하기를 절실히 바랍니다.

아들 이윤형은 제게 많은 것을 주었습니다. 한 생명을 몸 안에 품고 있으면서 세상에 대한 분노를 사그러뜨렸고 격렬한 미움을 없앴고 저를 한때 가슴아프게 했던 사람들을 용서했습니다. 대신 세상을 보는 따뜻함과 유머와 평화가 그 자리를 채워줬습니다. 이윤형과 저는 피와 살을 둘로 나눔으로써 진정한 하나가 될 수 있었습니다. 이윤형이 이 세상을 사랑과 평화, 그리고 따뜻함으로 지켜보았으면 합니다.

그러나 무엇보다도 어머니인 제가 겪은 아픔과 고통, 그리고 절망을 이윤형에게 전해주고 싶었습니다. 이것이 여성의 삶이지만 정말로 노력했고 싸웠고 진지했다는 것을 이야기하고 싶었습니다. 이 세상의 불평등과 부정의를 바로잡기 위해 함께 나아갈 나의 길벗 이윤형에게 사랑으로 이 책을 줍니다.

— 전여옥

그리고 임정애와 전여옥은 다음 분들에게 특별한 감사를 드립니다.

생생한 자료와 따뜻한 음식으로 격려해준 임경숙 실장님께

끝없는 에너지로 함께 작업을 한 조영희 과장께

여성이여, 느껴라 탐험하라

첫판 1쇄 펴낸날 · 1997년 11월 15일

지은이 · 전여옥
펴낸이 · 김혜경
편집주간 · 김학원
기획실 · 김수진 조영희
편집부 · 한예원 김선경 임미영
디자인 · 김진 강민구
영업부 · 이동훈 엄현진
제 작 · 김영회
관리부 · 권혁관 임옥희 우지숙

펴낸곳 · 도서출판 푸른숲
출판등록 · 1988년 9월 24일 제 11-27호
주소 · 서울시 서대문구 충정로 3가 270번지
       푸른숲 빌딩 4층, 우편번호 120-013
전화 · (기획실) 362-4457~8 (편집부) 364-8666
       (영업부) 364-7871~3
팩시밀리 · 364-7874

값 7,500원
ISBN 89-7184-175-3 03810